Sandra Regnier
Die dunkle Prophezeiung des Pan

Sandra Regnier ist in der Vulkaneifel geboren und aufgewachsen. Nach der Schule und einer Ausbildung zur Beamtin wollte sie lange nach Frankreich. Stattdessen heiratete sie einen Mann mit französischem Nachnamen und blieb zu Hause. Heute ist Sandra Regnier selbstständig und versteht es, den schönen Dingen des Lebens den richtigen Rahmen zu geben. Das umfasst sowohl alles, was man an die Wand hängen kann, als auch die Geschichten, die ihrer Fantasie entspringen.

Sandra Regnier

DIE DUNKLE PROPHEZEIUNG DES

PAN

CARLSEN

Von Sandra Regnier außerdem bei Carlsen erschienen:
Das geheime Vermächtnis des Pan
Die verborgenen Insignien des Pan
Das Flüstern der Zeit

Von Sandra Regnier bei Im.press erschienen:
Die Stunde der Lilie
Die Nacht der Lilie

FSC
www.fsc.org
MIX
Papier aus verantwortungsvollen Quellen
FSC® C014496

Ein *Im.press*-Titel im Carlsen Verlag
Mai 2014

Betreuendes Lektorat: Pia Trzcinska
Redaktion: Evi Draxl
Umschlagbild: shutterstock.com / © Melpomene (Mädchen) / © melis (Versailles) / © Madlen (Flügel)
Umschlaggestaltung: formlabor
Corporate Design Taschenbuch: bell étage
Druck und Bindung: GGP Media GmbH, Pößneck
ISBN 978-3-551-31396-6
Printed in Germany

www.impress-books.de
Alle Bücher im Internet: www.carlsen.de

Für Andreas.
Ohne deine Unterstützung und Geduld
wären Lee und Felicity nie so weit gekommen.

TEIL I

LEE
DIE PROPHEZEITE

Ich hatte ihr Unrecht getan.

Mein erster Eindruck von Felicity Morgan war nicht der beste gewesen. Bei unserer ersten Begegnung trug sie ein T-Shirt mit der Aufschrift »Sexgott« und ihre Haare hatten ausgesehen, als hätte sie ein Griff in die Steckdose geföhnt. Die Zahnspange, zehn Kilo zu viel und das vorlaute Mundwerk hatten auch nicht wirklich attraktiv gewirkt.

Aber sie war die Retterin der Elfen, die Prophezeite. Meine zukünftige Braut. Deswegen wollte ich sie besser kennenlernen.

Tatsächlich bot Felicity Morgan mehr Facetten als ein Fabergé-Ei. Sie war faszinierend und ich verstand nach einer Woche sehr gut, warum ihre Freunde sie so sehr schätzten. Ihr Humor war subtil und nie verletzend, ihre Loyalität unerschütterlich.

Genau wie ihr Mut. Bei einem plötzlichen Zeitsprung ins achte Jahrhundert wäre jeder andere Teenager zusammengebrochen. Egal aus welcher Epoche er stammte. Ich hatte viele Menschen kennengelernt, seit ich auf der Welt war. Aber Felicity hatte nicht nur stoisch den Zeitsprung ertragen, sondern sich behauptet. Sie war entführt worden und hatte das Vertrauen Karls des Großen erlangt.

Den Mord, den man ihr anhängte, als wir zurück im einundzwanzigsten Jahrhundert waren, konnte sie unmöglich begangen haben. Nicht Felicity. Ich würde ihn eher jedem anderen am Horton College in London zutrauen, aber niemals Felicity.

Deswegen musste ich den Mörder finden und Felicity in Sicherheit bringen. Prophezeite hin oder her, wenn König Oberon von ihrer Schuld überzeugt war, würde er das Buch der Prophezeiung ignorieren.

Das Buch der Prophezeiung war wie das Orakel von Delphi – ungewiss. Man musste seine Seiten interpretieren, was in der Vergangenheit schon zu Fehlentscheidungen geführt hatte. Nein, auf das Buch der Prophezeiung würde König Oberon nichts geben.

Ich musste den tatsächlichen Mörder entlarven.

Aber erst musste ich Felicity in Sicherheit bringen. Sie war zu kostbar und tausendmal mehr wert als jede Nymphe, der ich in meinen dreihundertzwanzig Jahren begegnet war.

FELICITY
DÉJA-VU

Richard Cosgrove, der attraktivste Schauspieler der Welt, sah mich mit seinen wunderschönen, grauen Augen an. Er strich mir eine widerspenstige Strähne aus dem Gesicht. Anschließend zog er seine Hand nicht zurück, sondern streichelte mit zarten Fingern mein Haar, dann meinen Nacken und sagte: »Wer hätte gedacht, dass du schnarchst.«

Ich schlug die Augen auf. Eisblaue Augen mit einem markant dunklen Rand sahen mich verschmitzt an.

»Na, endlich. Ich dachte schon, du wärst ins Koma gefallen.«

Lee! In *meinem* Bett? Neben mir? Ruckartig setzte ich mich auf.

»Was tust du hier?«

»Wir sind geflüchtet, weißt du noch?«

Das war nicht mein Schlafzimmer. Eine rosafarbene Blümchentapete schmückte die Wände und wir lagen in einem dazu passenden stoffbezogenen Bett. Lee und ich.

Und sein Oberkörper war nackt.

Entsetzt sah ich an mir hinunter. Ich trug nichts außer meiner Unterwäsche. Sofort zerrte ich die Decke hoch.

»Verdammt! Ich kann mich an nichts mehr erinnern.« Das stimmte. Das Letzte, was ich noch wusste, war ... Ja, was?

Lee hatte mich nicht aus den Augen gelassen. Er fuhr sich

durch seine dichten, blonden Haare und ich sah seine spitzen Ohrmuscheln. Schlagartig fiel mir wieder alles ein: Lee war ein Elf. Ein Halbelf, um genau zu sein. Und er konnte in der Zeit springen, um Kriminalfälle zu lösen. Ich war mit ihm gesprungen. Zumindest ins Mittelalter. Das hier war definitiv nicht mittelalterlich. Nicht mit der verstaubten Lampe und Wasserrändern auf der Rigipsdecke.

»Das ist nicht der Hof von Karl dem Großen«, stellte ich fest und fühlte den synthetischen Stoff der Bettdecke.

»Nein. Wir sind in einem Bed & Breakfast in Yorkshire. Bist du beim Aufwachen eigentlich immer so neben der Spur?« Lee zog sich hoch und lehnte sich lässig an das bezogene Bettoberteil.

Wie schaffte er es nur, auf einem rosa geblümten Stoff so männlich und sexy zu wirken? »Willst du mir nicht endlich erklären, was wir in Yorkshire tun? Und wie wir hierherkommen? Und weshalb du neben mir im Bett liegst!?« Ich sah mich auf dem Boden neben dem Bett nach meinen Klamotten um. Wo hatte ich mich ausgezogen? Wieso wusste ich nichts mehr davon?

»Ich habe dich ausgezogen. Du warst so gut wie bewusstlos. Die Sachen liegen dort hinten auf dem Stuhl.«

Ich drehte mich zu Lee um. Er bemühte sich wenigstens um ein unschuldiges Gesicht. Aber es gelang ihm nicht ganz. Um seine Augenwinkel zwinkerte es verdächtig. Ich lehnte mich zurück und schloss die Augen. Tausend Gedanken schossen mir durch den Kopf. Lee hatte mich in die geheime Welt der Elfen eingeweiht, die kein Mythos war. Leider. Und irgendwas ist danach passiert. Irgendwas Wichtiges ... Ich schlug die Augen wieder auf. Die Botschaft. Ich war des Mordes angeklagt worden! Die Elfen suchten nach mir. Lee war mit mir geflüchtet.

»Verdammt, wir müssen weg.« Es war mir egal, was Lee sah, ich sprang aus dem Bett und begann hektisch meine Hose auf rechts zu drehen.

Gerade als ich aus der Tür huschen wollte, schnellte ein Arm vor meine Nase und stoppte mich abrupt.

»Mach langsam, Fay«, sagte Lee. »Wir sind hier momentan in Sicherheit. Auf alle Fälle haben wir Zeit für ein ausgiebiges Frühstück. Vielleicht können wir sogar noch ein oder zwei Tage bleiben.«

»In *Yorkshire*? Was sollen wir hier?«, fragte ich entsetzt.

Lee beugte sich über mich. Mit seiner Größe und seiner Ausstrahlung machte er damit nicht wenig Eindruck. »Nachdenken und den nächsten Schritt planen.«

Ich schluckte und nickte, gab mich geschlagen. Lee umfasste meine Schultern und ich roch seinen würzigen, unverwechselbaren Duft. Aber gleichzeitig durchzuckte mich ein leichter Stromschlag. Sofort ließ er mich los.

»Okay. Dann lass uns frühstücken. Ich habe Hunger ... Oh, oh. Ich glaube, das muss warten. Ich bekomme soeben eine Nachricht.« Nur mit Boxershorts bekleidet ging er zum Tisch an seiner Bettseite. Dort lag das kleine goldene Instrument. Sein Karfunkel. Eine Art Elfenhandy. Es blinkte. Lee sah mich an. Seine Augen waren groß, sein Mund zusammengekniffen. »Sie wissen Bescheid.«

Ich sackte am Türrahmen zu Boden.

SCHULALLTAG MIT ELF
ZWEI WOCHEN ZUVOR

Ich sah Lee sofort. Kein Wunder. Er überragte nicht nur sämtliche Schüler, seine Aura ließ auch alle anderen im Schulflur ehrfurchtsvoll zur Seite weichen.

Ich hatte ganz vergessen, wie Lee auf seine Umgebung wirkte. In den letzten drei Wochen waren wir so oft zusammen gewesen, dass ich gegen seine engelhafte Schönheit praktisch immun geworden war. Seit unserem unfreiwilligen einwöchigen Ausflug ins achte Jahrhundert hatten wir die ganzen Weihnachtsferien hindurch quasi Tag und Nacht aufeinandergehockt. Von meiner Seite aus nicht unbedingt immer freiwillig. Nachdem mich der Hof des Elfenkönigs Oberon des Mordes an einem ihrer Wachmänner verdächtigt hatte, war Lee mir kaum mehr von der Seite gewichen. Vor zwei Tagen war er dann aufgebrochen, um den Kronrat der Elfen von meiner Unschuld zu überzeugen. Ausgerechnet zu Schulbeginn.

Die ersten beiden Tage nach den Weihnachtsferien hatte ich also allein auf unserer Schulbank gesessen. Das würde heute anders sein. Ich war schon nervös aufgewacht. Das Wissen, Lee heute wieder zu treffen und die Entscheidung des Kronrates zu erfahren, hatte alles andere aus meinem Gehirn verdrängt.

Verdrängt hatte ich also auch, dass Lee auf die meisten Menschen weiblichen Geschlechts eine ganz besondere Anziehungskraft ausübte. Ich sah, wie ihm die Mädchen aus den oberen Jahrgängen sehnsüchtig nachstarrten. Einer anderen rutschte die Tasche von der Schulter. Zwei rempelten Passanten an, weil sie nicht mehr nach vorne schauten. Die Schulschönheit Felicity Stratton warf geübt ihre wallende Mähne nach hinten und das Dekolleté nach vorn. Ich wusste, dass Lee das alles um sich herum sehr wohl registrierte, aber ignorierte. Er sah nur mich an.

War das *peinlich*!

Wahrscheinlich dachte nun jeder, wir wären in irgendeiner Form liiert. Wenn ich nicht so brennend auf seine Neuigkeiten gespannt wäre, würde ich mich umdrehen und davonrennen. Ich sah sein breites Grinsen und seine weißen, gleichmäßigen Zähne aufblitzen. Er hatte meine Gedanken aus sieben Metern Entfernung lesen können.

»Morgen, Morgan! Ich sehe, du bist hin und weg mich zu sehen.« Er legte jovial einen Arm um mich und berührte meinen Hals.

Sofort sprangen wir beide erschrocken auseinander.

»Entschuldige. Ich hab's vergessen.«

Wie immer, wenn Lee mich berührte, hatte uns beide eine Art Stromschlag getroffen.

»Wow!«, sagte Phyllis neben uns. »Ich hab einen Funken gesehen.«

»Ja, aber irgendwie scheint der bei Felicity noch nicht übergesprungen zu sein«, meinte Jayden trocken.

»Das trifft mich tief«, sagte Lee und legte theatralisch eine Hand auf seine Brust. »Vielleicht könnte ich dich überzeugen, wenn du mal schnell mit mir in die Toilette verschwindest?«

Seine Dreistigkeit kannte wirklich keine Grenzen.

»Das ist nicht sonderlich romantisch, Lee.« Ruby schnalzte missbilligend mit der Zunge. »Nimm lieber den Lagerraum vom Kunstsaal.«

Wir starrten sie alle gleichermaßen groß an. Aber die kleine, zartgliedrige Ruby lächelte nur unschuldig und zuckte unbekümmert mit den Schultern.

»Guter Tipp.« Lee fasste sich als Erster und ergriff meine Hand. Er ließ sie trotz des leichten Impulses, der uns wieder durchzuckte, nicht los und riss mich mit sich.

Ich warf einen Hilfe suchenden Blick auf meine Freunde – Phyllis, Ruby und Corey sahen uns grinsend nach, Jayden und Nicole stirnrunzelnd.

»Du kannst mich doch nicht vor versammelter Mannschaft in einen abgelegenen Raum zerren!«, widersprach ich und versuchte mich aus seinem Griff zu winden. Keine Chance. Ich wusste, er setzte Magie ein, um seine Kraft zu verstärken.

»Es wäre wesentlich unauffälliger, wenn du dich nicht so sträuben würdest«, erklärte er gelassen und ging weiter, als merke er nicht, dass ich alles daransetzte freizukommen.

Wir hatten den Lagerraum erreicht und Lee schloss die Tür hinter uns. Ruby hatte Recht: Für ein romantisches Stelldichein war das hier der perfekte Ort. Überall stapelten sich Papiere in allen Farben, bunte Girlanden und Lichterketten hingen von der Decke und eine riesige Kiste quoll über von Schaumstoff und Pappe. Sogar ein paar Papppalmen und -bäume zierten die hintere Wand.

Ich stellte mich in die gegenüberliegende Ecke.

Lees Grinsen wurde breiter.

»Ehrlich, Fay, ich werde hier doch nicht über dich herfallen.

Dazu hatte ich doch jede Gelegenheit, als du noch bei mir gewohnt hast.«

Das stimmte. Ich entspannte mich ein wenig.

»Obwohl du zu der Zeit noch nicht so hübsch warst wie jetzt.« Er musterte mich von oben bis unten.

Sofort ging ich wieder in Habachtstellung. Das war mir äußerst unangenehm. Auch wenn ich in der letzten Zeit durch regelmäßiges Joggen und die von den vielen Ereignissen verursachte Appetitlosigkeit schmaler geworden war und meine Zahnspange endlich hatte abgeben können, mochte ich diese Art von Blick immer noch nicht.

»Komm zurück auf den Boden, FitzMor!«, fauchte ich und umfasste den Träger meines Rucksacks fester. »Ich denke, wir haben ernstere Dinge zu besprechen.«

Sofort verschwand sein jungenhaftes Grinsen. »Stimmt. Fürs Erste konnte ich dich vor dem Kronrat verteidigen. Immerhin geschah der Mord, während du mit mir gemeinsam im achten Jahrhundert warst.«

Ich fühlte, wie sich mir der Magen umdrehte. »Aber du warst nicht die ganze Zeit bei mir«, wandte ich ein.

»Connor starb, als wir im achten Jahrhundert waren. Zeitsprünge so gezielt über einen so großen Zeitraum hinweg durchzuführen ist ein kompliziertes Unterfangen und bedarf jahrelanger Übung. Und du hattest überhaupt keine Ausbildung.«

»Aber wir waren dort nicht die ganze Zeit über zusammen«, beharrte ich.

Er schüttelte den Kopf. »Was mich viel mehr stutzig macht, ist, dass Connor kurz vor seinem Mord in Versailles gewesen war, kurz vor der Revolution. König Oberon und der Kronrat haben andere Kommissare dorthin geschickt, um herauszufinden, was der Wachmann dort wollte. Hoffen wir, dass sie etwas herausfinden.«

Ich atmete tief ein. »Also bin ich nicht ganz aus dem Schneider.«

»Nein. Aber nur keine Bange«, versuchte Lee mich zu beruhigen. »Das bekommen wir schon hin.«

»Wie? Ich habe angeblich einen Elfen brutal zerstückelt. Er hat, bevor er starb, meinen Namen mit seinem Blut geschrieben und ich habe kein Alibi. Wie willst du das hinbekommen? Hast du die Anwälte von O. J. Simpson engagiert?«

»Meine Güte, Fay, beruhige dich. Auch wenn du kein Alibi hast, wissen sie doch, dass du zu der Tatzeit im achten Jahrhundert in Germanien warst. Sie sind sich unschlüssig, wie jemand Untrainiertes es überhaupt schafft, in der Zeit hin und her zu springen. Ich habe dir schon einmal erklärt, dass es mich jahrelange Übung gekostet hat.«

Unter diesen Gesichtspunkten würden sie mir vielleicht glauben. Ich war nicht nur untrainiert, ich schlug komplett aus der Art. Vor mir hatte noch kein Mensch die Zeit überwunden. Sogar Elfen konnten nur begrenzt durch die Jahrhunderte springen. Genau genommen bis zum Tag ihrer Geburt. Das war bei Lee das Jahr 1692. Ich hatte ihn weitere achthundert Jahre zurückkatapultiert. Leider wusste niemand, wie. Ich war ein Präzedenzfall. Darauf hätte ich gut verzichten können. Vor allem, weil ich ein Mensch war und kein Elf mit magischen Fähigkeiten.

»Sag mal, hast du schon ein Ballkleid?«

Ich sah Lee verständnislos an. »Wieso? Reisen wir auch nach Versailles, um nachzuforschen?«

Er rollte die Augen. »Nein. Das können andere übernehmen. Du erinnerst dich doch hoffentlich daran, dass in drei Wochen der Schneeflockenball an der Schule stattfindet? Ich käme mir ziemlich blöd vor, wenn meine Begleitung mich versetzen würde. Soll ich Flo beauftragen?«

Flo alias Florence war eine Stylistin und sie hatte mich bereits zweimal auf Lees Anweisung hin ausstaffiert.

»Nicht nötig«, sagte ich schnippisch. »Es ist zwar nicht Valentino, aber es passt.« Mit Genugtuung sah ich Lees Augen ängstlich zucken. Glaubte er wirklich, ich würde mich in rosa Tüll kleiden? Und dann neben ihm, dem ungekrönten König des Horton Colleges, so auftreten? Schnell dachte ich an ein scheußliches, senfgelbes Kleid mit Goldpailletten, dessen giftgrüner Rock in kitschigen Rüschen zu Boden fiel.

Jetzt wurden Lees Augen riesig. Ich sah ihn schwer schlucken.

Ich lachte. »Das hast du davon, wenn du ständig in meinen Gedanken rumhängst. Vertrau mir doch einfach.«

»Fay, es ist noch nicht zu spät. Du weißt, ich könnte …«

Ich ließ ihn einfach stehen.

»Fay, bitte … Gelb und Grün sind nicht unbedingt deine Farben.«

Ich drehte mich noch einmal zu ihm um und hob unschuldig eine Augenbraue. »Aber ich fand, es harmoniert mit deiner blonden Mähne.« Damit ließ ich ihn stehen. Ehe die Tür endgültig ins Schloss fiel, hörte ich ihn noch rufen: »Das ist ein Scherz, nicht wahr?« Aber die Verzweiflung war deutlich zu hören.

Ich hatte Lee in seiner Eitelkeit gekränkt. Als ich nach einem Umweg über mein Schließfach den Unterrichtsraum betrat, saß er bereits an unserem Tisch. Felicity Stratton hockte auf seinem Schoß und kraulte ihm genießerisch den Nacken. Lee sah aus wie ein schnurrender Kater. Der Blick, den er mir zuwarf, wirkte ein wenig hämisch.

Ich dachte an seine spitzen Ohren und Felicitys rot geschminkte Lippen, die kurz davor waren, in sein Ohrläppchen zu beißen. Was, wenn ihre Nase seine sorgsam gekämmten Haare von den Ohrspitzen schob?

Sofort verfinsterte sich sein Blick und er schob Felicity entschlossen von seinem Schoß. »Bei dir würde ich stillhalten«, flüsterte er, als sie außer Hörweite war.

»Könnt ihr nicht Menschen mit dem Blick manipulieren? Dann kann sie weitermachen, du verpasst ihr anschließend eine Gehirnwäsche und sie weiß nichts mehr«, raunte ich ihm zu, als Mrs Weston das Klassenzimmer betrat.

»Du hast zu viele amerikanische Serien gesehen.« Er klang amüsiert.

»Oh, schade. Einen Damon Salvatore würde ich nehmen.«

»Nimm meinen Cousin. Der war das Vorbild für Damon.«

»Mr FitzMor, Miss Morgan, ich erwarte bis nächste Woche einen zehn Seiten langen Aufsatz über die Entstehung der Großmacht China.«

Lee und ich sahen uns betroffen an.

Das bedeutet wohl, dass wir noch mehr Zeit miteinander verbringen müssen stand auf dem kleinen Zettel, den Lee mir kurz darauf unter die Mappe schob. *Sag mir, wenn du die nächste Stunde schwänzen willst, um einen Kaffee mit mir trinken zu gehen.*

Ich seufzte. So verlockend es war – Lee kannte ein paar ausgezeichnete Cafés –, ich hatte immer noch den Wunsch, Lehrerin zu werden. Dafür musste ich die A-Levels schaffen und anschließend studieren. Im Gegensatz zu Lee hatte ich nicht unbegrenzt Zeit und Geld zur Verfügung. Ich war ein Mensch mit einer Lebenserwartung von siebzig bis achtzig Jahren; und meine Mutter betrieb einen schlecht gehenden Pub, der uns kaum über Wasser hielt.

Wie wär's, wenn du beide Aufsätze schreibst? Dadurch sparst du dir das Geld für den Kaffee, schrieb ich auf dem Zettel zurück.

Langweilig, setzte er mit seiner schwungvollen Handschrift darunter.

Das Thema China soll ganz spannend sein, vermerkte ich wieder.

Nicht China, DU bist langweilig. Wo bleibt deine Abenteuerlust, Morgan?

Letzteres hatte er nicht geschrieben. Ich hörte seine Stimme in meinem Kopf, als hätte er zu mir gesprochen. Ich starrte ihn erschrocken an. Er starrte genauso erschrocken zurück.

Das war unheimlich.

Der Gong zur Mittagspause rettete mich vor einer weiteren Antwort.

Ich war darauf bedacht, nicht alleine mit Lee zur Cafeteria zu gehen, und richtete es so ein, dass Phyllis und Jayden uns begleiteten. Auf dem Weg über den Schulhof mischte sich Schnee in den Regen.

Die dicke Küchenfrau Matilda mit ihrem Häubchen und der fettigen Haut lächelte ein breites Zahnlücken-Lächeln, als sie Lee erblickte.

»Ich verstehe immer noch nicht, dass ein Mann wie du kein Fleisch isst«, sagte sie und reichte Lee einen Teller mit einem riesigen Omelette, Salat und Fritten. Zum Glück war mein Teller genauso üppig gefüllt.

»Mrs Weston war heute wohl ein wenig gereizt«, sagte Corey, als wir alle am Tisch saßen. »Bestimmt spielen ihre Hormone verrückt. Ist bei Schwangeren ja so.«

Wir sahen ihn überrascht an.

»Mrs Weston ist schwanger?«, fragte Phyllis nach.

»Ich hab's aufgeschnappt, als ich im Sekretariat das Anmeldeformular für Cheryl abgeholt habe.«

»Cheryl? Deine Schwester ist doch erst dreizehn. Sie kann noch nicht aufs College«, wandte Nicole ein.

Corey zuckte die Schultern. »Ich weiß. Aber sie will unbedingt hierher.« Er warf einen bedeutungsvollen Blick auf Lee.

»Du bist einfach zu gutmütig, Kumpel«, sagte Jayden mitleidig. »Was tust du, wenn sie die Absage erhält?«

»Du könntest Lee mit vorgehaltener Pistole zum Altar führen«, kicherte Phyllis.

»Oder Cheryl auf ein reines Mädcheninternat einweisen«, schlug Nicole vor.

»Oder wir bringen sie zu diesem Medium in der Scrutton Street. Die kann eine Gehirnwäsche an ihr vornehmen und ab sofort interessiert sie sich dann wieder für Jungs, die ihrem Alter entsprechen.« Ruby hüpfte vor Aufregung auf dem Stuhl auf und ab.

Ich sah das nachsichtige Lächeln auf den Gesichtern meiner Freunde, das Rubys obskuren Ideen immer folgte.

»Oder wir verweisen Lee des Landes, Kalifornien zum Beispiel. Damit wäre er weit genug weg, denn ohne Ausweis käme Cheryl niemals in die USA«, warf ich im gleichen euphorischen Tonfall ein.

Ich dachte, es wäre lustig. Aber alle sahen mich entsetzt an. Nur Lee grinste.

»Anscheinend war der Besuch im Kunstlager nicht ganz so erfreulich«, stellte Jayden trocken fest.

Nicoles Gesicht hellte sich auf.

»Wir haben gleich Mrs Crobb. Hat jemand eine Idee für ein Spiel?«, fragte Corey.

Das war eine unserer kleinen Schulfreuden: Bei besonders langweiligen Lehrern dachten wir uns ein Spiel aus, um vom langweiligen Unterricht abzulenken.

»Sollen wir Mrs Crobb dazu bringen, ein unanständiges Wort zu sagen?«, schlug Nicole vor.

»Nein, das ist jetzt ausgelutscht. Außerdem ist nur Lee so wortgewandt, dass er das schaffen kann«, wehrte Jayden ab.

Ich betrachtete ihn neugierig. Er wirkte irgendwie … eifersüchtig. Das hatte ich noch nie bei Jayden erlebt.

»Wie wäre es mit Wörterbingo?«, fragte Lee und verzehrte sein letztes Salatblatt. Ob er Jaydens Missbilligung nicht wahrnahm oder sie ignorierte, konnte ich beim besten Willen nicht sagen.

»Wörterbingo?«, fragte Corey stirnrunzelnd.

»Jeder von uns erstellt eine Reihe mit, sagen wir, neun Wörtern. Jedes Mal, wenn Mrs Crobb eines davon nennt, streichst du eines von deiner Liste. Der Erste, der alle Wörter weggestrichen hat, hat gewonnen und muss laut Bingo rufen.«

»Aber damit bestraft sich derjenige doch«, wandte Phyllis ein. »Du glaubst doch nicht, dass Mrs Crobb das Verhalten durchgehen lässt ohne eine Strafe?«

»Das nicht, aber alle Teilnehmer machen so lange weiter, bis ihre Liste ebenfalls voll oder die Stunde zu Ende ist, und der Gewinner wird ins Kino eingeladen.«

»Ich weiß nicht …« Ausgerechnet Nicole zögerte, obwohl sie sonst auf alles, was Lee vorschlug, ansprang.

»Okay, wären Karten für die Fashion Show von Jon George nächste Woche ein größerer Anreiz?«

Wir starrten ihn an.

»Ich bin dabei.« Ruby sah so entschlossen aus, als ginge es um ihre Abschlussklausur.

»Hat jemand noch einen anderen Vorschlag?«, fragte ich und sah Lee direkt in die Augen. *Du bist ganz klar im Vorteil. Du kannst Gedanken lesen.*

Er lächelte mich zuckersüß an. »Setzen wir einen drauf: Jeder erstellt die Wörterliste für seinen Banknachbarn. Dann kann niemand behaupten, er habe geschummelt.«

Ruby sah irritiert aus. Genau wie Phyllis. Nicole, Jayden und Corey begannen dagegen bereits in ihren Taschen nach Papier und Stift zu kramen.

»Weshalb sollten wir das tun?«, fragte Ruby.

»Weil wir uns seit Ewigkeiten Spiele für den langweiligen Unterricht ausdenken«, antwortete Corey, den Kopf noch immer im Rucksack vergraben.

»Nein, ich meine, eine Liste für den anderen erstellen. Ich will auf diese Fashion Show, aber wenn Corey die Liste erstellt, sind meine Chancen zu gewinnen gleich null.« Ruby hatte einen ihrer seltenen wachen Momente und fixierte Lee.

Lee lächelte sie gewinnend an. »Ich glaube, Felicity weiß, dass ich Mrs Crobbs Unterlagen schon gesehen habe. Sie möchte mir keinen Vorteil einräumen.«

»Du hast ihre Unterlagen gesehen? Wann?« Coreys Kopf tauchte aus dem Rucksack auf.

Lee warf mir einen verzweifelten Blick zu. Ich dachte: *Selber schuld,* half ihm aber aus der Bredouille: »Das Kunstlager liegt neben dem Geschichtssaal. Ihr Ordner lag aufgeschlagen auf dem Pult.«

Lees Mundwinkel zuckte.

»Ich erstelle meine Liste selber. Wenn Lee und Felicity tauschen möchten, bitte sehr«, erklärte Nicole unumwunden. »Wenn Corey meine Liste erstellt, stehen bestimmt ganz absurde Dinge darauf, die mit Geschichte überhaupt nichts zu tun haben.«

Corey zwinkerte frech.

Zwanzig Minuten später schob mir Lee seine Liste zu. Neugierig sah ich darauf. Natürlich alles Wörter, die mit unserem aktuellen Thema zu tun hatten. Der Sieg war mir sicher.

»Ich will nicht gewinnen, damit das klar ist«, raunte ich ihm zu.

Lee lächelte mich schmeichelnd an. »Komm schon, Fay. Wir beide gemeinsam beim Nachsitzen, denk nur an die unendlichen Möglichkeiten.«

Ich grinste. Er war einfach unverbesserlich. »Wenn ich mich dazu entschließe, dich einen weiteren Nachmittag zu ertragen, kostet das aber was.« Ich lächelte genauso charmant zurück. Zufrieden sah ich, dass ich ihn aus dem Konzept gebracht hatte.

Er blinzelte ein paarmal und schluckte hart. »Äh, die Karten für Jon George reichen nicht?«

»Ich bitte dich, seit wann interessieren mich Fashion Shows?« Ich deutete auf meinen ausgeleierten Pulli und die Used-Look-

Jeans. So modisch sie auch waren, sie waren tatsächlich so fadenscheinig, weil sie bereits meiner Schwester gehört hatten, dann meinem Bruder und jetzt an mich übergegangen waren. Es war nicht ausgeschlossen, dass sie noch aus Mums Jugend in Cornwall stammten.

Meine Mutter hatte kein Geld. Ihr Pub brachte keinen Gewinn, und das Collegegeld, das ich von meinem Großvater geerbt hatte, hatte sie dem Finanzamt geben müssen. Wir waren restlos pleite und ich musste mir schnellstmöglich einen Job suchen, damit ich nach meinen A-Levels studieren konnte. Natürlich hoffte ich auf ein Stipendium, aber weil ich bis vor kurzem oft zu spät zum Unterricht erschienen war, standen die Chancen dafür sehr schlecht. Trotz meiner ausgezeichneten Leistungen. Ich hatte in Mums Pub oft ausgeholfen und das bis spät in die Nacht. Und wie hatte sie es mir gedankt? Sie hatte mein Collegegeld genommen, um ihre Steuerschulden zu bezahlen. Seit ich das wusste, hatte ich keinen Fuß mehr in den Pub gesetzt. Mum hatte kein einziges Wort darüber verloren, aber ich sah ihren bekümmerten Blick, sobald sie mich anschaute.

»Erde an Felicity?«

Ein elektrischer Schlag ließ mich zusammenzucken. »Musst du mich ständig unter Strom setzen?«

»Vergiss deine Mutter für einen Moment und verrate mir, was du dir wünschst«, sagte er unerbittlich.

Verflixt. Er war meinen Gedanken gefolgt. Warum hatte ich nicht einfach aus dem Fenster gesehen? Wieso vergaß ich immer, dass er meine Gedanken lesen konnte, wenn er mir in die Augen schaute? »Weil du im Grunde dankbar bist, dass du jetzt morgens pünktlich rauskommst. Also?«

»Lee, ich will nur ein Stipendium. Du weißt genau, dass ich nichts anderes brauche.«

Er warf einen Blick auf meinen Pulli mit all seinen Ribbeln und gezogenen Fäden.

Ich rollte die Augen. »Ganz bestimmt brauche ich keine neuen Klamotten.«

»Bist du sicher? Ein engeres Shirt würde dir viel besser stehen.« Jetzt war sein Blick definitiv auf meinem Dekolleté.

»Komm zurück auf den Boden, FitzMor.« Ich schubste ihn.

»Miss Morgan, sind Sie und Mr FitzMor bald fertig oder möchten Sie uns an Ihrem Flirt teilhaben lassen?«

Mir wurde schlagartig heiß und ich rückte sofort von Lee ab.

Er grinste nur. Sobald Mrs Crobb sich zur Tafel umdrehte, raunte er mir zu: »Nummer acht.«

Ich zog die Liste unter meinem Heft hervor und rollte die Augen. An achter Stelle stand *Flirt*.

Ruby war tatsächlich inmitten von Mrs Crobbs Erklärungen über den Untergang der spanischen Armada aufgesprungen und hatte *Bingo* gerufen. Wir kugelten uns vor Lachen. Mrs Crobb konnte sich noch so bemühen, der Rest der Stunde war gelaufen. Ständig sprang wieder jemand auf und rief *Bingo*. Mrs Crobb raufte sich regelrecht die Haare, bis sie in alle Richtungen standen, und wir bekamen so viele Hausaufgaben auf, dass ich bezweifelte bis zu den Osterferien damit fertig zu werden. Die Laune konnte uns das jedoch nicht vermiesen und wir kicherten alle für den Rest des Tages. Mit seinem Humor hatte Lee einmal mehr an Ansehen gewonnen.

»Feiern wir Rubys Sieg mit einem Eis im Café La Ville?«, schlug er vor.

Meine Freunde sagten begeistert zu. Ich dachte an meinen leeren Geldbeutel, in den ich jeden Morgen nur den abgezählten Betrag fürs Mittagessen in der Cafeteria steckte.

»Ich muss nach Hause«, log ich und schulterte meine Tasche.

»Kommt überhaupt nicht in Frage«, sagte Lee und nahm mir die Tasche einfach ab. Allerdings ohne mich zu berühren.

Ich stemmte beide Fersen in den Boden. Lee blieb stehen und sah mich an.

»Ich will heim. Ich muss mir einen Job suchen.« Das war zumindest nicht gelogen. Ich hatte mich in einem Pub vorgestellt, aber dort hatte man mich natürlich nicht genommen, nachdem ich einen Probetermin verpasst hatte. Aber wie hätte ich ihn einhalten können – im achten Jahrhundert? In Germanien. Im College lagen immer Exemplare des Stadtmagazins *Time Out* aus. Ich wollte zu Hause in Ruhe auf Jobsuche gehen.

»Das kannst du später immer noch.« Lee ließ nicht locker.

»Wenn du mich jetzt gehen lässt, verrate ich dir, was ich zum Ball anziehe.«

Sofort ließ er meine Tasche los.

Ich sah ihm in die Augen und dachte an das blaue Taftkleid meiner Schwester.

Ein zufriedenes Lächeln machte sich auf seinem Gesicht breit. »Okay. Wir sehen uns morgen, ja?«

Ich nickte, winkte meinen Freunden noch einmal zu und machte mich auf den Heimweg.

NOCH MEHR PROBLEME

Der Januar zeigte sich von seiner schlechtesten Seite. Es regnete jetzt noch stärker. Den ganzen Tag über war es nicht richtig hell geworden. In Cornwall hatte ab und an schon mal einen Tag Schnee gelegen und die ganze Landschaft in eine weiß gepuderte Disneywelt verwandelt. In London nie. Wenn hier Schnee lag, dann so dünn, dass man noch den Asphalt erkennen konnte.

Auf dem Heimweg klingelte mein Handy. Das konnte eigentlich nur Lee sein, der doch nicht aufgab.

»City? Hier ist Philip.«

Das fehlte mir gerade noch. »Nenn mich nicht so«, sagte ich barsch. Mein Bruder kam mir jetzt wirklich ungelegen. Die nassen Haare nervten und meine Laune war auf dem Tiefpunkt.

Er stutzte einen Moment. »Ich dachte, alle nennen dich so.«

»Nein. Nur die, die mich nicht leiden können«, erklärte ich bestimmt.

»Entschuldige. Das wusste ich nicht.«

Woher auch? Wir hatten so gut wie keinen Kontakt. Es sei denn, er wollte was von mir. »Was willst du?«, fragte ich deshalb prompt.

»Meine Güte, bist du schlecht gelaunt. Kann ich nicht mal meine Schwester anrufen?« Er klang eingeschnappt.

»Doch, natürlich. Nur tust du das selten, wenn nicht irgendein Grund vorliegt.«

Ich hörte ihn seufzen. »Okay, okay.« Gab er zu. »Ich habe eine Bitte. Kannst du mir zweihundert Pfund oder etwas mehr leihen?«

Ein Passant, der ebenfalls vor dem Wetter flüchtete, rempelte mich an und ich musste mich festhalten.

»'tschuldigung«, rief er und verschwand. Aber auch ohne das Anrempeln hätte ich mich festhalten müssen. *Zweihundert Pfund?* »Wofür?«, fragte ich fassungslos.

»Ich habe Mist gebaut. Da war dieser Kerl, der hat mir versprochen, der Gaul würde hundertprozentig gewinnen, und dann hätte ich das Vierfache von meinem Einsatz. Er hat mir Geld geliehen, damit ich eine runde Summe ... ach, Scheiße, ich habe jedenfalls alles verloren. Und jetzt verlangt er eine sofortige Anzahlung von zehn Prozent und den Rest plus Zinsen dann nächsten Monat. Ich bekomme erst übernächste Woche mein Gehalt und bin jetzt blank. Und wenn ich nicht wenigstens die Anzahlung leiste, will er ... Ach, verdammt, ich hab keine zweihundert Pfund – geschweige denn zweitausend.« Philip stockte.

Ich ging mit wackeligen Knien weiter. Zweitausend Pfund! »Was ist, wenn du nicht zahlst?«, fragte ich nach.

»Jemand aus meiner Familie würde es bereuen«, sagte Philip mit erstickter Stimme.

»Er foppt dich«, sagte ich, aber mein Herz pochte schneller.

»Nein, Felicity. Er wusste, wo Mum und du wohnen, er kannte Annas Adresse und wusste sogar die Zeiten von Jeremys Schichtdienst.«

Ich lehnte mich an die nächste Wand. Meine Beine drohten wegzusacken.

»Felicity, er meinte, er würde mit dir anfangen«, sagte Philip und schluchzte. Weinte er etwa? Wegen mir? Und warum ich zuerst? Obwohl … wenn jemand von uns, dann wohl am besten ich. Anna hatte den kleinen Jacob, Jeremy musste für beide sorgen. Und Mum für mich. Ich musste für niemanden sorgen. Ich war überflüssig. Natürlich ich.

»Nur zweihundert Pfund für die Anzahlung. Um ihn zufriedenzustellen.« Sein Tonfall war flehend. »Dann fällt mir schon was ein.«

»Geh zur Polizei, Philip«, sagte ich endlich.

»Das kann ich nicht! Er behauptet, er hat dort gute Freunde, die ihn darüber informieren, wenn ich auftauche.« Philip schnäuzte sich. »Hör mal, Felicity. Kannst du mir das Geld leihen? Du hast doch für dein Studium was auf die Seite gelegt.«

»Mum hat damit das Finanzamt bezahlt. Ich bin total blank«, sagte ich kalt. Nie hatte ich sie mehr gehasst als in diesem Moment.

»Scheiße«, hauchte Philip am anderen Ende der Leitung.

Lange sprach keiner von uns ein Wort. Endlich sammelte sich Philip wieder. »Pass auf dich auf, ja?« Dann legte er auf.

Ich starrte sprachlos geradeaus, ohne etwas wahrzunehmen. Danke, Philip. Das half mir enorm. Philip hatte tatsächlich geweint, sonst hätte ich gesagt, es wäre ein schlechter Scherz von ihm. Wie damals, als wir gerade nach London gezogen waren und er mich in den Keller gelockt hatte – und dann dort für zwei Stunden einsperrte.

Was sollte ich tun? Wo konnte ich auf die Schnelle zweihundert Pfund auftreiben? Sollte ich Mum bitten? Aber Mum hatte selber nichts. Ich hatte gestern wieder ein paar Rechnungen auf dem Küchentisch liegen sehen.

Ich musste mir etwas einfallen lassen.

Oder untertauchen.

Eine Stunde später – ich saß gerade vor Toast, Käse und Marmelade – meldete mein Handy den Eingang einer SMS. Lees umwerfendes Lächeln strahlte mich an. Wann hatte er das denn eingestellt? Und wie? Mein Handy hatte nicht mal eine Fotofunktion. Seine Elfenmagie wirkte anscheinend auch auf altmodische elektronische Geräte. Ich grinste und öffnete die Nachricht.

National Gallery sucht Aushilfskräfte, las ich dort.

Das klang interessant. Ich hatte gehört, die suchten ständig jemanden für die Beaufsichtigung der einzelnen Räume, die Garderobe oder das Café und den Souvenir-Shop.

Allemal besser, als in einem Pub zu kellnern. Vor allem in einem Pub, in dem das Trinkgeld gänzlich entfiel. Ich räumte den Rest Käse in den Kühlschrank und packte das Brot weg. Gerade als ich die Krümel zusammenfegen wollte, tauchte Mum in der Küchentür auf.

»Felicity, ich gehe jetzt in den Pub.« Sie hatte ihre Haare sorgfältig frisiert, ein wenig Make-up aufgetragen und ihre gute Bluse gebügelt.

»Ist was Besonderes?«, fragte ich überrascht.

»Nein, wieso?« Sie kramte in ihrer Handtasche.

»Du siehst so hübsch aus.«

»Oh, heute Abend ist der Verein der Kaninchenzüchter wieder da und ich möchte später nicht ganz so abgehetzt aussehen. Also beuge ich vor.«

Falls sie versuchte mir damit ein schlechtes Gewissen einzureden – es funktionierte. Ich holte tief Luft. In meinem Gehirn rivalisierten der Drang zu helfen und der Frust über ihren Verrat. Konnte ich meine Mutter im Stich lassen? Sie arbeitete hart fürs

Überleben. Eine bezahlte Arbeitskraft konnte sie sich nicht leisten. Der Pub war ihr Leben. Ohne mich würde …

Mein Handy klingelte erneut.

»Mum …« Sie sah auf. Ihre warmen, braunen Augen leuchteten. Das Handy klingelte weiter. Lees Gesicht strahlte über das ganze Display. Was zum Teufel …?

»Ja, Felicity?« Mum sah mich erwartungsvoll an.

Der Klingelton nervte. Ich schloss einen Moment die Augen. »Sekunde, Mum.« Ich drückte die grüne Taste und fauchte. »Was willst du?«

»Untersteh dich nachzugeben.«

Perplex starrte ich auf das Display, als könnte ich ihm damit in die Augen sehen. Mir ging auf, dass es nur ein Foto war. Ich hielt das Handy wieder ans Ohr.

»Felicity, du wirst doch deiner Mutter nicht aushelfen, nachdem sie dir so wehgetan hat?« Lee klang wütend.

»Woher …?«

»In der National Gallery bezahlen sie zehn Pfund die Stunde. Und du bekommst die Arbeitskleidung gestellt. Du arbeitest höchstens freitags bis halb zehn, ansonsten ist um sechs Uhr Feierabend. Du wärst sogar für den Französischkurs noch immer früh genug fertig.«

Ich sprang auf und rannte an Mum vorbei in mein Zimmer.

»Woher weißt du, was hier gerade vorgeht?«, zischte ich und tastete mit der freien Hand sämtliche Taschen an mir ab.

»Ich habe dir keine Wanze untergejubelt, wenn du das meinst«, sagte Lee und klang beleidigt.

»Wieso weißt du dann davon?«

Er zögerte und ich wusste, er suchte nach Ausreden.

»Ist das wieder so ein Elfending?«, flüsterte ich in den Hörer.

»Ja. Genau. So ein Elfending.«

Weshalb klang das gelogen?

»Bitte, Fay, denk doch an das Geld, das du im Museum verdienen kannst. Du kannst nicht zu einer Kugel Eis mitgehen und willst dich nicht einladen lassen. Möchtest du nicht manchmal unabhängig sein?« Jetzt flehte er beinahe.

Er hatte ja Recht. Ich konnte und wollte meinen Freunden nicht auf der Tasche liegen.

»Felicity?« Mum öffnete meine Zimmertür einen Spalt.

»Fay ...«, hörte ich Lees Stimme am Telefon.

»Ich muss jetzt gehen«, sagte Mum und ihr Blick war so hoffnungsvoll.

»Ich komme dich gleich abholen. Dann bringe ich dich zum Trafalgar Square.«

Innerlich zerrissen. Mit einem Mal verstand ich den Spruch.

»Felicity?«

Ich dachte an Mums müdes Gesicht abends. Ich dachte an ihren schweren Stand hier in London. Und dann dachte ich an diesen dunklen, ungemütlichen Pub und die drei Stooges, die allabendlich an der Theke saßen. An meinen Traum, zu studieren, und dass ich es wahrscheinlich sowieso nicht konnte, weil ich keinen Penny besaß.

»Ich muss auf Lee warten«, sagte ich leise. Wie erwartet verzog sich Mums Gesicht. Der Glanz in ihren Augen erlosch und sie schloss die Tür.

»Fay, ich bin schon unten«, hörte ich Lee. Ich legte auf und begann zu weinen.

Ich weiß nicht, wie er ins Haus kam – wahrscheinlich wieder

so ein Elfending –, aber zwei Minuten später fühlte ich Lees Arme um mich. Trotz des leichten Stromschlags zuckte er nicht zurück, sondern zog mich auf seinen Schoß.

Er sagte nichts, hielt mich einfach nur fest. Eine kleine Ewigkeit saßen wir so eng umschlungen da. Irgendwann nahm ich wieder seinen zarten Duft wahr und seine elfenhafte Temperatur. Außerdem noch etwas anderes. Ich spürte seine Muskeln und seinen festen Körper. Sein männliches Kinn und die fein geschwungenen Lippen waren ganz dicht vor meinen Augen. Lippen, die Felicity Stratton so geküsst hatten, dass die ihm seither verfallen war. Lippen, um deren Mundwinkel manchmal niedliche kleine Lachfältchen lagen, ähnlich zarten Narben. Um die Augen hatte Lee keine Falten. Nicht einmal, wenn er lachte. Nur die Stelle zwischen seinen Augen kräuselte sich dann. Und sein Kinn wirkte den ganzen Tag über, als wäre er frisch rasiert.

»Musst du dich eigentlich nicht rasieren?«, fragte ich, ohne nachzudenken. Da waren sie: diese süßen Lachfalten um seine Mundwinkel.

»Nur, wenn ich mir einen Bart wachsen lasse und ihn dann nicht mehr will.«

»Habe ich das tatsächlich laut gesagt?«, stöhnte ich und schloss für einen Moment die Augen.

»Ist auch so ein Elfending.« Lees Hände strichen weiter über meinen Rücken.

»Dumme Äußerungen seiner Mitmenschen hervorlocken?«

Lees Brust bebte vor Lachen. »Nein. Bartwuchs. Ich finde, so ein Dreitagebart steht mir. Und die Frauen finden's auch gut.«

Ich knuffte ihn. Da war er wieder, der arrogante Macho. Aber sein süffisantes Grinsen verblich zu einem aufrichtigen Lächeln.

»Es gehört auch dazu: Ich kann den Bartwuchs aussetzen lassen, wann ich möchte.«

Ich dachte an den Bruder meines Großvaters, Onkel Edward, dessen Nasenhaare richtige Büsche waren. Im Winter verlängerte Eiszapfen. Dem hätte so eine Fähigkeit auch gutgetan.

Lees Lippen kräuselten sich wieder. Er sah mir noch immer in die Augen. Und ich ihm. Diese unglaublichen Augen mit dem dunklen Außenring um die zartblaue Iris. Sein Gesicht kam noch näher. Sein Kopf veränderte den Winkel. Ich wusste, er wollte mich küssen. Mein Herz begann schneller zu schlagen. Ich fühlte seinen Atem auf meiner Wange, erkannte jede einzelne Bartstoppel und mir schoss durch den Kopf, dass er sie allein wachsen ließ, um Frauen zu verführen. Er war über dreihundert Jahre alt! Wie viele Frauen hatte er wohl verführt? Ich wäre bestimmt Nummer sechshundertvierzig. Falls das reichte. Zwei Frauen pro Jahr waren für einen Mann wie Lee bestimmt noch zu wenig. Im letzten Moment machte ich einen Rückzieher.

Also legte ich meinen Kopf wieder an seine Schulter, aber ich wagte es, eine Hand auf seine Brust zu legen. Sie war fest und lauwarm. Ich fühlte die Muskelstränge durch sein Shirt. Er roch zudem wieder nach Moos und etwas leicht Blumigem. Etwas, das an Frühling erinnerte. Irgendwann würde ich schon draufkommen. Ich atmete tief ein, um diesen Duft festzuhalten.

»Na, komm schon, Fay. Ich bringe dich zur National Gallery.« Lees Stimme hörte sich mit einem Mal genauso belegt an wie meine vorhin.

Ich bekam den Job. Lee hatte mich ins Museum begleitet. Mit ihm an meiner Seite konnte der Personalchef gar nicht anders als mich einstellen. Lees Ausstrahlung war äußerst einnehmend und sein Charme trug das Übrige dazu bei.

Anschließend waren wir beide gemeinsam noch durchs Museum geschlendert.

»Ich habe außerhalb der Schule mit niemandem so viele Sehenswürdigkeiten besichtigt wie mit dir«, erklärte ich, als wir uns Ewigkeiten später in unserem Treppenhaus voneinander verabschiedeten.

»Wir waren bislang doch nur im Tower und in der National Gallery.« Er schien verlegen.

Ich hätte gern seine Hand genommen, aber alle weiteren Berührungen nach unserem intimen Moment hatten Funken schlagen lassen. Deshalb lächelte ich ihn warm an. »Danke, Lee. Ich freue mich auf meinen Job.« In drei Tagen konnte ich anfangen Geld zu verdienen. Vielleicht könnte ich Philip sogar helfen ...

Letzteres las Lee in meinen Augen. »Philip?«, fragte er verblüfft.

Ich erzählte ihm von Philips Anruf. Daraufhin verdüsterte sich seine Miene. »Ich kümmere mich darum. Du wirst ihm nicht einen Penny von deinem Geld geben. Hast du verstanden?«

Ich atmete auf. Natürlich würde Lee sich damit befassen. Er war Agent. Außerdem kümmerte er sich immer um alles. Vertrauensvoll schaute ich ihn an. Vielleicht wäre ein Kuss ...

Lee zuckte zusammen. Er fasste in seine Tasche und zog diesen kleinen goldenen Gegenstand heraus, der wirkte wie ein alter Kompass, aus Gold und mit Edelsteinen besetzt. Sein Karfunkel, ein Telemedium. Lee konnte das Aufblitzen der Edelsteine lesen, wie ich eine SMS auf meinem Handy. Sein Gesicht wurde blass.

»Was ist los?«, fragte ich erschrocken.

Er sah mich an. »Der Kronrat hat deine Verhaftung ausgesprochen. Sie wollen dich holen. Ein Trupp ist auf dem Weg hierher.«

Schlagartig war um mich herum jedes Geräusch doppelt so laut. Ich hörte Autotüren schlagen, Schritte auf dem Trottoir. Kamen sie auf unser Haus zu? Ich stürzte hektisch zum Treppengeländer. Waren sie schon da? Kamen sie die Treppe hoch? Sie wussten, wo ich wohnte! Jeder meiner Bekannten wusste, wo ich wohnte. Und unsere Wohnung, die vom Treppenhaus nur mit einer schäbigen, schlecht schließenden Tür getrennt wurde, bot keinen Panic Room.

»Wir fliehen.« Lee sah auf sein Telemedium. »Sie haben es nicht eilig, weil sie dich nicht fürchten. Uns bleiben ungefähr zehn Minuten. Komm her.«

Ich zögerte nur eine Sekunde, dann warf ich mich in seine ausgestreckten Arme.

Es zuckte, als hätte er mir mit einem Elektro-Teaser einen Schlag verpasst. Erschrocken schloss ich die Augen. Als ich sie wieder öffnete, befanden wir uns in einer dunklen Halle. Buntes Licht drang gedämpft durch die Glasscheiben.

»Eine Kirche?«, fragte ich und löste mich aus Lees Umarmung.

»Genau genommen sind wir im Doncaster Münster. Wir werden jetzt warten, bis es dunkel ist, und dann verschwinden.«

Ich folgte Lee in einen kleinen dunklen Raum.

»Die Sakristei wird nicht vor morgen benutzt. Hier dürften wir ein paar Stunden sicher sein«, erklärte Lee. Er öffnete nacheinander sämtliche Schranktüren, bis er eine Decke fand. Er legte sie neben den Wandheizkörper auf den Boden, setzte sich darauf und klopfte auffordernd mit der Hand auf den Platz neben sich.

Es war dunkel, kalt und abgestandener Weihrauch kitzelte in meiner Nase. Erschöpft ließ ich mich neben Lee sinken. Wenn auch Lee nur die elfenhaften fünfundzwanzig Grad Körpertemperatur besaß, so war doch wenigstens die Heizung angenehm warm. Ich schlug mir die Decke um die Beine und lehnte meinen Kopf zurück.

»In welchem Jahr sind wir?«, fragte ich Lee.

»1966«, antwortete er.

Ich glotzte. »Cool. Können wir uns ein Konzert der Beatles anschauen gehen?«

Lee rollte die Augen. »Jetzt denkst du an ein Rockkonzert?«

»Nein. Das war Ironie. Warum sitzen wir hier und hauen nicht sofort ab? Wenn dieses Münster ein Elfenhügel ist, werden sie doch auch hier landen.«

»Es ist nur ein Gefühl, aber ich traue den Raben nicht.«

Ich öffnete meine Augen, aber Lee sah nicht mich an, sondern auf die Prismen, die von der Sonne auf die gegenüberliegende Wand geworfen wurden.

»Ist dir noch nicht aufgefallen, dass du ständig von zwei Raben verfolgt wirst?«, fragte er.

Ich überlegte. Jetzt, wo er es sagte ... Raben waren bei meinem ersten, unfreiwilligen Zeitsprung in der Nähe gewesen. Raben waren in letzter Zeit ständig auf dem Schuldach und im Park oder am Berkeley Square bei Lees Haus. »Sind das Irrwische?«, wollte ich wissen.

»Irrwische?« Lees blaue Augen sahen mich fragend an.

»Na ja, Gestaltwandler. Tiere, in die man seine Seele verpflanzen kann.«

Lee gluckste. »Nein. Es sind Mittler. König Oberon erfährt

durch sie alles, was sie wahrnehmen, so eine Art Videoüberwachung. Magst du ein wenig schlafen? Ich werde dich wecken, wenn wir aufbrechen können.«

Er stopfte noch ein wenig Decke um mich und tatsächlich schlief ich eine Stunde später ein.

»Fay! Wach auf! Wir können gehen.«

Ich blinzelte und sah ... nichts. Um mich herum war alles dunkel und voller Schatten. Ich wollte mich tiefer in die Decke kuscheln, aber sofort fühlte ich den harten Boden unter mir. Das ließ mich schlagartig wach werden.

Lee half mir auf. »Es ist dunkel genug. Lass uns gehen.«

Wir verließen die Kirche. Hier herrschte richtiger Winter. Die Puderschicht Schnee, die alles bedeckte, glitzerte im Mondlicht. Es war eisig und ich war für meine dicke Jacke dankbar. Lee drängte mich, auf seinen Rücken zu klettern. Ich wusste, was das bedeutete: Er würde mit seiner elfenhaften Geschwindigkeit laufen und uns innerhalb von Sekunden aus der Stadt bringen.

»Könnte dich eine Verkehrskamera blitzen?«, fragte ich ihn, als ich meine Arme um seinen Hals schlang, und fühlte sein Lachen.

»Nur wenn ich irgendwann so breit wie ein Porsche bin.«

Dann lief er los. Ich sah nur Schlieren von Lichtern an mir vorbeirauschen und mir wurde innerhalb kürzester Zeit bitterkalt. Meine dicke Winterjacke nützte überhaupt nichts mehr. Ich spürte die Kälte alles durchdringen, den Rücken hochziehen, und nahm mir fest vor, bei nächster Gelegenheit ein paar Handschuhe zu kaufen. Der »Fahrtwind« trug ein Übriges dazu bei. Weshalb musste mir so etwas im Januar passieren? Wieso konnten wir nicht im Sommer flüchten? Dann wäre mir die Zugluft willkommen. Wieso mussten wir überhaupt flüchten? Meine Gedanken drehten sich im Kreis und irgendwann war mir zu kalt zum Denken.

Wie lange er lief, konnte ich nicht sagen, ich fühlte meine Hände nicht mehr oder so etwas wie Oberschenkel.

»Hoppla.«

Lee hielt abrupt an und umfasste meine Arme fester. Ich rutschte von seinem Rücken.

»Du meine Güte, Fay, das tut mir leid.« Er kniete vor mir, rieb meine Arme, hauchte in meine Hände, aber ich fühlte nichts mehr außer Kälte. »Fay? Fay! Nicht einschlafen. Ich bringe dich wo hin, wo es warm ist.«

Ich konnte nicht mehr nicken. Mir wurde schwarz vor Augen.

Erst in dem Zimmer mit der Blümchentapete wachte ich wieder auf.

AGENT IM EINSATZ

»Sie wissen Bescheid. Sie wissen, wo wir uns aufhalten. Und sie wollen mit uns reden.«

Ich sah Lee ängstlich an. Sein Mund war zu einem schmalen Strich zusammengepresst. Er hatte völlig vergessen, dass er halb nackt vor mir stand.

»Keine Bange. Ich rede mit ihnen. Ich werde ihnen einen Deal vorschlagen.«

»Was für einen Deal? Hast du noch einen weiteren Verdächtigen in petto?«

Lee zog sich mit elfengleicher Geschwindigkeit die Hose über.

»Nicht wirklich. Das weißt du genau. Aber du bist die Prophezeite. Sie können dich nicht einfach hinrichten.«

Ich horchte auf. »Hinrichten?«, quiekte ich. Meine Blase drückte mit einem Mal erschreckend fest.

Lee holte tief Luft und sagte langsam und überdeutlich wie zu einem kleinen Kind: »Sie werden dich nicht hinrichten. Nicht nach den neuesten Ereignissen.«

»Was für Ereignisse?« Ich musste aufs Klo. Dringend. Ansonsten würde ich mir gleich in die Hose machen.

Lee hielt mitten in der Bewegung inne. Sein Hosenstall war noch offen und gab den Blick frei auf seine Boxershorts. »Na ja, der tote Wachmann Connor war nicht alles. Die Seher auf Avalon haben einen Kampf vorausgesagt. Das Buch der Prophezeiung behauptet, dieser Kampf sei der Auslöser eines Krieges.«

»Was für ein Kampf?«

Lee seufzte. »Eigentlich hat er schon stattgefunden. Ein Kampf zwischen zwei ... ich weiß nicht genau, wer der andere ist. Der eine war der Wachmann, dessen Tod uns überrascht hat. Er ist nicht heimtückisch ermordet worden, er hat gekämpft. Aber mit wem, wissen wir nicht. Das können uns auch die Druiden von Avalon nicht sagen.«

»Was wissen die überhaupt?«, fragte ich sarkastisch.

»Du musst verstehen, dass deren Fähigkeiten begrenzt sind. Unter tausend Druiden findet sich vielleicht einer, der genaue Angaben machen kann. Der letzte lebte vor rund vierhundertfünfzig Jahren. Die ›normalen‹ Druiden können nur die Zeichen deuten. So ähnlich wie Sherlock Holmes. Der wurde übrigens auch auf Avalon ausgebildet. Ebenfalls ein Druide.«

Ich sah Lee groß an. »Ich dachte, der wäre eine literarische Erfindung von Sir Arthur Conan Doyle?«

»Der Name, ja. Aber die Figur basiert auf Hermes Slockhol. Können wir da ein andermal drüber reden? Ich würde gern von hier verschwinden. Was ich eigentlich sagen wollte: Die Seher bestätigen deine Unschuld. Das reicht König Oberon vorerst. Wir können also zurück nach London. Oder wolltest du hierbleiben?« Er hob lasziv seine Augenbrauen. »Ist doch recht kuschelig für 1966. Die nette Vermieterin darf zwar nicht erfahren, dass wir nicht verheiratet sind – 1966 war es doch noch sehr konservativ, vor allem auf dem Land –, und das Bad müssen wir uns mit drei anderen Pärchen teilen ...«

»Zieh dich an. Du machst mich nervös«, stöhnte ich und suchte das Gemeinschaftsbad auf.

Wenig später beglich er die Rechnung bei einer kleinen, Kittelschürze tragenden Frau, die mich neugierig musterte. Dann brachte er uns zu einem kleinen Hain und zehn Minuten später standen wir in der Westminster Abbey. Weitere zwanzig Minuten, und wir waren wieder da, wo unsere Flucht tags zuvor begonnen hatte: im Flur vor meiner Haustür.

Lee blieb stehen und fasste in seine Hosentasche. Sein Karfunkel blinkte schon wieder. Er las die Lichtreflexe: »Sie erwarten, dass ich dich zu ihnen bringe. Das werde ich nicht tun. Aber Fay«, er sah mich ernst an, »ich muss das aufklären.«

Ich nickte beklommen. »Wo wirst du anfangen?«

»Am Hof von Versailles. Dort ist ein Mittelsmann, der zuletzt mit Connor gesprochen hat.«

»Bist du ein guter Agent?«, fragte ich leise.

Er lächelte und zog dabei einen Mundwinkel nach unten.

»Du bist der Beste, stimmt's?«

»Sagen wir einfach, ich konnte bis jetzt noch jeden Fall lösen. Und König Oberon vertraut mir.«

Ich sah ihn an. »Dann klär das.«

Er nahm eine Strähne meines Haars zwischen Zeigefinger und Daumen und liebkoste sie. Ich wollte, er hätte meine Wange so berührt. Aber der Stromschlag machte solche Gesten immer zunichte.

»Vertrau mir einfach.«

»Das tue ich«, sagte ich spontan.

Lee schien überrascht. »Ehrlich? Seit wann?«

»Seit dem Moment, als du mir endlich die Wahrheit über dich gesagt hast.«

Mit einem Mal schien er verlegen.

»Lee, kann ich nicht doch mitkommen und dir helfen?«

»Nein, Fay. Der Hof von Versailles ist voller Fallstricke. Dort erreiche ich mehr, wenn ich alleine nachforsche. Es könnte nur etwas dauern. Aber du weißt, meine Fälle dauern maximal zwei Wochen. So lange werden sie dich in Ruhe lassen. Dafür sorge ich.«

Daran zweifelte ich nicht. Aber zwei Wochen ohne Lee beziehungsweise ohne jemanden, der mich schützte, falls die Elfen doch durchgreifen wollten, waren mir nicht geheuer.

Ich hatte ein seltsames Gefühl in der Magengegend. Ich stellte mich auf die Zehenspitzen und küsste ihn auf die Wange. »Pass auf dich auf, ja?«

Er sah aus, als hätte ich ihm tausend Pfund Reisegeld in die Hand gedrückt. Als er die Treppe hinunterstieg, sah ich, wie er mit der linken Hand die Wange berührte, die ich geküsst hatte.

War mein Kuss so feucht, dass er ihn abwischen musste?

»Verdammt, Felicity, du kannst aber auch gar nichts richtig machen«, murmelte ich und schloss die Wohnungstür.

Erst später fiel mir ein, dass wir beide keinen Stromschlag bei dieser Berührung gespürt hatten.

DER NEUE LEHRER

Mir war klar, dass Lee ein paar Tage weg wäre. Aber mir war nicht klar gewesen, wie sehr ich ihn vermissen würde. Hinzu kam die Ungewissheit, ob er meine Unschuld an dem Mord würde beweisen können. Was, wenn der Kronrat beschließen sollte, nicht auf Lee zu warten, und mich abholen ließ? Das verdrängte ich einfach, so gut es ging, aus meinen Gedanken und versuchte mich auf den Unterricht zu konzentrieren. Nur wurde ich dadurch ständig an Lee erinnert.

Mir fehlten die kleinen Kabbeleien, die Flirts und Lees Duft. Wenn er nicht neben mir saß, war meine linke Seite ... kalt. Und das, obwohl er nur fünfundzwanzig Grad Körpertemperatur hatte. Ich wollte ihm gern von meinem ersten Arbeitstag in der National Gallery erzählen, von dem anderen Mädchen, das auch neu eingestellt worden war. Ich wollte ihm von Matildas guten Pfannkuchen mit der Extraportion Cranberries berichten und von Cheryl, die sich vergeblich aufgebrezelt hatte bei unserem gestrigen Spieleabend bei Corey.

Wie hatte er sich innerhalb eines halben Jahres so in mein Leben drängen können? Auch wenn ich mir einredete, ich müsse höchstens zwei Wochen durchhalten, es waren zähe Stunden. Ich fragte mich, ob ich nicht doch in ihn verliebt war. Vielleicht. Ein kleines bisschen. Aber wenn ich daran dachte, wie sehr Richard Cosgrove mein Herz zum Pochen brachte, dann musste ich ganz deutlich sagen: Das schaffte Lee nicht. Mir fehlte mein bester Freund. So einfach war das.

Selbst in der Cafeteria an unserem Tisch war es ohne ihn anders. Nicole stocherte lustlos in ihrem Essen, Ruby blickte verträumt aus dem Fenster und beteiligte sich an keiner Unterhaltung, und Corey versuchte nicht einmal einen schäbigen Witz zu reißen. Auch Phyllis und Jayden aßen teilnahmslos und sagten nur das Nötigste.

»Habt ihr schon gehört? Mrs Crobb hat die Frührente beantragt«, sagte Corey auf einmal.

»Gott sei Dank«, murmelte Jayden. »Ab wann ist sie weg?«

»Sie ist schon zu Hause. Irgendwas mit Depressionen und Burn-out.«

»Ob unser Bingo-Spiel ihr den Rest gegeben hat?«, mutmaßte Phyllis.

»Steht schon ein Nachfolger fest?«, wollte Nicole wissen.

Corey zuckte die Schultern. »Keine Ahnung. Das habe ich im Sekretariat aufgeschnappt, als ich für meine Schwester die ausgefüllten Anmeldeformulare abgegeben habe.«

Coreys Schwester Cheryl, eigentlich seine Stiefschwester, wollte im Sommer aufs Westminster College wechseln. Ihr zu erklären, dass sie mit dreizehn noch zu jung dafür war, war umsonst. Sie wollte in Lees Nähe sein und würde wohl lieber einen Rüffel vom Schulleiter in Kauf nehmen als einen wohlmeinenden Ratschlag von uns.

»Wie sieht es aus, Felicity, gehen wir heute Nachmittag joggen?«

Das hatte ich ganz vergessen. Jayden, Lee und ich trafen uns seit ein paar Monaten regelmäßig im Hyde Park zum Laufen. Anfangs hatten wir es nur um den Serpentine Lake herum geschafft, mittlerweile joggten wir quer durch bis Kensington und zurück zum Apsley House, an guten Tagen sogar zwei Runden.

»Tut mir leid, Jayden, ich muss heute Nachmittag arbeiten.«

Jayden, Corey, Nicole und Phyllis sahen mich neugierig an. Nur Ruby träumte weiter vor sich hin.

»Wie ist dein neuer Job?«, fragte Nicole und klang zum ersten Mal, seit Lee weg war, nicht desinteressiert.

»Cool«, gestand ich ehrlich. »Ich darf nicht nur intensiv sämtliche Gemälde studieren, sondern auch so arrogante Frackträger zurechtweisen, wenn sie glauben, ihre Telefongespräche vor Botticellis schlafendem Mars abhalten zu müssen. Ich sage euch, letzte Woche ist so ein Manager rot angelaufen und hat behauptet, ich hätte ihm einen Millionendeal kaputt gemacht. Da kam mein Vorgesetzter, hat sich hinter mich gestellt und gesagt, er solle seine Millionendeals draußen am Trafalgar erledigen und mich Venus und Mars in Ruhe lassen. Das war super.«

Alle grinsten breit.

Phyllis sagte: »Ich finde es großartig, dass du ausgerechnet in der National Gallery einen Job bekommen hast. Ich könnte mir stundenlang die Bilder von Cézanne ansehen.«

»Und ich find's gut, dass du endlich bezahlt wirst für deine Plackerei«, sagte Jayden.

Vor kurzem hatte er zum ersten Mal deutlich gemacht, wie sehr es ihn ärgerte, dass Mum mich nicht hatte bezahlen können. »Ich auch«, gestand ich und lächelte ihm aufrichtig zu. »Es ist toll zu sehen, dass ich mir wahrscheinlich doch das Studium leisten kann, wenn ich kein Stipendium bekomme.«

»Sollen wir dann morgen Nachmittag joggen?«, fragte Jayden und lächelte sonnig zurück.

»Gern«, antwortete ich spontan.

»Oh. Mein. Gott.«

Ruby war aus ihren Träumen erwacht und sah mit aufgerissenen Augen und offenem Mund zur Tür der Cafeteria.

Überrascht folgten wir ihrem Blick und wussten sofort, was sie meinte: Ein Mann stand neben unserer Schulleiterin Mrs Haley-Wood. Er war groß, blond, sportlich und von überdurchschnittlich gutem Aussehen. David Beckham hätte sich von ihm eine Scheibe abschneiden können.

Jetzt sah er zu uns rüber und mir stockte der Atem.

»Das muss der neue Lehrer sein.« Nicoles Stimme überschlug sich beinahe.

»Wow«, seufzte Ruby aus tiefstem Herzen.

Mrs Haley-Wood kam mit ihm durch die Cafeteria in unsere Richtung. Ich sah das smarte Lächeln auf seinem Gesicht. »Sag mir, dass ich träume«, hauchte ich noch immer fassungslos.

»Du träumst nicht. Hallo, Felicity.« Seine Stimme war genauso verlockend und tief, wie ich sie in Erinnerung hatte.

»Ach, ihr kennt euch?« Mrs Haley-Wood war vor unserem Tisch stehen geblieben und sah mich überrascht an.

»Vielleicht haben Sie schon von Mrs Crobbs Frühpensionierung erfahren. Zum Glück haben wir sofort einen Nachfolger gefunden. Mr Duncan hat Geschichte studiert und wird ab morgen Mrs Crobb ersetzen«, sagte sie unbefangen und himmelte Ciaran offen an.

Ciaran zwinkerte mir kurz zu und ließ sich dann von Mrs Haley-Wood wegziehen.

Perplex starrte ich ihm hinterher und merkte erst, als Nicole mit ihrer Hand vor meinen Augen wackelte, dass alle mich anstarrten. Nicht nur meine Freunde an unserem Tisch, die gesamte Cafeteria.

»Hallo? Woher kennst du ihn?« Nicole klang regelrecht sauer.

Ich sprang auf. »Du kennst ihn auch. Er ist der Typ aus dem Kaufhaus, wo ihr eure Kleider für den Ball gekauft habt. Bis gleich.«

Ehe ihnen einfiel, dass er zu dem Zeitpunkt fünf Jahre jünger ausgesehen und mich zu einem Date eingeladen hatte, schnappte ich mir mein Tablett und meine Tasche und hetzte zum Ausgang. Ciaran hinterher.

Ich hatte Glück. Ich holte ihn vor einer der vielen Nischen ein, die sich in diesem alten viktorianischen Bau überall befanden. Mrs Haley-Wood war nicht mehr zu sehen. Energisch zog ich Ciaran am Ärmel unter die Treppe, wo wir geschützt waren. Die gleiche Nische, in der Felicity Stratton einst Lee geküsst hatte.

»Gehst du immer so ran?« Ciaran lehnte sich mit dem Rücken an die Wand und grinste breit. »Und ich dachte immer, Frauen wollen erobert werden.«

»Was tust du hier?«, zischte ich.

»Ich bin dein neuer Geschichtslehrer. Als solcher sollte ich mich vielleicht nicht in einer dunklen Ecke mit einer meiner Schülerinnen rumtreiben. Wenn wir erwischt werden, verliere ich meinen Job eher, als mir lieb ist.«

»Verdammt, Ciaran, sei mal ernst«, fauchte ich. »Was soll das? Du hast nicht Geschichte studiert!«

»Woher willst du das wissen?« Er schien sich köstlich zu amüsieren. »Ich bin 1724 Jahre alt. Ich habe Geschichte *erlebt*.«

Ich sah ihm tadelnd in die Augen und dachte: *Das macht noch keinen Magister.*

Ciaran steckte die Hände in die Hosentaschen. »Weißt du eigentlich, wie viel Zeit einem bleibt, wenn man älter als achtzig oder neunzig Jahre wird? Ich *habe* studiert. Mehr als einmal und mehr als ein Fach.« Jetzt war sein Blick etwas vorwurfsvoll.

Ich atmete tief durch. »Okay, mag sein. Aber warum hier? Warum auf diesem College? Du könntest überall auf der Welt ...«

»Komm schon, Felicity, das ist doch wohl offensichtlich.« Er zog einen Mundwinkel nach oben und lächelte mich schief an.

Was mich unwillkürlich an Lee erinnerte, und zum ersten Mal sah ich die Ähnlichkeit zwischen den beiden Cousins. In dem Moment hatte er in meinen Augen den Gedanken an Lee erkannt. Das konnte ich an seinem Gesicht ablesen. »Hast du was von ihm gehört?«, fragte ich leise.

»Er ist noch in Frankreich am Hof von Ludwig XVI., glaube ich zumindest.«

Ich nickte und ließ den Kopf hängen. Wahrscheinlich tanzte Lee gerade mit einer wunderschönen Hofdame und genoss dabei die Unterhaltung bei Hofe. Die Hofdamen hatten doch zu dieser Zeit nichts anderes zu tun gehabt, als zu flirten und dem König und den anderen Männern zu gefallen, oder? Das perfekte Zeitalter für Lee. Mit Sicherheit besser, als zum x-ten Mal die Schulbank neben mir zu drücken.

Ciaran las meine Gedanken. »Wir werden uns gut verstehen, Felicity. Es wird bestimmt lustig, dich abzufragen.«

Ich warf ihm einen düsteren Blick zu. »Verlass dich nicht zu sehr darauf. Ich könnte den Spieß umdrehen.«

Er lachte leise und kniff mir onkelhaft ins Kinn. »Ich freue mich darauf, wenn du mich vor den anderen Mr Duncan nennen musst. Das gibt dem Ganzen eine distinguierte Note, findest du nicht?«

Ich schnaubte und musterte ihn noch einmal genauer. Er trug einen kurzen Bart, seine Haare waren anders frisiert und seine ganze Ausstrahlung inklusive Kleidung wirkte … älter. »Apropos distinguiert: Wie machst du das? Du siehst älter aus. Beim letzten Mal hast du genauso alt wie Lee gewirkt. Na ja, vielleicht drei, vier Jahre älter. Aber jetzt kommst du mir vor wie Anfang dreißig.«

Er hob überrascht eine Augenbraue. »Hat Lee dir nichts davon erzählt? Wir Elfen können auch unser Aussehen ändern. Gut, wir Halbelfen nicht wirklich, aber wir können uns zumindest älter und jünger machen.«

Ich war verblüfft. »Du könntest dich in einen alten Mann verwandeln?«

Er zuckte die Schultern. »Wenn ich wollte. Aber das hier ist mein Lieblingsaussehen. Nicht mehr so milchbübisch, und ich finde, der angedeutete Bart hat was.«

Ganz entschieden. Er sah umwerfend aus.

Wieder las Ciaran meine Gedanken. Das konnte ich an dem breiten Grinsen sehen, das sein Gesicht überzog. »Ich sehe schon, wir werden uns gut verstehen, Felicity.«

»Oh, wir beide werden nicht viel Zeit zusammen verbringen können«, sagte ich trocken und rückte meine Schultasche zurecht. »Warte, bis du den Star Club kennenlernst. Die werden dich voll auslasten. Und in der übrigen Zeit werde ich lernen müssen, damit ich mich vor meinem neuen Geschichtslehrer nicht blamiere.«

»Ich könnte ja mit etwas Einfachem anfangen. Karl der Große zum Beispiel.«

»Hm. Wie wäre es mit Shakespeare? Ein Sommernachtstraum. Wir könnten das Thema Elfen einmal anschneiden und welches Volk tatsächlich im dritten Jahrhundert in Britannien regierte.«

Ciaran verließ lachend die Nische.

UNTERRICHT BEIM HEISSESTEN LEHRER LONDONS

Nachdem ich den ersten Schock überwunden hatte, fand ich es auf den zweiten Blick klasse, dass Ciaran ab sofort in meiner Nähe war. Das ließ Lee nicht so weit entfernt scheinen. Natürlich warnte mich eine leise Stimme in meinem Hinterkopf immer noch vor ihm. Eine Stimme, die der Karls des Großen verdächtig ähnlich klang. Trotzdem überwog meine Zuversicht.

Wir alle sahen der ersten Unterrichtsstunde bei dem neuen Geschichtslehrer mit Spannung entgegen.

Vor allem Cynthia Newmarket und Ava Gartner legten an diesem Tag besonders viel Wert auf ihr Aussehen. Die beiden warfen auch kurzerhand Ralph und Louisa von ihren Plätzen, um in der ersten Reihe zu sitzen. Ein Platz, den bei Mrs Crobb jeder gemieden hatte.

Ciaran betrat den Klassenraum, legte seine Tasche ab und stellte sich vor. Dabei sah er jedem Schüler für einen Moment in die Augen.

Als die Reihe an Ava und Cynthia war, konnte ich sehen, wie die beiden ihre Kopfhaltung änderten und verführerisch lächelten. Sogar Felicity Stratton, die, seit Lee am College war, keinem anderen Jungen mehr Beachtung geschenkt hatte, klimperte mit den Wimpern.

»Von Mrs Crobb habe ich erfahren, dass Sie zuletzt den Krieg mit Spanien und den Sieg über die Armada durchgenommen haben. Ein wunderbarer Ausgangspunkt für eine glorreiche Zeit in England. Nach diesem Sieg waren die Staatskassen erst einmal wieder gefüllt und Künstler konnten gefördert werden, die ansonsten vielleicht nur für den Jahrmarkt produziert hätten und damit auf ewig in der Versenkung verschwunden wären. Shakespeare zum Beispiel profitierte von dem politischen Sieg und er widmete der Königin einige seiner besten Stücke. Zum Beispiel den Sommernachtstraum. Felicity Morgan, Sie haben bereits angedeutet, dass Sie dieses Stück ganz besonders lieben.«

Ich erstarrte. Alle Blicke wandten sich mir zu.

»Nun, vielleicht können Sie uns etwas über den Hintergrund sagen?« Ciarans Augen funkelten spöttisch. Er hatte mich eiskalt erwischt.

Ich räusperte mich. »Nicht wirklich, Mr Duncan. Immerhin handelt das Stück ja vom Feen- und Elfenreich. Ein reines Märchen also.«

»Sind Sie sicher? Ich wollte heute mit Ihnen den Ursprüngen von Shakespeares Dramen nachgehen. Glauben Sie, Heinrich V. ist auch Fiktion?«

»Nein, natürlich nicht«, antwortete Ava eilfertig. »Jeder weiß, dass er eine entscheidende Schlacht im Hundertjährigen Krieg geschlagen hat.«

Jetzt hatte sie, was sie wollte: Ciarans Aufmerksamkeit.

»Und woher wissen Sie das, Miss Gartner? Waren Sie dabei? Haben Sie König Heinrich kennengelernt?« So wie er das sagte, war ich mir sicher, *er* hatte ihn persönlich gekannt.

Ava dagegen wurde rot vor Verlegenheit. »Natürlich nicht«,

wiederholte sie, dieses Mal stammelnd. »Aber die Bücher und Historienschreiber haben das doch festgehalten.«

»Und genauso wurden die Legenden von Elfen und Feen festgehalten«, entgegnete Ciaran.

»Was bezweckt er mit dieser Art Unterricht«, flüsterte mir Phyllis zu. Ich zuckte die Achseln.

»Würden Sie sagen, Julius Cäsar sei ein Märchen, Miss Newmarket?« Jetzt wandte er sich an Cynthia.

»Äh, nein, eigentlich nicht.«

Ciaran sah jetzt auf Phyllis. »Was ich mit diesen Fragen bezwecke, Miss Garraway, ist, dass wir heute nicht mehr nachvollziehen können, was wahr ist und was Fiktion. Wir werden gemeinsam die Fakten recherchieren und anhand dieser beurteilen, was Geschichte ist und was in das Reich der Märchen gehört. Das Auswendiglernen von Zahlen und Daten ist mühsam und langatmig. Ich werde Ihnen zeigen, wie Politik zu Geschichte wird. Wir werden dabei nicht unbedingt chronologisch vorgehen. Und wir werden die Mythen und Legenden mit einbeziehen und warum sie in der Vergangenheit so wichtig für die Gesellschaft waren. Es sei mal dahingestellt, ob die Märchen einen wahren Kern haben oder nicht.«

Und ob sie den haben. Schieb mal deine Mähne von den Ohren weg, dachte ich.

Ciaran sah mir ausgerechnet in diesem Moment in die Augen. Er lächelte amüsiert. »Felicity, möchten Sie uns etwas über die Ursprünge des Sommernachtstraums verraten?«

Mir wurde siedend heiß und ich schüttelte den Kopf.

»Gut, dann befassen wir uns mit Shakespeare und der elisabethanischen Politik.«

Ciarans Unterricht war aufregend. Und anstrengend. Er war das Thema der ganzen Schule nach seinem ersten Arbeitstag. Mit uns hatte er die soziale Lage der Bevölkerung zur Zeit Shakespeares durchgenommen, von anderen erfuhren wir, er habe den römischen Senat anhand einer PowerPoint-Präsentation erklärt. In wieder anderen Klassen hatte er die fatale Regency-Zeit unter George IV. besprochen. Fakt war: Alles, was Ciaran an diesem Tag unterrichtet hatte, konnte von sämtlichen Schülern beinahe eins zu eins wiedergegeben werden.

Ich dachte noch darüber nach, als ich gegen halb vier meine neue Uniform anzog und mich auf den Weg zum Museum machte. Mrs Collins steckte den Kopf aus der Wohnungstür, als ich das Treppenhaus hinunterging.

»Na, Felicity? Auf dem Weg zur Arbeit?« Sie gab sich keine Mühe, den Spott in der Stimme zu verbergen.

»Ja, Mrs Collins«, antwortete ich artig.

»Lässt deine arme Mutter allein malochen! Ich finde das nicht richtig von dir. Sie hat immer so hart geschuftet, um für euch zu sorgen.«

Und sie hatte es nie auf einen grünen Zweig gebracht. Mein ganzes erspartes Collegegeld – hauptsächlich vererbt von meinem Großvater – hatte sie benutzt, um ihren maroden Pub am Laufen zu halten. Aber das sagte ich nicht zu Mrs Collins. Ich ging einfach weiter. Leider kam mir in diesem Moment Mrs Collins' Sohn Tom von unten entgegen. Anscheinend hatte er schon Feierabend.

»Hey, City«, grüßte er mit einem anzüglichen Grinsen. »Wow, du siehst ja richtig schick aus. Wie 'ne Stewardess. Kommst du heute Abend mit? Wir wollen in so 'nen neuen Klub.«

»Tut mir leid, Tom«, sagte ich und versuchte bedauernd auszusehen. »Aber ich muss nach meiner Schicht noch lernen.«

»Für dein zukünftiges Studium?«, fragte er spöttisch. »Willst immer noch was Besseres werden, was?«

Ich wollte einfach an ihm vorbeigehen, aber er streckte einen Arm gegen die Wand und blockierte den Durchgang.

»Lass mich vorbei, Tom«, sagte ich und betete um Geduld. Das war schwer bei Mrs Collins und Tom. Aber Tom war niemand, den man sich zum Feind machen sollte. Er war einen Kopf größer als ich und bullig. Vielleicht sollte ich Lee irgendwann einmal bitten, Tom in seine Schranken zu weisen. So wie er es mit Jack Roberts gemacht hatte. Jack hatte mich auf einer Party letztes Jahr geküsst und war zudringlich geworden. Lee hatte ihm den Kopf zurechtgerückt. Auf äußerst wirksame Art und Weise.

»Nur wenn du mir versprichst, dass du Freitagabend mitkommst.«

Wo hatte er denn die Anmache aufgetrieben? Kurzerhand wollte ich unter seinem Arm durchschlüpfen, aber er hielt mich fest. Sein Kopf neigte sich gefährlich nah zu mir herunter.

»Du riechst in letzter Zeit so gut, weißt du das? Hast du dir endlich mal ein Shampoo geleistet?«

Ich trat ihm mit aller Kraft auf den Fuß. »Komm zurück auf den Boden, Romeo«, zischte ich. »Ich muss jetzt gehen.«

Er ließ mich los und trat einen Schritt zurück, um mich vorbeizulassen, aber um seinen Mund spielte noch immer ein anzügliches Grinsen. »Was denn, City? Das war ein Kompliment. Du hast dich echt gemacht seit dem Sommer. Keine Zahnspange mehr, du riechst gut und deine Haare sind irgendwie anders. Ist dein Gigolo daran schuld? Und wenn schon, du spielst trotzdem nicht in seiner Liga. Auch wenn du dich noch so sehr versuchst zu stylen, du wirst nie so aussehen wie die Models, mit denen sich solche Typen umgeben.«

Ich stapfte weiter nach unten. »Komplimente machen musst du noch lernen«, rief ich zurück.

DAS UNHEIMLICHE GEMÄLDE

Im Museum teilte man mich in die Räume 19 bis 24 ein, wo Gemälde aus dem sechzehnten und siebzehnten Jahrhundert hingen. Heute war wenig los. Das schmuddelige Januarwetter hielt die Touristen aus London fern und die Londoner selbst hatten anscheinend auch keine große Lust auszurücken, wenn sie nicht mussten. Dementsprechend waren nur eine Handvoll Kunststudenten im Museum verstreut.

Ich war praktisch ganz allein in den Räumen. Aber das machte mir nichts aus. Bei der Einführung hatte der Leiter der National Gallery – von all seinen Angestellten Triple-B genannt, was sich aus Boss und den Initialen seines Namens Bradley Biglow zusammensetzte – erklärt, wir sollten uns so viel wie möglich über die Gemälde informieren. Wir dienten den Besuchern auch als Auskunft. Jeder von uns bekam einen Museumsführer und ich staunte nicht schlecht, was es alles bei einem Gemälde zu beachten gab. Nicht nur die Zusammensetzung der Farben, sondern auch die Art der Pinselführung und vieles mehr.

Das Bild eines verzauberten Schlosses hatte es mir besonders angetan. Meer, Bäume, ein Schloss, das verdächtig einer italienischen Villa ähnelte, zerklüftete Felsen und dazwischen ein paar Tiere, wahrscheinlich Ziegen, und davor eine arbeitslose Träumerin in einem Hauch von nichts. Psyche laut Museumsführer.

Ich las etwas über den Maler, als ich aus den Augenwinkeln eine Bewegung wahrnahm.

Ich drehte mich um. Nichts. Ich war allein. Kein Student, der seine Leinwand aufschlug. Da entdeckte ich eine Mücke, die mich umschwirrte, und ich las erleichtert weiter.

Da! Schon wieder. Und dieses Mal war es keine Mücke. Die linke Ziege auf meinem Lieblingsgemälde hatte den Kopf gesenkt. Sie *graste*.

Entgeistert starrte ich auf das Bild. Jetzt konnte ich auch einen leichten Windhauch ausmachen, der die oberen Blätter in den Baumkronen bewegte. Ein paar einzelne Haare wehten vor meinen Augen und die Wellen des Meeres schlugen leise gegen die Klippen. Ich roch die salzhaltige Luft.

Das war unmöglich.

Wo waren wir denn hier? Bei Harry Potter? Würde die Frau, Psyche, gleich mit mir reden?

»Meine Güte, Felicity, du siehst ja ganz anders aus!«

Erschrocken zuckte ich zusammen und sagte prompt: »Woher willst du das wissen? Ich bin zum ersten Mal in diesen Räumen eingeteilt.«

»Ich finde ja nur, die Uniform macht dich etwas älter.«

Die Frau hatte die Stimme von Phyllis.

O Gott. *Phyllis.*

Ich drehte mich mit einem knallroten, heißen Gesicht um und stand Phyllis, Jayden und Ruby gegenüber. Vor Erleichterung hätte ich mich beinahe auf den Boden gleiten lassen. »Hallo.« Meine Stimme klang noch etwas atemlos. »Wie schön, dass ihr mich besuchen kommt.«

»Ich war schon Jahre nicht mehr hier«, sagte Jayden und sah auf das Gemälde. Konnte er es sehen? Ich beobachtete ihn genau. Er zeigte keine besondere Reaktion. Ich sah noch einmal zum Bild.

Nichts. Die Ziege graste nicht mehr und die Bäume waren wieder in Öl und Firnis erstarrt.

»Alles okay?«, fragte Phyllis und musterte mich. »Du bist etwas blass um die Nase.«

»Ihr habt mich nur erschreckt. Heute ist so wenig los, ich habe mit niemandem gerechnet.« Ich lächelte sie entschuldigend an.

»Ach, und ich hätte schwören können, dass sich das Bild da bewegt hat«, sagte Ruby und starrte das Gemälde an.

Ich lachte gezwungen. »Wir sind hier nicht in Hogwarts, Ruby. Das ist die National Gallery in London.«

Phyllis und Jayden grinsten.

»Kannst du uns ein bisschen rumführen? Zumindest hier in deinem eingeteilten Bereich?«, fragte Phyllis.

Sehr gern. Und schnell weg von dem Gemälde, ehe Ruby noch mehr sah. Wieso hatte sie es überhaupt sehen können und Jayden nicht?

Die Frage beschäftigte mich mehrere Tage und wurde erst in den Hintergrund gedrängt, als Nicole mich fragte, ob Lee rechtzeitig zum Ball zurück wäre. Daran hatte ich gar nicht mehr gedacht. Der Ball war schon in einer Woche und Lee war dann möglicherweise noch unterwegs. Immerhin galt es einen Mordfall aufzuklären. Einen Mordfall, dessen Hinweise ihn ins achtzehnte Jahrhundert geführt hatten.

Wir saßen auf dem Pausenhof und ich sah die besorgten Gesichter meiner Freunde.

»Hat sich Lee noch nicht gemeldet?«, fragte Corey.

Ich schüttelte den Kopf.

»Ruf ihn doch auf dem Handy an. So teuer kann ein Auslandsgespräch nicht sein.« Corey ließ nicht locker.

Ich runzelte die Stirn und sah ihn an. »Wer hat behauptet, Lee sei im Ausland?«

Er zuckte die Schultern. »Ich dachte, er wäre vielleicht in Kalifornien, Verwandte besuchen.«

Wie sollte ich meinen Freunden klarmachen, dass man Lee bei seinen Auslandsaufenthalten schwerlich telefonisch erreichen konnte?

»Ich rufe ihn an. Ich verstehe, wenn du das Geld sparen willst.« Nicole zückte ihr Handy, und ehe ich es verhindern konnte, hatte sie die eingespeicherte Nummer gedrückt.

Wir hielten alle den Atem an und konnten genau hören, wie die computergesteuerte Frauenstimme die Mailbox ankündigte.

»Hi Lee, hier ist Nicole. Felicity wüsste gerne, ob du pünktlich zum Ball zurück bist. Melde dich bitte bei ihr. Alles andere wäre äußerst unhöflich.« Sie legte auf und sah zufrieden in die Runde.

»Was machst du, wenn er nicht kommt?«, fragte Ruby leise.

Bevor ich antworten konnte, sagte Jayden überraschend: »Dann gehe ich mit dir hin.«

Ich war nicht die Einzige, die ihn anstarrte.

In meinem Magen breitete sich ein mulmiges Gefühl aus und ich hoffte sehr, Lee würde sich melden. Sosehr ich Jayden mochte: Ich *mochte* ihn. Ich hatte keinerlei zärtliche Gefühle für ihn. Er und Corey standen bei mir auf der gleichen Ebene wie Ruby und Nicole. Nicht mehr und nicht weniger. Mein Handy klingelte.

»Wow. Das ging schnell. Pech für dich, Jayden«, sagte Corey und klopfte ihm jovial auf die Schulter.

Ich warf einen Blick aufs Display, stand auf und entfernte mich ein paar Schritte aus der Runde.

»Hey, Richard«, sagte ich aufrichtig erfreut. Mein Puls beschleunigte sich.

»Hey, Felicity«, hörte ich Richard Cosgroves fröhliche Stimme. Sofort schlug mein Herz noch schneller. »Hast du Lust, am Freitag mit ins Studio zu kommen? Wir drehen eine große Ballszene und es werden eine Menge Komparsen gesucht. Wir könnten gemeinsam tanzen und in den Pausen den Catering-Service plündern.«

Tanzen mit Richard? Das klang verführerisch. In meinem Magen begann es aufgeregt zu flattern.

»Ich würde mich wirklich freuen, wenn du meine Tanzpartnerin wärst«, fügte er hinzu.

Er wollte mit mir tanzen. Mit mir! Das schmeichelte mir nicht wenig und ich lächelte ins Mobiltelefon. »Wie laufen die Dreharbeiten?«, fragte ich und Richard stöhnte zur Antwort.

»Nicht ganz so gut. England arbeitet ganz anders als Amerika. Ehrlich gesagt freue ich mich auf einen richtig guten ...«

Aber jemand riss mir das Handy vom Ohr, ehe Richard den Satz vollenden konnte.

Sprachlos starrte ich Ciaran an, der einfach den roten Hörer drückte und Anstalten machte, mein Telefon in seiner Hosentasche verschwinden zu lassen.

»Das Telefonieren ist während der Schulzeit auf dem gesamten Schulgelände verboten.«

»Lass den Unsinn, Ciaran«, sagte ich erbost und wollte mir das Handy zurückholen. Er hob seinen Arm und damit das Handy aus meiner Reichweite. Ciaran mochte nicht so groß sein wie Lee, aber er war noch immer einen halben Kopf größer als ich.

»Aber, aber, Miss Morgan, Sie verstoßen soeben gegen die Schulregeln. Ich denke, das bedeutet einmal Nachsitzen bei mir.«

Ich funkelte ihn an. »Ciaran, wage es ja nicht …«

»Und das Duzen des Lehrpersonals ist ebenfalls nicht erwünscht. Ein weiterer Nachmittag in meinem Büro.«

Ich wusste nicht mehr, was ich sagen sollte. Die Schmetterlinge, die Richards Stimme ausgelöst hatten, verwandelten sich in einen brodelnden Kessel. Ciaran nutzte seine Stellung schamlos aus und ich erkannte an den neugierig gaffenden Gesichtern um uns herum, dass ich machtlos war.

Ich biss die Zähne zusammen und zischte: »Geben Sie mir das Handy wieder, *Mr Duncan*. Ich muss für meinen Arbeitgeber erreichbar sein.«

Ciaran lächelte süffisant und steckte es in seine Hosentasche. »Sie bekommen es bei Ihrem zweiten Nachsitzen wieder. Sagen wir heute und morgen Nachmittag. Halb fünf in meinem Büro.« Damit drehte er sich um und ging.

Ich starrte ihm wutentbrannt hinterher. Da er mir den Rücken zukehrte, konnte ich noch nicht einmal Schimpfwörter so *denken*, dass er sie registrierte. Frustriert trat ich gegen den Mülleimer neben mir. Er flog in hohem Bogen davon und verteilte seinen Inhalt auf dem Schulhof.

Auf dem Schuldach flogen erschreckt zwei Raben auf.

»Damit wären es dann drei Nachmittage Nachsitzen«, rief Ciaran fröhlich.

Ich bat Phyllis, mir ihr Telefon zu leihen, damit ich Richard vom Verlust meines Handys berichten konnte. Er sandte eine SMS zurück, in der er fragte, ob ich nicht heute Abend um sieben Zeit für einen Pub-Besuch hätte.

»Antworte«, drängte Phyllis.

»Aber die Gebühren …«, wandte ich zögernd ein.

Sie sah aus, als würde sie mir gleich eine Kopfnuss verpassen. Grinsend antwortete ich. Noch während ich ein Ja tippte, klingelte Nicoles Handy.

»Für dich«, sagte sie. »Aber lass dich ja nicht erwischen. Das hat mir mein Dad letzten Monat neu gekauft.«

Für mich? Wer versuchte mich über Nicoles Handy zu erreichen?

»Es wird Zeit, dass die Pause zu Ende geht«, murrte Corey.

»Hallo?« Ich deutete den anderen an, mich ein wenig abzuschirmen, ehe Ciaran erneut auftauchte und Nicoles Handy ebenfalls konfiszierte.

»Hallo, Felicity«, meldete sich eine fremde, männliche Stimme. »Hier spricht Eamon. Ich bin Lees Cousin, der Sohn Oberons. Lee ist nicht erreichbar. Ruf ihn nicht an. Ich melde mich nächste Woche bei dir. Dann reden wir.«

Die Leitung war tot, ehe ich auch nur hatte Luft holen können.

Zumindest Coreys Gebete wurden erhört und der Gong kündigte das Ende der Pause an. Ich stapfte den anderen willenlos hinterher, die Gedanken ganz woanders. Nämlich beim letzten Telefongespräch. Wort für Wort versuchte ich es mir einzuprägen. Aber ein Name stach immer wieder heraus. Oberons Sohn Eamon? Lees Cousin? War Oberon nicht der König der Elfen? Eamon sein Sohn? Lees Cousin? Aber das würde doch bedeuten, Lee wäre … der *Neffe des Elfenkönigs*. Mir wurde ganz flau im Magen. Aber gleich beruhigte ich mich wieder: Das hätte Lee mir doch verraten. Spätestens bei unserem Ausflug nach Westminster. Allerdings meldete sich eine ganz leise Stimme: Warum hätte er das tun sollen? *Du hast nicht danach gefragt.*

Prompt hatten wir in der fünften Stunde Geschichte. Wie immer, wenn Ciaran den Raum betrat, kehrte Ruhe ein. Er hatte diese gewisse Ausstrahlung. Napoleon Bonaparte hatte die bestimmt auch gehabt. Zumindest saßen Ava, Cynthia und Felicity wieder in der ersten Reihe und richteten sich auf. Genau wie Soldaten, wenn der General erschien. Ciaran warf mir einen kurzen Blick zu. Er legte seine Tasche aufs Pult und sagte dann:

»Heute befassen wir uns mit Napoleon Bonaparte. Felicity, können Sie uns etwas über den Mann sagen?«

Verflixt. Aber bitte, er wollte es so. »Er war Korse und ein Tyrann.« *Er hat große Ähnlichkeit mit dir.*

Ciaran hob die Augenbrauen. »So? Woher wissen Sie das? Haben Sie ihn persönlich kennengelernt?«

Verhaltenes Kichern ertönte hier und da.

»Nein. Aber es gibt Kirchenregister, die belegen, dass er Korse war«, antwortete ich laut und dachte: *Mit Tyrann meinte ich die Ähnlichkeit mit dir. Rumkommandieren kannst du nämlich ziemlich gut.*

»Und den Tyrannen, wie erklären Sie sich den? Welche Fakten existieren dazu? Auch Kirchenregister?«

Dieser Kleingeist. Musste er alles so kompliziert machen? »Es gibt zumindest Unterlagen, die seine Strenge auf den Schlachtfeldern belegen. Napoleon hat immerhin ganz Europa in einen Krieg verwickelt, große Landstriche verwüstet, Soldaten zwangsrekrutiert und sich mit Russland maßlos überschätzt. So jemanden nennt man einen Tyrannen, oder nicht?« Zumindest, wenn er sich überschätzte und nicht mehr wusste, wie man falsche Entscheidungen zurücknahm.

»Dann bin ich ja beruhigt«, sagte Ciaran und lächelte süffisant. »Ich dachte schon, ein Tyrann sei in Ihren Augen jeder von der Exekutive, der Handys einkassiert, wenn man sich nicht an die Schulordnung hält.«

Jetzt wurde das Kichern lauter. Ich rutschte ein wenig in meinen Stuhl und überlegte fieberhaft, wie ich ihm diesen Hieb heimzahlen könnte.

Leider fiel mir nichts ein.

NACHSITZEN

Ich hoffte, dass mich niemand sah, als ich Ciarans Büro betrat. Ich hatte Glück: Der Flur war leer. Schnell huschte ich ins Büro und schloss die Tür hinter mir.

»Du siehst aus, als würdest du zu einem Stelldichein schleichen.«

Ich drehte mich um. Ciarans Büro hatte nur zwei Auffälligkeiten: Es gab kein Fenster und auf seinem Schreibtisch stand ein Gebilde, das vage an einen Globus erinnerte. Ciaran lehnte mit gekreuzten Armen an seinem Schreibtisch und grinste amüsiert.

»Genauso fühle ich mich auch«, gestand ich widerwillig. »Was soll das? Nachsitzen bei dir – soll ich jetzt seitenweise immer wieder denselben Satz schreiben oder willst du mich was abfragen?«

Seine Mundwinkel zuckten noch weiter nach oben. »Verlockende Vorstellung, aber ich habe an was anderes gedacht.«

Ich legte meine Tasche auf den Stuhl neben der Tür und sah ihn neugierig an.

»Ich hatte eher etwas Sinnvolleres vor.« Er strich beiläufig mit seinen Fingern über den Globus. Langsam und zärtlich. »Ich werde dir ein wenig Magie beibringen.«

»Was?« Vor Schreck schubste ich die Tasche vom Stuhl.

»Du verfügst ganz offensichtlich über magische Kräfte. Wie viel, wissen wir nicht, aber kein normaler Mensch kann in der

Zeit springen, geschweige denn ins achte Jahrhundert. Deswegen dachte ich, wir üben ein wenig.«

»Ciaran, das wird nicht funktionieren«, sagte ich und in meinem Kopf begannen tausend Daunenfedern zu tanzen, so dass ich nicht richtig denken konnte.

»Du musst trainieren. Wenn dir so etwas schon mehrfach passiert ist, musst du lernen es zu steuern. Wir Halbelfen mussten das auch lernen. Was meinst du, warum es seit Jahrtausenden die Schule auf Avalon gibt?« Eine Antwort wartete er gar nicht erst ab. »Ich dachte, wir fangen mit dem Gedankenlesen an. Dann versuchen wir kontrolliert in der Zeit zu springen. Mal sehen, was du sonst noch kannst.« Sein Blick war stechend und durchdringend.

Ich schluckte und versuchte angestrengt an etwas Harmloses zu denken. Zum Beispiel ein Loch. Dunkel, lichtlos, felsig. Etwas ganz Uninteressantes, das er nicht lesen konnte. Keinesfalls wollte ich, dass Ciaran von Richard erfuhr. Oder wie sehr ich Lee vermisste. Er würde sich nur darüber lustig machen.

»Hast du bequeme Kleidung an? Setz dich. Oder leg dich auf den Boden«, forderte er mich auf und dimmte das Licht.

Ich wurde nervös. »Ciaran …« Die Worte von Karl dem Großen hallten in meinen Gedanken: *Er hat mit den Entführern gesprochen, ehe er sie niederschlug.*

»Stell dich nicht so an, Felicity. Ich werde schon nicht über dich herfallen.«

Ein wenig widerstrebend legte ich meine Tasche zu Boden und setzte mich in den Sessel.

Ciaran berührte eine Strebe an dem globusähnlichen Ding. Sofort wurde das Licht gedimmt und die Temperatur stieg an.

Ich schluckte.

»Das ist ein Empedoskop. Damit kann ich ein wenig die Elemente beeinflussen«, erklärte er ungefragt. »Jetzt schließ die Augen.«

Elemente beeinflussen? Konnte er damit Wasser stärker fließen lassen? Feuer entfachen? Luft zum Stinken bringen? Ich unterdrückte ein Kichern und schloss die Augen. Es wurde angenehm warm. Vor meinen Augenlidern tanzten weiße Punkte, weil ich sie so krampfhaft geschlossen hielt.

»Entspann dich«, hörte ich Ciarans Stimme. Mit einem Mal klang sie samtig weich. »Versuche nun ruhig und gleichmäßig zu atmen. Höre auf dein Herz. Pass deinen Atem dem Herzschlag an.«

Ich kam mir vor wie eine dieser Hausfrauen, die mittels autogenen Trainings ihren hektischen Tagesablauf bewältigen wollen. Mrs Collins schwor darauf.

Trotzdem folgte ich Ciarans Anweisungen. Nach ein paar Sekunden – oder Minuten – verschwanden die weißen Flecke vor meinem inneren Auge. Ich fühlte, wie meine Hände lockerer wurden. Alles um mich herum war nur gedämpft zu hören und die Wärme war so angenehm. Ich fühlte mich entspannt und eingelullt. Außerdem dachte ich an Samstag, den Ball und wie Richard mit mir tanzen würde. Ob das eine Vision war? Im nächsten Moment sah ich mich in einem fremden Kleid und Richard hielt mich in den Armen. Er wirbelte mich übers Parkett und sah mich dabei wunderbar zärtlich an. Jetzt beugte er sich vor. Er presste seine Lippen auf meine und …

»Verdammt, Felicity, schläfst du?«

Ich blinzelte. Ciarans Gesicht war dicht vor mir. Er hatte seine

Hände auf meinen Armlehnen abgestützt. Als ich mich streckte, schlug ich seine Hände weg und er fiel auf mich.

»Autsch!«

Sein Kopf war gegen meinen geprallt.

Im Gegensatz zu mir stand Ciaran schnell wieder aufrecht und rieb sich die Stirn. »Bist du sicher, dass du Felicity Morgan bist? Die prophezeite Retterin?« Er betrachtete mich skeptisch.

»Nein. Absolut nicht.« Ich streckte mich und gähnte, dass mein Kiefer knackte. »Ich glaube nicht, dass ich irgendwelche magischen Fähigkeiten habe. Ansonsten hättest du mich nie mit dem Handy erwischt. Apropos. Kann ich es bitte wiederhaben?«

Ich stand auf und streckte meine Hand aus.

Ciaran sah mich an. »Nein. Du kommst morgen noch einmal her und dann sehen wir weiter. Sag mir, dass du wenigstens irgendwas gesehen hast.«

»Äh ...« Einen heißen Kuss von Richard auf einer überfüllten Tanzfläche? Eher würde ich sterben, als das zuzugeben.

Aber das war gar nicht nötig. Ciaran hatte mir in die Augen geblickt und meine Gedanken gelesen. Er rollte die Augen.

»Ja, das würde ich auch eher als Traum interpretieren«, zischte er. »Morgen. Gleiche Uhrzeit. Kein Handy.«

Ich knallte die Tür hinter mir zu und es war mir egal, ob mich jemand sah. Er hätte mich besser weiterschlafen lassen.

»Er hat mir mein Handy nicht zurückgegeben«, murrte ich abends bei Phyllis. Als ich Nicole und Phyllis einen Blick wechseln sah, fragte ich ungehalten: »Was?« Ich war ziemlich schlecht gelaunt.

Phyllis legte mir beruhigend die Hand auf den Arm. »Nicole

und ich wundern uns nur, wie vertraut ihr beide miteinander seid. Ähnlich wie du und Lee.«

»Er ist Lees Cousin.«

Sie sahen mich überrascht an. Ups – hätte ich das nicht sagen dürfen? Aber warum eigentlich nicht? »Aber er ist auch unser Lehrer und du bist eine Schülerin.« Nicole hatte wieder diesen ungeduldigen Ton in der Stimme.

»Aber ...« Ich bremste mich schnell. Ich konnte schlecht von unserer gemeinsamen Nacht erzählen. Eine Winternacht im achten Jahrhundert, in der er mich unter Fellen warm gehalten hatte.

»Fay, er ist unser *Lehrer*. Und egal wie nahe ihr euch steht, in der Schule kannst du ihn nicht vor den anderen so bloßstellen.« Phyllis drückte leicht meinen Arm.

Mir fiel auf, dass sie Lees Kosenamen für mich übernommen hatte. Ich seufzte und nickte schließlich. »Ihr habt ja Recht. Ich wollte, Lee wäre da. Er könnte Ciaran in die Schranken verweisen, ohne dass es respektlos wirken würde.«

»Na, ich glaube, je länger Lee weg ist, desto höher wird sein Sockel in deinen Augen«, meinte Nicole nüchtern. »Demnächst zieht er ins Parlament und wird Thronfolger vor Prinz Charles.«

Ich kicherte und Phyllis stimmte mit ein.

»Hier kam noch eine Nachricht von Richard Cosgrove«, sagte Nicole und reichte mir ihr Handy. »Darf ich seine Nummer einspeichern?«

Ich sah auf das Display. Er hatte die Verabredung für heute Abend abgesagt. Ein Interview mit einem Radiosender sei dazwischengekommen. Ich hatte mich so darauf gefreut. Ein Lichtblick nach dem Desaster in Ciarans Büro. »Ja, mach nur«, sagte ich enttäuscht.

Wir saßen alle gemeinsam beim Mittagessen, als der Star Club an uns vorüberschritt. Jack warf mir einen sehr seltsamen Blick zu und Felicity Stratton blieb zögernd stehen. Sie sah mich an und ich merkte, sie war hin- und hergerissen, ob sie mich tatsächlich ansprechen sollte.

Ich beugte mich über meinen Salat und nahm ihr damit die Entscheidung ab. Ich hatte keine Lust auf eine Unterhaltung mit ihr. Felicity Stratton hänselte mich seit Jahren. Wenn möglich, machten wir einen großen Bogen um den sogenannten Star Club. Dessen vier Mitglieder stammten allesamt aus einflussreichen Londoner Familien und darauf bildeten sie sich auch mächtig was ein.

»Wollte Felicity Stratton gerade tatsächlich *normal* mit dir reden?«, fragte Phyllis und sah ihnen erstaunt nach.

»Sie wollte garantiert wissen, wo Lee ist.« Ungerührt aß ich meinen Salat weiter. Da wurde der Stuhl neben mir besetzt. Ich sah auf und erwartete beinahe doch noch Felicity zu sehen, aber es war Paul. Popel-Paul, um genau zu sein.

Paul besuchte den Geschichtskurs mit uns. Und Biologie. Und Erdkunde. Wenn ich länger nachdachte, vielleicht sogar noch mehr, aber da Paul nie redete, wusste ich es nicht mit Sicherheit. Er war nur einmal aufgefallen, als er seinen Zeigefinger bis zum Anschlag in der Nase hatte verschwinden lassen.

»Äh, hallo Paul«, hörte ich Nicole sagen.

Paul nickte nur und sah mich an.

Ich schluckte schwer an einer Tomate. »Kann ich dir helfen?«, fragte ich, als ich meinen Mund wieder leer hatte. Paul schüttelte den Kopf und begann seinen Burger zu essen.

Phyllis, Nicole, Jayden und ich wechselten einen Blick. Ruby sah weiter verträumt durch die Gegend. Sie hatte Paul wahrscheinlich noch gar nicht registriert.

Im Gegensatz zu Corey, der jetzt zu uns stieß.

»Du sitzt auf meinem Platz!« Corey blieb vorwurfsvoll mit seinem Tablett neben Paul stehen. Der antwortete nicht, sondern fasste einmal hinter sich und zog vom Nachbartisch einen Stuhl heran. Darauf ließ Corey seine Tasche zu Boden plumpsen und setzte sich. »Was will der hier?«, fragte er uns.

Während Phyllis die Schultern zuckte, antwortete Nicole: »Ich glaube, er will was von Feli. Aber genau können wir das nicht sagen.«

Paul schwieg weiterhin und aß seinen Burger, als säße er allein am Tisch. Genau wie im Unterricht.

Wir anderen tauschten noch einen Blick und dann taten wir einfach so, als wäre Paul nicht anwesend. Nun ja, wir beschränkten uns auf die kommenden Unterrichtsstunden und vermieden andere Themen. Wie zum Beispiel Lee und seine Abwesenheit. Als wir uns beim Klingeln erhoben, stand Paul genauso auf und schritt neben mir her bis zu meinem Schließfach.

Ich öffnete es und im selben Moment funkelte mir die goldene Fibel, die Karl der Große mir geschenkt hatte, zwischen Ersatz-T-Shirts entgegen. Mum hatte letztens einen Wäschetag eingelegt und meinen Kleiderschrank auf den Kopf gestellt. Ich hatte die Fibel gerade noch rechtzeitig vor ihr verstecken können. Seither lag sie im Schulschließfach. Ich sollte sie wirklich bald wieder zurück nach Hause bringen. Schnell schloss ich die Tür und sah Paul direkt an. »Was willst du?«

Er lehnte sich gegen die Schließfächer und zog einen Mundwinkel etwas nach oben. Sollte das ein Lächeln sein?

Als er nach meiner Tasche greifen wollte, umfasste ich meinen Gurt fester. »Wenn du willst, kannst du mich zu Mr Duncan bringen. Ich muss zum Nachsitzen.«

Endlich trollte er sich. Ciaran hatte sogar auf Popel-Paul Wirkung. Ich war schon fast dankbar fürs Nachsitzen.

Aber auch nur fast.

Als ich die Tür zu Ciarans Büro öffnete, schlug mir feuchtwarme Luft entgegen.

»Wolltest du eine tropische Atmosphäre schaffen oder hat Mrs Haley-Wood dir ein Dampfbad eingerichtet?«, fragte ich, als ich meine Schultasche neben dem Sessel ablegte.

Ciaran stand mit dem Rücken zu mir und zündete eine Kerze auf dem Aktenschrank hinter seinem Schreibtisch an.

»Wenn du glaubst, ich würde mich jetzt ausziehen, hast du dich verrechnet.« Ich setzte mich in den Sessel. Er entzündete zwei weitere Kerzen, ehe er sich zu mir umdrehte und das Licht ausschaltete. Kerzen, warme Temperaturen, abgedunkelter Raum. Was hatte er vor? »Du hast hoffentlich nicht noch einen Stehgeiger und ein Dinner bestellt?«, frgte ich misstrauisch.

Er zog verächtlich einen Mundwinkel nach oben. »Du hast eine ganz schön scharfe Zunge. Hier, zieh das an. Und nein, das ist keine Verführungstaktik. Ich versuche lediglich, die bestmögliche Atmosphäre zum Gedankenlesen für dich zu erzeugen.«

Ich fing das Stück Stoff auf, das er mir zugeworfen hatte. »Ein Mieder? Wieso soll ich das anziehen?«

»Weil es deine Atmung verändert und dir vielleicht hilft. Du kannst es über deine Bluse ziehen.«

Ich streifte meine Jacke ab und legte das Mieder um. »Bekomme ich, wenn ich mich heute mehr bemühe, mein Handy zurück?«

»Hier.« Er reichte es mir. Erfreut schaltete ich es sofort ein. Es piepte fünfmal. Richard hatte so oft versucht mich zu erreichen! Mein Herz hüpfte aufgeregt.

»Ich nehme es dir direkt wieder ab, wenn du es jetzt nicht ausschaltest und auf die Seite legst«, sagte Ciaran, trat zu mir und musterte das Korsett. »Das ist nicht eng genug. Darf ich?«

Seine Hände verharrten vor meiner Brust. Ein wenig beklommen nickte ich.

Er nestelte an den Schnüren. »Tief einatmen.«

In diesem Moment zerrte er mit Gewalt an den Schnüren, dass mir beinahe die Luft wegblieb. Ich keuchte.

»Flimmert es vor deinen Augen?«

Ich nickte benommen.

»Gut. Dann sitzt es richtig.«

»Wenn du mich umbringen willst, warum nimmst du nicht einfach ein Messer?«, japste ich.

»Zu viel Schweinerei«, sagte er leichthin und trat wieder vor mich. »Setz dich, schließ deine Augen und dann versuch dich zu konzentrieren.«

»Worauf?«

»Auf eine Höhle, einen Steinkreis, eines dieser Fogou oder einen Hain. Fogou sind diese ...«

»Ich weiß, Erdtunnel aus der Bronzezeit«, unterbrach ich ihn. »Was hat das mit Gedankenlesen zu tun?«

»Es schärft erst einmal deine Sicht, deine Konzentration. Und die Magie oder der Magnetismus der Steine hat eine sehr große Reichweite. Es kann sein, dass er dir hilft den Geist zu öffnen.«

Mich schauderte ein wenig. Allerdings würde es mir nicht schwerfallen, mich darauf zu konzentrieren. Von diesen bronzezeitlichen Kultstätten hatten wir in Cornwall mehr als genug. Wer wie ich in der Nähe von Tintagel aufgewachsen war, wuchs gleichzeitig mit diesen vorchristlichen Bauten auf. Mit Grandpa hatte ich einige der keltischen Stätten erforscht. Ich dachte an Tintagel selbst, die Festung auf der Landspitze, die über dem Meer zu schweben schien. Die alten Mauern, unebenen Treppen, das Geräusch des Meeres, das gegen die Klippen schlug, und den scharfen Wind, der einem ständig um die Ohren wehte. Ich fühlte ihn regelrecht, diesen salzigen, feuchten Wind. Die beiden Krähen auf der Spitze des höchsten Turmes hatten ganz schön gegen ihn zu kämpfen. Sie krächzten protestierend und flatterten zum Festland.

»Felicity!«

Ich schlug die Augen auf. Ciaran stand vor mir. Seine Augen waren vor Unglauben geweitet und ich fühlte seine Hände auf meinen Schultern. »Bin ich wieder eingeschlafen?« Ich rieb mir die Augen und dann erst sah ich, was er meinte.

Sein Büro sah aus, als hätte ein Orkan durchgefegt. Sämtliche Blätter lagen verstreut auf dem Boden, alles war feucht und roch salzig. Ciarans Shirt zierte ein großer, weißbrauner Fleck.

»Äh, du hast da Vogelkacka auf der Schulter.«

Entsetzt richtete er sich auf und war kurz davor, es mit seinen Fingern abzuwischen. Im letzten Moment hielt er sich zurück.

Ich fischte nach einem Papiertuch in meiner Hosentasche und wischte es fort.

»Danke.« Ciarans Stimme war heiser und er musterte mich, als hätte ich mich vor seinen Augen in Heidi Klum verwandelt. Oder Freddy Krueger. »Okay«, sagte er langsam und lehnte sich vorsichtig gegen seinen Schreibtisch. Er drehte sich noch einmal um und ließ ein tropfendes Blatt Papier in den Mülleimer fallen. »Das nächste Mal üben wir draußen.«

TANZEN MIT RICHARD

Paul wartete tatsächlich bei meinem Schließfach auf mich. Ich stockte, als ich ihn sah. Das war beinahe gruselig. Vor allem, als er mir wortlos meine Tasche abnahm. Ich schloss den Spind auf, und das Erste, was mir wieder ins Auge stach, war die Fibel mit dem leuchtenden Bernstein. Morgen musste sie endlich weg. Schnell warf ich meine Bücher in den unteren Teil und sperrte wieder ab.

Schweigend brachte Paul mich nach Hause. Dort übergab er mir wieder die Tasche (vor unserer Wohnungstür, drei Stockwerke weiter oben!), drehte sich um und ging. Alles, ohne ein Wort zu sprechen, ohne *Tschüs*, ohne *Gern geschehen*.

Paul wurde ziemlich schnell von etwas anderem aus meinen Gedanken verdrängt. Um genau zu sein, hatte ich ihn schon vergessen, sobald die Tür hinter mir zu war. Schnell sprang ich unter die Dusche und verließ eine halbe Stunde später wieder das Haus. Immerhin hatte ich noch ein Date!

Die Dreharbeiten fanden in einem der exklusiven Londoner Herrenklubs statt, in einem Viertel, in dem sich außer Politikern und Managern höchstens Touristen tummelten. An der Pforte war mein Name hinterlegt. Der Aushilfspförtner entsprach garantiert nicht den Vorstellungen des Klubs. Er gehörte definitiv zur Filmcrew, denn in diesen zerschlissenen Jeans, dem Batik-T-Shirt und mit dem Kopftuch wirkte er neben den fracktragenden Butlern wie Jack Sparrow beim Galabankett der Queen.

Er kaute Kaugummi, hakte meinen Namen auf einem Klemmbrett ab und wies mich an, zwei Treppen weiter hochzugehen zu den Umkleideräumen.

Ich war sehr aufgeregt und wischte meine schwitzenden Hände unauffällig an meinen feuchten Jeans ab. Draußen regnete es wieder einmal den typischen Januarregen und meine ganzen Klamotten waren etwas klamm. Mein Herz hämmerte und ich hoffte sehr, dass das Deo hielt, was die Werbung versprach. Gleich! Gleich würde ich Richard wiedersehen. Ich steckte schnell ein Pfefferminzbonbon in den Mund, atmete ein letztes Mal tief ein und ging um die Ecke. Aber nicht Richard empfing mich.

»Mon Dieu, bist du schmal geworden!«

»Florence!« Mein Herz machte einen kleinen enttäuschten Satz, fasste sich aber sofort wieder. Die kleine frankophile Texanerin küsste die Luft neben meinen Wangen. Sie sah aus wie immer: Ihre roten Stoppelhaare standen in alle Richtungen, der Mund war grellrot geschminkt und sie roch nach Chanel No. 5 und Nikotin. Aber ihre hellen Augen blitzten aufgeregt. Kein Mensch hätte sie für eine Amerikanerin gehalten. Sie gab die perfekte Pariserin.

Ich wurde in einen kleinen Raum gezerrt, der als Garderobe diente, und durfte eine halbe Stunde lang die Augen nicht öffnen. Ich fragte Flo, was sie außer diesem Film in der letzten Zeit getan hatte, und bekam sofort einen Vortrag über eine große Styling-Messe in Paris zu hören. Dann kam der Kostümbildner und brachte ein langes, schwarz-rotes Kleid.

Florence half mir beim Anziehen. »Und? Was machst du, chérie?«, fragte sie, während sie die Häkchen des Mieders schloss.

Ich lächelte ein wenig stolz. »Ich habe einen neuen Job und Zeit, um zweimal die Woche joggen zu gehen. Außerdem ist das Essen in der Schulkantine besser geworden.«

»Steht dir. Jetzt noch der Lippenstift. Stillhalten!« Mit einem Pinsel verteilte sie sorgfältig mehrere korallenrote Schichten auf meinen Lippen.

Sobald sie fertig war, drehte ich mich vor dem Spiegel. Ich gefiel mir richtig gut. Als ich wieder zum Stehen kam, stand Richard in der Tür. Sofort setzte alles wieder ein: Herzklopfen, flaues Gefühl im Magen, Schweiß an den Händen und unter den Achseln. Hoffentlich wirkte das Pfefferminzbonbon noch.

Ich mochte den Blick, mit dem er mich ansah. Er selber trug einen schwarzen Anzug mit Jabot und Fliege und sah aus, als würde er gleich bei der Königin vorsprechen. Dank Flo fühlte ich mich aber nicht wie eine graue Maus. Ich lächelte ihm zu.

»Mensch, Felicity, ich hätte nie gedacht, dass du noch schöner aussehen könntest.«

Er nahm meine Hand und führte sie, wie ein vollendeter Gentleman, an seine Lippen.

Jetzt wurde ich rot. »Du auch. Der Anzug steht dir«, sagte ich ehrlich.

»Kein Vergleich zu dir.«

Er zog mich dicht an sich heran, ich fühlte seine warmen Hände auf meiner Hüfte. Er senkte seinen Kopf und ich schloss die Augen, seine Lippen erwartend.

»Hört sofort auf damit! Diese Lippen sind ein Kunstwerk!«

Erschrocken sprang ich zurück. Florence funkelte Richard und mich fröhlich an.

»Du gönnst einem auch gar nichts!«, maulte Richard und zog mich an der Hand hinter sich aus der Garderobe.

Kaum dass wir zwei Treppen höher außer Sichtweite waren, drückte Richard mich gegen die Wand und küsste mich. Der Lippenstift war ihm so was von schnuppe. Sein Mund lag drängend und stürmisch auf meinem und mir schwirrte regelrecht der Kopf. Dieser Kuss war noch besser als der vor unserer Haustür vor ein paar Wochen. Schwingungen verteilten sich über meinen ganzen Körper bis hinunter in die Zehen. Unglaublich!

»Unglaublich! Hört sofort auf!«

Florence stand vor uns und dieses Mal war sie wirklich sauer. »Das war kein Scherz! Sieh dich nur an, du schlimmer Junge.«

Ich sah Richard an und kicherte. Mein wunderschöner Lippenstift war rund um seinen Mund verteilt. Er sah aus wie ein Clown. Richard grinste, nicht im Mindesten eingeschüchtert. Wir folgten der murrenden Flo zurück in die Garderobe, und als wir wieder manierlich aussahen, begleitete sie uns mit Argusaugen zum Set.

Der Ballsaal hätte Jane Austen alle Ehre gemacht. Mehrere Komparsen in Kostüm waren bereits versammelt und starrten auf Richard, der meine Hand nach wie vor festhielt.

»Ich habe einfach mal vorausgesetzt, dass du Walzer tanzen kannst.« Richard legte beide Arme um mich, sobald der Regieassistent den Darstellern Anweisungen zurief.

»Oje.«

»Du kannst es nicht?«

»Doch«, antwortete ich schnell. »Aber wenn du mir so nahe bist, vergesse ich bestimmt, wie die Schrittfolge war.«

Richard grinste zufrieden.

»Alle in Position! Wir machen eine Probe und dann fangen wir an zu drehen«, rief der Regieassistent und sofort eilten alle hektisch an ihre Plätze, nur um dort mucksmäuschenstill zu verharren.

Richard lächelte mich an, nahm mich in die Arme, und als die Musik einsetzte, begann er mich zu drehen.

»Ich habe dich ehrlich vermisst. Wo steckst du die ganze Zeit?«

Lächelnd erzählte ich ihm von meinem neuen Job im Museum. Dann wurden wir unterbrochen, weil die Kamera noch einmal umgestellt wurde. Und dann noch einmal. Und noch einmal.

Richard hielt seine Arme weiter um mich geschlungen. »Du wirst sehen, wir haben heute massig Zeit. Das läuft beim Film immer so. Die halbe Drehzeit besteht eigentlich aus Warten«, erklärte er.

»Ist das nicht furchtbar langweilig?«, fragte ich. Ich fühlte mich ein wenig unbehaglich, weil wir von allen beobachtet wurden.

Richard zuckte die Schultern. »Man gewöhnt sich daran.«

Die Haarstylistin kam und wirbelte seine Haare mit einer Menge Spray durcheinander. Er hielt mit geschlossenen Augen geduldig still. Ich stellte mir vor, wie Corey ausflippen würde, wenn ihm jemand so in den Haaren rumfingern würde. Oder im Gesicht. Denn kaum war die Haarstylistin fertig, erschien Florence und puderte sein Gesicht nach. Dann wurde wieder gedreht.

»Magst du nicht doch mit mir zum Konzert nächsten Samstag gehen?«, fragte er leise.

Lee war fort. Er würde – wie es aussah – auch kommenden Samstag noch nicht zurück sein. Weshalb sollte ich nicht mit Richard zum *Sunrise Avenue*-Konzert gehen, über das wir schon so lange sprachen? Schulbälle fanden noch mehrere statt. Zum Beispiel der Jahresabschlussball im Juni. Aber ein Date mit Richard ... Wer weiß, wie lange er noch in England verweilte? Irgendwann wären die Dreharbeiten abgeschlossen und er würde zurück nach Amerika gehen. Und dann?

»Gern«, sagte ich daher aus ganzem Herzen und fühlte, wie Richards Finger mich fester an ihn zogen. Mit sehr viel Schwung wirbelte er uns übers Parkett.

»Äh, Richard?« Der Regieassistent bremste uns. »Du hast noch das Interview mit dem Jugendmagazin. Die warten da vorn.«

Die Musik hatte aufgehört. Ich wurde rot. Richard lächelte mich entschuldigend an und ging zu zwei Reportern. Die hielten ihn mehrere Minuten fest, während wieder Kameras hin und her geschoben wurden und alle hektisch umhereilten.

Ich überlegte, dass ich mir Dreharbeiten anders vorgestellt hatte. Aufregender und nicht so langatmig. Und ich dachte daran, dass ich wirklich gern mit Lee auf den Ball gegangen wäre. Mit ihm und meinen Freunden. Es wäre bestimmt ein lustiger Abend geworden und Lee hätte im Smoking mit Sicherheit umwerfend ausgesehen.

»Woran denkst du?« Richard war wieder vor mir aufgetaucht.

»Interview beendet?«

Er nickte zufrieden. »Woran hast du gerade gedacht? Du hast so entrückt ausgesehen. Und traurig.«

»An Lee«, gab ich zu. »Wollte er nie so was wie das hier machen?«

Richard zuckte die Schultern. »An Aufträgen hat es ihm nicht gemangelt, wie du dir vorstellen kannst. Ich glaube, es ist ihm zu langweilig. Er wollte immer Action, Fälle lösen, Verbrecher jagen.

So was. Aber er hat es mal ausprobiert. Während unserer Schulzeit waren wir gemeinsam in der Theatergruppe. Wenn er da war, hatte ich keine Chance bei den Mädchen.«

Das konnte ich mir sogar vorstellen. Lee war mit seiner Größe, dem blonden, dichten Schopf und seiner außergewöhnlichen Schönheit eine sehr auffällige Erscheinung.

»Weißt du, Fay, ich frage mich manchmal, warum du lieber mit mir zusammen bist als mit Lee. Das ist das erste Mal, dass ein Mädchen, das uns beide kennt, mich vorzieht.«

Ich schnaubte. »Das glaube ich nicht. Sollen wir mal abends gemeinsam auf den Leicester Square gehen, wenn alle Partywilligen dort unterwegs sind? Mal sehen, wer mehr Aufmerksamkeit bekommt.«

»Lee«, sagte Richard trocken. »Und auch wenn wir jetzt hier zusammen sind, denkst du trotzdem an ihn.«

Das konnte ich nicht abstreiten. Allerdings dachte ich nicht so an ihn, wie Richard es annahm. Ich lächelte ihn an. »Glaub mir, Lee ist ein guter Freund. Nicht mehr.«

Richard nickte, aber ich konnte den Zweifel in seinen Augen sehen.

Florence setzte noch einen drauf, als sie mir Stunden später aus dem Kleid half.

»Aus dir werde ich nicht schlau. Du wohnst mit Lee zusammen und küsst Richard. Habt ihr so was wie eine Menage à trois?« Sie schüttelte den Kopf mit den ketchuproten Stoppeln.

»Um Himmels willen!«, rief ich entsetzt. »Ich wohne nicht mit Lee zusammen. Er hat mich nur aufgenommen, als ich mit meiner Mum ein paar Probleme hatte.«

Flo sah mich aus zusammengekniffenen Augen an. »Aber irgendwas ist an dir. Irgendwas Seltsames, das die Männer absolut verrücktspielen lässt.«

Ich lächelte sie warmherzig an. »Ach Flo, du hast mich doch gesehen, als Lee mich zu Jon George schleifte. So sehe ich eigentlich die meiste Zeit aus. Glaub mir, da spielt niemand verrückt.«

Sie schüttelte energisch den Kopf. »Nein. Du hast die gleiche Ausstrahlung wie Lee. Genau das habe ich bei Jon George gesehen. Dir fehlt nur noch ein wenig Schliff. Gott schütze die Männer, wenn du den erst bekommst.«

Ich lachte. Florence allerdings sah aus, als wäre es ihr todernst.

Mir verging das Lachen, als ich auf der Straße mein Handy wieder einschaltete. Eine neue SMS mit unterdrückter Nummer erwartete mich:

Hast du Angst? Dann sieh zu, dass dein Bruder bezahlt.

KLÄRENDE GESPRÄCHE

»Wie sieht's aus, Felicity? Samstag?«

Ich sah Jayden fragend an. Es war gar nicht so einfach, sich zu konzentrieren, wenn man noch immer in Gedanken an Freitagabend schwelgte.

»Der Ball, City«, half mir Corey auf die Sprünge.

Oje. Mir wurde heiß und sofort senkte ich den Blick. Den Ball hatte ich total verdrängt. Jaydens Angebot hatte ich komplett vergessen, als ich Richard beim Tanz für das *Sunrise Avenue*-Konzert zugesagt hatte. Ich sah Phyllis an ihrer Unterlippe nagen. Sie hatte genauso erschrockene Augen und wusste, was jetzt kommen würde. Sie hatte mich noch am Samstag angerufen und ich hatte ihr alles von den Dreharbeiten und Richard erzählt. »Jayden ...« Ich riskierte einen Blick zu ihm und sah die herabfallenden Mundwinkel. »Tut mir leid. Aber ich habe jemand anderem was versprochen.«

»Verstehe schon.« Jayden klang verbittert.

»Nein, du verstehst nicht. Richard hat mich gefragt, ob ich ...«

»Richard? Richard Cosgrove?«, unterbrach mich Nicole.

»Tja, Jay, damit hast du verloren.« Corey schlug ihm auf die Schulter. »Unsere City hier ist wahrscheinlich bald zu fein, um mit uns Losern herumzuhängen.«

»Kommt mir auch so vor«, sagte Nicole zu meiner Überraschung.

»Hört mal«, begehrte ich auf. »Wenn ihr eine solche Einladung erhaltet, sagt ihr die dann ab? Und außerdem hatte ich dir noch nicht zugesagt.«

»Und jetzt weiß ich auch, warum«, sagte Jayden und stand auf. »Mit einem Richard Cosgrove kann ich nicht konkurrieren oder mit Pretty-Face-Lee. Schon gut, *Fay*«, er sprach Lees Kosewort für mich mit Verachtung aus, »du hast dich verändert. Wir bleiben auf der Strecke. Vielleicht solltest du dich besser dem Star Club anschließen.«

Er ging. Nicole und Corey folgten ihm nach ein paar Sekunden.

Ruby machte ein überraschtes Gesicht. »Habe ich was nicht mitbekommen?«

»Hast du wieder mit offenen Augen geträumt?«, fragte Phyllis und ich war erstaunt über ihren strengen Ton.

»Nein. Ich habe nur die beiden Raben dort hinten beobachtet. Die verhalten sich seltsam. Was ist mit Jayden, Corey und Nicole?«

Ich schluckte. Ruby waren die Raben aufgefallen? »Jayden hat Felicity am Samstag zum Ball eingeladen und sie möchte lieber mit Richard ausgehen.«

Ruby hatte ihren Traumblick abgelegt und sah mich aufmerksam an. »Jayden ist schon ewig in dich verknallt. Ihm hat es nie was ausgemacht, wenn du mit strähnigem Haar und nach Whiskey müffelnd in der Schule erschienen bist. Du darfst ihn nicht einfach fallenlassen.«

Ich rang meine Hände. »Ich lasse ihn nicht *fallen*. Aber ich hatte noch nie ein romantisches Interesse an Jayden. Er war für mich wie ein Bruder. Ein wesentlich besserer Bruder als Philip. Aber das war alles.«

Phyllis sah ebenso ernst aus. »Ich möchte nur, dass du dir sicher bist, dass dir all diese hübschen Gesichter nicht zu Kopf gestiegen sind. Richard, Mr Duncan und vor allem Lee. Jayden ist mindestens genauso viel wert.«

»Das weiß ich.« Und das war nicht gelogen. Ich fühlte mich schlecht. Warum ausgerechnet jetzt? Ich wollte mich nicht mit Jayden überwerfen. Ich brauchte meine Freunde! Sie haben immer zu mir gehalten. »Glaubt ihr, es würde nutzen, wenn ich mit ihm zum Ball ginge?« Aber allein der Gedanke, Jayden könne dann mehr hineininterpretieren, war mir zuwider.

»Nein«, sagte Ruby und legte mir begütigend eine Hand um die Schulter. »Triff dich ruhig mit Richard. Aber ich würde Jayden erklären, was du fühlst.«

»Glaubst du, unsere Freundschaft verkraftet das? Er ist mir wirklich wichtig.«

Aber darauf konnte mir weder Ruby noch Phyllis eine Antwort geben. Ich sah über den Hof und mein Blick blieb an den beiden Raben hängen, die Ruby vorhin beobachtet hatte. Sie sahen aus, als lachten sie über mich.

Jayden wich mir in den nächsten Tagen aus. Er schaffte es, zu jeder Stunde erst kurz vor dem Lehrer aufzutauchen, und war als Erster wieder verschwunden. In den Mittagspausen blieben er und Corey unserem Tisch fern.

Sie seien im Schnellimbiss um die Ecke, erklärte Nicole. Ich erwischte ihn erst, als ich die letzte Stunde schwänzte und ihm im Park vor seinem Haus auflauerte.

»Lass es, Felicity«, sagte er mit düsterem Blick, als er mich entdeckte.

»Das kann ich nicht, Jayden.« Ich stellte mich vor ihm hin. Er blieb stehen und ich erkannte, dass ich ihn tief getroffen hatte. Das machte es mir, trotz meiner schön zurechtgelegten Worte, nicht einfacher. »Du bist einer der wichtigsten Menschen für mich, seit ich in London bin. Deine Freundschaft bedeutet mir viel. Genauso wie Coreys.«

Jayden versteifte sich und seine Augen wurden einen Hauch schmaler.

»Aber ich habe euch immer als erweiterte Familie gesehen.«

»Lee siehst du nicht als erweiterte Familie?«, fragte er düster.

Ich seufzte. »Nein. Was ich mit ihm teile, kann ich nicht erklären. Aber es ist nicht romantischer Natur.« Den letzten Satz hatte ich mir akribisch genau vorformuliert. Dummerweise klang er ausgesprochen ziemlich dämlich. Ich biss mir auf die Lippe. »Tut mir leid, Jayden. Ich wusste wirklich nicht, wie du empfindest. Du warst für mich immer der Lieblingsbruder, den Philip nie verkörpern wird.«

Er sah mir eindringlich in die Augen und ich versuchte seinem Blick standzuhalten. Endlich nickte er und brach den Blickkontakt.

»Weißt du, Feli, als du damals neu in London warst, hast du schrecklich allein und verloren gewirkt. Du hattest diesen zotteligen Kurzhaarschnitt, deine Uniform war zwei Nummern zu groß und deine Schneidezähne standen so niedlich schief. Und du hast an deinem ersten Schultag verhindert, dass ein älterer Schüler eine Spinne in Rubys Tasche steckte. Du hast sie heimlich entfernt und ihm in seine Brotdose gelegt. Und das, obwohl du Spinnen hasst.« Jayden sah mich wieder an. »Ich habe das damals beobachtet und mir vorgenommen, dich später zu heiraten.« Er lächelte, als er meine großen Augen wahrnahm. »Gut, das waren die Fantasien eines Elfjährigen. Aber Tatsache ist, meine Schwärmerei hat nie aufgehört. Sie ist mit den Jahren immer stärker geworden.«

»Aber … du hast nie etwas gesagt. Oder dir anmerken lassen«, stotterte ich verblüfft.

Jayden seufzte. »Nein. Ich hatte ja Zeit. Dachte ich zumindest. Du hast dich nie für Jungs interessiert. Und Jungs sich nicht für dich. Das empfand ich immer als mein großes Glück. Bis Lee kam.« Er machte eine kleine Pause und ich sah, wie er begann an seinen Fingernägeln herumzuspielen. Dabei fiel mir auf, dass sie länger und gepflegter waren. Anscheinend hatte er das Kauen aufgegeben. In diesem Moment fehlte es ihm. Das war deutlich zu sehen.

»Ich hätte nie zugelassen, dass du im Pub deiner Mum endest, Feli. Ich hätte dir so gern geholfen. Ich mag nicht Lees Durchsetzungsvermögen haben oder sein Auftreten. Aber ich hätte dafür gesorgt, dass du deinen Traum vom Studium wahr machen kannst. Lee ist mir zuvorgekommen.« Ich schluckte. Ich hatte wirklich nichts geahnt. Jayden war von Anfang an nett zu mir gewesen. Er war höflicher als Corey und der Ehrgeizigste von uns allen. Lee konnte ihm nicht beikommen. Zumindest nicht in *dieser* Hinsicht. In anderer allerdings schon.

Als hätte Jayden meine Gedanken gelesen, sagte er: »Und was ist mit Richard Cosgrove?«

Ich zog scharf die Luft ein und fühlte, wie mir die Wärme in die Wangen stieg. Verlegen sah ich zu Boden.

Jayden nickte wieder. »Ich verstehe.«

»Aber ich werde nicht mit ihm zum Ball gehen«, sagte ich schnell.

»Nein. Das gäbe einen Massenauflauf. Obwohl ich gern Felicity Strattons Gesicht sähe.«

Wir grinsten beide und ich spürte, er begann mir zu verzeihen.

»Kannst du mir dann noch sagen, was mit dem Geschichtslehrer läuft?«

Ich schüttelte bedauernd den Kopf. »Nichts Romantisches. Das versichere ich dir.«

Er wackelte mit dem Kopf. »Was sich neckt ... heißt es doch so schön.«

»Bestimmt nicht mit Ciaran.« Ich schüttelte mich. Immerhin war er sogar in doppelter Hinsicht mein Lehrer. Und wesentlich älter, als Jayden sich jemals vorstellen konnte.

Jayden schien nicht überzeugt. »Er scheint das aber anders zu sehen.«

Ich winkte ab. »Nein, bestimmt nicht. Er ist Lees Cousin, wusstest du das?« Ich war schon vor einiger Zeit zu dem Schluss gekommen, dass diese Aussage harmlos war.

Jayden hob die Augenbrauen. »Ach so. Nein, das wusste ich nicht.«

»Das weiß kaum jemand. Nicole, Phyllis und Ruby noch, weil wir Ciaran irgendwann mal in einem Klamottengeschäft getroffen haben. Damals wusste ich das aber auch noch nicht. Ich habe ihn nach Weihnachten besser kennengelernt.« Ich erzählte Jayden von dem katastrophalen Weihnachtsfest bei Anna und dass ich danach viel Zeit bei Lee verbracht hatte. Unseren Zeitsprung ließ ich aus.

»Wieso ist er dann hier, wenn Lee doch fort ist?«, überlegte Jayden.

Das war eine gute Frage. Eine, auf die ich bislang keine Antwort erhalten hatte. »Bist du sauer, wenn ich Richards Einladung annähme?«, fragte ich stattdessen. »Er hat schon vor einiger Zeit Karten für ein Konzert besorgt.«

Jayden machte große Augen. »Ach was, Feli. Das ist super.«

»Würdest du trotzdem weiter mit mir joggen gehen?«

Er sah mich einen Moment lang an, dann nickte er. »Klar. Montag, gleiche Uhrzeit, gleiche Stelle?«

Ich lächelte ihn aufrichtig an. »Sehr gern. Und wenn du mir versprichst, nicht zu viel hineinzuinterpretieren, lade ich dich anschließend zu einer Waffel ein.« Jayden würde für Waffeln sterben.

Er winkte ab. »Lass mal, Feli. Du brauchst dein Geld fürs Studium. Aber wir können trotzdem eine Waffel essen gehen.«

Ich war gerade aus dem Bus ausgestiegen und atmete noch einmal tief durch. Das Gespräch mit Jayden hatte mich mehr aufgewühlt, als ich gedacht hätte. Außerdem hatte es im Bus extrem nach Schweiß und Knoblauch gerochen. Und jetzt kam eine weitere Stunde Nachsitzen mit *Mister* Duncan. Hurra. Zu allem Unglück klingelte mein Handy mit einer unbekannten Nummer auf dem Display genau in dem Moment, als ich Ciarans Büro betrat. Ich hoffte – wie immer im ersten Moment –, Lee wäre wieder da. Vielleicht hatte er sein Handy ja bei der Völkerschlacht von Leipzig verloren oder so. Im zweiten Moment fiel mir diese drohende SMS ein, aber da war es schon zu spät. Ich hatte den grünen Hörer bereits gedrückt.

Deswegen war ich komplett überrumpelt, als ich die Stimme erkannte: »Hey, City. Hier ist Carl. Ich habe gehört, dass dein Date nicht mehr aufgetaucht ist und der Ball schon in drei Tagen stattfindet. Ich hole dich um acht ab. Sei pünktlich und mach dich ein bisschen zurecht. Ich mag es, wenn meine Mädels gut aussehen.« Dann legte er auf.

Ciaran klopfte ungeduldig mit seinen Fingern auf das Pult und sah mich strafend an. »Wer ist Carl?«

»Ein Idiot«, antwortete ich noch immer perplex. »Kann ich das kurz regeln?«

Ciaran lehnte sich zurück und verschränkte die Arme vor der Brust. »Aber sicher. Ich bin gespannt, wie du das machst.«

Ich drückte die Wiederwahltaste.

Carl meldete sich schon beim ersten Klingeln. »Wenn du wissen willst, was du unter dem Ballkleid deiner Schwester anziehen sollst: nichts. Das brauchst du nicht für Samstag.«

Ciaran grinste breit. Er konnte anscheinend genauso gut hören wie Lee.

»Wer hat gesagt, du sollst mit mir zum Ball gehen?«, fragte ich, ohne auf Carls Anzüglichkeiten einzugehen.

»Deine Schwester weiß von deiner Mutter, dass dein Verehrer das Weite gesucht hat. Ich dachte, ich spiele den Ritter in schimmernder Rüstung und helfe aus.«

»Das brauchst du nicht«, sagte ich schnell. »Ich werde nicht zum Ball gehen.«

»Auch gut. Ich wohne 131, Frederick Place. Die Unterwäsche kannst du dir trotzdem sparen.«

»Himmel, Carl, ich werde nicht zu dir kommen. Und ruf mich nicht mehr an. Ich bin noch in der Schule.«

Carls Antwort wartete ich nicht mehr ab, sondern legte auf. Und weil ich ihm nicht traute, schaltete ich das Handy aus.

Ciaran grinste noch immer. »Soll ich mich um ihn kümmern?«, fragte er.

»Wenn ich mich mit Elfen herumschlagen muss, werde ich mit Carl Beckett wohl auch noch fertig werden«, murrte ich. »Lass uns anfangen. Womit willst du mich heute wieder quälen? Mal abgesehen davon, dass ich langsam glaube, du willst mich grillen.« Sein Büro war wieder unerträglich heiß.

»Du kannst dich gerne ausziehen. Ich persönlich könnte auch damit leben, wenn du die Wäsche weglässt.«

Langsam öffnete ich die obersten Knöpfe meiner Bluse.

Ciarans Augen weiteten sich. Sogar sein Mund ging auf.

»Hey, sieh mich an!«, forderte ich ihn lasziv auf und dachte gleichzeitig: *Vergiss es, Traumtänzer!*

Für einen kurzen Moment zog er einen Flunsch. »Gut, fangen wir an. Trink das hier und setz dich. Mal sehen, ob du heute meine Gedanken gelesen bekommst.« Er hielt mir eine Cola-Flasche mit durchsichtiger Flüssigkeit hin.

»Enthält die Drogen oder so was, was angeblich meine Sinne schärft?« Ich schüttelte die Flasche misstrauisch und sah ein paar braune und grüne Partikel darin herumschweben.

»Eigentlich ist es Quellwasser aus Avalon. Den Druidenlehrlingen hilft es tatsächlich, ihre Sinne zu schärfen.«

»Druidenlehrlinge?« Ich starrte ihn an. »Die werden noch immer dort ausgebildet? Ich meine, so was gibt es noch?«

»Ja, die gibt es noch. Und sie unterrichten Elfen und Halbelfen auf Avalon. Und bevor du nachfragst: Es sind Menschen, die irgendwo in ihrem Stammbaum einen Elfen zu verzeichnen haben. Dieser Tropfen Elfenblut macht sie hellsichtiger als normale Menschen.«

Ich setzte mich aufrecht. »Lee hat mal was in dieser Richtung über Sherlock Holmes gesagt oder wie auch immer er hieß. Ach, vielleicht ist es das bei mir? Weshalb ich in der Zeit springen kann.«

»Nein. Das kann kein Druide und das ist noch nie zuvor vorgekommen. Du bist was anderes.«

Ich war was anderes. Klar, ich war die Prophezeite. Die Prophezeite, die einen Krieg in der Elfenwelt auslösen und ihn wieder beenden sollte. Ich trank das Wasser in einem Zug. Es schmeckte kühl und frisch, trotz der Hitze in Ciarans Büro. Ein wenig süßlich und dennoch mit salzigem Nachgeschmack. Ein seltsames Wasser.

Ich setzte mich in den Sessel und schloss die Augen. Vielleicht konnte ich ja wieder einschlafen. Dann wäre ich zumindest erholt und die letzte Stunde Nachsitzen hätte wenigstens etwas gebracht. War da ein Plätschern zu hören? Ich horchte angestrengt. Nein. Es war ein Vogelzwitschern.

»Felicity?«

»Hm?«

»Kannst du mich hören?«

»Klar«, murmelte ich.

»Gut. Was hörst du noch?«

»Vögel.«

»Vögel?« Seine Stimme klang nicht mehr samtig, sondern höher, unruhiger. Meine Finger begannen nervös zu zucken.

»Felicity, öffne deine Augen einen Spalt.«

Ich gehorchte und sah direkt vor mir Ciarans Augen. Wie seltsam. Mir war nie vorher aufgefallen, wie ähnlich sie Lees sahen. Ciaran hatte das gleiche Hellblau und den dunkelblauen Rand, der seine Iris wie ein Rahmen einfasste. Ihm fehlten nur die leicht grünlichen Pigmente, die Lees Augen noch heller, noch markanter scheinen ließen.

Aber dann sah ich in ihnen andere Augen. Auch blau, aber mehr grau. Und noch heller. Ich sah durch diese Augen hindurch und sah jemanden in dem Sessel sitzen.

Mich!

Ich sah mich, durch Ciarans Augen hindurch!

Das Bild flackerte etwas und verschwand. Ich sah eine Wand. Fels. Es war dunkel und nur ein kleiner Lichtschimmer machte es möglich, überhaupt Schatten wahrzunehmen. In diesem Moment erschien ein Feuerball und erhellte alles in einem gleißenden, rotgelben Licht.

Erschrocken keuchte ich auf. Ciaran stand vor mir. Er war bleich. Seine Augen waren geweitet und er sah mich mit offenem Mund an.

»Was war das?«, fragte ich heiser. »Was ist dort geschehen? Und wo war das?«

Ciaran fasste sich augenblicklich und fuhr sich mit beiden Händen durch die dichten, blonden Haare. Ich konnte seine spitzen Elfenohren sehen.

»Ich weiß es nicht.«

»Aber du hast doch daran gedacht!«, warf ich ihm vor. »Es waren deine Gedanken, die ich gesehen habe.«

Er schüttelte unwirsch den Kopf. »Nein, Felicity. Ich konnte *deine* Gedanken in *deinen* Augen sehen.«

Ich sprang ungehalten auf. »Wie sollen das meine Gedanken

gewesen sein? Ich lebe in London! Wann war ich zum letzten Mal in einem Vulkan!«

»Ein Vulkan?« Er sah mich erstaunt an.

»Eine Höhle und Feuer, tief in der Erde. Was soll es denn sonst gewesen sein?« Ich sah ihn an und in diesem Moment flackerte das Bild einer geschuppten Riesenechse auf, der eine gespaltene Zunge zwischen den scharfen Zähnen herausschnellte. Ich ließ mich wieder auf den Sessel fallen. »Eine Drachenhöhle?« Ich flüsterte nur. Meine Stimme hatte versagt.

Ciaran sah mich wieder verblüfft an.

»Ich habe etwas gesehen, oder?«

Er nickte.

Dann räusperte sich Ciaran und ein leichtes Lächeln zuckte um seine Mundwinkel. »Und du konntest dich in meinen Augen sehen. Ich würde also sagen, Miss Morgan, unsere Übung heute war schon mal erfolgreich.«

Wenigstens einer von uns beiden fand das. Ich hätte lieber geschlafen.

Am nächsten Tag machten wir auf der Rasenfläche vom Dean's Yard in der Westminster Abbey weiter. Ciaran wollte Zeitsprünge mit mir üben und nicht bis nächste Woche warten, wo doch das Avalonwasser noch in meinem Körper sei und helfen könne. Also standen wir in dem kleinen Klostergarten der Abtei, Ciaran legte den Arm um mich und gab mir Tipps, wie ich meine Konzentration sammeln und auf ein bestimmtes Datum richten sollte. Leider wurden wir zweimal von neugierigen Touristen gestört, bis wir es endlich schafften. Als ich die Augen aufschlug, standen wir am Fuße einer Burg. Direkt vor uns war ein riesiger

See. Die Burg war intakt und bewohnt. Es roch nach Pferden, Kühen, Heu. Anscheinend war Sommer, denn überall auf den Wiesen rundherum standen Garben. Über den Zinnen wehte eine Fahne. Ehe ich Ciaran fragen konnte, wo wir waren, ertönte hinter uns eine Stimme.

»Hexen! Zauberei! Ich habe es genau gesehen. Sie sind aus dem Nichts aufgetaucht.«

Die Menschen um den Schreihals herum zückten die Heugabeln und rannten auf uns zu.

Ciaran umfasste mich und Sekunden später standen wir wieder in der Westminster Abbey.

»Wann und wo waren wir?«

»Urquhart Castle. Elftes Jahrhundert, wenn ich die Kleidung richtig deuten konnte.« Er kniff die Augen zusammen und sah mich an. »Ich würde sagen, auch das Zeitreisen beherrschst du schon sehr gut.«

Wieso klang das in meinen Ohren nicht zufrieden, sondern eher lauernd?

Das Erlebnis ließ mich auch nicht los, als ich schon zu Hause war. Auf dem kurzen Weg zu unserer Wohnung sah ich auf einer Mülltonne zwei Raben sitzen. Schlagartig fiel mir Lees Warnung ein. Die Fibel war mir vorhin wieder in den Sinn gekommen, direkt nachdem ich die mittelalterlichen Menschen gesehen hatte. Ich würde den Französischunterricht am Dienstagabend abwarten und sie dann nach Hause bringen. Dann wäre es dunkel genug. Die Raben vermittelten mir irgendwie das Gefühl, sie könnten durch alles hindurchsehen. Ob sie auch durch Mauern und Wellblech hindurchblicken konnten?

Warum hatte ich Lee nicht davon erzählt? Er hätte mir helfen können. Oder wenigstens einen Rat gegeben. Wo blieb er nur? Die zwei Wochen waren bald um. Es machte mich ganz nervös, dass er sich nicht einmal meldete.

Mum war schon im Pub und ich machte mir etwas zu essen. Dann packte ich Annas blaues Taftkleid wieder sorgfältig in die Zellophanhülle. Schade. Kein Schneeflockenball für mich. Der ganze Aufwand umsonst. Es hatte mir gut gestanden.

»Und du willst wirklich nicht mitgehen?« Phyllis sah mich noch einmal streng an.

Wir saßen in Coreys Zimmer. Die beiden mussten ein Referat vorbereiten und ich wartete wieder einmal auf Coreys kleine Stiefschwester Cheryl, der ich Englischnachhilfe geben sollte.

»Sie telefoniert noch.« Corey kam mit einer Flasche Cola ins Zimmer.

»Weißt du, ich muss in einer Stunde im Museum sein, weil mein Dienst anfängt«, erklärte ich sauer. »Wenn Cheryl sich nicht an die Zeiten hält, muss sie sich einen neuen Nachhilfelehrer suchen.«

Corey und Phyllis sahen mich mit hochgezogenen Brauen an.

»Was?«, fragte ich pikiert. »Ich bin es leid, mir von dem kleinen Monster auf der Nase herumtanzen zu lassen. Ich sitze hier jedes Mal und warte und dann bekomme ich ja auch nur eine halbe Stunde bezahlt. Das reicht mir langsam.«

In diesem Augenblick öffnete sich die Tür und Cheryl steckte den Kopf herein. Ihr Blick fiel auf mich, dann sah sie sich um, und als sie erkannte, dass Lee nicht anwesend war, sagte sie wie üblich »Wir können« und verschwand wieder.

»Seht ihr, was ich meine?« Ich erhob mich und folgte ihr. Ich ärgerte mich seit einer halben Ewigkeit schwarz über das kleine Luder.

Und wenn Corey sie noch so sehr vergötterte, er konnte unmöglich blind gegenüber ihrem Verhalten sein.

Der Französischunterricht am nächsten Abend bei Monsieur Darbot war wieder einmal zäh. Der Star Club hatte die besten Plätze eingenommen und ich würde niemals eine Leuchte sein, egal wie gut der Lehrer aussah.

Außerdem scharwenzelte Monsieur Darbot die ganze Zeit um mich herum. Nach der letzten Prüfung, die ich ungewöhnlich gut bestanden hatte, glaubte er, es habe bei mir endlich geklickt, und jetzt befragte er mich ständig. Leider hatte es nicht bei mir geklickt. Lees Gedanken hatten sich in meinen Kopf geschlichen und mir die richtigen Lösungen vorgesagt. Lee fehlte mir. Gerade in Unterrichtsstunden wie diesen, die ich ohne meine Freunde bestritt.

»Wo ist Lee?«

Erstaunt sah ich in der Fünf-Minuten-Pause auf. Felicity Stratton war tatsächlich über ihren Schatten gesprungen und sprach mich an. Anders gesagt: *Sie* wollte etwas von *mir*.

»Er ist schon ziemlich lange weg. Du hängst doch ständig mit ihm zusammen. Ist ihm was zugestoßen?«

Ich lehnte mich zurück und kreuzte die Arme vor der Brust. Diesen Moment musste ich auskosten. »Und wenn es so wäre? Würdest du an sein Krankenbett eilen und ihn mit Suppe füttern?«

Ihre Augen funkelten empört. »Natürlich«, antwortete sie

hochnäsig. »Wenigstens etwas Gesundes. Ich glaube nicht, dass du Suppe kochen kannst. Du bringst ihm bestimmt was von McDonald's. Vorzugweise Fritten, weil Kartoffeln ja angeblich gesund sind.«

Ich lächelte und sagte nichts. Ach, wie hohl musste man sein, wenn man jemanden beleidigte, von dem man eigentlich etwas in Erfahrung bringen wollte? Das schien ihr nun auch aufzugehen.

»Fahr doch zur Hölle«, murmelte sie und ging zurück zu ihrem Platz.

Keiner von ihnen sagte noch etwas zu mir und ich konnte nach dem Unterrichtsende ungehindert mein Fach aufsuchen und die Fibel rausnehmen. Wie vorausgesehen war auch niemand auf der Straße. Zu Hause angekommen verstaute ich die Fibel zwischen meinen Socken im Schrank.

Mum war im Pub, ich hatte die Waschmaschine angestellt und mir eine Dose Fertignudeln warm gemacht. Ich saß gerade im Wohnzimmer und aß die Nudeln vor meinen Bio-Hausaufgaben, als es an der Haustür schellte.

Bitte nicht schon wieder ein Elf.

Und dann dachte ich, dass auch Richard meine Adresse kannte. Seit den Dreharbeiten letzte Woche hatten wir noch ein paarmal miteinander telefoniert und er hatte gesagt, er wolle mich besuchen, sobald es seine Zeit zuließe.

Ich öffnete mit einem vorfreudigen Hopser im Magen die Tür. Der Hopser legte sich. Es war Phyllis.

Und sie sah sehr ernst aus.

»Ist was passiert?«, fragte ich besorgt. »Hatte jemand einen Unfall?«

»Nein, nein. Aber ich muss mit dir reden.«

Das hörte sich ja sehr dringend an. Ich führte sie ins Wohnzimmer und schob schnell mein Essen zur Seite. »Was ist passiert?«, fragte ich beunruhigt.

»Keiner ist krank oder so was. Ich möchte über dich reden.«

Über mich?

»Hör mal, Feli, du bist meine beste Freundin und das warst du auch immer. Ich mochte immer deinen Humor und deine Loyalität. Du hast so gut wie nie die Fassung verloren und warst so unerschütterlich wie der berühmte Fels in der Brandung. Aber in letzter Zeit ...« Sie machte eine Pause, als erwarte sie, dass ich den Satz beende. Das tat ich natürlich nicht. Also fuhr sie fort: »In letzter Zeit hast du dich sehr gewandelt.« Sie sah mir in die Augen. »Nicht dass ich mich nicht freue, dass du jetzt viel besser aussiehst oder Geld verdienst. Ich meine, das hätte schon lange der Fall sein sollen, aber ...« Sie stockte wieder. Dieses Mal länger.

»Aber?«, hakte ich nach.

»Aber du hast dir ein sehr unsensibles Selbstvertrauen angeeignet.«

Dazu sagte ich nichts mehr. Ich starrte Phyllis gekränkt an. »Ich habe die Sache mit Jayden geklärt«, sagte ich endlich.

»Das weiß ich. Aber dass es überhaupt was zu *klären* geben musste, passt nicht zu dir. Und dann gestern ...«

»Wenn du jetzt erwartest, dass ich mich bei Cheryl entschuldige ...«

»Nein, nein«, wehrte sie schnell ab. »Sie ist ein verwöhntes kleines Luder, das wissen wir alle – außer Corey. Aber genau darum geht es: Du hast Corey vor den Kopf gestoßen, nicht Cheryl. Du weißt, wie sehr er sie liebt. Cheryl war sich keiner Schuld bewusst. Du hast es nicht ihr gesagt, du hast Corey bluten lassen. Weißt du, das hätte die alte Felicity nie getan. Sie hätte sich irgendwann etwas ausgedacht, womit sie Cheryl in ihre Schranken verweisen könnte. Ich habe einfach das Gefühl, deine Beliebtheit bei sämtlichen gut aussehenden Männern ist dir ganz arg zu Kopf gestiegen.«

»Bist du wegen Richard neidisch?«, fragte ich eingeschnappt.

»Natürlich! Ein wenig«, gab sie unumwunden zu. »Aber mehr noch gönne ich ihn dir. Klar hätte ich auch gern, dass mich Richard Cosgrove einlädt und küsst. Oder Mr Duncan uns andere auch mal zur Kenntnis nimmt.« Sie hob hilflos die Hände, als könne sie etwas in der Luft fangen, um es mir besser begreiflich zu machen.

Hatte ich den Großkotz so arg raushängen lassen? Dann war ich keinen Deut besser als Felicity Stratton.

»Das darfst du nicht einmal denken!«, sagte Phyllis streng.

Hatte ich den letzten Satz laut gesagt? Wahrscheinlich.

»Ich glaube, Lee hat keinen so guten Einfluss auf dich.«

Wenn sie wüsste, welchen Einfluss er tatsächlich auf mein Leben genommen hatte! Er hatte meine gesamte Weltanschauung verändert.

»So etwas wie gestern bei Corey darf nicht wieder vorkommen. Wir haben immer hinter dir gestanden, Feli. Stehst du jetzt noch hinter uns?« Mit diesem theatralischen Satz erhob sich Phyllis und ging.

Ich begleitete sie nicht zur Tür. Ich war zu wütend, denn ich fühlte mich, als hätte sie mir eine Ohrfeige verabreicht. Wie konnte sie mir diese Dinge an den Kopf werfen? Sie wusste doch, wie fies diese kleine Hexe Cheryl all die Zeit über zu uns war. Die verhielt sich gegenüber den Freunden ihres Bruders wie die Mitglieder des Star Clubs!

Und wegen so einer hatte ich jetzt Zoff mit Corey. Und Phyllis. Womöglich auch noch mit Jayden, weil unsere Freundschaft eh momentan recht wackelig war. Und Nicole hatte nie einen Hehl aus ihrem Neid mir gegenüber gemacht. Außerdem wusste jeder von uns, dass sie heimlich in Corey verliebt war. Natürlich würde sie zu ihm halten. Die Einzige, die sehr wahrscheinlich neutral uns allen gegenüber bleiben würde, war Ruby. Ruby, die ständig mit den Gedanken irgendwo anders rumschwirrte und kein Gespräch wirklich mitbekam.

Ich brachte die restlichen Nudeln zurück in die Küche. Mir war der Appetit vergangen.

In der Nacht war an Schlaf nicht zu denken. Nachdem ich wütend ein paar Kissen durch mein Zimmer gepfeffert hatte, hatte ich mich aufs Bett gelegt und war immer wieder Phyllis' Worte durchgegangen. Erst natürlich, indem ich ihr lauthals an den Kopf warf, was sich in mir lange aufgestaut hatte. Dann war mir eingefallen, wie lieb sie und ihre Schwester Vera mich für diese desaströse Anti-Halloween-Party ausgestattet hatten. Sie hatten mir schicke Klamotten geliehen, beim Make-up geholfen und die Haare frisiert. Auch wenn im Endeffekt alles für die Katz gewesen war, weil wir einfach nicht in die Welt des Star Clubs passten.

Legolas sah mich streng an. Ich hatte das Poster von Philip geerbt. Philip. Ein weiteres Problem auf meiner Liste. Also schrie ich Legolas an, dass sein vorheriger Besitzer mich mal könne. Dann fiel mir ein, dass Legolas ein Elb war, also ein Elf. Prompt bekam er meine Meinung zu Elfen, Prophezeiungen und nicht prophezeiten Morden zu hören.

Dann hatte ich die lustigen DVD-Abende vor Augen. Oder wie wir uns über Cheryl amüsiert hatten, als sie sich, das erste Mal geschminkt – wie ein Panda-Bär –, vor uns großgetan hatte. Corey hatte sich schrecklich geschämt, aber kein Wort zu Cheryl gesagt.

Aber ich dachte auch an Nicole und ihre Biestigkeit im Kaufhaus, als wir Ciaran kennengelernt hatten. Mir fielen Coreys dämliche Scherze ein, Ruby mit ihrer Verträumtheit und dass wir ihr dadurch alles zwei Mal erzählen mussten. Ich dachte an Corey und wie er mich verraten hatte, als ich ihn um seinen Beistand beim Joggen bat. Und dann an Ruby und ihre SOS-Make-up-Aktion, als ich aussah wie ein Zombie. Meine Freunde hatten nicht nur gute Seiten, aber sie wollten immer das Beste für mich. Ich dachte an den Spaß, den wir beim PlayStation-Spielen hatten, und die Aufmunterungen, wenn ich morgens nicht ganz taufrisch und wieder zu spät zum Unterricht aufkreuzte.

Irgendwann hatte ich mir die Zähne geputzt und den Pyjama angezogen und war zu Bett gegangen. Ich hörte genau, wann Mum die Wohnungstür aufschloss. Sie warf einen kurzen Blick in mein Zimmer. Ich stellte mich schlafend und sie schloss die Tür. Ich hörte, wie sie ins Bad ging und dann in ihr Schlafzimmer. Nachdem die üblichen Geräusche verstummt waren, lauschte ich der Stille der Großstadt. Ich wälzte mich von einer Seite auf die andere und fand keinen Schlaf.

Schließlich stand ich auf und zog mich an. Vielleicht würde ein Spaziergang an der frischen Luft helfen.

London bei Nacht wirkte immer gespenstisch. Trotz all der Laternen, der Sirenen in der Ferne und der ganzen Denkmalbeleuchtung. Irgendwann landete ich am Green Park, der regelrecht bedrohlich wirkte. Genau das Richtige. Wenn mir hier etwas passieren sollte, geschähe es allen recht: den Elfen, die in mir nicht mehr nur ihre Prophezeite sahen, sondern in erster Linie eine Mörderin; meinen Freunden, die mir vorwarfen, dass ich endlich einmal versuchte mich durchzusetzen; meiner Familie, die mich nur als lästiges Anhängsel und billige Arbeitskraft betrachtete.

Und dann geschah es wieder. Ich wusste erst gar nicht, was los war, weil es so lange nicht mehr vorgekommen war.

In einer Sekunde stand ich zwischen den kahlen Bäumen des winterlichen Parks und im nächsten an einem Strand. Vor mir, im nassen Sand, war ein Steinkreis. Die Megalithen waren mindestens doppelt so hoch wie ich. Auf einmal brannten sie lichterloh. Erschrocken stolperte ich zurück, ich fühlte die Hitze des Feuers auf meinem Gesicht. So unmittelbar, wie sie in Flammen gestanden hatten, schwappte eine riesige Welle über sie und mich. Die Flammen waren gelöscht und ich stand triefend nass im finsteren Green Park in London.

DER BALL

Als ich am nächsten Morgen aufwachte, war mein erster Gedanke: *Der lang ersehnte Abend ist da.*

Aber ich würde nicht beim Schneeflockenball dabei sein. Das tat weh.

Der Aufregung meiner Freunde hatte man in den letzten beiden Tagen kaum entkommen können. Vor allem Nicole war aus dem Häuschen. Corey hatte am Donnerstag zwischen Biologie und Mathe angemerkt, sie solle ihm einen Tanz reservieren. Ob sie sich erinnerte, wie Corey tanzte? Seine Verrenkungen waren nicht ganz ungefährlich. Doch für Nicole war das, als hätte Corey ihr einen Diamantring versprochen. Meine Aufregung über das Date mit Richard hatte sich durch Phyllis' Besuch gestern Abend gelegt. Das kalte, salzige Bad im Green Park hatte mir den Rest gegeben. Und ich wusste nicht, wie mir meine Freunde am Montag gegenübertreten würden.

Egal wie sehr ich versuchte mir einzureden, dass es Richard war, mit dem ich mich traf (Richard COSGROVE!), meine Vorfreude blieb gedämpft, ja, sie wollte gar nicht wirklich aufkommen.

Sunrise Avenue hatte eine großartige Show geliefert. Ich sang mit Richard die Lieder lauthals mit, obwohl mir ein Riesenkloß im

Magen lag. Anscheinend war ich noch nicht einmal halb so gut im Schauspielern wie er, denn er sah mich ständig kritisch von der Seite an. An meinem Aussehen konnte es nicht liegen. Ich hatte Flo angerufen und mir ein paar Tipps eingeholt. Zweimal fragte Richard, ob mir etwas fehle oder ich mich nicht wohlfühle. Ich antwortete jedes Mal, alles sei bestens.

Nach dem Konzert führte Richard mich in einen kleinen Pub mit dem historischen Namen *Mayflower*. Er besorgte uns zwei Cola und wir setzten uns in eine ruhige Ecke.

»Ist bei dir alles in Ordnung?«, fragte er wieder und musterte mich kritisch.

Ich zuckte die Achseln. »Wieso sagst du das ständig? Sehen meine Haare wieder aus wie ein Vogelnest?«

Richard grinste. »Nein. Ganz bestimmt nicht.« Er lehnte sich zurück und betrachtete mich weiterhin. »Haben deine Haare je wie ein Vogelnest ausgesehen? Das kann ich mir gar nicht vorstellen.«

Ich schnaubte und trank schnell an meiner Cola.

»Aber du siehst wirklich anders aus. Irgendwie traurig.« Sein Lächeln verblasste. »Was ist los, Fay?«

Ich zuckte die Achseln. »Ach, alles und nichts. Eigentlich ist alles ganz gut. Ich habe einen tollen Job, in der Schule läuft's jetzt besser. Trotzdem fühle ich mich nicht wohl. Meine Mum hat mir vor einiger Zeit erklärt, sie will, dass ich den Pub übernehme, und seither reden wir kaum noch miteinander.« Den wirklichen Grund wollte ich Richard nicht sagen.

Er schien allerdings meine Erklärung zu akzeptieren. »Das verstehe ich. Als ich die erste Hauptrolle bekam, waren meine Eltern frisch getrennt. Auf einmal wollte jeder von beiden seinen

Anteil an mir und war sauer, wenn ich versucht habe beide gleich zu behandeln.«

»Hat sich das gelegt?«, fragte ich vorsichtig.

»Nicht wirklich.« Er legte seinen Arm auf der Rückenlehne hinter mir ab. »Ich habe einfach keinen der beiden mehr zu einer öffentlichen Veranstaltung mitgenommen. Deswegen sieht man mich meistens allein auf dem roten Teppich oder mit einem Mädchen. Welches, ist mir dabei schon ziemlich egal, Hauptsache, ich kann Mum und Dad eine Ausrede liefern.«

Richard sprach nicht oft von seinem Privatleben. Er erzählte mir immer gern von seinen Filmen und seiner Arbeit. Jetzt verstand ich, warum: Es war unkomplizierter. Auf einmal war sein Leben nicht mehr so glamourös, sondern genauso normal wie das von Phyllis, Corey und mir. Die waren jetzt auf dem Ball und amüsierten sich bestimmt königlich.

»Was möchtest du machen, wenn du die A-Levels in der Tasche hast?«, änderte er abrupt das Thema.

»Ich möchte Lehrerin werden«, antwortete ich ehrlich. »Das habe ich mir in den Kopf gesetzt, seit wir in der vierten Klasse so eine nette Lehrerin hatten. Mrs Marlowe. Das war noch in Cornwall. Sie war wundervoll und ich wollte genauso werden wie sie.«

Richard lächelte. Jetzt fühlte ich seine Hand auf meiner Schulter. Langsam wanderte sie zu meinem Hals. Mein Herz begann schneller zu schlagen und ich hoffte, Richard würde meinen beschleunigten Atem nicht bemerken.

»Ich kann mir dich sehr gut als Lehrerin vorstellen«, sagte er leise.

Er zog meinen Kopf sanft zu sich und sein Gesicht war auf

einmal ganz nah. Ich sah, wie sich seine Augen verdunkelten und er den Kopf neigte. Mein Puls hämmerte. Das musste er mit seinem Finger an meiner Halsschlagader fühlen. Jetzt bemerkte ich aber auch seinen unregelmäßigen Atem in meinem Gesicht. Er war genauso nervös. Ich schloss die Augen und ließ mich von ihm führen. Ich spürte seine Wärme, roch seinen süßen Atem und ein unaufdringliches Parfüm. Jetzt fühlte ich seine Lippen die meinen berühren. Ganz zart strichen sie darüber. Mein Herz pochte bis in meinen Magen.

»Verdammt, City, was soll das?«

Erschrocken fuhr ich hoch. Vor uns stand ein junger, gut aussehender Mann. Er trug ein Achselshirt, ein großes Silberkreuz am Hals, seine Jeans waren zerrissen und sahen aus, als hätte er in ihnen ein Motorrad repariert.

Carl. Und dicht hinter ihm Jeremy, der Mann meiner Schwester. Carls Bruder.

Ich atmete scharf aus. Richards Hand krallte sich in meine Schulter. Aber er ließ nicht los, sondern zog mich zu sich.

Carl sah mich wütend an. Jeremys Augen wanderten ungläubig von Richard zu mir und wieder zu Richard.

»Du elende Schlampe!«, fauchte Carl. »Weißt du eigentlich, was du angerichtet hast? Ich habe dich zweimal angerufen und du hast es nicht mal nötig, mich zurückzurufen? Wegen dem da? ’nem Typen, der aussieht wie die Schwuchtel Richard Cosgrove?«

Richards Griff verstärkte sich. Aber nicht bei dem Wort Schwuchtel, sondern bei dem Wort Schlampe.

»Äh, Carl.« Jeremy tippte seinem Bruder auf die Schulter.

»Lass mich. Ich habe dieses Miststück zweimal öfter angerufen als jede andere Tussi. Und sie knutscht mit ’nem anderen rum, weil der aussieht wie ein Filmstar.«

»Damit wäre dann ja wohl geklärt, dass sie nichts von dir will«, sagte Richard ruhig.

Carl stellte seine Fäuste auf der Tischplatte ab und beugte sich vor. »Komm da raus und sag das noch mal.«

Jeremy fasste Carl jetzt am Oberarm und zog ihn zurück. Glücklicherweise war er stärker als sein jüngerer Bruder.

»Das *ist* Richard Cosgrove«, wisperte er Carl so laut ins Ohr, dass es jeder im Pub mitbekam.

Carls Augen weiteten sich und er trat einen Schritt zurück.

Aber jetzt kam *ich* in Fahrt. Was bildete der Idiot sich ein? Ich hatte ihm nie irgendwelche Hoffnungen gemacht. Im Gegenteil! »Für wen hältst du dich eigentlich?«, fauchte ich und lehnte mich vor. »Du bist ein ganz jämmerlicher Wicht. Ehe du weiter ausholst, erzähl mir doch mal, was du mit Philip gemacht hast.«

»Mit Philip?«, fragte Jeremy verwirrt.

Carl blinzelte überrascht. »Äh, wieso ich?«

Ich sprang auf und stellte mich dicht vor ihn hin. »Du hast ihn in diese Geschichte mit den Wetten reingezogen. Du wusstest, dass er der Verlockung nicht widerstehen kann. Und jetzt schuldet er zwielichtigen Typen Geld, die ihm drohen.«

Carl schluckte.

»Aber weißt du was?«, fuhr ich fort. »Die drohen ihm mit mir! Ich müsste dran glauben, wenn er das Geld nicht beibringt. Das habe ich dir zu verdanken, du … du …« Ich pochte mit meinem Zeigefinger gegen seine Brust.

»Drecksack?«, half mir Richard weiter.

»Was kann ich dafür, wenn Philip sich nicht im Griff hat?

Außerdem hat er behauptet, du hättest genug Geld. Du könntest ihm auf alle Fälle was borgen.«

»Philip hat die Rechnung ohne meine Mutter gemacht«, zischte ich. Mums Verrat schmeckte nach wie vor bitter.

»Moment mal«, sagte Richard. »Wer wird hier jetzt bedroht? Du oder dieser Philip? Und was verbindet dich mit ihm?«

»Philip ist mein Bruder«, erklärte ich kurz. »Das dort ist Jeremy, der Mann meiner Schwester, und dieser … dieser …«

»Drecksack?«, ergänzte Richard wieder.

Ich nickte. »Ist Jeremys Bruder Carl. Er hat meinen Bruder in eine dieser Wettkneipen geschleift, obwohl er wusste, dass Philip mehr verspielt, als er sich leisten kann.«

Jetzt erhob sich auch Richard. Carl reckte sich. Das machte nicht wenig Eindruck, denn er war gut fünfzehn Zentimeter größer als ich.

»Du kannst dich noch so groß machen, in meinen Augen bist du nicht größer als so.« Ich hielt Daumen und Zeigefinger fünf Zentimeter auseinander. »Verschwinde und ruf mich nie wieder an.« Ich wollte mich gerade umdrehen, als mir noch etwas einfiel. »Und, Carl: Sieh zu, dass du Philip hilfst und den Karren aus dem Dreck ziehst, du … du …«

»Drecksack«, wiederholte Richard hilfsbereit.

»Können wir bitte gehen?«, fauchte ich noch immer in Rage. Ich wollte und konnte Carls Visage nicht länger ertragen. Außerdem ging mir das »Drecksack« auf den Senkel.

Da fühlte ich eine Hand an meinem Ellbogen, wandte mich um und schubste Carl mit voller Wucht gegen die Brust. Er taumelte nach hinten, versuchte sich an der Tischkante festzuhalten und zog den ganzen Tisch mit sich. Es krachte ohrenbetäubend.

Schlagartig war der Pub still. Man hörte deutlich eine Autoalarmanlage aus einer Nebenstraße. Jeremy war der Erste, der sich fasste. Er stellte den Tisch auf und reichte Carl die Hand, um ihm aufzuhelfen.

»Komm«, sagte Richard leise, wagte es allerdings nicht, mich anzufassen.

Ich starrte noch immer erschrocken auf das Desaster, das ich angerichtet hatte.

Carl sah noch erschütterter aus als ich. Er rappelte sich erst auf alle viere und dann auf. Ich sah Blut von seinen Fingern zu Boden tropfen. Eine Glasscherbe stach aus der Handfläche hervor.

Mir wurde schlecht.

»Tut mir leid.«

Das sagte nicht ich. Das sagte Carl. Ich starrte von seiner blutenden Hand in sein Gesicht und er sah tatsächlich zerknirscht und erschüttert aus.

»Entschuldige. Das wollte ich nicht«, stammelte ich heiser.

Jeremy packte Carl und zog ihn mit sich. »Wir fahren ins Krankenhaus. Ich kümmere mich um Philip«, sagte er im Weggehen.

Dieses Mal nahm Richard meine Hand. »Komm. Ich bringe dich nach Hause.«

Ich nickte und folgte ihm willenlos.

»Meine Güte, Feli, wie siehst du denn aus?«

Phyllis, Ruby, Nicole und Jayden sahen mich entgeistert an. Ich fühlte mich direkt um ein halbes Jahr zurückversetzt. In die Zeit, als ich wegen des Dienstes in Mums Pub übermüdet im Unterricht erschienen war. Allerdings hatten mich meine Freunde nie so angestarrt. Immer nur alle anderen.

»Meine Haare?«, fragte ich erschrocken.

»Nicht nur«, sagte Jayden und sah mir in die Augen.

Ruby packte kurzerhand meinen Arm und zog mich ins nächste Mädchenklo, Phyllis und Nicole folgten uns auf den Fersen. Ich hatte eine Art Déjà-vu, als Phyllis mir die Haare kämmte und Ruby mein Gesicht mit ihrem Not-Make-up zu bearbeiten begann.

Erst jetzt, wo ich vorm Spiegel stand, fielen mir Nicoles rote Augen auf.

»Wie war der Ball?«, fragte ich das Spiegelbild von Nicole. Sogleich flossen Tränen. Erschrocken sah ich Phyllis an.

»Corey hat eine Freundin« war die kurze Erklärung.

Oje.

»Oje«, sagte ich laut. Ich war mir unsicher, was ich sonst sagen oder tun konnte.

»Schon fünf Minuten nach unserer Ankunft hat er die kleine Blonde entdeckt und war für den Rest des Abends verschwunden«, erklärte Phyllis und legte Nicole tröstend einen Arm um die Schultern.

»Welche kleine Blonde? Hier vom College?«

»Nein, sie ist noch auf der Highschool und war eigentlich mit einem anderen Typen da. Ehrlich gesagt glaube ich, den hat sie nur begleitet, um auf den Ball zu kommen.«

»Wer war der Typ?«, fragte ich und tätschelte der schluchzenden Nicole etwas unbeholfen den Arm.

»Rüpel-Ralph«, sagte Ruby und zog so kräftig durch meine Haare, dass es wehtat. »Du weißt schon, der, der immer diese dämlichen Sprüche von sich gibt, von denen er denkt, sie seien witzig. Und der immer die Hintern von allen betätschelt.«

»Ja, ja, schon gut. Ich weiß. Jeder hier am College weiß Bescheid.« Ich schüttelte mich. Seine sexistischen Sprüche und schmierigen Finger waren überall gefürchtet. Deswegen saß er auch allein. »Und die kleine Blonde?«, hakte ich nach.

Nicole begann heftiger zu schluchzen. Phyllis nahm sie in die Arme und überließ Ruby die Erklärung.

»Kaum hat sie Corey gesehen, hat sie Rüpel-Ralph stehengelassen und sich an Corey gehängt. Später waren die beiden nur noch am Knutschen.«

Herrje. Arme Nicole. Sie war seit Jahren in Corey verschossen. Jetzt weinte sie hemmungslos.

»So. Fertig.« Ruby ließ mich los und wir betrachteten mich im Spiegel.

»Wow. Du bist echt ein Genie. Möchtest du beruflich nicht lieber so was machen?« Ich staunte über meine glänzenden Haare und die Augen ohne Ringe. Ich sah wieder frisch und vorzeigbar aus. Beinahe hübsch.

»Nee.« Ruby zog eine Grimasse. »Ich werde lieber Anwältin. Du weißt schon. Welt verbessern und so.«

»Ich finde, im Moment hast du die Welt vor einem katastrophalen Anblick bewahrt«, gestand ich ehrlich.

Alle kicherten. Sogar Nicole.

Dann klingelte es zum Unterricht.

Als wir das Klo verließen, sagte Phyllis leise zu mir: »Wie war's bei dir am Samstag?«

»Das Konzert war super«, antwortete ich ehrlich.

Phyllis sah mich skeptisch an.

Ich war offenbar wirklich ein ganz miserabler Schauspieler. Ich seufzte. »Nach dem Konzert trafen wir Jeremy und Carl. Du weißt schon, meinen Schwager und dessen arroganten Bruder.« Ich erzählte kurz, was im Pub vorgefallen war.

Ihre Augen wurden immer größer.

»Seither hat sich Richard nicht mehr gemeldet«, schloss ich die Erklärung.

Gerade als sie etwas sagen wollte, wurden wir unterbrochen.

»Wo warst du am Samstag?«

Ich machte mit Sicherheit ein genauso erstauntes Gesicht wie Phyllis. Jack Roberts hatte uns eingeholt und sah mich an.

»Äh ...«

»Ihr seid doch sonst so unzertrennlich. Ich dachte, du würdest mit dem dicken Streber hingehen. Der Schönling hat ja, wie es aussieht, das Weite gesucht. Hast du ihn vergrault?«

»Hau ab, Jack«, zischte Phyllis.

Jack zuckte die Schultern und ging.

»Seit wann spricht der mit dir?«, fragte Phyllis konsterniert.

Auch ich zuckte die Schultern. Jack Roberts war mir so was von egal. Mir gingen andere Gedanken im Kopf herum. Zu denen sich jetzt auch noch die trauernde Nicole gesellte.

Corey kam nicht zum Mittagessen in die Cafeteria. Ich deutete mit fragendem Blick auf seinen leeren Stuhl.

Jayden flüsterte, ehe Nicole unseren Tisch erreichte: »Er ist telefonieren.« Er nickte düster.

Die Stimmung an unserem Tisch war mit Sicherheit der im Parlament von 1939 ähnlich, als England Deutschland den Krieg erklärte. Keiner wagte Nicole anzusehen, Ruby stocherte lustlos in ihrem Stew, Jayden vertiefte sich ins Mathebuch, Paul schwieg sowieso immer und Phyllis und ich versuchten mühsam ein Gespräch in Gang zu bringen. Irgendwann gaben wir es auf. Mir kam es vor, als seien wir alle erleichtert, als es endlich wieder zum Unterricht klingelte.

So langsam machte ich mir allerdings richtige Sorgen. Lee war schon über zwei Wochen verschwunden. Dabei hatte er doch behauptet, er sei immer *höchstens* zwei Wochen für seine Aufträge beziehungsweise Nachforschungen unterwegs. Ob es doch schwieriger war, meine Unschuld zu beweisen? Was, wenn er es nicht schaffte? Der Gedanke nistete sich fest und begleitete mich den ganzen Tag über. Außerdem machte es mir Angst: Zwei Wochen lang hatten mich die Elfen in Ruhe lassen wollen. Die waren nun um. Die letzte Nacht hatte ich schon nicht mehr gut schlafen können, aus Furcht, die Zimmertür würde auffliegen und eine Horde blonder, blauäugiger Männer mit spitzen Ohren und Lendenschurzen aus grünem Bast mich verhaften.

Nicht weniger verstörend war, dass Paul sich zu meinem neuen Schatten am Horton College entwickelt hatte. Er wich nicht von meiner Seite. Nach den Stunden, in denen wir nicht gemeinsam Unterricht hatten, wartete er an meinem Spind und trug mir die Tasche. Ich wäre froh gewesen, wenn ich ihn hätte abhängen können, weil ich Richard anrufen und mich für mein unmögliches Benehmen entschuldigen wollte. Ich liebäugelte schon damit, die nächste Stunde zu schwänzen, bis mir einfiel, dass es sich um Geschichte handelte. Ciaran würde mich bis zum Sankt-Nimmerleins-Tag nachsitzen lassen, wenn ich eine Stunde bei ihm schwänzte. Das konnte ich nicht zulassen, immerhin hatte ich für nächste Woche dreimal Dienst im Museum.

Paul wollte sich prompt neben mich setzen. Aber das ging zu weit. Ich legte schnell meine Tasche auf den leeren Stuhl. »Nein. Das ist Lees Platz und das wird er auch bleiben«, erklärte ich bestimmt. Er zog ab wie ein geprügelter Hund.

Phyllis und Corey beäugten mich neugierig.

»Was denn?«, fragte ich flüsternd.

»Du vermisst ihn«, stellte Phyllis grinsend fest.

Ich rollte die Augen. »Ich will Paul keine zusätzlichen Hoffnungen machen. Es reicht, dass er mir ständig die Tasche trägt.«

Ihr Blick flackerte und sie drehte sich zur Tafel. Um ihren Mund spielte ein leichtes Lächeln. Das irritierte mich enorm.

Ciaran betrat den Raum. Das Thema, das er heute anschnitt, war Wales und dessen Geschichte. Er erzählte irgendetwas von der Herkunft der walisischen Flagge mit ihrem roten Drachen und dass ein Junge namens Merlin einst einen Kampf zwischen einem roten und einem weißen Drachen geweissagt hätte. Ich hatte das dumpfe Gefühl, er bezweckte etwas damit.

»Felicity, wofür könnte der rote Drache gestanden haben?«

»Für die chinesische Armee?«, mutmaßte Felicity Stratton.

»Ich habe Felicity Morgan gemeint«, sagte Ciaran und blickte die andere Felicity strafend an. »Und abgesehen davon, dass Sie nicht dran waren, war Ihr Einwurf auch noch totaler Quatsch.«

Die anderen Schüler kicherten. Felicity wurde rot und funkelte mich wütend an.

»Die rote und die weiße Rose? Also das Haus York kämpfte gegen das Haus Lancaster um den englischen Thron?«, mutmaßte ich.

»Leuchtet zumindest eher ein als der chinesische Schwachsinn von Miss Stratton. Aber nein. Jayden, würden Sie uns aus dem IQ-Spiel heraushelfen?«

»Der junge Merlin soll eine Vision gehabt haben. Angeblich steht der rote Drache für die Briten, der den weißen Drachen, symbolisch für die Angelsachsen, bekämpfte. Der rote Drache war anfangs schwächer, besiegte aber dennoch den weißen«, antwortete Jayden ruhig.

»Danke. Genauso lautet die Sage.«

»Ich finde, das ist ein noch größerer Schwachsinn«, sagte Felicity laut.

»Wie bitte?« Ciaran drehte sich zu ihr um und lehnte sich ans Pult.

Man konnte sehen, wie wütend Felicity war. »Drachen, Merlin und so, das sind alles Märchengestalten, Sagen, Legenden. Können Sie mir Unterlagen vorlegen, die beweisen, dass China nicht schon vor über tausend Jahren versucht hat die Welt zu erobern? Immerhin waren die damals schon weiter mit ihren Seidenspinnereien, der Papierherstellung oder dem Schwarzpulver als wir Europäer, die wir gerade mal gelernt hatten Bronze zu gießen.«

Ich sah Ciarans funkelnde Augen und wollte Felicity beinahe empfehlen die Klappe zu halten.

»Nein, es existieren keinerlei solcher Unterlagen«, sagte Ciaran gefährlich leise.

»Woher wollen Sie es dann wissen? Ich könnte doch Recht haben. Und China wurde schon lange zuvor der Rote Drache genannt. Was spricht also gegen meine Theorie?«

»Haben Sie sich in der letzten Zeit einmal eine Weltkarte angeschaut?« Ciaran öffnete ein Notebook auf dem Lehrerpult und schaltete das Smartboard ein. Google Earth öffnete sich. »Wo liegt China? Kommen Sie nach vorn und zeigen Sie es Ihren Mitschülern«, forderte er Felicity auf.

Sie stand auf (nicht ohne ihren knappen Rock zurechtzuzupfen) und ging in einer Art Catwalk nach vorn. Dann deutete sie grob die Umrisse Chinas an.

»Und wo liegt Wales?«

Felicity zeigte auch Wales.

»Wie viele Meilen liegen dazwischen?«

»Mehrere Tausend«, antwortete Felicity und lächelte.

»Wieso ist dann Ihre Theorie unmöglich?«

»Sie ist nicht unmöglich«, widersprach Felicity. »Die Chinesen mussten doch nur mit ihren Schiffen lossegeln. Haben nicht auch die Wikinger schon lange vor Kolumbus Amerika entdeckt?«

Ciaran seufzte entnervt. »Zeigen Sie uns die Segelroute der Chinesen nach Wales.«

Felicity strich selbstbewusst mit den Fingern das Wasser entlang. Schallendes Gelächter von beinahe allen Mitschülern ertönte.

Ciaran lächelte süffisant. »Danke, Felicity. Setzen Sie sich. Was war falsch? Miss Morgan?«

»Der Sueskanal existierte damals nicht«, antwortete ich noch immer kichernd.

Felicity ging zu ihrem Platz. Ohne Catwalk und mich finster anstarrend.

»Sie muss für ihre freche Art nicht nachsitzen«, zischte Ava so, dass es jeder hören konnte.

Ich schluckte.

Ciaran warf mir einen warnenden Blick zu. »Aber Miss Stratton kann einen zehnseitigen Aufsatz abliefern über das fortschrittliche China, wenn sie so davon überzeugt ist«, sagte er süß, an Ava gewandt. »Bis morgen, Miss Stratton.«

Dann machte er im Unterricht weiter.

ÄRGER MIT DEN STARS

»Du selten dämliche Kuh.« Kaum war Ciaran außer Sichtweite, hatte Felicity mich am Oberarm gepackt. Ziemlich schmerzhaft gepitscht traf es wohl eher. »Was glaubst du, was du da tust?«

»Mich aus deinem Würgegriff befreien.« Ich versuchte ihre Finger zu lösen. Das war aber nicht möglich.

»Wenn du mich noch einmal lächerlich machst, kannst du dein blaues Wunder erleben. Dann ist das hier nichts dagegen.«

Nicole fasste Felicity am Arm. »Lass sie los. Du hast dich selber lächerlich gemacht. Gib nicht Feli die Schuld dafür.«

»Komisch, dass Mr Duncan Felicitys Verhalten durchgehen lässt«, näselte Ava hinter uns. »Kein anderer wird zum Nachsitzen verdonnert. Nur die Stadt.«

»Nenn sie nicht so«, mischte sich jetzt Phyllis ein.

»Du kannst einen Stock Rose nennen – er wird trotzdem ein Stock bleiben«, bemerkte Cynthia.

»Falsches Zitat. Lern deinen Shakespeare besser«, meinte Jayden.

»Und wenn du ihr noch so viel Honig ums Maul schmierst, Fettklops, sie glaubt, sie kann sich jetzt Typen wie Lee FitzMor angeln«, fauchte Cynthia Jayden an.

Jayden wurde bleich. Cynthia hatte es geschafft, ihn an einer sehr empfindlichen, frischen Wunde zu treffen. Er wandte sich um und ging.

»Ihr könnt ruhig alle zu ihr halten«, zischte Felicity und quetschte ihre spitzen Fingernägel eine Spur tiefer in meine Oberarme. Sie gingen durch den Strick meines Pullis hindurch. »Sie wird immer die dämliche City bleiben. Geh zu deinem Mr Duncan. Drachen bewachen nicht nur die Fahne von Wales, sondern auch die Londoner City. Das wird ihm bestimmt gefallen.« Dann endlich ließ sie mich los und verschwand mit ihren Star-Club-Kollegen.

»Elendes Miststück«, zischte Phyllis, als wir mit unseren gefüllten Tellern in der Cafeteria saßen. Jayden blieb verschwunden. Stattdessen hatte sich Paul wieder zu uns gesellt.

»Wieso ist sie nicht an einer Privatschule, wenn es ihr hier nicht gefällt?«, fragte Nicole sauer.

»Sie wurde rausgeworfen.«

Wir sahen uns alle verblüfft an, ehe uns aufging, dass Paul gesprochen hatte. Sein Blick war weiterhin auf den Teller mit Bohnen gerichtet, als wäre nichts geschehen.

»Weswegen?«, fragte Nicole erstaunt.

»Sie und die anderen vom Star Club wurden mit Drogen erwischt.« Paul sprach mit einer heiseren, quiekenden Stimme, die wahrscheinlich nur seine Mutter kannte. Jetzt war mir auch klar, warum er nicht sprach.

»Drogen?«, hakte Ruby nach.

Paul nickte.

»Komm schon, erzähl uns, was du weißt«, fauchte Nicole, nachdem Paul wieder in Schweigen versunken war.

Er sah noch immer nicht auf. Aber er sprach: »Sie haben Pillen an andere Schüler verkauft. Dafür wurden sie von der Schule geworfen und auch ihre reichen Eltern konnten sie nicht davor bewahren. Deswegen werden sie auch an den Elite-Colleges nicht angenommen.«

Ich sah ein breites und zufriedenes Grinsen in Nicoles Gesicht Einzug halten. »Oh, Mann. Lass Ava noch einmal mit ihren Fernsehauftritten angeben ... Ich freue mich schon richtig auf das nächste Zusammentreffen.«

»Glaubst du, sie bekommt deswegen keine nennenswerten Angebote?«, überlegte Phyllis.

»Hundertprozentig. Wisst ihr was? Lasst uns ihnen nachgehen und ihnen ein für alle Mal das dämliche Grinsen aus dem Gesicht wischen.« Nicole sprang auf.

Ich zog sie am Ärmel zurück auf den Stuhl. »Lass es.«

Sie sah mich kalt an. »Ist dir Jayden etwa so egal? Findest du das in Ordnung? Obwohl er in dich verliebt ist? Und das schon, lange ehe ein Lee Schönling FitzMor dich zu verwandeln begann?«

Ich ließ sie los, als hätte ihr Arm auf einmal die Temperatur eines heißen Bügeleisens angenommen.

»Nicole. Das ist gemein«, sagte Ruby vorwurfsvoll. »Jayden ist Feli nicht egal. Das weiß jeder von uns. Aber sie hat Recht: Wenn du dem Star Club jetzt nachläufst, riskierst du in dieser aufgekratzten Stimmung höchstens eine Schlägerei.«

Ich trank mein Wasser und vermied es, jemanden anzuschauen. Meine Wangen brannten und ich befürchtete, alle glaubten, was Nicole offen aussprach. »Ich habe eine bessere Idee«, sagte ich langsam. Meine Stimme zitterte ein wenig, weil ich so aufgewühlt war. »Wir warten bis zum Mathekurs. Dann sind wir und der Star Club alle gemeinsam vertreten.«

»Was hast du vor?« Phyllis' Augen blitzten neugierig.

»Wartet's ab.« Da ich mich über Nicoles Äußerung ärgerte, wollte ich sie hinhalten. Aber vorher musste ich noch an den Kiosk.

Gespannt setzten wir uns in Mathe früher als nötig auf unsere Plätze. Jayden huschte mehr oder weniger gemeinsam mit Mr Selfridge ins Klassenzimmer. Immer wieder drehten sich Phyllis und Nicole neugierig zu mir um. Corey verfolgte das Ganze mit einem Stirnrunzeln und Ruby hatte ihre rosarote Brille wieder aufgesetzt und träumte mit Blick aus dem Fenster. Und endlich kam mein Stichwort.

Mr Sinclair schrieb die nächste Aufgabe an die Tafel: »Rechnen Sie die Schnittpunkte des Graphen mit der X-Achse aus. Zu welchem Ergebnis kommen Sie, Miss Stratton?«

Felicity sah Mr Selfridge hochnäsig an. Jeder in der Klasse wusste, sie kannte die Antwort nicht und würde sie nicht geben können. Mathe war ihr schlechtestes Fach. Obwohl auch Mr Ex-Sexy-Selfridge gegen Felicitys Verführungskünste nicht ganz immun war, kam sie nie auf einen grünen Zweig.

»Hier, Felicity, vielleicht kann dir das helfen!«, rief ich laut und warf ihr ein Röhrchen zu.

Überrumpelt fing sie es auf. Dann las sie, was ich mit Folienstift daraufgeschrieben hatte. Den Blick, den sie mir zuwarf, mochten die anderen vielleicht als verblüfft interpretieren. Das Röhrchen verschwand jedenfalls blitzschnell in ihrer Tasche.

Aber ich sah genau den Moment, in dem er in Angst und dann in Hass umschlug.

Sie wusste, dass wir es wussten.

»Miss Morgan, vielleicht können Sie Miss Stratton tatsächlich helfen?«, unterbrach Mr Selfridge unseren stummen Dialog.

»F von X gleich 0. Anschließend müssen wir die Gleichung des Graphen für F von X einsetzen und dann auf die Seiten verteilt ausmultiplizieren.« Jayden war aufgesprungen.

Ich atmete erleichtert aus. Ich hätte die Frage nie in dieser Schnelligkeit beantworten können. Jayden zwinkerte mir zu und setzte sich wieder. Auf Phyllis' Gesicht sah ich ein stolzes, zufriedenes Lächeln und Nicole grinste.

Ava, Cynthia und Felicity allerdings wirkten für den Rest der Stunde äußerst nervös. Jack sah mich immer wieder durchdringend an. Ich wusste nicht, was das bedeuten sollte.

»Also, was war das für ein Röhrchen?« Phyllis hatte mich zur Seite gezogen.

Ich grinste noch immer voller Genugtuung. »Eigentlich eine Smarties-Packung. Aber ich habe sie umklebt und *Speed fürs Hirn* draufgeschrieben.«

Einen Augenblick lang starrten mich alle groß an, dann begannen sie lauthals zu lachen. Damit hatte ich wieder ein paar Punkte bei meinen Freunden gesammelt.

In ebenjenem Moment entdeckte ich die Raben. Sie saßen nur wenige Meter vor unserem Klassenfenster und ich hatte das dumpfe Gefühl, sie sahen genau zu mir. Meine Hochstimmung verflog augenblicklich. Wo war Lee? Und wieso wurde ich noch immer beobachtet? Wann würden sie mich verhaften?

DER SOHN OBERONS

Es regnete in Strömen, als ich Freitagabend aus dem Seiteneingang der National Gallery trat. Meine Kollegen winkten mir noch ein letztes Mal zu, dann öffnete ich meinen Schirm. Erst jetzt entdeckte ich den roten Sportwagen, der direkt vor dem Eingang parkte. Ein Mercedes.

Mein Magen machte einen gewaltigen Satz. Lee! Er war zurück. Aber Ernüchterung folgte, als sich die Fahrertür öffnete und ein fremder, blonder Mann ausstieg. Er kam im Regen um den Mercedes herum und sah mich erwartungsvoll an.

»Du bist Felicity.« Das war keine Frage.

Neugierig betrachtete ich ihn. Er hatte Lees und Ciarans blondes Haar, aber extrem blaue Augen. So hell wie das Meer bei Cornwall im Frühling. Er war auch nicht so groß wie seine beiden Cousins, strahlte aber eine unverkennbare Autorität aus. Jetzt wusste ich, wer er war.

»Du musst Eamon sein«, sagte ich trocken.

Er nickte und öffnete die Beifahrertür. »Steig ein. Dann können wir reden.«

Es war Lees Auto. Ich runzelte die Stirn. »Hat Lee nichts dagegen?«

Er schüttelte den Kopf. »Komm schon. Ich habe nur eine Stunde Zeit, dann muss ich zurück.«

»Zurück? Wohin?«, fragte ich und sah ihn neugierig an.

»Steig ein, dann erzähle ich es dir.«

Ich zögerte noch immer. Mein Großvater hatte mich immer davor gewarnt, fremden Männern vorbehaltlos zu folgen.

Eamon zog seine Augenbrauen ungehalten zusammen. Der Sohn Oberons war es zweifellos nicht gewohnt, wenn man ihm nicht sofort gehorchte. »Wir setzen uns in eins dieser Kaffeehäuser, die es hier überall gibt, damit wir ungestört reden können. Du darfst fahren, wenn dir das lieber ist.«

Ich sah ihn entsetzt an. »Ich kann nicht fahren.«

»Dann steig endlich ein.«

Mit weit ausholenden Schritten stapfte er ums Auto herum zur Fahrerseite. Ich war wirklich versucht ihn stehenzulassen und zur U-Bahn zu gehen. Aber es ging um Lee. Also stieg ich ein und knallte die Tür fester zu als nötig.

Eamon fädelte sich umständlich in den Londoner Straßenverkehr ein. Ob er sonst flog? Wo mochten Elfen ihre Flügel versteckt halten? Ich stellte mir vor, sie könnten auf dem Rücken die Haut auseinanderklappen und die Flügel spreizen, wie ein Marienkäfer.

Igitt. Die Vorstellung war ekelhaft.

Eamon bremste scharf, um einem hupenden und wild gestikulierenden Taxifahrer auszuweichen. »Was soll das?«, fragte er befremdet.

»Ich hab zwar keinen Führerschein, aber ich weiß, dass man bei einer roten Ampel anhalten muss«, erklärte ich trocken. »Hast *du* überhaupt einen Führerschein?«

Er sah mich herablassend an.

Ich seufzte. »Also nicht. Fahr da hinten links rein.«

Ich dirigierte ihn zwei Straßen weiter, wo wir nicht im Hauptverkehr des Strand (?) waren und einen Parkplatz fanden.

Glücklicherweise war das nächste Costa-Café nicht weit entfernt. Eamon glitt neben mir her und wirkte, als würde der Regen von ihm abperlen.

»Du wirst nicht nass«, stellte ich erstaunt fest.

Er zuckte unbeteiligt die Schultern. »Warum sollte ich?«

»Jeder normale Mensch wird bei einem solchen Regen nass. Du fällst auf«, erklärte ich ihm. »Davon mal abgesehen: Wie machst du das?«

»Elfen haben einen Lotuseffekt. Ich kann ihn nicht abstellen.«

»Lotuseffekt, natürlich«, sagte ich sarkastisch und schlug mir vor den Kopf.

Wir fanden ein kleines trockenes Fleckchen direkt am Fenster.

»Du trinkst deinen Kaffee mit Milch und Zucker, wenn ich richtig informiert bin. Muffin oder Sandwich?«

Das musste eine rhetorische Frage gewesen sein, denn Eamon war verschwunden, ehe ich ihm eine Antwort hätte geben können. Er war über meine Vorlieben informiert? Seltsamerweise setzte sich niemand auf die leeren Stühle neben mir, obwohl das Café randvoll war von Menschen, die Schutz vor dem Regen suchten. Tatsächlich kam niemand näher als einen Meter.

»Ist das eine Art Zauber?«, fragte ich Eamon, als er mit einem voll beladenen Tablett zurückkam.

»Ja. Ich möchte ungestört mit dir reden.« Er stellte das Tablett ab und reichte mir eine Latte macchiato mit fünf Päckchen Zucker und einen Teller mit einem Riesenmuffin und einem Sandwich. »Hier. Ich wusste nicht, was du lieber magst.«

»Du hast mir ja auch keine Gelegenheit gegeben, dir das mitzuteilen«, konterte ich.

Er setzte sich und sah mich an. Sich selber hatte er nichts geholt.

»Willst du nichts?«, fragte ich ihn.

»Nein. Das menschliche Essen schmeckt mir nicht sonderlich.« Er musterte mich, wie wahrscheinlich ein Biologe ein seltenes Insekt mustert – oder einen Bakterienstamm. Ich wusste nur nicht, ob Faszination oder Ekel überwog. »So, du bist also die Prophezeite«, stellte er nach einer Weile fest.

Wir schwiegen wieder. Ich trank meinen Kaffee und begann den Muffin zu zerkrümeln. In Eamons Gegenwart verging mir jeglicher Appetit. Er war ... einschüchternd.

»Hast du keine Fragen?«, sagte er, nachdem zwei Minuten verstrichen waren.

»Wo ist Lee?«

Er hob eine Augenbraue und ich sah ihn zum ersten Mal lächeln. Es war dieses überhebliche Lächeln, das ich an Ciaran hasste.

»Das kann ich dir nicht sagen.«

»Ist sein Auftrag dieses Mal so geheim?«, fragte ich spitz. »Ich weiß, dass es sich um einen Mordfall handelt. Ich wurde des Mordes verdächtigt und er ist mit der Aufklärung beauftragt worden.«

Sein dünnes Lächeln erstarb. »Ich kann es dir nicht sagen, weil ich es nicht weiß. Lee ist verschwunden.«

Ich hatte mir soeben einen Krümel in den Mund geschoben, aber augenblicklich war sämtliche Spucke ausgetrocknet. Ich starrte Eamon an.

Er ließ mich nicht aus den Augen. »Lee war Spuren ins achtzehnte Jahrhundert gefolgt …«

»An den Hof von Ludwig XVI.«, murmelte ich.

Eamon nickte. »Die letzte Nachricht, die wir von ihm erhalten haben, kam aus Versailles. Das war vor über einer Woche. Ich hatte gehofft, er hätte sich bei dir gemeldet.«

Ich schüttelte den Kopf.

»Das dachte ich mir zwischenzeitlich schon. Dein Alibi an dem Mord ist nur so lange gültig, wie Lee es bezeugen kann. Aber Lees Verschwinden ist äußerst beunruhigend, weil vor fünf Tagen eine weitere Leiche gefunden wurde.«

Der Krümel in meinem Mund schien anzuschwellen. Ich griff nach einer Serviette. Meine Hände zitterten, als ich den Muffin hineinspuckte. »Ich war's nicht«, hauchte ich entsetzt.

Dieses Mal war Eamons Lächeln aufrichtig. »Das glaube ich dir, Felicity. Nur machen wir uns Sorgen. Lee sollte dich eigentlich beschützen und jetzt ist er weg. Es sah nach einem harmlosen Auftrag aus. Er sollte ihn auch nicht komplett lösen, sondern nur ein paar Hinweise sammeln. Lee kennt sich am französischen Hof am besten von allen Agenten des FISS aus.«

FISS stand für Fairy Intelligence Secret Service, erinnerte ich mich.

Eamon nickte zustimmend. »Genau. So was wie James Bond. Zumindest hatte mein Cousin bereits einige brauchbare Hinweise beisammen, als der Kontakt abbrach. Hat er dir gegenüber etwas erwähnt? Dir etwas gegeben?«

Ich starrte ihn noch immer an und versuchte den Inhalt seiner Worte zu verarbeiten. Es gelang mir nicht wirklich.

Eamon wurde wieder ungehalten. »Felicity, du bist die Verheißene. Du musst etwas wissen! Etwas in der Hand haben.« Er packte mein Handgelenk. Sofort durchfuhr mich eine Art Stromschlag.

Erschrocken zuckte ich zusammen.

Eamon auch. Er starrte mich mit großen Augen an. »Was war das?« Er klang seltsam berührt.

Ich rieb meinen Arm an der Stelle, wo er mich angefasst hatte. »Ich dachte, das wäre eine typische Elfengeschichte. Wenn Lee mich berührt, geschieht das auch immer.«

»Aber Lee ist dir vorherbestimmt. Er ist dein künftiger Mann, dein Gefährte. Da ist das ganz normal, aber eben nur bei dem, mit dem man verlobt ist.«

Ich starrte ihn an.

»Herrje, wusstest du das nicht? Lee ist dir versprochen. Das steht im Buch der Prophezeiung.«

Im Buch der Prophezeiung stand was von einer Ehe zwischen Lee und mir?

Eamon hatte mir die ganze Zeit über in die Augen gesehen und nickte. »Ja, sicher. Was glaubst du, warum er sich als Schüler am Horton College eingetragen hat? Er wollte seine zukünftige Braut kennenlernen.«

Schlagartig wich mir die Luft aus den Lungen. Sterne tanzten vor meinen Augen. Ich war mit Lee verlobt. Seit Anbeginn der … seit das Buch der Prophezeiung geschrieben worden war. Das bedeutete, Lee war nicht wirklich in mich verliebt. Vielleicht mochte er mich nicht einmal sonderlich. Aber wir würden heiraten.

»Komm schon, Felicity. So schlimm ist das nun auch nicht. Glaub mir, seit Jahrhunderten beneidet dich jede Nymphe. Und noch mehr Frauen, denen Lee im Laufe seines Lebens begegnet ist. War das etwa hier an der Schule anders?« Eamon beugte sich vor und versuchte mir in die Augen zu sehen.

Ich wandte den Blick ab. Er brauchte meine Gedanken nicht zu wissen. Vor allem, weil mich seine Worte keineswegs beruhigten. Hieß das, ich musste ihn teilen? Auf keinen Fall! Ich würde ihn gar nicht erst heiraten. Weshalb auch? Weil es in einem dämlichen, alten Buch stand? Was sagte dieses Buch schon? Hatte es den Mord vorhergesagt? Mich als Mörder entlastet? Nein. »Ich will heim«, sagte ich tonlos.

»Erst müssen wir das zu Ende besprechen. Ich weiß nicht, wann ich das nächste Mal die Anderwelt verlassen kann.« Er hatte wieder diesen bestimmenden Tonfall angeschlagen, gleichzeitig war sein Blick neugierig und seine Haltung nicht mehr ganz so abweisend. »Wir wissen nicht, welchem Hinweis Lee gefolgt ist, und wir wissen nicht, was der Wachmann im Bodmin Moor gemacht hat. Eigentlich sollte er längst seinen Dienst in Stonehenge angetreten haben. Am anderen Ende Englands also. Die zweite Leiche wurde in Böhmen gefunden. Ein Agent, der auch auf die Klärung des Mordes am Wachmann angesetzt war. Was genau hat Lee dir gesagt, ehe er verschwunden ist? Du bist die Letzte, die mit ihm gesprochen hat. Er muss dir etwas hinterlassen haben.«

Ich schüttelte den Kopf.

»Denk nach, Felicity. Seine letzten Worte, hat er dir was gegeben? Einen in Gold eingefassten Edelstein vielleicht?«

»Sein Karfunkel? Nein. Das wäre viel zu wertvoll.« Ich hätte es keinesfalls angenommen.

In Eamons Augen blitzte es neugierig auf. »Also hat er es mitgenommen?«

»Ja, sicher, er muss doch mit eurer Zentrale in Verbindung bleiben.«

Eamon lehnte sich zurück und starrte blicklos auf die Straße. »Hast du irgendetwas Außergewöhnliches um dich herum bemerkt?«, fragte er nach einer Weile.

»Meinst du die Raben?«

Er sah mich scharf an. »Was weißt du von den Raben?«

Ich lächelte spöttisch. »Ihr Elfen haltet mich wirklich für sehr einfältig, was? Als ob mir nicht die zwei schwarzen, großen Vögel auffallen würden, die ständig in meiner Nähe auftauchen, sobald ich das Haus verlasse. Vor allem nach dem Mord im Bodmin Moor.«

»Würdest du einen Verdächtigen nicht beschatten lassen?«

Ich zuckte die Schultern. Wahrscheinlich schon.

»Mal abgesehen von den Raben. Etwas anderes?«, bohrte Eamon weiter.

Was wollte er wissen? Dass meine Mutter sich seltsam verhielt? Mein Bruder Mist gebaut hatte und dadurch seine Familie bedroht war? Mein neuer Job im Museum? In der National Gallery ... »Das Gemälde!«, platzte ich heraus.

Eamon setzte sich auf.

»Das Gemälde in der National Gallery hat sich bewegt. Die Ziege darauf graste auf einmal und man konnte den Wind die Bäume bewegen sehen. Sogar meiner Freundin Ruby ist das aufgefallen.«

Eamon starrte mich einen Moment an. »Was ist das für ein Bild?«

»Ein Bild mit einer Ziege.«

Ungeduldig schloss er die Augen. »Nein, wer hat es gemalt oder wie heißt das Bild?«

»Oh, Psyche und Cupido oder so ähnlich. Eine Insel mit Berg und einer Festung darauf.«

»The Enchanted Castle?« Eamon klang wieder gefasst.

»Ja, genau!«

»Ein Bild von Avalon. Es ist ungefähr dreitausend Jahre alt. Es sieht zwar aus, als sei es im neunzehnten Jahrhundert in Öl gemalt worden, aber tatsächlich handelt es sich um magische Terrafarben, die von den Dryaden benutzt wurden, um uns schnellen Zutritt in die Anderwelt zu ermöglichen.«

Ich starrte ihn an. »So wie das Gemälde in Lees Treppenhaus?«

Eamon kniff wieder die Augen zusammen und starrte mich durchdringend an. »Genau. Nur dass du bei Lees Gemälde in das Reich Oberons eindringst. Durch das in der Galerie kommst du nur nach Avalon. Ich wusste allerdings nicht, dass du es wahrnehmen kannst.« Er warf einen Blick auf den wolkenverhangenen Himmel. Der Regen klatschte noch stärker gegen die Scheiben. »Es wird Zeit. Ich muss gehen.«

Ich wollte sitzen bleiben, bis der Regen vorüber war. Zudem wollte ich noch das Sandwich und den Muffin essen. Sobald Eamon fort wäre, hätte ich gewiss wieder Appetit.

Eamon erhob sich. »Soll ich dich heimbringen?«

Ich schüttelte den Kopf.

»Du musst das bestimmt alles erst bewältigen.«

Ich hob eine Augenbraue. So viel Mitgefühl hatte ich ihm nicht zugetraut.

»Ich bin schon spät dran.« Er hob mein Kinn mit Daumen und Zeigefinger. Der leichte Stromschlag durchzuckte uns beide, aber nicht so fest, dass er losließ. Er sah mir in die Augen.

Ich wusste, er versuchte meine Gedanken zu lesen. Aber in

meinem Kopf war alles leer. Alles, bis auf den Satz: *Ich bin Lee vorherbestimmt.* Der drehte sich in einer Endlosschlaufe und ich merkte nicht, dass Eamon auf einmal verschwunden war.

Ich war mit Lee verlobt.

Schlagartig war ich wach. Wo war er? Wo zum Teufel steckte dieser hinterhältige Mistkerl? Ich wollte ihn zur Rede stellen. Warum hatte er mich so lange belogen? Dabei hatte ich gedacht, wir wären Freunde. Stattdessen hatte er nur versucht mich zu manipulieren. Ich stand auf und tapste ins Bad.

Ein Blick in den Spiegel zeigte mir chaotische Haare und verlaufene Wimperntusche unter den Augen. Ich sah aus wie ein Zombie. Nicht unbedingt die perfekte Braut neben einem Elfen. Aber genauso hatte Felicity Morgan oft ausgesehen, ehe Lee FitzMor aufgetaucht war. Ich war aber nicht mehr dieselbe. Ich wusch mir gründlich das Gesicht und kämmte meine Haare, bis sie in glänzenden Wellen auf meine Schultern fielen. Meine Zähne waren hell und ebenmäßig und meine Pausbacken waren straffer geworden.

Die neue Felicity gefiel mir besser. Die hatte ich Lee zu verdanken. Einem Jungen, der eigentlich nur wissen wollte, wie seine künftige Braut aussah, und mich deswegen belogen hatte.

Verdammte Elfen.

Mein Handy klingelte. Es war Jayden. Er lud mich zu einem Wii-Abend ein. Das kam genau richtig. Vor allem, weil dieses Mal kein Halbelf dabei wäre, der mit seinem Können strunzte.

KARAOKE-PARTY

Jayden öffnete mir mit einem strahlenden Lächeln die Haustür. »Schön, dass du da bist. Dann können wir anfangen.«

Heute würde ich Elfen, Morde und die Schule vergessen. Ich würde mich amüsieren und Lee für einen Abend aus meinen Gedanken verbannen. Ich atmete tief durch und lächelte Jayden an. »Habt ihr auf mich gewartet?«

»Mehr oder weniger. Wir sind mit der Wii ins Wohnzimmer umgezogen, weil ich sturmfrei habe. Wir haben also eine Menge Platz!« Wie ein Gentleman nahm er mir die Jacke ab, ehe er mich ins Wohnzimmer schob.

Alle anderen waren schon da und jubelten, als ich eintrat.

»Wer zuletzt kommt, muss anfangen!«, schrie Corey und drückte mir ein Mikrofon in die Hand.

Verblüfft starrte ich auf das Mikro. »Machen wir nicht die Olympischen Spiele?«

»Nein!«, rief Nicole fröhlich. Sie lächelte mich zum ersten Mal seit langer Zeit aufrichtig an. »Wir singen Karaoke.«

»Und ich habe was mitgebracht, damit es richtig gemütlich wird«, sagte Phyllis und drückte mir ein Glas mit einer grünen Flüssigkeit in die Hand. »Caipirinha-Bowle. Keine Sorge«, fügte sie augenzwinkernd hinzu. »Ohne Alkohol, dafür mit Ginger Ale.«

Ich nippte. Lecker. Bei meinen Freunden hatte ich auch kein Problem damit, anzufangen. Sie hatten mich akzeptiert, als ich noch dick war und mit strähnigen Haaren in die Schule gekommen war. Sie akzeptierten genauso meine schräge Stimme und die Verrenkungen, mit denen ich die Sänger imitierte.

Die Bowle war klasse. Phyllis gab eine gekonnte Whitney Houston und Corey – wer hätte das gedacht – Snoop Dog.

Spätestens nach der dritten Runde und dem zweiten Glas Bowle hatten wir unsere Hemmungen abgelegt und grölten abwechselnd die Songs mit, egal ob Miserabel, Anfänger oder Passabel dort stand.

Nach fünf Gläsern war Ruby auf einmal so schlecht, dass sie sich in den Kübel der Yuccapalme übergab. Phyllis war auf der Couch eingeschlafen und Nicole und Corey begannen zu knutschen. Ich betrachtete die beiden neugierig und versuchte nachzurechnen, wie lange sich Nicole das schon wünschte. Zwei Jahre? Drei? Fünf? Wie viele Jahre war ich eigentlich schon in London? Und was war falsch daran, dass Nicole und Corey knutschten? Ach ja, Corey hatte eine Freundin. Wie süß. Er wurde endlich erwachsen. Die hatte er bestimmt nur gebraucht, um sich seiner Gefühle für Nicole bewusst zu werden. Neben mir begann Phyllis zu schnarchen. Die Ränder meines Sichtkreises wurden ganz unscharf.

Ich fühlte jemanden meine Hand greifen. Dunkle Finger mit abgekauten Fingernägeln. Jaydens Hand wanderte meinen Arm hoch und legte sich um meine Schultern. Bei ihm spürte ich keinen Stromschlag. Und Jayden war wesentlich gemütlicher als Lee. Nicht so knochig, sondern weicher, gepolsterter. Trotzdem vermisste ich Lee. Er fehlte in unserer kleinen Runde. Er fehlte mir. Auch wenn er unbequem war. In vielerlei Hinsicht. Müsste ich nicht sauer auf Lee sein? Weswegen eigentlich? Die Welt war doch so schön! So rund und die Ränder so flauschig. Außerdem war das Sofa so bequem. Kuschelig weich und nachgiebig.

Ich schmiegte mich an Jayden und schloss die Augen.

Mein Schädel brummte und in meinem Mund hatten sich Pilze breitgemacht. Zumindest fühlte es sich so an. Außerdem schüttelte mich jemand energisch an der Schulter. Mist. Ich war wohl auf Jaydens Sofa eingeschlafen.

Von wegen alkoholfrei und Ginger Ale! Ich ging jede Wette ein, Corey hatte mit Wodka oder Bacardi nachgeholfen. Das hatte er schon einmal getan, vor zwei Jahren, und Ruby hatte angefangen auf dem Tisch zu tanzen. Langsam, weil sich alles drehte, setzte ich mich auf.

»Gott sei Dank«, sagte eine fremde Stimme. »Ich dachte schon, die hätte die Fallsucht.«

Fallsucht? Ich blinzelte. Direkt vor meinem Gesicht waren zwei fremde braune Augen, die mich vorwurfsvoll ansahen.

»Na, los, komm zu dir, meine Hübsche. Oder mein Hübscher?« Die Augen wanderten an mir herunter. »Seltsames Kostüm, aber die Bälle bei Ihrer Majestät haben es ja immer in sich.«

Hä?

»Verdammt. Zu spät. Sie kommt.«

Ich hörte ein Rauschen und ein Rascheln und dann setzte das Gemurmel von mehreren Stimmen ein. Ich versuchte zwischen den Beinen der beiden, die mich gefunden hatten, hindurchzuschauen. Zuerst fiel mir der Marmorboden auf. Er war rot und weiß gekachelt. Dann sah ich eine Menge Stoff auf mich zuschweben. Weite Bahnen in allen erdenklichen schillernden Farben. Diese Stoffbahnen gehörten zu Kleidern. Ausladenden Kleidern mit engen, aufwendigen Miedern. Es handelte sich ganz offensichtlich um eine Schar Frauen in Rokoko-Gewändern. Ich spürte, dass mir der Mund offen stand, aber ich konnte ihn nicht schließen.

Die Frau in der Mitte entdeckte mich und hielt abrupt an. Die anderen blieben einen halben Schritt hinter ihr stehen. »Was ist das?« Ihre Stimme war hoch und herrisch.

Ich fühlte mich wie eine dicke Spinne. Fehl am Platz und eklig anzusehen. Kein Wunder, wenn ich meine alten Jeans mit diesen wallenden Roben verglich.

»Verzeiht, Madame. Sie oder er ... wir dachten ... die Kostümparty gestern ...?«

Die Augen der Frau betrachteten die beiden Männer kalt. »Bestimmt nicht. Als ob ich Seiner Majestät diesen Anblick zumuten würde.«

Seiner Majestät? Mein Gehirn begann zu rattern und ich zählte die marmornen Fliesen und diese ausladenden Kleider endlich zusammen. »Sind wir am Hof von Versailles?« Ich rappelte mich umständlich auf und stellte fest, dass die grauen Augen der Frau sich wieder auf mich gerichtet hatten. Kein Mensch, mit dem man sich anlegen sollte, schoss es mir durch den Kopf.

»Zumindest das weiß sie. Wie kommt sie hierher?«, sagte sie.

Keiner antwortete. Ich sah alle Blicke auf mich gerichtet. Und dann begriff ich: Sie sprach mit mir. In der dritten Person. »Das wüsste sie auch gern«, murmelte ich. »Aber wenn wir tatsächlich in Versailles sind, kennen Sie zufällig Lee FitzMor? Ich meine,

Leander FitzMor.« Ich hatte ins Schwarze getroffen: Die Augen sämtlicher Damen begannen zu leuchten.

Auch die grauen Augen der herrischen Dame verloren ihre Schärfe. »Woher kennt sie ihn?« Nur der Ton hatte sich nicht verändert.

»Er ist mein Bruder«, log ich schnell.

Sie musterte wieder meine Hosen, dann mein Gesicht. »Sie sieht ihm nicht ähnlich«, stellte sie ungalant fest. »Wie heißt sie?«

»Felicity. Felicity Morgan.«

Mit dem Kinn deutete sie auf meine Hosen. »Was trägt sie da?«

»Äh ... ich bin so aufgewacht.« Das war nicht gelogen.

Die Dame mit den grauen Augen runzelte die Stirn. »Sie ziehe sich um und spreche in einer Stunde vor. Madame de Polignac?« Eine andere Dame in einem grünen Kleid trat vor. »Erklärt ihr die nötige Etikette und seht zu, dass sie anständig gekleidet ist.«

Oha. Madame de Polignac wurde manierlich angesprochen.

Ohne die Antwort der besagten Dame abzuwarten, rauschte die Befehlsgeberin weiter und der restliche Pulk ihr hinterher. Auch die beiden jungen Männer, die mich gefunden hatten, trollten sich.

Zurück blieb eine junge Frau, die ich auf Anfang zwanzig schätzte. Sie hatte ein spöttisches Lächeln in ihrem wunderschönen Gesicht und ihre Augen blitzten amüsiert. »So, so. Kaum hört unsere Königin den Namen des schönen Lee, ist sogar Monsieur von Fersen außen vor.«

Unsere Königin? DAS war Marie-Antoinette gewesen? Auf einmal ergaben die stechenden grauen Augen einen Sinn. Diesen herablassenden Blick bekam der Hochadel mit in die Wiege gelegt (man denke nur an unsere Queen). Und trotzdem wurde sie bei Lees Namen weich? »Wundert Sie das?«, fragte ich und rieb mir meine schmerzende Stirn.

»Nein. Mich wundert nur eines: Lee hat mir gegenüber immer behauptet, er sei ein Einzelkind. Aber dafür erzählte er mir von seiner Verlobten Felicity.«

AM HOF VON VERSAILLES

Yolande de Polignac hatte mir ein Kleid besorgt und ihre Zofe hatte meine Haare zu lächerlichen Löckchen aufgedreht. Ich bekam kaum Luft in dem eng geschnürten Mieder, aber Yolande war begeistert.

»Eine Schande, solche Beine zu verstecken. Diese Hosen sind absolut *formidable*. Zudem betonen sie manche Zonen sehr schön.«

Ich hörte nur mit einem Ohr hin und betrachtete entsetzt die angesengten Spitzen meiner Locken. Blödes Brenneisen. Florence wäre erschüttert.

»Was ist das für ein Ding?« Yolande hielt mein Handy hoch und betrachtete es interessiert.

Mein Handy! Ob ich Lee erreichen konnte? Zumindest war eine neue SMS auf dem Display zu sehen. Sie musste noch bei Jayden eingegangen sein, denn hier gab es natürlich keine Netzverbindung.

»Der Schönling kann dich auch nicht beschützen«, stand da. Die Nummer war unterdrückt. Schönling? Meinte derjenige etwa Lee? Das war unmöglich. Das Datum war erst … War das jetzt gestern gewesen? Oder schon vorgestern? Ich wusste nicht, wie viel Zeit seit Jaydens Karaoke-Party vergangen war. Was für einen Alkohol hatte Corey nur in die Bowle gemischt? Ich fühlte mich noch immer wie benommen, als stünde ich neben mir. Nicht zu schwanken erforderte schon eiserne Konzentration. Eigentlich konnte mich der unbekannte Simser nur mit Eamon im Café gesehen haben. Der war der einzige Schönling, mit dem ich in der letzten Zeit zusammen gewesen war. Aber davon mal abgesehen, wollte sich nicht Jeremy darum kümmern?

Allerdings brachte mich das Handy auf eine Idee: Ich musste theoretisch nur einen Edelstein finden. Vorzugsweise einen Diamanten. Wenn ich den bewegen würde, konnte Lee vielleicht an seinem Teledingsbums lesen, wo ich war, und mich hier abholen. »Was hat Lee genau gesagt, als er mich erwähnt hat?«, fragte ich.

»Ach, Lee erzählt nie viel.« Ich hatte das Gefühl, sie wich meiner Frage genauso aus wie ich ihrer. »Er küsst lieber, statt zu reden.« Im Spiegel sah ich, wie sie mir einen gespannten Blick zuwarf. Als wolle sie testen, wie eifersüchtig ich war.

Miststück. Ich lächelte einfältig. »Ja, das ist Lee.« *Dieser elende Mistkerl und Verräter. Er war verlobt und knutschte sich durch die Jahrhunderte? Mistkerl.* Vergebens suchte ich nach einer Tasche, einem Beutel oder sonst was, wo ich mein Telefon verstauen konnte.

»Hebt den Rock. Darunter befinden sich kleine angenähte Taschen.«

Yolande hatte meine Misere wohl erraten. Ich hob die erste Stoffbahn (von sieben, wenn ich richtig gezählt habe) und fand zwei an Bändern befestigte Beutelchen. Hier sollte wohl niemand etwas stehlen können. Ich hörte innerlich Ciarans Vortrag über das Mitnehmen von Gegenständen aus der Zukunft in die Vergangenheit.

»Lee sprach oft von Euch«, fing Yolande wieder an. Sie sah nicht mich an, sondern hob meinen BH hoch. »Jetzt verstehe ich, wieso.«

Ich entriss ihn ihr. »Seltsam. Euch hat er noch nie erwähnt.«

Ein Funken blitzte in ihren Augen auf, aber beinahe sofort hatte sie sich wieder in der Gewalt. »Kommt. Die Königin erwartet uns.«

Ich warf einen letzten Blick in den Spiegel. Sah ich *dämlich* aus. Hoffentlich würde ich Lee nie mit dieser Frisur unter die Augen kommen.

Marie Antoinette empfing mich nicht. Sie ließ Yolande mitteilen, ich solle mich in die Kinderstube begeben. Vielleicht könne ich mich bei der Kindererziehung nützlich machen. Ich fand die Idee hervorragend. Immerhin wollte ich Lehrerin werden.

Die Kinderstube befand sich in einem Appartement in einem anderen Flügel des Schlosses. Das Kindermädchen war eine Dame, die mich an unsere Biologielehrerin Miss Greenacre erinnerte. Allerdings wirkten ihre Augen wärmer und freundlicher. Sie stellte sich als Madame de Tourzel vor und war die rechte Hand von Madame de Polignac, die angeblich die Erzieherin der Kinder war (in erster Linie war sie jedoch mehr bei der Königin anzutreffen und überließ die Arbeit lieber den ihr untergeordneten Damen). Madame de Tourzel zur Seite stand eine Madame de Rambaud, die sich soeben um ein schreiendes Baby kümmerte.

Ein Mädchen in einem kitschigen Kleid voller Rüschen und Volants flegelte sich mit einem Buch in einem Sessel. Sie wurde mir als Prinzessin Marie-Thérèse vorgestellt. Die Prinzessin sah von ihrem Buch nicht auf.

Ein paar andere Kinder spielten in der Ecke mit Murmeln und Bauklötzen. Madame de Tourzel stellte mir ihren Liebling, den

Thronfolger, vor. Ein aufgeewecktes Kerlchen im Kindergartenalter mit hellbraunem Haar und blauen Augen.

Er musterte mich, hinter den Röcken der Dame in sicherer Entfernung, und verkündete dann laut: »Die sieht dämlich aus. Die soll gehen.«

Nicht nur aufgeweckt, sondern auch noch frech! Was hatte Grandpa immer gesagt, wenn die anderen Kinder mich hänselten? *Nicht beachten, Feli, streck dich einfach. Du wirst immer größer sein als sie.* Hier war ich das allemal. Mehr als nur einen Kopf. Ich streckte mich.

»Louis Joseph, das schickt sich nicht«, wies die Dame ihn streng zurecht. Aber ihre Augen waren weiterhin auf mich gerichtet. Ich wusste genau, dass sie das Gleiche dachte wie ihr Schützling.

Ich stimmte dem ja auch zu. »Eigentlich hat er Recht. Wie wäre es, wenn ich mir die Haare wasche und du frisierst sie, wie es dir gefällt. Aber ohne Brennschere.«

»Bin ich ein Coiffeur?«, empörte sich der kleine Kerl.

»Natürlich nicht«, schalt seine Gouvernante. »Mademoiselle hat Euch ein Angebot unterbreitet, damit Ihr Euch nicht an ihrem Aussehen stoßt.«

Der kleine Louis wirkte nicht sonderlich überzeugt. Sein Kindermädchen dagegen lächelte mich mit einem Mal freundlich an. »Mit Sicherheit hat Madame de Polignac sich einen Scherz erlaubt. Wenn Ihr möchtet, helfe ich Euch beim Frisieren.«

Ich atmete erleichtert auf.

Eine halbe Stunde später sah der kleine Louis wohlwollend zu mir auf. »So kann sie gehen.«

»Vielen Dank«, antwortete ich frostig. Ich sah nicht viel besser aus als vorher. Statt der Locken trug ich jetzt eine dämliche Haube.

Madame de Tourzel betrachtete mich stirnrunzelnd. »Ich denke, wir gehen in den Park. Da sind wir ungestört.«

Dafür war ich äußerst dankbar.

DER SPIEGEL

Der Park von Versailles übertraf alles, was ich je an Gartenbaukunst gesehen hatte. Überall standen Gärtner, die Hecken stutzten, Unkraut zupften oder die Becken vom herabfallenden Laub säuberten. Hier war definitiv Herbst. Das verbliebene Laub an Bäumen und Hecken leuchtete in intensivem Rot und Gelb. Die Blumen blühten noch in voller Pracht. Ein Meer von Astern, Sonnenblumen, Dahlien und Herbstzeitlosen. Alles war bunt und perfekt arrangiert. Wie ein Gemälde. Diese Gärten waren vollkommen.

Als in der Nähe eine Raubkatze brüllte, umkrallte ich erschrocken das Handgelenk von Madame de Tourzel.

Sie lachte amüsiert. »Keine Sorge. Das war der neue Löwe in der Menagerie. Ein Geschenk des Königs von Marokko.«

Erleichtert atmete ich auf. »Ich dachte, es wäre ein Bär. Hier gibt es doch noch wilde Bären, oder?«

Madame de Tourzel sah mich verwundert an. »Natürlich. Bären und Wölfe. Aber nicht im Park von Versailles; und die Gitter der Menagerie sind gut gesichert. Lasst uns die Kinder zum Spiegelbecken bringen. Auf der Wiese können sie ungehindert spielen und wir haben sie im Auge.«

Hier war es herrlich ruhig. Das Spiegelbecken hieß Spiegelbecken, weil keine Fontäne seine Oberfläche trübte. Die ringsum aufgestellten Skulpturen spiegelten sich glasklar im Wasser, das glatt war wie eine Eisbahn. Sofern kein Wind wehte, konnte man tatsächlich glauben, es handele sich um einen enormen Spiegel.

Die Kinder begannen sofort mit den mitgebrachten Seilen und Reifen zu spielen. Nicht alle waren Prinzen und Prinzessinnen, wie mir Madame de Rambaud mitteilte. Die Königin hatte auch ein Mädchen adoptiert und ein paar weitere waren Spielgefährten, die Kinder von Hofdamen und anderen Adligen.

»Ist Lee FitzMor schon lange weg?«, fragte ich sie und reichte ihr einen Becher Milch. Das Baby lag auf der Decke zwischen uns und begann zu quengeln.

Sie zwinkerte mir verständnisvoll zu. »Gehört Ihr auch zu jenen?«

Ich sah sie irritiert an.

»Jene, die versuchen seine Aufmerksamkeit und vor allem sein Herz zu gewinnen«, klärte sie mich auf und ließ das Baby an der Milch nippen.

»Gibt es dafür etwa eine Art Klub?«, fragte ich vorsichtig.

Madame de Rambaud lachte. »Und ob. Die, die ihn länger als einen Abend fesseln konnten, stehen ganz hoch im Kurs. Die anderen ... nun ja. Vor denen sollte man sich in Acht nehmen. Ihr seid noch neu bei Hofe. Lasst die besser nicht wissen, dass Ihr an Monsieur Leander interessiert seid.«

»Aber ich soll ihn suchen und ihm eine Nachricht überbringen«, log ich schnell. Seine Verlobte hatte sich anscheinend nicht wirklich rumgesprochen. Bei nächster Gelegenheit würde ich Lee nach dieser Polignac ausquetschen.

»Da habt Ihr Pech, Mademoiselle. Monsieur Leander ist schon vor einiger Zeit wieder abgereist. Er hat die Ankunft des britischen Botschafters abgewartet und ist danach umgehend aufgebrochen. Wohin, kann ich Euch leider nicht sagen.«

»Und der Botschafter? Ob ich den fragen kann?«

»Könntet Ihr schon, aber der ist verschwunden. Wie vom Erdboden verschluckt.« Madame de Rambaud schien diese Mitteilung eher aufregend als bestürzend zu finden.

Ich schluckte und eine Gänsehaut lief mir über den Rücken. Ich sah den Jungs nach, die sich mit Stöcken ein Gefecht lieferten, und fragte mich wohl zum hundertsten Mal, was ich hier tat, nachdem Lee nicht mehr hier war. Und wo konnte er sein? Was mochte dieser Botschafter ihm mitgeteilt haben? Was war überhaupt mit dem passiert?

Ein kleiner Junge von ungefähr zwei Jahren lief auf seinen Stummelbeinchen an uns vorbei zielstrebig zum Wasser. Ich sprang auf und lief ihm nach. Erst am Ufer fing ich ihn ein. Die Wasseroberfläche war glatt. Das Wasser an sich eher grün. Das Kind nahm seine Haube vom Kopf und warf sie demonstrativ ins Wasser. Kluges Kerlchen. Ich hätte dieses hässliche, unbequeme Ding auch gehasst und das blöde Teil auf meinem Kopf am liebsten hinterhergeworfen. Zumal er ein Junge war und gekleidet wurde wie ein Mädchen.

»Henri, was tust du denn?«, rief seine Erzieherin in einem genervten Tonfall. »Mademoiselle ...«

»Ja, klar. Ich fische es raus!« Ich kniete mich ans Ufer und beugte mich weit über den Wasserrand. Unter mir konnte ich im klaren Wasser die verwesenden Blätter sehen und die einzelnen Sonnenstrahlen. Ein leichter Wind kam auf und trieb die Haube weiter aufs Wasser hinaus. Sie begann sich vollzusaugen. Es war nur noch eine Frage der Zeit, wann sie unterging. Ich reckte mich und zuckte wieder erschrocken zurück. Waren etwa Fische im Teich? Die Wasseroberfläche kräuselte sich stärker und ich erreichte die Haube mit meinen Fingerspitzen. Aus den Augenwinkeln nahm ich etwas im Wasser wahr. Nicht die schmutzigen Blätter, und nein, keine Fische. Es waren Felsen. Und an ihnen schlich sich vorsichtig jemand vorbei.

Lee!

Ich verlor das Gleichgewicht und fiel kopfüber ins kalte Wasser.

Wie peinlich. Alle machten ein Riesengewese, tummelten sich um mich, schrien aufgeregt und schoben mich energisch zurück zum Schloss in die Appartements. Ich hätte sie am liebsten zum Teufel gejagt, aber allein bekam ich mich nicht ausgezogen. Ich schlotterte am ganzen Leib, als wir endlich wieder im Schloss waren. Hinter einer spanischen Wand waren Madame de Tourzel und ihre Zofe damit beschäftigt, sämtliche Bänder zu lösen.

Ich wurde ins Bett verfrachtet, mit heißen Eisenpfannen an meinen Füßen, dicke Daunendecken wurden über mich gebreitet und ein Dienstmädchen brachte mir eine Kanne heißen Tees. Madame de Tourzel entschuldigte sich. Sie müsse sich jetzt wieder um die Prinzen und Prinzessinnen kümmern.

Ich wurde allein gelassen und schlief ein.

Ein paar Stunden später wachte ich auf, weil ich unter den warmen Decken schwitzte wie bei meinen ersten Jogging-Versuchen. Es musste mitten in der Nacht sein, denn der Mond schien beinahe taghell durch die Fenster auf mein Bett. Zudem war es ruhig. Völlig ruhig. Anscheinend schliefen alle im Schloss.

Jetzt, wo mir warm und ich allein war, konnte ich in Ruhe

nachdenken. Was hatte ich im Wasser gesehen? Was hatte das zu bedeuten? Lee in einer Höhle? War das eine Vision? Natürlich war das eine Vision, aber was zeigte sie? Die Zukunft? Die Gegenwart? Die Vergangenheit? War Lee jemals auf seinen Missionen gefangen genommen worden? Versuchte er zu fliehen? Vor wem? Wo? In welchem Jahrhundert? Hieß das Spiegelbecken vielleicht so, weil es noch mehr spiegelte als nur die aufgestellten Skulpturen? Was, wenn die Vision die Gegenwart zeigte? Was, wenn Lee Hilfe brauchte? Jetzt?

Kurzerhand schlug ich die Decken zurück, zog flugs meine Jeans und das Sweatshirt an und schlich mich hinaus.

So spät konnte es doch nicht sein, denn kaum war ich im Park, hörte ich aus der Ferne Musik, Stimmen und Gelächter. Weiter hinten, wahrscheinlich im Spiegelsaal, vergnügte man sich noch.

Ich joggte in Richtung Spiegelbecken und hätte beinahe einen Herzinfarkt bekommen, als der Löwe erneut brüllte. Zumal andere Raubkatzen darauf antworteten. Mal schwächer, mal heiserer. Ein regelrechtes Konzert. Anscheinend gab es mehrere Raubkatzen in der sogenannten Menagerie. Hoffentlich waren die Gatter zuverlässig. Das bewies eindeutig, dass die meisten Raubtiere nachtaktiv waren. Mit mulmigem Gefühl erreichte ich den Spiegelsee.

Ich kniete mich an exakt die gleiche Stelle wie heute Nachmittag. Obwohl das Mondlicht sehr hell war, waren dieses Mal die faulenden Blätter kaum zu erkennen. Alles lag schummrig im Dunkel. Sollte ich ein paar helle Kieselsteine hineinwerfen, um einen Anhaltspunkt zu bekommen?

Doch in diesem Augenblick geschah es. Es war beinahe wie der Moment, wenn man einen Fernseher anschaltet und das Bild sich aufbaut. Nicht diese alten, riesigen Röhrenkästen, sondern die modernen Flachbildschirme, die nach zwei Sekunden ein glasklares, High-Definition-Bild präsentieren.

Ich sah die Höhle. Dieses Mal hing Lee angekettet an den Felsen. Er atmete heftig und blutete leicht aus einer großen Wunde auf seiner Brust. Sein Haar war zum ersten Mal, seit ich ihn kannte, nicht locker verwuschelt, sondern strähnig und platt. Seine spitzen Ohren ragten aus den herunterhängenden Strähnen heraus. Aber sein Blick war trotzig, so als sammle er alle Kräfte, um die Ketten zu sprengen. Er hob den Kopf. Seine Augen weiteten sich und sein Mund öffnete sich zu einem erstaunten O. Er sah mir direkt in die Augen.

»Hier dürften wir ungestört sein. Was sagt Rohan?«

Das Bild verschwand schneller, als es sich aufgebaut hatte. Der Kies vom Weg oberhalb knirschte und ich sprang flugs hinter die Statue eines nackten Mannes. O bitte, kein Pärchen, das sich zu einem Schäferstündchen hierher zurückzog! Auf den Anblick konnte ich gut und gern verzichten. Es reichte, dass ich das steinerne Gemächt der Statue vor Augen hatte, sobald ich zwischen den gespreizten Beinen durchschielte.

»Er ist ganz erpicht darauf, die Halskette abzuholen«, erklärte die Dame, die ein elegantes und sehr tief ausgeschnittenes Kleid trug.

Wenn die sich bückte, könnte man das Dekolleté als Sparbüchse nutzen.

Dem Mann schien das nicht aufzufallen. Er atmete erleichtert aus und wischte sich ein paar Schweißtropfen von der Stirn. »Wann geht Ihr zu den Juwelieren?«, fragte er.

»Morgen. Ich erkläre ihnen, dass Ende des Monats das Geld

überbracht wird, sobald die Steuern fällig wurden. Wir haben drei Wochen, um die Diamanten loszuwerden.«

»Und Rohan?«

»Dem werde ich erklären, dass die Königin noch mit dem Staatsbesuch von Österreich beschäftigt ist. Das wird ihn hinhalten. Dann bleibt uns Zeit zu verschwinden.«

Ohne selber gesehen zu werden, hatte ich durch die Beine der Statue eine prima Sicht auf das Pärchen. Wenn ich von dem marmornen Gehänge absah. Das konnte nur auf einer Wunschvorstellung basieren!

Der Mann nickte. »Lass uns zurückgehen, Jeanne, ehe unser Fernbleiben auffällt.«

Sie lächelte kokett und trat näher an ihn heran. »Na und? Wir sind verheiratet.«

Mich überkam Panik. O bitte nicht! Ich wusste nicht, was ich jetzt vorziehen würde, einen ausgebrochenen Löwen oder den Anblick eines kopulierenden ...

»Nein, Jeanne, ich möchte mir nicht die Missbilligung der Königin zuziehen.«

Seufzen. Jeanne bedauernd, ich erleichtert. Sie verschwanden und ich wartete noch ein wenig, bis ich keine Schritte mehr auf dem Kies hörte. Jeanne und ihr Gatte hatten Diamanten! Und ich brauchte einen, um Lee zu erreichen.

Obwohl ... es gab doch noch einen anderen Weg, Kontakt zu ihm aufzunehmen. Warum war mir das nicht schon früher eingefallen? Es reichte, die Nymphe Mildred zu rufen, die Lee und mir schon auf unserer Mittelalter-Reise zur Seite gestanden hatte.

»Mildred?« Ich plätscherte im Wasser des Sees. »Mildred!«

Plötzlich schoss eine Gestalt meterhoch aus dem Wasser empor. Erschrocken fiel ich rücklings auf den Rasen. Ich war von oben bis unten nass gespritzt. In der frischen Herbstnacht begann ich augenblicklich zu zittern.

Mildred lachte laut. »Endlich hat es mal funktioniert! Lee und die anderen Agenten sind einfach zu abgehärtet.« Sie schwappte auf der Wasseroberfläche wie ein Korken.

»Du siehst ja schrecklich aus. Noch schlimmer als damals im achten Jahrhundert in Germanien. Deine Haare liegen fürchterlich.«

Ihre blonde Mähne war unglaublicherweise wieder trocken und sah aus wie die beim Drei-Wetter-Taft-Model. Ansonsten war Mildred aufgetakelt wie eine … Schnell dachte ich an Heidi Klum in ihrem Goldkleid bei der Oscar-Verleihung 2013. Beinahe hätte ich vergessen, dass auch sie Gedanken lesen konnte.

Mildred lächelte geschmeichelt. »So, du suchst also Lee? Er ist nicht mehr hier.«

Erzähl mir was Neues, dachte ich dieses Mal, als ich ihr in die Augen sah.

»Kann ich nicht«, antwortete sie. »Aber davon abgesehen: Felicity, Schätzchen, was tust *du* hier?«

»Ich warte auf mein Mondschein-Date.«

»Sehr romantisch. Soll ich Ciaran Bescheid geben?«

O Gott, bloß das nicht!

Mildred grinste. »Wie willst du denn wieder zurück? Du wirst wohl oder übel eine Fachkraft brauchen. Wie bist du überhaupt hierhergekommen?«

»Keine Ahnung«, antwortete ich ehrlich. »Ich glaube, das hat mit einer Menge Alkohol und Wunschdenken zu tun gehabt. Wäre mir in nüchternem Zustand bestimmt nicht passiert.«

Mildreds perlendes Lachen erhellte die Nacht. »Aha, unser Halbelf hat dich also doch um den Finger gewickelt.«

Ich biss mir auf die Lippen. »*So* würde ich es jetzt nicht unbedingt ausdrücken. Kannst du mir nicht helfen zurückzukommen?«

»Nein.« Mildreds Gesicht wurde ernst. »Das liegt nicht in meiner Macht. Ciaran ist nicht so schrecklich, wie du glaubst.«

»Das sagst du«, verkündete ich düster. »Du hattest ihn noch nie als Lehrer.«

Da lachte Mildred wieder laut auf. Besorgt drehte ich mich um. Ob man sie nicht hörte? Was, wenn noch mehr Pärchen hier unterwegs waren?

»Dann denken sie, eine Frau hat irgendwo im Park Spaß«, erklärte Mildred, die wieder meine Gedanken gelesen hatte. »Warte hier. Ich komme gleich zurück.«

Sie verschwand. Ich setzte mich auf den feuchten Rasen und wappnete mich gegen ihren erneuten plötzlichen Auftritt. Obwohl …? Ob ich noch einmal einen Blick ins Wasser werfen konnte? Besser, als hier tatenlos rumzufrieren.

Gerade als ich mich über den Beckenrand beugte, erkannte ich Mildreds Gesicht im Wasser. Sie tauchte auf und die Falten auf ihrer Stirn verrieten keine guten Nachrichten.

»Ciaran war ziemlich sauer. Er meinte, du solltest erst mal sehen, wie du allein klarkommst. Er hat noch Unterricht vorzubereiten und zu halten. Am Wochenende kommt er dich holen.«

»*WAS?*«

Die Nymphe sah mich aus zusammengekniffenen Augen an. »Ich weiß nicht, wie, aber du stellst unsere Welt total auf den

Kopf. Normalerweise ist Ciaran nie verlegen einer Jungfrau in Not zu helfen. Was hast du mit ihm gemacht?«

Gute Frage. Ich hatte keine Antwort darauf. Immerhin war er derjenige, der mich ständig zum Nachsitzen verdonnerte.

»Nachsitzen? Ehrlich?« Mildred grinste.

»Ja. In Geschichte. Apropos, das Thema hatten wir noch nicht: Was weißt du über einen Rohan und irgendwelche Diamanten zu dieser Zeit hier?«

Mildred begann eine ihrer blonden Locken zu zwirbeln. »Hm. Versailles kurz vor der Revolution. Kardinal de Rohan. Diamanten. Das kann eigentlich nur was mit der Halsbandaffäre zu tun haben. Die wird zu einem nicht unbeträchtlichen Teil die Revolution mitauslösen, obwohl Marie Antoinette überhaupt nichts dafür kann.«

Ich schluckte. Also hatte ich gerade ein regelrechtes Komplott belauscht. Jetzt war ich dem Riesengemächt der Statue tatsächlich dankbar dafür, dass es mich verdeckt hatte.

»Eine gewisse Jeanne de la Motte ergaunert auf ganz und gar durchtriebene Weise eine Halskette mit den teuersten Diamanten der Welt. Sie wird zwar gefasst, aber das Volk kennt nicht alle Hintergründe und macht die Königin verantwortlich. Sie habe Unsummen für Schmuck ausgegeben, während Kinder im Land verhungern. Das wird später in der Anklageschrift zur Sprache gebracht und da kann sich die Österreicherin noch so sehr dagegen wehren, das Halsband bekommt keinen Kopf, den es schmückt.«

Igitt. Wie widerlich.

»Okay. Das war jetzt sehr makaber ausgedrückt, aber hey: Du hast gefragt.« Mildred verharrte in einer Bewegung. »Oh, oh. Da ruft jemand nach mir. Ich versuche Ciaran zu überreden schneller zu kommen. Mach's gut.« Sie verschwand.

Ich blieb in dieser wunderschönen Herbstnacht allein zurück. Mittlerweile war mir durch und durch kalt, also joggte ich zurück zum Schloss. Die Musik spielte immer noch. Menschen begegneten mir zum Glück keine mehr. Deprimiert kroch ich zurück ins Bett.

Versailles war gar nicht so schlecht. Und es stimmte nicht, dass es überall nach Urin stank. Es waren mehr als genug Diener vor Ort, die ständig putzten. Das Essen war fantastisch, die Musik ... ein wenig gewöhnungsbedürftig (ich hatte mich noch nie für Opern erwärmen können) und das Unterhaltungsprogramm war auf alle Fälle vielseitig.

Mit den Kindern hatte ich mich relativ schnell angefreundet. Die älteste Prinzessin fand es super, jemandem den Park und das Schloss zeigen zu können. Sie war sehr stolz auf ihre Abstammung und Besitztümer. Sobald wir den herbstlich bunten Park betraten, konnte ich sehr gut verstehen, warum.

Ab und an wurde sie von ihrer Mutter schon ins Hofleben mit einbezogen. Erstaunt sah ich, wie die Königin heute mit ein paar aufgedrehten Höflingen und der Prinzessin in einem kleinen Weiler Scharade spielte. Sie zogen sich einfache Kleider an und versuchten Ziegen zu melken und Gänse zu hüten.

»Mademoiselle, wollt Ihr Euch nicht als Kuhhirtin versuchen?«

Erschrocken sah ich auf. Ich hatte gerade mit Madame de Tourzel und den anderen Kindern zu einem Bassin gehen wollen, als die Königin selbst mich ansprach.

»Äh …«

Madame de Tourzel gab mir einen Schubs. »Man widerspricht der Königin nicht«, raunte sie mir zu.

»Aber ich kenne mich doch überhaupt nicht mit Kühen aus«, wisperte ich verzweifelt zurück.

Sie schob mich energisch in die königliche Richtung und mir blieb nichts anderes übrig, als mitzumachen. Erst wurden mir Kleider zugeteilt. Angeblich Bauernkleider, aber ich bezweifelte, dass die Bauersfrauen im achtzehnten Jahrhundert Schürzen aus Seide und Damast getragen hatten. Oder in deren Mieder Goldfäden eingewoben waren. Dann bekam ich einen Stock in die Hand gedrückt und um das andere Handgelenk wurde ein Seil gebunden. An dem hing die Kuh. Sie starrte mich aus großen, braunen Augen an, als wolle sie mir bereits mitteilen, dass ich keine Chance gegen sie hätte.

»Das ist Mirabelle«, erklärte Marie Antoinette, die aufgekratzt war wie ein kleines Kind. »Mirabelle ist normalerweise eine sehr zuverlässige Milchgeberin.«

»Normalerweise?«, wiederholte ich misstrauisch.

»Normalerweise!«, bestätigte sie fröhlich und schlug der Kuh kräftig auf das ausladende Hinterteil.

Die Kuh machte einen Satz und rannte los. Mein Arm wurde mitgerissen und ich stolperte und rannte neben der Kuh her. Hinter mir hörte ich das johlende Gelächter der Höflinge. Ich rannte so schnell wie nie zuvor in meinem Leben, um mit dieser dämlichen Kuh mitzuhalten und nicht ins Gehege ihrer Hufe zu kommen. Ich raffte die Röcke, um mehr Beinfreiheit zu erlangen. Den Stock hatte ich direkt fallen lassen.

Nach ein paar Metern begann meine Lunge zu pfeifen und

Seitenstechen setzte mit voller Wucht ein. Gerade in dem Moment, in dem ich dachte, lieber tot, als weiter dieses Seitenstechen zu ertragen, blieb die Kuh stehen. Sie schnaufte genauso wie ich. Ich war wirklich versucht, die Königin ihrem Schicksal zu überlassen.

Als ich mit einer brav neben mir hertrottenden Mirabelle zurück zum Weiler kam, klatschten alle begeistert.

Marie Antoinette lief mir entgegen und küsste links und rechts meine Wangen. »Ihr wart großartig«, sagte sie und jetzt war ihr Lächeln aufrichtig und freundlich. »Setzt Euch hierher zu mir. Jeanne, seid so gut und holt Mademoiselle was zu trinken. Ich hätte nicht gedacht, dass ihr mithaltet.«

Ich plumpste kraftlos neben ihr auf die kleine Mauer und beugte mich vor, noch immer außer Atem. Besagte Jeanne reichte mir einen Becher Wasser. Ich leerte ihn in einem Zug. Den zweiten ebenso. Erst nach dem dritten konnte ich der Dame ins Gesicht sehen. Ach herrje. Das war Jeanne de la Motte. Sie füllte meinen Becher ein weiteres Mal und gesellte sich dann zu den anderen Höflingen.

»Woher könnt Ihr so laufen?«, fragte die Königin neugierig.

»Den Röcken ist das nicht zu verdanken«, antwortete ich trocken.

Sie lachte. Wenn Marie Antoinette nicht gerade die Monarchin herauskehrte, war sie ganz nett, stellte ich im Verlauf des Tages fest.

Auch war das Scharadespiel nicht ganz so schrecklich wie zu Anfang gedacht. Die Königin behandelte mich sehr wohlwollend und wollte mich stets in ihrer Nähe wissen. Das hatte auch sofort Konsequenzen. Beim Umkleiden in den sehr luxuriös ausgestatteten Bauernhäusern waren meine Kleider plötzlich verschwunden. Wir suchten, fanden sie aber nicht. Ich war gezwungen in diesem »Kostüm« zurück zum Schloss zu gehen. Besser als nass, sagte ich mir.

Als wir uns am späten Nachmittag auf den Rückweg zum Schloss machten, hakte sich Marie Antoinette bei mir unter.

»Ihr gefallt mir, Mademoiselle. Wie war noch Euer Vorname?«

»Felicity.«

»Oh, eine Fee. Wusstet Ihr, dass es eine ganz besondere Fee in Frankreich gibt? Sie heißt Melusine. Angeblich verwandelte sie sich im Wasser in einen Drachen. Ich werde euch ab sofort Mademoiselle Melusine nennen.«

»Das klingt nicht sonderlich schmeichelhaft«, erwiderte ich ehrlich.

»Aber angeblich war sie unglaublich schön und klug und sorgte sehr gut für die Ihren. Ihr habt heute nicht einmal gemurrt und meine Tochter liebt Euch. Und Euer Auftauchen war genauso überraschend wie das der Fee. Also: Fee Melusine.«

Ich hatte nur noch mit halbem Ohr zugehört, denn ein paar Meter vor uns ging Jeanne de la Motte. Sie lachte mit den drei Frauen, die sie begleitete. Doch man merkte, dass sie nicht wirklich dazugehörte. Mir war heute aufgefallen, dass Jeanne immer die Botendienste übernehmen musste, ein paar Hänseleien einsteckte und ihr Mund sich verkniff, sobald sie sich unbeobachtet fühlte.

»Majestät, wie gut kennt Ihr Madame de la Motte?«, unterbrach ich den Redeschwall der Königin über Hexen, Zauberer und Einhörner.

Sie riss ihre blauen Augen überrascht auf. »Wieso? Sie ist seit geraumer Zeit bei Hofe.«

Ich überlegte, wie ich ihr am schonendsten beibringen konnte, dass die gute Jeanne eine hinterlistige Kuh war und dafür sogar über die Leiche der Königin gehen würde.

»Ihr wisst etwas?«, hakte Marie Antoinette nach, jetzt wieder ganz im königlichen Tonfall.

»Madame de la Motte hat sich neulich mit Kardinal de Rohan getroffen«, sagte ich nach kurzem Zögern.

Die Königin kniff die Augen zusammen und sah zu Jeanne. »Mit Rohan?« Es war eher eine rhetorische Frage.

»Habt Ihr ein Halsband in Auftrag gegeben?«, fragte ich leise. Ich konnte direkt erkennen, dass sie genau wusste, wovon ich sprach.

»Nein. Ich habe es abgelehnt. Mein Volk hungert. Da kaufe ich kein Halsband im Wert von beinahe zwei Millionen Livres. Ich mag Luxus, aber ich bin nicht gierig.«

»Haltet das schriftlich fest«, riet ich ihr leise.

Sie sah mich wieder an, erst erstaunt und dann mit einem wissenden Blick. »Gut. Ich werde sofort meinen Sekretär beauftragen, an die beiden Juweliere zu schreiben und ihnen meine endgültige Absage zu übermitteln.«

Ich atmete erleichtert aus.

»Was hat Jeanne mit diesem Halsband zu schaffen?«

»Sie braucht Geld. Und über Euch und Rohan glaubt sie an welches zu kommen.« Mehr musste sie nicht wissen.

Marie Antoinette sah bestürzt aus. »Wieso braucht sie Geld?«

»Das Leben bei Hofe ist teuer«, erklärte ich achselzuckend.

»Das ist wohl wahr«, stimmte sie seufzend zu. »Ich danke Euch. Seht Ihr? Der Name Melusine passt zu Euch. Ihr bringt mir Glück.«

Ich lächelte gequält.

Unser Ausflug zum Weiler der Königin war fünf Tage her und seitdem hatte es jeden Tag in Strömen geregnet. Dadurch hatte ich keine Gelegenheit mehr gehabt, das Spiegelbecken erneut aufzusuchen, um mich von meiner Vision zu überzeugen. Als am sechsten Tag die Wolkendecke aufbrach und die Sonne durchdrang, schlug Madame de Tourzel einen weiteren Spaziergang in den Park vor und ich stimmte ihr erleichtert zu. Auch wenn es ganz empfindlich abgekühlt hatte und morgens die Hecken und Wiesen weiß von Raureif waren.

Wir packten alle warm ein und zogen los. Das Spiegelbecken lag wie üblich ruhig und klar in der Nachmittagssonne. Ich spielte mit dem kleinen Prinzen und seinen Kumpanen Fangen, flocht Madame Royal, der Prinzessin in ihren albernen Rüschenkleidern, einen Blumenkranz, und als alle wieder irgendwie beschäftigt waren, schlich ich mich ans Bassin, um einen weiteren Blick in diesen seltsamen »Spiegel« zu werfen.

Ich konnte die vorbeiziehenden Wolken darin sehen und die Sonne blendete ein wenig. Als sie kurz hinter einer Wolke verschwand, erkannte ich erneut die Felsen statt der faulen Blätter. Der Boden war mit weißen Steinen übersät. An einer Ecke dampfte es. Bewegte sich dort ein Schatten? Ich beugte mich tiefer, um besser sehen zu können.

Von hinten spürte ich ein paar kleine Hände auf meinem Po. Ich rang einen Augenblick, dann verlor ich das Gleichgewicht und fiel kopfüber in das Becken.

Wie in einer Wiederholung rannten alle ganz aufgeregt zu mir, halfen mir aus dem Wasser und bugsierten mich umgehend zum Schloss zurück. Die Lautstärke hatte noch um einige Dezibel zugenommen. Wieder wurde ich hinter die spanische Wand geschoben, wieder schwirrten Madame de Tourzel und deren Zofe um mich herum und vorn ging das Gekreische der Kinder weiter. Die Jungen, die mich geschubst hatten, wurden ausgeschimpft und bekamen den Nachtisch verboten. Damit begann ein sirenenhaftes Geheule. Am liebsten hätte ich einmal laut gepfiffen, um für Ruhe zu sorgen. Aber das ging nicht. Meine Finger waren so kalt, ich bekam sie kaum gekrümmt.

Plötzlich verstummte das aufgeregte Gegacker der Kinder und Dienstboten vor der Wand. Madame de Tourzel und ihre Zofe warfen sich einen Blick zu. »Der König?«, hauchte die Zofe großäugig.

Verflixt. Ich sollte Ludwig XVI. zum allerersten Mal in diesem Aufzug begegnen? Madame de Tourzel warf einen Blick um die Ecke des Paravents. Ihre Augen weiteten sich und ihr blieb der Mund offen stehen. War der König nackt? Er musste nackt sein. Und obendrein eine stattliche Figur besitzen, denn die Augen der Dame begannen zu leuchten.

»Monsieur, wie schön Euch wiederzusehen. Hättet Ihr einen Augenblick Geduld? Giselle wird Euch etwas zu trinken bringen. Wir hatten ein kleines Malheur, aber das wird schnell beseitigt sein.«

»Lassen Sie sich Zeit, Madame«, sagte eine mir wohlbekannte Stimme. »Ich bin gekommen, um Mademoiselle Felicity nach Hause zu holen.«

Mir lief ein Schauer über den Rücken. Und der hatte nichts mit den kalten, nassen Klamotten zu tun.

Madame de Tourzel machte ehrfürchtig Platz und Ciaran trat hinter den Paravent. Ich starrte ihn an.

»Oh, là, là«, sagte er anzüglich und grinste bei meinem Aufzug. »Jetzt verstehe ich, um welche Art von Malheur es sich handelt. Überlasst diese Bänder nur mir.«

Ohne eine Antwort abzuwarten, drehte er mich um und begann an den Schnüren der Korsage zu nesteln.

»Monsieur, ich glaube nicht …«, sagte Madame de Tourzel noch, aber schon rutschte mir das Oberteil hinunter. Ich fing es im letzten Moment auf.

»Danke. Ich komme jetzt alleine klar«, sagte ich trocken.

»Seid nicht töricht, Mademoiselle.« Ciarans Stimme troff vor Amüsement. »Ihr seid noch nie allein klargekommen.«

Ich funkelte ihn an.

Madame de Tourzel runzelte die Stirn. Zum Glück siegte ihr Sinn für Anstand. »Monsieur, wartet bitte, bis Mademoiselle wieder in einem repräsentativen Zustand ist.«

Dieses Mal ließ ihr Ton keinen Widerspruch zu, ohne dass sie dabei grob oder unhöflich geworden wäre. Das musste sogar ein Ciaran Duncan anerkennen. Er verschwand und ich hörte, wie ihn die Damen vor dem Paravent sofort in Beschlag nahmen.

Zwanzig Minuten später trat ich hervor und sah Ciaran gemütlich in einem Sessel sitzen. Sämtliche Kindermädchen saßen um ihn herum und himmelten ihn an. Er bekam überhaupt nicht mit, dass ich wieder vorzeigbar war!

Noch während ich überlegte, was ich jetzt unternehmen sollte, ging die Tür erneut auf. Dieses Mal war es tatsächlich Ludwig XVI. Ein Mann, bei dessen Erscheinung mir sofort das Wort »Kaufmann« einfiel. Ein gut situierter Krämer, der sein Gläschen Wein am Abend liebte und vielleicht ein Pfeifchen paffte. Quasi eine Gestalt aus Charles Dickens' Romanen. Aber keineswegs königlich.

Trotzdem sprangen sofort alle auf und verneigten sich tief. Aber der König hatte das Bild von Ciaran als umschwärmtem Hahn im Korb noch wahrgenommen. Er betrachtete ihn aus zusammengekniffenen Augen.

»Was suchen Sie in der Kinderstube, Monsieur?«, fragte er Ciaran in höflichem Ton. Zu höflich.

Ciaran verneigte sich ehrerbietig. »Meine Braut, Sire. Sie hat kurz vor der Hochzeit kalte Füße bekommen und ich wollte sie zurückholen.« Ciaran stellte sich neben mich und ergriff meine Hand.

Äh ... *Hä?*

Der König sah mich durchdringend an. Ich verspürte ein unbändiges Verlangen, Ciaran einen Tritt zu verpassen.

»Mit Ihrer Erlaubnis, Sire, werde ich meine Verlobte umgehend nach Hause bringen. Sie soll mir nicht noch einmal entwischen können.«

Ciaran umfasste meinen Arm und drückte ihn. Ich sah den König ein vertrauliches Zwinkern mit »meinem Zukünftigen« tauschen.

Dann nickte er huldvoll. »Natürlich. Gebt gut auf die Dame acht. Ich sehe, sie ist von der störrischen Sorte. Aber glaubt mir: Eine leichte Eroberung machte die Liebe wertlos.«

Ciaran verneigte sich erneut und zog mich unerbittlich hinter sich aus dem Raum. Mir blieb nicht einmal mehr Zeit, mich bei Madame de Tourzel gebührend für ihre Hilfe zu bedanken.

Er zerrte mich durch die Korridore hinaus in den Garten. Erst als wir außer Sicht- und Hörweite waren, stemmte ich beide Fersen in den Boden.

»Hör auf so zu zerren. Ich bin kein Esel.«

»Doch. Ein riesengroßer sogar. Was fällt dir ein allein hierherzureisen? Weißt du, welcher Gefahr du dich damit aussetzt?« Er blieb stehen und der Charmeur war verschwunden. Ciarans Augen funkelten gefährlich und seine Zähne blitzten.

Erschrocken wich ich zurück. Ich hätte schwören können, er dampfte. Und das, obwohl er nur elfenhafte fünfundzwanzig Grad Celsius Körpertemperatur hatte.

»Ich bin doch nicht absichtlich ...«, versuchte ich zu erklären. Doch Ciaran schnitt mir das Wort ab.

»Ach nein? In einem fremden Land, in einer fremden Zeit, an einem fremden Hof mit strenger Etikette, Kerkern, die selbst die übelsten Burschen in Angst und Schrecken versetzen, und am Vorabend der Revolution? Das war mehr als leichtsinnig. Was suchst du hier? Meinen Cousin? Wenn er überhaupt hier war, ist er schon lange wieder weg. Hier gibt es keine Hinweise.«

»Er *war* hier.« Ich rieb mein schmerzendes Handgelenk. »Und wenn es so gefährlich ist, hättest du ja auch früher kommen können.

»Ich wollte dir eine Lektion erteilen. Aber Mademoiselle hat anscheinend alles im Griff. Hier in Versailles ist ja alles wie im Märchen. Prinzessinnen, ein wunderschönes Schloss. Und wenn man kein Brot hat, bekommt man Kuchen, damit nicht gehungert wird, nicht wahr?«

»Ach, halte Er die Klappe«, murrte ich noch und wir sprangen zurück nach London ins einundzwanzigste Jahrhundert.

Eine Stunde später lag ich im Bett, den Londoner Straßenverkehr vor der Tür, und fühlte mich wesentlich besser. Na ja, halbwegs besser, weil ich wieder zu Hause war und warm in die Decken gekuschelt.

Was hatte dieser Trip an den Hof von Ludwig XVI. eigentlich gebracht?, überlegte ich. Nichts. Oder? Doch, zwei Erkenntnisse: Ich konnte alleine in der Zeit springen. Länger als nur ein paar Sekunden und sogar an Orte, an die ich wollte. Und ich hatte im Wasser des Spiegelbeckens einen gefangenen Lee gesehen. Also eigentlich drei neue Erkenntnisse. Ich musste meine Wasservision nur noch analysiert bekommen.

Hatte sie die Zukunft, die Gegenwart oder die Vergangenheit gezeigt? Konnte ich Ciaran danach fragen? Und wenn nicht ihn, wen sonst? Eamon? Aber wie konnte ich Eamon erreichen?

In der Ferne ging das Martinshorn eines Krankenwagens. Bei dem vertrauten Tatü schlief ich endlich ein.

TEIL II

LEE
SACKGASSE

Ich war erschüttert. Die Hinweise, die mir mein Informant gegeben hatte, waren untrüglich. Trotzdem wollte ich es nicht glauben.

Ich musste sofort weg aus Versailles. Ich durfte den Code keinesfalls hier entschlüsseln. Außerdem musste ich meinen Onkel warnen. Es gab einen Verräter. Einen Verräter im Kronrat. Einer der engsten Vertrauten des Königs hinterging ihn. Oberon musste von den neuen Entwicklungen erfahren. Der Verräter musste aufgehalten werden.

Das Einzige, was nicht stimmig war: Was hatte das mit Felicity zu un? Warum sie? Inwiefern war sie für die Rettung der Elfen und der Anderwelt nützlich? Sie hatte bis vor kurzem nichts davon gewusst und sie wusste auch nichts von den neuen Hinweisen. Schrecklichen Hinweisen, die unsere gesamte Welt verändern würden, sollten sie sich bewahrheiten. Dennoch musste ich sie ernst nehmen. Die Beweise waren erdrückend. Jetzt war mir auch klar, warum wir die heiligen Insignien brauchten. Wenn die Beweise der Wahrheit entsprachen, konnten allein diese Insignien die Elfenwelt retten.

Ich suchte den nächsten Hain und es war mir egal, ob man mich vom Schloss aus sehen konnte. Ich musste weg.

Ich landete im St. James's Park nahe dem Serpentine Lake. Noch im schummrigen Licht der Parklaterne öffnete ich den Zettel, den mir mein Informant zugesteckt hatte. Darauf standen Zahlen. Ich musste kein Geologe sein, um zu erkennen, dass es sich um Koordi-

naten handelte. Ich wusste auch sofort, wo ich als Nächstes suchen musste.

In Cornwall. Felicitys Heimat.

FELICITY
AUSGESPIELT

»Wisst ihr, was wir brauchen?« Corey sprang auf und wir zuckten alle erschrocken zusammen. »Ablenkung. Seit Lee weg ist, sitzen wir hier in der Schule wie ein Haufen Trauerklöße. Was wird Lee denken, wenn er zurückkommt und uns so sieht?«

Ich wechselte einen Blick mit Phyllis. Sie hob eine Augenbraue. Obwohl das Wetter sich allmählich etwas gebessert hatte, war unsere Laune auf dem Tiefpunkt. Lee fehlte bereits seit vier Wochen. Es war offensichtlich, dass etwas nicht stimmte. Ciaran gab keine Auskunft und ich versuchte mir nichts anmerken zu lassen. Nach meinem Sprung nach Versailles – wo ich zum Glück nur sechs Tage gewesen war – war er sehr reserviert mir gegenüber.

»Aber ohne Lee ist es nun mal öde«, sagte Nicole und stützte ihren Kopf wieder in beide Hände.

»Trotzdem ist er nicht der Nabel der Welt«, stimmte Phyllis Corey zu. Jayden und Ruby sahen sie interessiert an.

»Was schwebt dir vor, Corey? Sollen wir heute Abend ins Kino? Oder in einen Klub mit Live-Musik am Covent Garden?«, fragte ich ihn.

»Äh, darüber habe ich mir noch keine Gedanken gemacht«, gestand er.

Phyllis lächelte spitzbübisch. »Wie wäre es, wenn wir hier und jetzt mit dem Spaß anfangen?«

»Du willst blaumachen?«, fragte Ruby entsetzt.

Doch Phyllis schüttelte den Kopf und deutete an uns vorbei. Ciaran hatte Pausenaufsicht und wandelte mit sieben Mädchen im Schlepptau über den Schulhof. Sie himmelten ihn an. Ich konnte von hier aus erkennen, wie genervt er war, obwohl er sich geduldig mit ihnen unterhielt.

»Ich finde, es ist mal wieder an der Zeit für ein Spielchen«, sagte Phyllis.

»Au ja!«, rief Corey begeistert. »Wir stellen uns Miss Ehle in Strapsen vor.«

»Nein«, sagte Nicole und schlug ihm auf den Oberarm.

»Lieber in einem Domina-Outfit?« Corey rieb sich die geschundene Stelle.

Ruby lächelte verträumt. »Wie wäre es mit Mr Duncan?«

»Ciaran Duncan in einem Domina-Outfit?«, fragte Corey mit einem Quieken.

Wir prusteten alle drauflos bei der Vorstellung und sahen zu Ciaran. Er wirkte momentan tatsächlich, als wolle er mit einer Peitsche um sich schlagen. Oder flüchten.

»Mr Duncan würde bestimmt gut aussehen in hautengen Lederhosen ohne Shirt«, sinnierte Nicole.

»Und mit Maske«, sagte Phyllis schmunzelnd.

»Sexy.« Ich rollte die Augen. Die Vorstellung, ein solches Spiel in Ciarans Unterricht zu spielen, war alles andere als lustig. Ich sah mich bereits die nächsten acht Wochen nachsitzen.

»Oh, er kommt!«

Schnell versuchte ich an etwas anderes zu denken. Würde mir Ciaran in die Augen blicken und meine Vorstellung von ihm in einer dubiosen Lederkluft sehen, könnte ich mich auf was gefasst machen. Also versuchte ich an Richard zu denken. Richard, den ich hoffentlich am Wochenende noch einmal sehen würde. Unwillkürlich kam mir das Bild von Richard in engen, schwarzen Lederhosen in den Sinn.

»Hallo.« Ciaran stand nun direkt vor uns. »Ich habe mich gefragt, ob ihr sechs nicht bereit wärt ein Referat über die Mätressen der englischen Könige zu halten.«

Schlagartig wich das Grinsen aus den Gesichtern von Jayden und Corey.

»Wieso?«, fragte Corey.

»Ich erwarte von all meinen Schülern von Zeit zu Zeit Referate. Ich wollte euch eine interessante Aufgabe vorschlagen. Folter, Inquisition und berühmte Häftlinge sind weitere beliebte Themen.« Er sah mich an. »Lederhosen, Männerschweiß und Peitschen sind nach wie vor populär.«

»Sexy«, stöhnte ich, ohne nachzudenken. Meine Freunde kicherten.

Ciaran grinste hämisch. »Das wird dann dein Thema, Felicity«, sagte er nur.

»Sexy«, wiederholte ich automatisch.

Zum Glück läutete die Schulglocke und wir sechs flüchteten ins Innere, weg von Ciaran.

»Wieso sagst du die ganze Zeit ›sexy‹?«, fragte Phyllis noch immer grinsend.

Ich schlug mir an die Stirn. »Ich wollte ›okay‹ sagen, aber Corey mit seinen dämlichen Fantasien hat mich total verwirrt.«

Wir hatten mein Schließfach erreicht und ich musste mein Geschichtsbuch holen.

Corey grinste breit und lehnte sich an das Nebenfach. »Sei ehrlich, City, im Grunde hast du die gleichen Fantasien.«

»Bestimmt nicht!«, fauchte ich und knallte die Schranktür zu.

»Sexy!«, wiederholte Ruby kichernd. »Und das Mr Duncan ins Gesicht.«

»Ich bin mir sicher, das hört er nicht zum ersten Mal.« Vor allem, wenn man die Gedanken seiner Mitmenschen lesen kann ...

»Wenn du es noch einmal sagst, bekommst du von mir ein Pfund.«

Wir starrten Nicole überrascht an. Es schien ihr ernst zu sein.

»Von mir auch«, sagte Corey.

»Wieso sollte ich es noch einmal sagen?«, wollte ich wissen. Ciaran würde mich nie wieder nachmittags aus seinem Büro herauslassen.

»Machen wir doch daraus unser Spiel!«, sagte Jayden und ich sah beunruhigt ein diabolisches Funkeln in seinen Augen. »Jedes Mal, wenn Mr Duncan das Wort Folter sagt, musst du ›sexy‹ rufen.«

»Das ist eine prima Idee!«, rief Corey begeistert.

»Das ist eine saublöde Idee«, sagte ich entgeistert. »Wieso ich? Wieso nicht Nicole?«

»Weil Mr Duncan dich allen anderen vorzieht.«

»Ist das Nachsitzen eine Bevorzugung? Ich verzichte gern darauf«, erklärte ich entschieden. »Los, Nicole. Sag du es, dann darfst du bei ihm nachsitzen. Viel Spaß!«

»Ich bin auch der Meinung, Felicity sollte es sagen«, meinte Jayden. »Du hast außer Nachsitzen nichts zu befürchten. Und wenn das Nachsitzen Ausflüge nach Westminster Abbey beinhaltet, ist das doch gar nicht so übel.«

»Ausflüge nach Westminster Abbey?« Phyllis sah mich überrascht an.

Ich wurde rot. Wann hatte Jayden uns gesehen?

»Sie und Mr Duncan waren einträchtig im Deans Yard unterwegs. Sie standen eng und sehr vertraulich beieinander.«

War er uns etwa gefolgt? Für jemanden, der nicht wusste, was wir dort getan hatten, hätte es tatsächlich wie ein Stelldichein wirken können. Immerhin hatte Ciaran seinen Arm um meine Taille gelegt gehabt, als wir in der Zeit zurückgesprungen waren.

Alle starrten mit ungläubigen Gesichtern abwechselnd von Jayden zu mir und wieder zurück.

Endlich fand Corey seine Sprache wieder. »Jetzt kommst du nicht drum herum. Du kannst dir echt alles erlauben, aber wir würden einen Schulverweis bekommen.«

»Findest du nicht, du bist uns was schuldig?« Nicole klang regelrecht eingeschnappt.

»Weshalb?«, fragte ich perplex.

»Du schnappst dir zwei der heißesten Männer Londons ...«

»Drei«, unterbrach sie Ruby. »Richard Cosgrove nicht zu vergessen.«

Nicole sah aus, als hätte sie eine Ohrfeige bekommen. »Du triffst dich noch immer mit Richard Cosgrove? Ich dachte, das Konzert wäre eine Ausnahme gewesen?«

»Und was war mit den Dreharbeiten, bei denen du seine Tanzpartnerin warst? – Oh, hätte ich das nicht verraten dürfen?«, fragte Ruby unschuldig.

»Komm schon, Felicity, du bist nicht auf den Mund gefallen. Wenn Mr Duncan wirklich sauer werden sollte, weißt du dich wenigstens rauszureden.« Corey grinste.

»Wenn du es nicht machst, musst du uns zu einem Eis einladen. Das ist doch wohl das Mindeste.« Nicole schien fest entschlossen.

Corey kreuzte die Arme vor der Brust und nickte zustimmend. Ebenso Jayden. Rubys Augen leuchteten. Alle sahen mich auffordernd an. Sie waren sich einig.

»Und wenn ich es mache, bekomme ich für jedes ›sexy‹ ein Pfund? Von jedem?«, hakte ich nach.

Bis auf das unentschlossene Gesicht von Corey nickten alle zustimmend.

Ich schulterte meine Tasche. »Na, dann auf in den Kampf.«

Corey begann passenderweise die Melodie von Wagners Ritt der Walküren zu pfeifen. Den musste ich mir merken.

Mir war ziemlich flau im Magen, als ich mich auf meinen Platz setzte. Aber besser ich regelte dieses Spiel als ein anderer. Soweit ich Ciaran kannte, konnte er nicht gut über sich selber lachen. Zumindest wusste ich, wie ich meine Gedanken vor ihm verbergen konnte.

Er kam herein und warf seine Tasche auf das Pult vor sich. »Wir werden uns heute in Gruppen einteilen und verschiedene Referate über das siebzehnte Jahrhundert vorbereiten. Bilden wir fünf Gruppen und die Themen lauten: Königsmätressen, Aufstände, Pest, Brand und Folter.«

»Sexy«, rief ich und schrieb die fünf Themenpunkte unnötigerweise auf. Hauptsache, meine Augen waren mit anderem beschäftigt.

Rundum wurde gekichert.

»Felicity, wolltest du ein Thema allein behandeln?«, fragte Ciaran süß. »Foltermethoden wären vielleicht was für dich.«

»Sexy«, wiederholte ich mit hochrotem Kopf.

»Prima. Damit wäre ein Thema bereits vergeben.« Er verteilte die anderen und schrieb sie mit den Namen der Teammitglieder an die Tafel. Zum Schluss schrieb er und las dabei laut mit: »Folter: Felicity.«

»Sexy«, sagte ich wieder, sang in Gedanken den Ritt der Walküren und dachte an die Napalm-Szene in Apocalypse Now.

Ciaran sah mich durchdringend an, während das Kichern lauter wurde. »Fangen wir mit den Vorbereitungen zum Thema Folter an.«

»Sexy.« Bereits vier Pfund verdient.

»Seite zweihundertsechzig. Felicity, erläutere uns doch einfach mal den Ablauf einer inquisitorischen Befragung.«

»Äh … das weiß ich nicht. Noch nicht.«

»Bajonette? Feuer? Giftgas?«

Verdammt.

Am Ende der Stunde hatte ich dreißig Pfund verdient und zwei Wochen Nachsitzen.

»Was zur Hölle sollte das?«

Ciaran knallte die Tür zu. Das Bild an der Wand schwankte bedrohlich. Er hatte mich nach seiner Stunde zu einer Unterredung bestellt. Ich zuckte erschrocken zusammen. So wütend hatte ich ihn noch nie gesehen. Seine Augen sprühten förmlich, als er mich ansah.

»Reg dich nicht so auf, das war nur ein Spiel«, versuchte ich so ruhig wie möglich zu sagen. Gar nicht so einfach, denn meine Stimme zitterte.

»Ein *Spiel*? Was für ein Spiel?«

»Wir denken uns manchmal für den Unterricht was aus, ein Spiel. Eigentlich nur bei besonders langweiligen Lehrern, damit es etwas interessanter wird. Miss Ehle mit Hasenöhrchen zum Beispiel.«

»Findest du mich langweilig? Muss ich deswegen wie ein Volltrottel vor der Klasse dastehen?«

Oh. Jetzt begriff ich: Er war in seinem Stolz verletzt. Und das ließ er an mir aus? Na, warte! »Nein. Dich findet keiner langweilig. Aber Lee fehlt uns. Und weil du mich ständig mit Nachsitzen von meinen Freunden fernhältst, dachten die, ich könnte das am ehesten durchziehen. Du bist selber schuld: Wenn du mich nicht ständig bevorzugen würdest, käme niemand auf so eine Idee. Aber ständig heißt es: *Wie war das noch, Felicity? Erklär es den anderen, Felicity. Dann haben wir wieder eine Runde Nachsitzen, Felicity.* Glaubst du wirklich, die Menschen sind so doof, dass ihnen diese Sonderbehandlung nicht auffällt?«

Ciarans Augen glühten. Ja, wirklich. Sie glühten, als er mich ansah. Und ich hatte Angst. Mehr Angst, als ich je zuvor empfunden hatte.

»Morgen Nachmittag«, fauchte er.

Als ich fluchtartig das Büro verließ, glaubte ich Schwefel zu riechen.

»Feli, du bist eine Wucht.« Corey legte seinen Arm um meine Schulter und drückte mich fest an sich.

Jayden tapste an meiner anderen Seite und grinste breit. Überhaupt waren heute Morgen alle gut gelaunt. Alle außer mir. Ich hatte Muffensausen vor der vierten Stunde. Vor der Geschichtsstunde, um genau zu sein.

»Du hast dir nicht nur das Geld redlich verdient, wir haben beschlossen dich heute Nachmittag zu Starbucks einzuladen. Muffins und Kaffee. Bitte sag nicht, dass du arbeiten musst.«

Ich lächelte Corey unsicher an. »Nein. Arbeiten muss ich nicht. Nur nachsitzen.«

Sein Gesicht verdüsterte sich für einen Moment.

»Oh. Sorry. Hatte ich vergessen. Dann danach, okay? Oder ist dir Kino mit Popcorn lieber?«

»Nein, Muffin bei Starbucks klingt wunderbar.«

Jayden und Paul, der sich wieder dazugesellt hatte, nickten einvernehmlich. »Überlass Mr Duncan heute uns. Wir regeln das schon.«

Das bezweifelte ich.

EXPERIMENTE

»Wo bleibst du?«

Die Stimme aus meinem Handy rief so selten an, ich brauchte ein paar Sekunden, um zu erkennen, wer dran war.

»Hallo Cheryl«, sagte ich freundlich. Sie klang richtig sauer.

»Ich warte hier seit zehn Minuten und du bist nicht da.«

»So, so. Zehn Minuten schon?«

Cheryl fauchte ein sehr unanständiges Wort.

»Aber, aber. Was, wenn dein Bruder das hört?«, wies ich sie sanft zurecht.

»Ist mir doch egal. Wenn du nicht in fünf Minuten hier bist, brauchst du gar nicht mehr zu kommen.«

»Okay. Mach's gut, Cheryl.« Ich legte auf.

Simone Hilliard sah mich neugierig an. Sie war in meinem Alter und studierte an einem anderen College in Camden Town. Wir hatten uns auf Anhieb verstanden, schon allein weil wir beinahe gleichzeitig unsere Stellen in der National Gallery angetreten hatten. »Du weißt, dass wir unsere Handys im Museum nicht benutzen dürfen.«

»Ich weiß. Ich schalte es auch sofort aus.« Folgsam drückte ich den Knopf und ließ es schnell in meiner Tasche verschwinden. »Sehen wir uns in der Pause in der Cafeteria?«, fragte ich Simone. Sie nickte erfreut.

Heute war ich zum Dienst in den Sälen für das achtzehnte Jahrhundert eingeteilt. Überaus kitschige Gemälde, viele davon mit ausladenden, speckigen Gestalten in erotischen Posen. Es fehlte nur der offene Mund und die Damen wären die Pornostars des Barocks.

In einer Ecke hatte sich ein Kunststudent breitgemacht, der versuchte mit Kohlestiften einen Stubbs zu kopieren.

Ich unterhielt mich ein paar Minuten mit ihm und dann sah ich ihm zu, wie er ein Pferd malte. Ab und an ging ein Besucher vorbei. Jeder verweilte bei denselben Gemälden: Reynolds, Gainsborough und natürlich Turner.

Mittags ging ich mit Simone eine Latte macchiato trinken und sie plapperte ohne Pause von einem Jungen, den sie mochte. So nett sie auch war, ich war froh, als ich nach einer Viertelstunde wieder hochmusste.

Nach halb sechs kam niemand mehr vorbei und der Kunststudent verschwand ebenfalls. Ich setzte mich auf eines der Kanapees und betrachtete einen der unbeachteten Constables.

Aus den Augenwinkeln nahm ich plötzlich wieder eine Bewegung wahr. Dieses Mal nicht in einem Landschaftsbild. Ich hätte schwören können, Mrs Siddons bewegte sich. Ich schluckte und fühlte meine Handflächen feucht werden. Ich trat näher an das Gemälde heran. Das war kein Bild von Avalon. Keine Landschaft, kein Wind, keine Ziegen. Zumindest war Mrs Siddons nie so betitelt worden. Aber doch. Irgendetwas bewegte sich dort.

»Miss Morgan, Sie können sich umkleiden. Wir schließen«, rief mein Chef, Mr Biglow, von der Tür her. Erschrocken drehte ich mich um. Er lächelte. »Sie war eine ganz außergewöhnliche Dame, nicht wahr? Die beste Schauspielerin zu ihrer Zeit. Das

Bild wird ihr mit Sicherheit gerecht. Eine wahre Schönheit.« Mr Biglow eilte weiter.

Ich starrte noch einmal auf das Gemälde. Nein, ich hatte mich nicht getäuscht. Rechts neben dem Kopf bewegte sich ihr Schatten.

Ich befolgte Mr Biglows Rat und eilte zu den Umkleideräumen.

Mrs Siddons und ihr ominöser Schatten waren schon am nächsten Tag komplett vergessen. Genau wie ich geahnt hatte, war mit Ciaran nicht gut Kirschen essen.

Die Geschichtsstunde war für uns alle ein Albtraum gewesen. Nachdem Ciaran mit uns einen überraschenden Test geschrieben und dann noch zwei Schüler mündlich abgefragt und sie in Grund und Boden gestampft hatte, beschlossen wir einvernehmlich, keine Spiele mehr in Mr Duncans Unterricht zu veranstalten. Es gab ja immer noch Miss Ehle.

Das Nachsitzen war auch kein Spaß. Ciaran ließ mich tatsächlich »abschreiben«. Nicht nur an diesem Nachmittag, sondern auch an jedem weiteren in dieser Woche. Ich durfte nur eine Ausnahme machen, weil ich Dienst im Museum hatte. Mein Handgelenk war ziemlich überanstrengt. Nach zehn Tagen hatte ich nicht nur die Halsbandaffäre bis ins kleinste Detail studiert, sondern auch die Revolution, die napoleonische Herrschaft, die Februarrevolution – kurz gesagt, die gesamte französische Geschichte angefangen von Ludwig XVI. bis zum Ersten Weltkrieg. Minutiös.

Dafür war der Kinoabend am Samstag wieder so locker entspannt und lustig wie vL. Nicole hatte es so genannt: vL für vor Lee oder nL für nach Lee.

Genau das war der Punkt. Es gab Lee. Er fehlte. Trotz allem.

Und wieder war eine Woche ins Land gegangen, ohne dass ich von ihm gehört hatte.

Das brachte mich auf eine Idee.

Am Sonntag, nachdem Mum bereits um elf im Pub verschwunden war, ging ich in den Hyde Park. Es nieselte leicht und ich war mir nicht sicher, ob mein Experiment funktionieren würde. Am Serpentine Lake war es beinahe unmöglich, dicht genug ans Wasser zu kommen. Überall gab es entweder einen Zaun oder zu viel Gestrüpp oder beides.

Ich wanderte das Ufer entlang bis zu den Bassins im Italienischen Garten. Aber dort waren zu viele Menschen unterwegs – trotz des Regens, der sich mittlerweile wieder verstärkte.

Ich zog mir die Kapuze über den Kopf und stiefelte zu dem Runden Teich in Richtung Kensington Garden. Wenn dort ebenfalls alles besucht (?) wäre, würde ich wieder nach Hause gehen.

Natürlich war ich auch dort nicht allein. Ich seufzte und drehte mich um. Mein Blick fiel auf die Schlossgärten. Da gab es noch einen Teich. Hinter Hecken.

Der Regen hatte noch mehr zugenommen. Meine Hosenbeine waren bereits unangenehm nass. Ich kniete mich an das Teichbecken und starrte ins Wasser. Die Regentropfen prasselten nun heftig auf die Oberfläche und machten es schwierig, auf den Grund zu sehen. Ich machte ein paar vereinzelte Blätter am Boden aus, kleine Risse in der Struktur des Betons. Aber alles sehr unscharf. Dann verschwamm es und das Blatt direkt neben meiner Hand verwischte. Wieder war Fels zu sehen. Weiße Steine auf dem Boden. Aber leider so unscharf wie Schnee auf dem Fernsehbildschirm.

Einmal glaubte ich Lee zu entdecken. Aber dann fiel der Regen so heftig und es mischten sich sogar ein paar Schneeflocken hinein. Für Mitte Februar kein ungewöhnliches Wetter, aber momentan extrem frustrierend. Mir wurde bitterkalt.

Sosehr ich mich auch anstrengte, das Bild wollte nicht wieder auftauchen. Als meine Hand drohte vor Kälte abzurutschen, gab ich auf. Betrübt ging ich heim.

Eine heiße Schokolade wäre jetzt gut. Oder ein warmer Muffin. Stattdessen ließ ich mir ein Bad ein und kochte mir einen Tee.

»Hallo! Jemand zu Hause?«

Die Stimme kam aus dem Bad. Erschrocken ließ ich die Tasse fallen, bewaffnete mich mit dem nächstbesten Küchenmesser und ging ins Badezimmer. Mildred stand am Waschbecken und begutachtete meine spärlichen Make-up-Artikel im Spiegelschrank.

»Mildred! Wie kommst du hierher?«

»Durch die Badewanne, Dummchen. Ich soll dir schöne Grüße von Ciaran ausrichten, er kann am Montag nicht. Erst am Mittwoch ist er wieder in London.« Sie klappte die Spiegeltür zu. »Es hat einen dritten Mord gegeben. Keine Bange, du wirst nicht verdächtigt. Tatsächlich entlastet der dich im Wesentlichen vom ersten Mordfall. Ciaran soll nur den Tatort überprüfen und ein paar Erkundigungen einziehen. Den Rest erledigt Dagal. Ein weiterer Wachmann«, fügte sie hinzu, als sie mein verständnisloses Gesicht sah. »Ist mit dir alles in Ordnung?«

Nein, mit mir war nicht alles in Ordnung. Aber ich nickte.

»Oh, wenn du dir Sorgen machst wegen deinem Bad – ich checke immer vorher die Lage und tauche nie in der Wanne auf, wenn schon jemand drinsitzt.«

»Gut zu wissen«, murmelte ich.

Mildred legte den Kopf ein wenig schief und kniff die Augen zusammen. »Ich habe dich überrumpelt.«

Ich nickte. »Ja. Hast du. Heißt das, wenn ich mit dir reden will, muss ich einfach die Wanne vollllaufen lassen?«

»Theoretisch ja. Praktisch auch, wenn ich es mir recht überlege. Nur bitte keinen Badeschaum verwenden. Dann erscheine ich nicht. Da werden meine Haare so stumpf. So, ich mache mich wieder auf den Weg.« Sie setzte sich an den Wannenrand, die Beine ins Wasser.

Neugierig blickte ich auf ihre Füße, ob sie sich zu einem Fischschwanz verwandelten.

»Nee«, lachte Mildred meine Gedanken lesend. »Eigentlich schon, aber das können Menschen nicht sehen. Gehört auch zur Elfenmagie, falls wir mal beobachtet werden sollten.«

»Also hast du doch einen Fischschwanz?«

»Ja, nur nicht sichtbar für Menschenaugen. Oder deren Gehirn, das diese Botschaft einfach nicht von den Augen übernimmt. Oje. Da ruft jemand. Mach's gut!« Sie rutschte ins Wasser.

»Moment! Ehe du gehst. Was war das mit diesem Mord?«

Zu spät. Sie war bereits verschwunden.

Noch ein Mord. Der dritte innerhalb von zwei Monaten. Wieso hatte ich nicht sofort nachgefragt? Ich platschte mit der Hand auf das Wasser der Wanne – nur noch lauwarm – und rief ihren Namen. Aber sie tauchte nicht mehr auf.

Ich ließ das Wasser ablaufen und sehnte mir etwas Süßes herbei.

EIN AUSFLUG MIT CIARAN

Ciaran war – wie angekündigt – mittwochs wieder da, und kaum dass wir in seinem Büro allein waren, berichtete er von den aktuellen Mordfällen. Bei dem einen Mord, den Eamon bereits erwähnt hatte, war ein Agent in Böhmen umgekommen. Ein Giftmord. Beim letzten Todesfall sah die Lage anders aus. Bedenklicher. Ein weiterer Wachmann war getötet worden. Er habe dieselben Wunden gehabt wie dieser Connor im Bodmin Moor, aber dieses Mal hatte der Leichnam in Schottland gelegen. Am berühmten Loch Ness. Ciarans Aufgabe dort war schnell, wenn auch unbefriedigend erledigt gewesen. Die Hinweise waren spärlich. Zeugen gab es nicht.

»Nur ein Stück Hornsubstanz, so groß wie ein Fingernagel«, erklärte er. »Das haben die ersten Spurenermittler dort gefunden. Kurios ist: Es ist kein Fingernagel. Eher eine Kralle.«

»Von einem großen Hund oder einer Raubkatze?«, mutmaßte ich.

»Ein Krokodil kann man wohl ausschließen«, scherzte Ciaran. »Vor allem, weil ein menschlicher Fußabdruck der einzige andere Hinweis war, den ich finden konnte. Du musst dir keine Sorgen machen«, versuchte er mich zu beruhigen. »Das entlastet dich auch ein wenig von der Mordanklage.«

»Inwiefern?«, fragte ich verbittert.

»Da die Morde sich ziemlich ähnlich sind und du für den zweiten ein sicheres Alibi hast – nämlich mich –, sucht man jetzt in allen Richtungen.« Er klopfte mir aufmunternd auf die Schulter. Der Auftrag hatte seine Stimmung wesentlich verbessert. Er glich wieder mehr dem Mann in der Damenabteilung, der mit Phyllis, Ruby, Nicole und mir geflirtet hatte. »Vergessen wir das Ganze für eine Weile. Ich habe eine Überraschung für dich.«

»Einen Muffin?«

Ciaran sah mich an, als hätte ich Essensreste im Gesicht. »Muffin?«

»Ja. Ich habe Heißhunger auf was Süßes.«

Ciaran schüttelte den Kopf. »Ehrlich, du bist das widersprüchlichste Wesen, das mir je untergekommen ist. Nein, keinen Muffin. Ich dachte, du wolltest auf deine Figur achten.«

Ich funkelte ihn an. »Ich habe zwei Kleidergrößen abgenommen. Reicht das nicht?«

»Doch. Aber du könntest ein wenig mehr Make-up vertragen.«

Unwillkürlich warf ich einen Blick zu der Kristallkugel auf dem Regal. Natürlich spiegelte sich darin nichts außer den umstehenden Büchern.

Ciaran schnaubte. »Typisch Frau. Du wirst immer weiblicher, Felicity.«

Ich seufzte. »Sag mir lieber, was für eine Überraschung du geplant hast. Und erzähl mir bitte nicht, du hättest einen Termin bei einem Stylisten für mich vereinbart.«

»Nicht ganz.« Er klang amüsiert.

Da wurde ich hellhörig.

Er rollte die Augen. »Zumindest findet die Überraschung nicht hier statt. Lass uns gehen.«

Also doch ein Stylist? Als er mich in sein Auto lud, dachte ich mir schon, dass es ein Ausflug wird. Der Stopp am Tower Hill kam deshalb nicht wirklich überraschend. Allerdings war unsere Umgebung nach dem Sprung umso überraschender.

»Ist das ... Rom?«, quiekte ich, als ich die Augen öffnete. An einer Wand mir gegenüber stand eine lebensgroße Marmorstatue in einer Apsis.

»Ja. Ich dachte, die Bälle und Soireen seien nach deinem Versailles-Aufenthalt eh nicht mehr zu toppen.«

Ich sah mich um. Wir befanden uns zwischen kleinen Steinhäusern. Enge Gassen, schmale Stiegen zu marmorgerahmten Türen, verputzte Wände, bunt bemalt mit römischen Fresken. An einem Brunnen lagen schon ein paar Tuniken für uns bereit. Ich verschwand hinter einer Hauswand und war dankbar, die dicken Londoner Winterklamotten ablegen zu können. Hier war es stickig heiß.

Ciaran hatte sich ebenfalls umgezogen, als ich zurückkam. Er sah aus, wie man sich David Beckham in einem Bettlaken vorstellt. Genauso heiß. Wenn meine Mitschüler ihn jetzt sehen könnten ... Schnell verdrängte ich den Gedanken.

Ich wunderte mich, dass ich niemanden zu sehen bekam und dass es so ruhig war. Nirgends lachte oder weinte ein Kind, niemand sprach. Man hörte die Vögel zwitschern und in der Ferne den Lärm einer Menschenmenge.

Ciaran führte mich sicher durch die Gassen, bis wir auf eine breite Straße stießen, auf der deutlich Wagenspuren zu sehen waren.

»Wo sind die alle? Ist im Kolosseum eine Veranstaltung?« Ich sah mich neugierig um. Die Straße hoch und hinunter war kein Mensch zu sehen.

»Wir befinden uns in einer Nekropole außerhalb Roms.«

»Nekropole?« Erschrocken krallte ich mich an Ciarans Arm. »Du meinst, in einer Totenstadt?«

»Oder so. Hast du etwa Angst vor Geistern?«

»Na ja, es gibt Elfen. Wer sagt, dass es keine Geister gibt?«

Ciaran seufzte. »Ich. Es gibt keine Geister. Komm, wir beeilen uns lieber. Heute eröffnen die neuen Diokletiansthermen und ich dachte, das wäre eine gute Art zu entspannen.«

In römischen Bädern? Im antiken Rom? War das sein Ernst?

Das war sein voller Ernst.

Kaum dass wir den Tiber überquert hatten, winkte Ciaran eine Sänfte und wir legten uns beide auf die Kissen. Es war ein seltsames Gefühl, von vier Männern getragen zu werden. Allein das Gestell musste schwer genug sein, und dann auch noch Ciaran mit seinen eins achtzig (mindestens) und ich – keine Elfe. Aber Ciaran erklärte mir, wir kämen ohne ein entsprechendes Statussymbol nicht in die Therme. Die Sänfte wackelte und ich musste mich auf die Aussicht konzentrieren, um nicht seekrank zu werden. Aber die Aussicht entschädigte mich für alles.

Wahnsinn! Rom! In der Antike. Es war laut. Es war quirlig, überfüllt und es roch ... meistens nicht gut. Ab und an wehte frischer Brot- oder Essensduft zu uns herüber, aber immer wieder hüllten uns Gerüche nach faulem Wasser, Schweiß, Schweißfüßen und Kloake ein. Dabei sollen die Römer doch so sauber gewesen sein ...

»Das sind sie auch. Aber bei der Hitze und ohne Deo lässt sich nicht alles vermeiden. Heute Abend werden sie in die Bäder strömen. Nach Sonnenuntergang riecht es hier besser.« Ciaran hatte mich mal wieder beobachtet.

»Wir sind da!«, rief einer der Männer und die Sänfte wurde direkt vor dem Eingang eines riesigen Rundbogens abgesetzt. Ciaran bezahlte die Sänftenträger und führte mich dann an der wartenden Menschenmenge vorbei zum Eingang. Die Wärter hatten uns bereits kommen sehen und ließen uns mit einer Verbeugung eintreten.

Jetzt wurde mir warm. Und das lag nicht an der Hitze der Therme. »Äh ... soll ich ...«

»Matrona, bitte dort links hinüber.«

Ciarans hämisches Grinsen war nicht beruhigend. Ich stemmte beide Füße fest auf den Marmorboden. »Du glaubst doch nicht im Ernst, dass ich vor dir hüllenlos rumlaufe.«

»Das ist hier ganz normal«, erklärte Ciaran mit einer hochgezogenen Braue. »Stell dich nicht so an.«

»Nein, nein, Matrona, Frauen gehen selbstverständlich in getrennte Badestuben.«

Ich sah, wie sich Ciarans Gesicht verdüsterte.

»Das sind die Regeln, Herr.« Der Diener machte eine Verbeugung. Es war offensichtlich, dass er nicht nachgeben würde.

Ciaran sah einen Moment lang aus, als ob er mich umgehend wieder zurück nach London bringen wollte. Dann seufzte er ergeben. »Amüsier dich. Wir treffen uns in zwei Stunden zu einem Imbiss in der Liegehalle.« Er schenkte mir ein aufmunterndes Lächeln. »Angezogen.«

Der Wärter nickte. »Ja, der gemeinsame Teil ist nur mit Kleidung zu betreten.«

Oh. Na dann.

Es war … herrlich. Ab sofort würde ich hin und wieder einmal eine Damensauna besuchen. All die schwatzenden beziehungsweise schwitzenden Frauen, die sich leise unterhielten, dann eine Massage, Schwimmen in einem traumhaft schönen Mosaikbecken. Warm und kalt. Wieder schwitzen, dann wieder ein Kaltbad. Ich kam mir vor wie eine Fürstin. Nicht einmal der Ausflug mit Lee nach Westminster war so entspannend gewesen wie das hier.

Als irgendwann eine Sklavin erschien und mich an den Imbiss mit Ciaran erinnerte, wollte ich schon beinahe absagen. Doch die Sklavin wies mich darauf hin, dass ich bereits seit vier Stunden hier war. Vier Stunden? Ich sah sie überrascht an. Sie war eine hübsche, zierliche Rothaarige mit grünen Augen. »Dein Mann dachte, du wolltest es richtig genießen.« Das war ungeheuer aufmerksam von Ciaran und ich folgte ihr in den Umkleideraum und dann in den Speisesaal.

Ciaran lag auf einer dieser Liegen, die paarweise beisammenstanden, in der Mitte ein Tablett mit Früchten, gebratenem Fleisch, Brot und Käse.

Auf einmal fand ich es recht praktisch, dass Elfen nicht nur in der Zeit springen konnten, sondern auch über unbegrenzte Geldmittel in jedem Jahrhundert verfügten. An den Nachbartischen wurden wesentlich einfachere Mahlzeiten serviert und ein paar sehr gierige Augen starrten zu ihm hinüber.

Ciaran selbst glänzte frisch rasiert und geölt und war ganz das

Abbild der rundum aufgestellten Götterstatuen. Er lächelte zufrieden, als er mich sah. »Und?«

Ich setzte mich und sah ihn an. Dann grinste ich breit. »Danke. Das war die beste Idee seit …« Ich überlegte und mir fiel einfach nichts ein. »Danke«, wiederholte ich leise und inbrünstig.

Auf einmal war Ciarans Lächeln aufrichtig und schmerzlich zugleich.

Als ich an diesem Abend im Bett lag, duftete mein ganzer Körper noch nach den Ölen, mit denen man mich abschließend eingerieben hatte. Ciaran hatte wieder einmal bewiesen, wie unberechenbar er war. Für den Tag heute würde ich ihm jedenfalls ewig dankbar sein.

»Wonach riechst du?«

Corey schnupperte an meinen Haaren.

»Das ist ein Rosenöl«, erklärte ich und lächelte.

»Weshalb grinst du eigentlich den ganzen Vormittag so dämlich?«, fragte Nicole spitz.

»Tue ich das?«

»Das macht mir Angst, ehrlich«, stimmte Phyllis zu.

»Keine Sorge. Mir geht's gut.« Mir war sogar nach Pfeifen zu Mute, aber das unterließ ich lieber.

»Jetzt macht sie mir noch mehr Angst«, sagte Nicole zu Jayden. »Sieh mal, Corey, da hinten steht deine Flamme.«

Corey folgte ihrem ausgestreckten Finger und eilte freudestrahlend zu einem blonden Mädchen in Schuluniform.

»Ach, er hat seine Freundin noch?«, fragte ich überrascht. Sie war seit dem Ball nicht mehr erwähnt worden. Im Nachhinein dachte ich wahrscheinlich, wegen Nicole. Denn deren Gesicht verdüsterte sich nun deutlich. Das Mädchen war hübsch, musste ich zugeben. Ein wenig zu sehr geschminkt für meinen Geschmack, aber wirklich attraktiv.

»Hey, Holly, das sind meine Freunde. Phyllis, Jayden und Nicole kennst du ja schon vom Ball. Und das hier sind Felicity und Ruby.« Er wollte sie in seine Arme ziehen und ihr einen Kuss geben.

Schnell hielt Holly ihm die Wange hin. »Kann ich dich mal kurz sprechen?«, fragte sie und nickte uns nur zu.

»Klar, Schatz.«

Holly und Corey verschwanden Richtung Pausenhof. Nur fünf Minuten später erschien Corey wieder mit steinerner Miene. Keiner von uns wagte etwas zu sagen.

Es wurde ein sehr stilles Mittagessen. Die Wolke, auf der ich noch immer schwebte, verlor einiges an Höhe.

Plötzlich warf Corey sein Besteck klirrend auf den Teller. »Verdammt noch mal, wo ist Lee?« Er sah mich direkt an.

Ich hob hilflos die Schultern. »Ich weiß ...«

»Hör schon auf! Du weißt, wo er sein könnte. Warum kommt er nicht mehr? Ist er weggezogen? Zurück nach Kalifornien?«

»Nicht dass ich wüsste«, stammelte ich perplex.

»Sind wir ihm doch nicht gut genug? War ihm meine Schwester zu aufdringlich? Dir ist sie ja auch zu dämlich. Ach, ihr seid doch alle Loser.« Er sprang abrupt auf, sein Stuhl kippte nach hinten.

Den Rest des Tages bekamen wir ihn nicht mehr zu sehen. Aber um Nicoles Mund zuckte ein zufriedenes Lächeln.

FEDEX, HERMES UND UPS

Corey hatte sich am nächsten Morgen bei uns entschuldigt. Natürlich hatten wir beteuert, das wäre nicht nötig, trotzdem bestand er darauf. Allerdings hatte er etwas ausgelöst: Die Frage nach Lees Verbleib stand offen im Raum und ich als seine angeblich beste Freundin sollte sie doch klären können. In den Augen aller anderen zumindest.

Es nutzte nichts. Ich musste energischer vorgehen. Diese Nacht hatte ich von Lee geträumt. Im Traum hatte ich die Vision aus dem Becken von Versailles vor Augen gehabt und Lee hatte eine weitere Leiche gefunden. Wieder grausam zerstückelt. Bei näherem Hinsehen hatte ich erkannt, dass es Mr Selfridge gewesen war. Er hatte noch mit seinem Blut die binomische Formel an der Wand zu Ende gerechnet, ehe er gestorben war. Die ganze Mathestunde über hoffte ich, Mr Selfridge würde heute nicht mit roter Kreide arbeiten.

Nach der Schule fuhr ich sofort zum Berkeley Square. Ein wenig ratlos stand ich vor der verschlossenen Haustür. Ich klopfte, ich klingelte und natürlich öffnete mir niemand.

Aus lauter Verzweiflung begann ich die Fußmatte und die Blumentöpfe an den Fenstergittern anzuheben und ganz überraschend – unter dem kleinen, steinernen Löwen auf dem Zaunpfosten – wurde ich fündig.

Das Haus war düster. Ich hatte gewusst, dass es wie ein viktorianisches Museum aussah mit seinen getäfelten Wänden und den dunklen Samttapeten. Aber ganz ohne Licht in der Dämmerung war es beinahe beängstigend. Zum Glück musste ich nicht weit gehen.

Das Gemälde hing direkt im Treppenhaus. Nur beruhigte es mich nicht wirklich. Ich dachte an die dicke Spinne, die einmal dort herausgekrabbelt war. Die drei puttenhaften Elfen, die ich suchte, waren auf dem Gemälde ohne Schwierigkeiten zu erkennen. Ich lehnte mich an das Treppengeländer und räusperte mich.

»Hallo«, sagte ich zaghaft. Ich sprach mit einem Bild. Und es antwortete nicht. Ich kam mir nicht wenig dämlich vor. »Hallo!«, sagte ich dieses Mal etwas forscher. Die Elfen blieben unbewegt und auch sonst war alles ruhig. »Würdet ihr bitte mit mir reden? Ich brauche eure Hilfe.«

Nichts.

»Halloooo?!«, sang ich jetzt laut. Noch immer regte sich kein Blatt. Das letzte Mal, als sie sich materialisiert hatten, war es nach Mitternacht gewesen. »Muss ich jetzt etwa warten?«, seufzte ich und ließ mich auf einer Treppenstufe nieder.

Niemand antwortete. Ich hatte auch nicht wirklich damit gerechnet.

Es blieb ruhig, als draußen die Straßenlaternen angingen, der Verkehr abnahm und eine Kirchenglocke in der Nähe schlug. Es blieb ruhig, als ein paar laut grölende Nachtschwärmer vorbeizogen. Es blieb so ruhig, dass mir die Augen zufielen und ich mit dem Kopf auf einer der oberen Stufen einschlief.

Bis mich ein seltsames Summen weckte. Durch meine Augenschlitze nahm ich grünes Licht wahr.

»Die Prophezeite schläft friedlich auf der Treppe. Die hat bestimmt getrunken.«

»Wäre ja nicht das erste Mal.«

»Sollen wir ihr die Fingernägel lackieren? Oder ihr mit Lippenstift ›Alki‹ auf die Stirn schreiben?«

»Soll ich euch die Flügel ausrupfen oder ein Feuerzeug ans Bild halten?«, sagte ich laut und setzte mich auf.

Direkt vor mir im Rahmen, als wäre es das Geländer einer Theaterloge, hingen die drei Elfen. Erschrocken zuckten sie zusammen.

»Oho, unsere Erlöserin ist ja wach«, sagte der Linke. Seine spitzen Ohren durchbrachen sogar die dichte blonde Mähne. Das waren bestimmt Segelohren à la Elfenart. Extra-Flügel. Ich taufte ihn in Gedanken Hermes.

»Macht ihr Witze? Bei dem Lärm, den ihr veranstaltet.« Aber ich gähnte, dass mein Kiefer knackte.

»Schlafend hat sie mir besser gefallen«, sagte der Mittlere. »Ich konnte dein Gaumenzäpfchen sehen. Beinahe auch noch die Reste von deinem Lunch.«

»Schwerlich«, sagte ich unbekümmert. »Ich habe kaum was gegessen. Wieso habt ihr so lange gebraucht?«

»Schätzchen, da sieht man mal wieder, wie ungebildet du bist«, sagte der Rechte verächtlich. »Wir können uns nicht früher bemerkbar machen. Erst um drei Uhr herum, wenn die Nacht am dunkelsten ist, besteht die Möglichkeit, die Grenze zu durchbrechen.«

Wir hatten drei Uhr vorbei?, dachte ich erschrocken. Die drei Elfen grinsten hämisch. Sie hatten meine Gedanken gelesen. Oder meinen Gesichtsausdruck.

»Mal ehrlich, die soll unser Reich retten? Vor was? Einem Fliegenpups?«

Die drei kicherten.

»Mundgeruch«, gackerte der Linke wieder.

Schnell kramte ich nach einem Kaugummi in meiner Tasche. »Es reicht, ihr Herzchen«, sagte ich bestimmt. »Ich möchte von euch wissen, wo Lee steckt.«

»In Versailles«, antwortete der Rechte.

»Nein. Dort ist er nicht mehr.«

»Und woher willst du das wissen, o allmächtige Erlöserin?«

Der Mittlere ging mir ehrlich auf den Keks mit seiner Sprechweise. So frech waren höchstens die UPS-Fahrer. Er wäre fortan für mich UPS.

»Ich war da und hab's überprüft. Sagt nur, ihr seid nicht über alles informiert? Wofür hängt ihr dann da rum? Was für Boten seid ihr denn?«

Der Schlag hatte gesessen. Alle drei machten säuerliche Gesichter.

»Wir übermitteln nur die Befehle des Königs.«

»Wir sind *königliche* Boten«, fügte der Mittlere hochnäsig hinzu.

»Gut, dann bin ich ab sofort die Königin von Saba und befehle euch, mir auf der Stelle zu sagen, wo Lee ist.« Ich war zu müde, um subtiler vorzugehen. Einen Moment lang schwiegen die drei. Ich dachte schon, sie würden mir glauben.

»Ganz schön frech«, sagte der Mittlere schließlich. »Königin Makeda für so was zu missbrauchen.«

»Wir sollten ihr eine Lektion erteilen.«

»Sie steht unter Alkoholeinfluss. Übertreibt es nicht«, meinte der Rechte ein wenig begütigend.

»Wer hat euch das erzählt?«, fragte ich stirnrunzelnd.

»Was?«

»Von meinem … von Jaydens Karaoke-Party mit Wodka.«

Der Mittlere hob überheblich die Augenbrauen. »So was spricht sich schnell rum.«

Ich starrte ihn durchdringend an, aber er grinste nur. »Gut. Ich möchte immer noch wissen, wo Lee ist. Könnt ihr mir weiterhelfen?« Dieses Mal wandte ich mich direkt an den Rechten, der nicht ganz so unhöflich war wie die anderen beiden.

Doch er zuckte nur die Schultern. »Nein. Wir wähnten Lee in Versailles. Wenn er dort nicht ist, wissen wir es auch nicht.«

»Lee ist seit Wochen nicht mehr in Versailles. Und niemand im Elfenreich weiß etwas?«, hakte ich nach.

Der Rechte sah mich noch einmal direkt an. Dann kniff er die Lippen zusammen. »So würde ich das nicht sehen. Unser König ist schon sehr gut informiert. Er war auch der Erste, der von dieser Chaosparty und deinem Sprung wusste.«

»Karaoke«, korrigierte ich langsam. »Kann ich mit dem König sprechen?«

Jetzt waren alle drei entsetzt.

»Wie willst du das anstellen?« Der Rechte, ich nannte ihn in Gedanken FedEx, hatte sich wieder gefangen. »Oberon verlässt nie sein Reich und du kannst ihn schwerlich zu einem Termin rufen.«

»Könnte ich ihn nicht bitten?«, fragte ich müde.

»Das ist genauso unmöglich. Wieso sollte er dir auch etwas sagen, wenn er es niemandem sonst verrät?«

Die Frage, wenn auch von UPS gestellt, also dem Mittleren, war berechtigt.

»Und Lees Vater? Würde er dem auch etwas verheimlichen? Kann ich mit Lees Vater sprechen?«

Die drei lächelten erneut so widerlich und mir war die Antwort sofort klar.

»Prinz Meilyr wird ebenso wenig die Anderwelt und das königliche Palais verlassen. Geh nach Hause, kleine Erlöserin, und schlaf dich aus.«

Prinz Meilyr? Ich hatte ganz vergessen, dass Lees Vater der Bruder des Königs war. Natürlich war er ein Prinz. Die drei wollten sich gerade zurückziehen, als ich mich an den letzten Strohhalm klammerte. »Eamon!«

Als FedEx sich dieses Mal zu mir umwandte, war sein Gesicht finster. »Prinz Eamon«, korrigierte er mich scharf. »Und nein, vergiss es. Unser Reich hat momentan andere Probleme, um die sich der Kronrat kümmern muss.«

Verzweifelt machte ich einen Schritt auf sie zu. »Bedeutet das, ich kann niemanden fragen? Selbst wenn Lee in Gefahr wäre, würde mir niemand Auskunft erteilen?«

»Selbst dann nicht«, rief Hermes über seine Schulter hinweg.

Ich krallte mich an den Rahmen, wollte sie zurückhalten. »Wartet! Versucht es doch wenigstens.« Die drei waren im Dickicht verschwunden. Bestimmt eilten sie umgehend zum König, um ihm Bericht zu erstatten. Ich seufzte und legte den Kopf auf meine Hände. Verdammt. Was nun?

Etwas kitzelte mich an den Fingern. Ich hob den Blick. Meine Hände krallten sich nach wie vor an den goldenen Barockrahmen. Die Gräser des Bildes strichen über meine Hände. Ich streckte zögernd einen Arm aus – ich konnte die Gräser berühren. Ich konnte die Blätter am Bildrand berühren! Ich atmete einmal tief durch, dann schwang ich ein Bein auf den Rahmen und zog das zweite nach. Ein kleiner Sprung und es war geschehen.

Ich konnte die Anderwelt betreten.

DIE ANDERWELT

Es war so ... *grün*. Das Licht war anders. Leuchtender, intensiver und gleichzeitig dunkler mit einzelnen, hellen Flecken. Es wirkte wie das Gemälde eines Impressionisten. Alles um mich herum schien gleichermaßen stiller und trotzdem lauter zu sein. Ich hörte keinen Wind, kein Rauschen, aber die Vögel und Insekten waren überdeutlich zu vernehmen. Mir war nie zuvor aufgefallen, wie viel Lärm Autos und Flugzeuge machten, auch wenn sie meilenweit entfernt waren. Für mich, die ich in den letzten Jahren in der Großstadt gelebt hatte, war es beängstigend. Ich fühlte mich unwohl.

Wohin sollte ich mich wenden? Ich stand mitten im Wald und meinen Standort konnte man auch mit gutem Willen nicht als Lichtung bezeichnen. Kein Sonnenlicht zur Orientierung, und die Baumstämme waren bis auf zwei Meter Höhe rundum mit Moos bewachsen. Es roch blumig nach Lilien, Flieder, Moos, Honig und ... Speck?

Ich schnupperte. Definitiv gebratenes Fleisch. Ich folgte dem Geruch. Das war gar nicht so einfach. Der Boden war mit Ranken und Farn überwuchert, Gebüsch versperrte die Sicht und alles war mit Moos bedeckt. Alles. Auch faule Äste und Senken. Mehr als einmal knickte ich um und musste mich an Zweigen festhalten. Zweimal verlor ich den Duft und kehrte um, bis er wieder intensiver wurde. Es kam mir vor, als sei ich bereits Stunden unterwegs, aber ich konnte nirgends eine Lichtung erkennen. Das Grün ging mir allmählich auf die Nerven und diese seltsame Stille machte mich nervös. Ich fühlte mich beobachtet.

Phyllis, Nicole, Ruby und ich hatten uns in den vergangenen drei Jahren immer wieder Filme und Serien mit Vampiren angesehen. Die Bösewichte waren stets plötzlich und unerwartet aufgetaucht. Mit Vorliebe vor einsamen Wanderern oder dämlich flüchtenden Mädchen, die aus unerfindlichen Gründen immer in den Wald statt in die Stadtmitte rannten. Jetzt war ich selber eine dieser dämlichen Tussis, die allein im Wald umherirrten.

Ich blieb erschrocken stehen. Ich irrte umher – also wie kam ich zurück? Und selbst wenn ich zurückfand, waren dann tausend Jahre vergangen, wie in den alten Sagen? Verdammt. Warum hatte ich nicht eher daran gedacht?

Im Unterholz rechts von mir knackte es. Mein Halswirbel knackte ebenfalls, weil ich so schnell den Kopf drehte. Aber ehe ich etwas erkennen konnte, blieb mir die Luft weg. Meine Beine gaben nach und ich landete auf dem Rücken. Eine Bewegung links.

Dann wurde mir schwarz vor Augen.

Es ruckelte. Mein Kopf prallte schmerzhaft gegen eine Wand. Wieder ruckelte es.

»O Gott, nicht schon wieder«, murmelte ich. »Karl? Wo sind wir?«

Niemand antwortete. Ich blinzelte. Erstaunlicherweise schmerzte mein Kopf nicht. Ich lag auch nicht in einem fahrbaren Sarg, denn ich konnte über mir den Himmel zwischen den dichten, grünen Baumkronen sehen. Extrem grünes Laub. Die Sonne hatte kaum Chancen, die Blätter zu durchdringen.

Ich bewegte meine Hand – und konnte es nicht. Meine Hände und Füße waren gefesselt. Also hob ich den Kopf.

»Buh!«

Erschrocken prallte er wieder auf den harten Holzboden. Ein blonder Schopf mit Augen von der gleichen Farbe wie der Himmel war über mir aufgetaucht. Ringsum ertönte Gelächter. Ich drehte den Kopf zur anderen Seite und sah zwei weitere Gestalten. Alle drei kamen mir vage bekannt vor. Zumindest fiel mir wieder ein, wo ich war. In der Anderwelt. Ich war durch das Gemälde gestiegen und jetzt erkannte ich auch die drei halb nackten Elfen neben mir: FedEx, UPS und Hermes mit seinen Segelohren.

Ich wollte mich aufsetzen, aber ein sehr unangenehmes Kribbeln machte sich in meinen Fingerspitzen breit. »Okay, könnt ihr mir die Hände ein wenig lockern? Meine Finger sterben sonst ab.«

»Du brauchst sie eh nicht mehr«, antwortete Hermes mit einem hämischen Grinsen.

Die beiden anderen lachten laut.

Elfen waren wirklich die arrogantesten Wesen, denen ich je begegnet war. Und ich hatte jahrelang den Star Club ertragen müssen. »Wieso haltet ihr Elfen euch eigentlich für was Besonderes?«

»Hast du nicht Harry Potter gelesen?«, fragte UPS mit hochgezogenen Brauen.

»Doch, aber darin waren Elfen äußerst hilfsbereit und freundlich und haben sich immer Mühe gegeben, die Menschen zufriedenzustellen.«

Hermes rollte die Augen. »Das waren keine Elfen. Wir meinen die, die zaubern können. Die *sind* den Menschen überlegen.«

»Weißt du, jetzt wo du es sagst, siehst du Voldemort tatsächlich ähnlich«, sagte ich und zerrte erneut an meinen Fesseln. »Und wenn wir schon dabei sind, auch Stalin und Hitler. Verdammt, macht die Fesseln etwas lockerer.«

»Nein.«

Ich konnte meine Fingerspitzen nicht mehr spüren und sie verfärbten sich bereits bedenklich blau. »Wie ticken eigentlich die Uhren in dieser Zeit?«, fragte ich, um mich abzulenken.

»Rechtsherum«, kam die dämliche Antwort.

Ehrlich, Elfen waren doof. Ich atmete tief ein und aus. »Ich meinte, wenn ich jetzt hier bin, heißt das, in London sind dann morgen tausend Jahre vergangen?«

»So ein Quatsch. Wieso sollte es?« FedEx war zumindest nicht ganz so unhöflich. »Das wurde immer nur in alten Sagen so weitergegeben. Menschen, die sich hierherverirren, kommen überhaupt nicht mehr zurück.«

»Weshalb nicht? Ich muss doch nur wieder aus dem Rahmen steigen.«

UPS lachte gackernd. Das klang unheimlich in dieser Stille. »Du fällst garantiert aus dem Rahmen. Aber nicht mehr aus diesem. Menschen, die sich hierherverirren, werden getötet. Altes Gesetz. Niemand darf das Elfenreich preisgeben. Was glaubst du, warum der Weg hierher so sorgfältig gehütet wird?«

Mir wurde mit einem Mal ganz flau im Magen. »Aber ich bin doch eure Prophezeite! Ihr könnt mich nicht einfach töten.«

»Ich fand dieses Kapitel aus dem Buch der Prophezeiung

schon immer sehr fragwürdig.« Dann fügte Hermes noch gehässig hinzu: »Vor allem, nachdem wir gesehen haben, was uns retten soll.«

»Und *vor* was steht auch nicht drin. Nicht unbedingt ein Bestseller«, stimmte ihm UPS zu.

»Wir sind da«, erklärte FedEx.

Ich hob den Kopf. Vor mir lag das kolossale Eingangstor eines Schlosses. Wir standen auf einer Zugbrücke. Links und rechts war höchstens ein Meter Platz, ehe es bodenlos in die Tiefe ging. »Aaaaah!«, schrie ich entsetzt.

Erschrocken ließ Hermes die Deichsel des Karrens fallen. Mein Kopf knallte wieder unangenehm auf das Holz. Im selben Moment wurde das Tor aufgerissen und fünf Bewaffnete stürmten mit gezückten Schwertern und Speeren heraus. Leider stand unser Karren so dicht vor dem Tor, dass der erste über die Deichsel stolperte und der Länge nach auf mich drauffiel. Der Karren schlitterte ein wenig nach links.

Ich schrie wieder entsetzt auf. Sofort wechselte die Szenerie und ich befand mich in einem Innenhof, umzingelt von bewaffneten Elfen. Ich atmete erleichtert aus. Zumindest die Gefahr der Tiefe war gebannt. Ich versuchte ein zaghaftes Lächeln.

»Hallo. Ich bin Felicity. Kann ich bitte mit Meilyr FitzMor sprechen?«

Die Elfen wechselten verwirrte Blicke.

»Ja, sie soll die angebliche Prophezeite sein«, hörte ich hinter mir die Stimme von Hermes sagen. »Und er heißt nur Mor, ohne Fitz, du Träne.«

Sollte ich ihn je in die Finger bekommen, konnte er sich auf eine saftige Ohrfeige gefasst machen.

Die ersten Elfen grinsten bereits und ließen die Waffen sinken.

»Der Prinz«, rief jemand laut und deutlich. Sogleich standen sie alle stramm und richteten den Blick geradeaus.

Der Prinz war Eamon.

AM HOF DES ELFENKÖNIGS

Genau wie in London waren seine Haltung und sein Auftreten unnachahmlich. Ich hatte einmal Prinz William bei einer Premiere gesehen und der hatte nicht so königlich gewirkt wie Eamon. Trotzdem war ich froh ihn zu sehen. Egal wie arrogant er sich in London verhalten hatte, er war ein bekanntes Gesicht und mir freundlicher gesinnt als alle anderen Elfen, denen ich hier bislang begegnet war.

»Eamon. Gott sei Dank. Meine Finger sind gleich abgest…« Ich verstummte, als ich sein finsteres Gesicht sah. Es galt nicht den drei vorlauten Boten. Es galt mir. Was hatte ich verbrochen? Ich war doch nur auf der Suche nach Lee!

Eamon las meine Gedanken. Er wandte sich zu einem der Soldaten um und sah ihn an. Der schnitt mich los.

Weil der Karren schräg stand und meine Füße genauso eng gefesselt gewesen waren wie meine Hände, knickte ich in die Knie und wäre vollends vornübergefallen, wenn Eamon mich nicht aufgefangen hätte.

»Woah, langsam.« Eamon hielt mich fest umfangen und strich mir beruhigend über meinen Rücken.

Ich biss die Zähne zusammen und verbarg mein Gesicht an Eamons Brust. Tat das weh! Langsam begann das Blut wieder in meinen Adern zu zirkulieren. Wenn ich mit nackten Füßen auf einen Igel treten würde, konnte das nicht so wehtun wie das hier. Um nicht zu schreien, biss ich Eamon ins Hemd. Ich konnte mich ja nicht einmal an ihm festhalten, denn meine Hände waren noch schlimmer dran. Verfluchte Elfen.

Die Luft um mich herum schmeckte mit einem Mal nach Minze und Zitronenmelisse und etwas Herberem. Einem Küchengewürz, ich kam nur nicht drauf, welchem. Auf jeden Fall waren die Schmerzen schlagartig verschwunden.

»Alles klar?«, fragte Eamon und strich mir die schweißnassen Haare aus der Stirn.

Sobald er meine Haut berührte, fühlte ich einen leichten elektrischen Schlag. Eamons Augen weiteten sich überrascht. Ich schielte auf die umstehenden Elfen. Die hatten es mitbekommen, denn auch sie sahen verblüfft aus.

In diesem Moment ertönte das Krächzen eines Raben über uns. In dieser Stille klang es umso lauter und wir starrten alle hinauf. Eine Krähe hatte sich auf der Mauer niedergelassen und starrte mit schräg gelegtem Kopf auf uns herunter.

Eamon seufzte. »Mein Vater will dich sehen.« Er legte eine Hand auf meinen Rücken und schob mich vorwärts.

Das Gebäude erinnerte mich an eine Mischung aus römischem Palast und Renaissanceschloss. Da waren Säulengänge, die kleine Innenhöfe umgaben, und lange Flure mit gotischen Bögen. Alle Wände, an denen wir vorüberkamen (und es waren unendlich lange Wände), waren mit Fresken bemalt oder Teppichen behangen. Ich staunte. Jeder Archäologe hätte mit Sicherheit einen Arm oder ein Bein geopfert, um all diese seltenen und kostbaren Malereien sehen zu dürfen.

Zwei Elfen gingen voran, der Rest inklusive Hermes, UPS und FedEx folgte hinter uns.

»Wie kommst du hierher?«, fragte Eamon. Er klang merkwürdig angespannt.

»Durch das Gemälde in Lees Haus.«

Eamon warf mir einen verblüfften Blick zu. »Ach, Felicity, warum hast du nicht auf uns gehört?«, sagte er in einem bedauernden Tonfall.

»Inwiefern?«, fragte ich verwirrt und sah ihn an. Er wirkte ehrlich bedrückt.

»Hat dir nicht jeder davon abgeraten, das Gemälde näher zu erkunden?«

»Nein. Niemand«, sagte ich eingeschnappt. »Mir erklärt ja nie jemand etwas. Ich bin zwar angeblich die Verheißene, aber auch die Unwissende. Steht das nicht in eurem Buch der Prophezeiung?«

»Du bist es nicht mehr«, sagte Eamon knapp.

»Was?«

»Das Buch der Prophezeiung hat dich aus seinen Seiten gelöscht. Du bist nur noch ein Mensch, der zufällig hier hineingezogen wurde.«

Moment mal. »Und was mache ich dann hier?«

Eamon zuckte die Achseln. »Es gab in der Vergangenheit schon ein paar Menschen, die die Grenze des Elfenreichs überwinden konnten. Ein paar waren ausgebildete Druiden. Andere ... nicht. Deine Anwesenheit hier ist zwar ungewöhnlich, aber nicht unmöglich.«

»Was wurde aus den anderen?«, fragte ich zaghaft.

Eamons Blick sagte alles. Aber FedEx hinter uns musste es

aussprechen: »Die wurden ins Moor gebracht. Was glaubst du, warum Moorleichen nicht verwesen?«

Jetzt wurde mir übel. Egal wie ich zu diesem ganzen prophezeiten Unfug stand, er hatte mir noch immer eine Art Schutz geboten. Ich krallte meine Nägel in Eamons Arm. »Eamon, was bedeutet das? Ihr werdet mich doch nicht ins Moor bringen!«

Wieder war sein Blick genug.

Die beiden Elfen vor uns stießen eine große Tür auf. In der Halle dahinter waren zahlreiche Personen und alle sammelten sich um einen Punkt. Tatsächlich kam ich mir vor wie in einem Metro-Goldwyn-Mayer-Film aus den fünfziger Jahren. Es entsprach alles genau dem Klischee, das man sich von einem mittelalterlichen Thronsaal à la Hollywood machte: Podest, Thron, säulengesäumte Halle und umherstehendes Publikum in langen, hellen fluffigen Gewändern, die Joan Fontaine alle Ehre gemacht hätten. Die Männer trugen Hosen in ebenfalls hellen Farben. Was fehlte, war ein Narr.

Obwohl – der war ich.

Der Mann auf dem Thron hob erstaunt den Kopf, als wir eintraten. Eamon führte mich bis vor das Podest. Erst dort blieb er stehen. Er verneigte sich und zog mich mit hinunter. Ich versuchte meinen Arm zu befreien, doch Eamon verstärkte seinen Griff und ich gab auf.

»Was soll das?«, fragte der Elfenkönig mit gerunzelter Stirn. Er war ein Mann wie sämtliche anderen Elfen, die ich bisher gesehen hatte. Genauso groß wie ich – und Eamon –, azurblaue Augen, helle Haut und hellblondes Haar, das in den zaghaften Sonnenstrahlen fast weiß schimmerte. Nur eines unterschied den

König von allen anderen Elfen: Er besaß eine Aura, die mich beinahe frösteln ließ.

Ich hatte immer gedacht, nur blaue Augen könnten wirklich eisig schauen. Ich hatte mich nicht geirrt. Unter dem Blick des Elfenkönigs brauchte es keine Folter – jeder Straftäter würde sofort gestehen.

Und genau das tat ich auch.

»Ich bin nur durch den Rahmen geklettert. Ich suche Lee! Ich muss wissen, ob es ihm gut geht. Deswegen wollte ich hierher. Ich dachte, sein Vater oder Sie könnten mir sagen, wo er steckt, was er macht und wieso er sich nicht meldet. Und wieso dauert seine Mission dieses Mal so lange? Oder ist ihm tatsächlich etwas zugestoßen? Haben Sie immer noch keine Nachricht von ihm? Oder ist er etwa ...«

An dieser Stelle stockte ich erschrocken. Daran hatte ich noch gar nicht gedacht. Auf alle Fälle hatte mein Redefluss für absolute Stille gesorgt. Niemand sprach. Atmeten die überhaupt noch?

»Wer ist das?«, fragte Oberon schließlich Eamon.

»Das ist Felicity Morgan«, antwortete Eamon.

Oh, sie atmeten doch. Denn ein kleines Wispern ging auf einmal durch die Halle. Oberon lehnte sich zurück und sah mich wieder durchdringend an.

»Wo ist Lee?«, fragte ich kleinlaut und bremste mich, ehe ich wieder anfing zu schnattern wie Simone aus dem Museum.

»Ist sie immer so?« Oberon sah mich zwar an, aber die Frage war definitiv an Eamon gerichtet.

Der zuckte die Schultern. »Ich weiß nicht.«

»Es ist auch müßig, das herauszufinden. Ihr wisst, was zu tun ist.«

Oberon wandte sich wieder dem Mann an seiner Seite zu. Der fiel mir erst jetzt auf, denn er war so bleich, wie ich mich fühlte. Hatte der Elfenkönig gerade meinen Tod befohlen? Mir wich sämtliche Luft aus den Lungen und mein Kopf fühlte sich so leer an wie ein Ballon.

»Oberon, das halte ich nicht für klug«, glaubte ich Eamon sagen zu hören. Sein Griff um meinen Arm hatte sich verstärkt und ich roch wieder diesen minzigen Atem. Ich wusste, er wollte mich damit vor Übelkeit bewahren – oder einer Ohnmacht. »Sie ist die Prophezeite. Du weißt, was beim letzten Mal geschehen ist, als man sie töten wollte.«

Oberon winkte gelangweilt ab. »Sie ist in die Anderwelt eingedrungen und hat somit das Gesetz gebrochen. Fragen wir doch den Rat, er ist hier versammelt. Wie wird mit menschlichen Eindringlingen verfahren?« Er sah den bleichen Mann neben sich an. »Meilyr?«

»Das ist Hochverrat in den Augen des Gesetzes«, antwortete Lees Vater mit fester Stimme. Lees Vater sah seinem Bruder überraschend ähnlich. Die gleichen hellblonden Haare, die gleiche Nase, wohlproportionierte Gesichtszüge (bei einem Menschen hätte ich geschworen, diese Brauen wären gezupft). Nur die Augen wiesen nicht diese Härte auf, wenn sie auch das gleiche Blau hatten; sie waren sanfter, freundlicher. Ansonsten allerdings wirkte Meilyr wie jeder andere anwesende Elf, durchtrainiert und schlank, und ich wusste, ich hatte keine Chance. Sie waren auch ohne Magie schneller und stärker als ich.

Sogar die anwesenden Frauen. Jede von ihnen war eine schönere Version von Felicity Stratton in Blond. An was dachte ich eigentlich in diesem Moment? Hatte ich keine anderen Sorgen?

Vor allem, als Oberon eine Hand hob und gelangweilt winkte, man solle mich abführen.

Zu meiner Überraschung blieb Eamon stehen. »Oberon, wir können sie nicht einfach töten. Egal was mit dem Buch der Prophezeiung ist, die Insignien Pans sind trotzdem mit ihr verbunden.« Jetzt hatte er wieder die volle Aufmerksamkeit des Königs. Wahrscheinlich war Eamon auch der einzige Elf im Saal, der diesem forschen Blick regungslos standhalten konnte.

»Glaubst du, sie weiß etwas?«

»Ich bin zumindest davon überzeugt, dass wir ihre Hilfe bei der Beschaffung benötigen. Ich glaube nämlich nicht an Zufälle«, antwortete Eamon bestimmt.

Wieder fiel dieser eisig blaue Blick auf mich. Er musterte mich tatsächlich von Kopf bis Fuß. Spätestens jetzt würde jeder jeden Mord gestehen oder einen Überfall, oder dass er einmal einer alten Dame den Sitzplatz im Bus geklaut hatte. Aber ich war wie erstarrt. Deswegen zuckte ich erschrocken zusammen, als Oberon ruckartig aufstand und die fünf Stufen runter auf mich zukam. Genau wie das Kaninchen vor der Schlange. Ab sofort wusste ich, was dieser Vergleich bedeutet.

Oberon trat vor mich und sah mir tief in die Augen. Jetzt erkannte ich goldene Sprenkel in seiner blauen Iris. Wahrscheinlich ließen die sie so intensiv leuchten. Ich erkannte auch, dass er aussah wie ein Mann um die vierzig. Allerdings hatte er keinen Schatten von einem Bartwuchs. Nicht einmal einen Ansatz.

Eamon war auf alle Fälle sein Sohn. Er mochte noch nicht so hart erscheinen, aber er war allemal einschüchternd genug. Und Lee und Ciaran waren ebenfalls direkte Verwandte. Ob sie ihren Onkel je gesehen hatten, wenn sie die Anderwelt nicht betreten konnten und er sie so gut wie nie verließ? Mit beiden konnte ich eine vage Ähnlichkeit feststellen. Lees Haare waren etwas dunkler, Ciarans noch mehr. Außerdem waren ihre Gesichtszüge anders. Irgendwie ... anders.

Oberon warf den beiden Wachen einen Blick zu. Dann sah er mich noch einmal an. Endlich trat er zurück. »Du hast Recht. Sie hatte Pans Insignien bereits in der Hand.«

Wieder erscholl das aufgeregte Wispern. Eamon neben mir erstarrte.

Es waren die beiden Elfen, die uns vorangegangen waren, die mich jetzt packten und hinausbrachten.

Wir überquerten gerade einen Innenhof, als jemand nach uns rief. Die beiden Elfen blieben stehen und ich konnte Meilyr und Eamon sehen, die uns nachkamen.

»Auf ein Wort«, sagte Meilyr zu den Wachmännern.

Das bedeutete augenscheinlich, dass sie uns kurz allein lassen sollten. Sie gehorchten, ohne zu zögern.

Meilyr wandte sich an mich: »Ich weiß nicht, welcher Wahnsinn dich dazu getrieben hat, hierherzukommen, aber untersteh dich und tu das noch einmal.«

Verdutzt machte ich einen Schritt zurück. Eigentlich hatte ich eher ein Dankeschön erwartet, dafür dass ich mich für seinen Sohn einsetzte. Mit einer Drohung hatte ich nicht gerechnet.

»Wenn du meinem Sohn helfen willst, lass ihn in Ruhe seine Arbeit machen und lenk ihn nicht ab.« Damit wandte sich Meilyr um und ging.

Eamon sah mich düster an.

Ehe auch er mir eine Predigt halten konnte, sagte ich schnell: »Danke.«

»Du musst mir nicht danken. Ich tue es für unser Reich. Ich bin der Sohn meines Vaters. Glaub ja nichts anderes.«

»Warum nennst du deinen Vater beim Vornamen?«, konnte ich mir nicht verkneifen zu fragen.

Eamon runzelte die Stirn. »Oberon ist sein Titel, nicht sein Name. Ich bin wie jeder andere verpflichtet ihn in der Öffentlichkeit mit seinem Titel anzusprechen.«

Oberon war der Titel? Wie hieß der König dann?

»Gwynn fab Nudd«, antwortete Eamon, der meine Gedanken mitgelesen hatte.

Eine weitere Frage drängte sich mir auf, nämlich die, wegen der ich überhaupt hierhergekommen war. Wenn mir jemand ehrlich antworten würde, dann Eamon. »Was ist mit Lee?«

Eamon seufzte. »Wir wissen es nicht. Er ist nach wie vor verschollen. Anscheinend ist er in Frankreich auf einen Hinweis gestoßen, dem er nachgehen wollte. Seither ist er verschwunden. Das macht uns nicht geringe Sorgen. Vor allem, weil seit unserem letzten Treffen noch ein Mord geschehen ist. Am Urquhart Castle in Schottland.«

»O mein Gott«, sagte ich und schloss theatralisch die Augen und tat so, als ob ich das alles zum ersten Mal hörte. Ich wollte Mildred keinesfalls mit hineinziehen. Eamon brauchte nicht zu wissen, dass ich auch ohne Lee mit ihr Kontakt aufgenommen und sie mir bereits davon erzählt hatte.

»Keine Sorge. Wir wissen, dass du es nicht warst. Du weißt schon, unsere Wachmänner.« Er deutete auf die beiden Raben auf der Mauer. Und Ciaran, als ein weiterer Agent, stand ja auch in Kontakt zum Elfenreich. »Du musst jetzt gehen. Sobald ich etwas über Lees Verbleib in Erfahrung bringe, lasse ich es dich wissen.«

Ich war beinahe versucht ihm um den Hals zu fallen. Beinahe – seine Ausstrahlung war noch immer zu einschüchternd. Kein Wunder, bei dem Vater. Die Elfen traten wieder zu uns. Eamon nickte ihnen zu und wollte schon gehen, als ich ihn noch einmal zurückhielt: »Was geschieht denn jetzt mit Lee? Wirst du ihn suchen? Kann ich irgendwas tun, um euch und ihm zu helfen?«

Er blieb steif stehen. Dann wandte er sich um und sah mir noch einmal eindringlich in die Augen. »Hör mir gut zu, Felicity Morgan: Das Buch mag deinen Namen gelöscht haben. Lees Namen nicht. Du musst dich bemühen unsere Regeln zu lernen und sie zu befolgen.«

Ich schluckte. Eamon nagelte mich mit beinahe dem gleichen Blick, den sein Vater hatte, fest, dann ging er endgültig.

»Komm!«, befahl einer der beiden Elfen.

Ich seufzte – ob vor Erleichterung oder Frust, wusste ich nicht zu sagen. Nichts hatte ich erfahren. Lee war weg. Ich war nur knapp dem Tod entronnen. Und jetzt dachte ich auch noch in kitschigen Phrasen.

»Typisch Mensch«, sagte der andere Elf, der mich genau beobachtet hatte. »Erst wollen sie unbedingt hierher und dann sind sie dankbar, wenn sie die Anderwelt wieder verlassen können. Ihr seid so ... unentschlossen.«

»Du riechst nach Speck«, sagte ich mürrisch. Mein Magen begann zu knurren.

»Du riechst, als hättest du ein Bad nötig«, konterte er beleidigt.

Elfen. Wenn sie nicht beängstigend waren, waren sie arrogant und frech. Der Speck erinnerte mich an Frühstück, Toast und Eier. Mein Magen knurrte stärker.

Dann fiel mir etwas ein.

»Habt ihr eigentlich alle einen eigenen Duft?«, fragte ich, trat näher an den anderen Elfen heran und schnupperte. Er roch nach Kandis und schob mich von sich weg.

»Ja. Selbstverständlich. Ihr riecht ja auch unterschiedlich.«

»Aber er riecht nach Speck«, sagte ich vorwurfsvoll und deutete auf den zweiten Wachmann.

»Weißt du, du gehst mir auf den Zeiger.«

»Gibt es hier Uhren?«

Die Elfen rollten die Augen und ich war sofort abgelenkt, denn sie führten mich durch einen verliesartigen Gang zu einer Mole. Anscheinend stand Oberons Schloss an einem See.

AVALON

Mehrere Boote lagen an der Mole vertäut. Einer der beiden Elfen stieß unser Boot ab, während der andere die Ruder ergriff.

Ich korrigierte mich. Das war kein See. Das war das Meer. Der Nebel wurde dichter. Obwohl ich noch immer ein wenig Angst hatte, beruhigte mich der Anblick des Meeres auch. Immerhin hatte ich meine Kindheit an der Küste Cornwalls verbracht.

»Wie komme ich eigentlich vom Strand aus zurück nach London?«, versuchte ich ein Gespräch in Gang zu setzen, als die Anderwelt immer weiter im Nebel verschwand.

»Beam dich doch hin«, antwortete der Ruderer hämisch.

Blödmann. »Wir sind doch nicht bei Star Trek. Oder habe ich spitze Ohren?« Ich schlug mir vor die Stirn. »Ach nein. Das seid ja ihr.«

»Du kommst nicht direkt zurück zur Menschenwelt«, antwortete der Grauäugige hinter mir. »Wir haben Befehl, dich nach Avalon zu bringen.«

»Avalon?« Lee hatte mir doch Avalon zeigen wollen.

Der Nebel war mittlerweile so dicht, ich konnte kaum mehr den Elfen vor mir erkennen. Nebel hatte ja die seltsame Eigenschaft, auch Geräusche zu schlucken. Sogar in London. Wenn es da neblig war, kamen einem die Motorengeräusche gedämpfter vor. Aber das hier war ein anderer Nebel. Man hörte nicht einmal mehr das Plätschern des Wassers am Bootsrand. Nicht die Rudereinschläge. Nichts. Totenstille.

Und dann ... wurde es wieder heller. Erst nur zaghaft, aber der Elf am Bug nahm wieder klare Konturen an. Der Nebel lichtete sich, die ersten Sonnenstrahlen kämpften sich durch die Schwaden. Ich konnte auf einmal wieder Farben erkennen. Grün vor allem. Das Grün nahm Formen an. Es war eine Wiese, die in einen Wald überging. Über dem Wald erhob sich ein Berg, auf dessen Spitze ein Kreis aus perfekt ausgerichteten Megalithen stand. Stonehenge war nichts gegen diesen Steinkreis. Ich starrte mit offenem Mund hinauf und deshalb wäre mir beinahe die Festung auf der linken Seite entgangen. Sie wirkte wie aus Stein gewachsen. In den Fels waren Fensteröffnungen und Säulen gehauen und darüber ein Gebäude aus großen Steinquadern erbaut. Während der Wohnsitz des Elfenkönigs wie das Schloss Neuschwanstein gewirkt hatte, sah diese Festung aus wie eine Katharerburg auf den südfranzösischen Höhenzügen.

»Wo sind die Apfelbäume?«

»Was?«, fragte der Elf hinter mir.

»Lee hat mir mal von den Apfelbäumen auf Avalon erzählt. Wo sind sie?«

»Ihr Menschen seid doch alle gleich«, sagte der andere vorn am Bug. »Ihr verbindet Avalon immer nur mit Apfelbäumen und verlangt nach den üblichen Klischees.«

»Wenn ich Klischees verlangen würde, hättet ihr mir auf der Fahrt hierher eure Namen vortanzen müssen«, entgegnete ich spitz.

Er drehte sich um und tippte sich an die Stirn.

Wir legten an. Der Elf am Bug sprang ins Wasser und zog das

Boot an Land. Ich kletterte umständlich hinaus. Auf die Idee, mir eine Hand zur Hilfe anzubieten, kam keiner der beiden. Zu Fuß wanderten wir den Hügel hinauf in Richtung Festung. Eigentlich war es keine Festung. Es gab keine Verteidigungsanlagen, Zinnen oder schützende Mauern. Je näher wir kamen, desto mehr erinnerte es an eines dieser griechischen Metéora-Klöster oder die Gräberstadt Petra in Jordanien. Nur dass dieses Gebäude älter wirkte, stabiler, fester.

Mir stach ein Duft in die Nase. Ein blumiger Duft. Ein sehr vertrauter. Eifrig sah ich mich um. »Lee?«

Die Elfen schauten mich verblüfft an.

»Lee! Komm raus!«, rief ich erneut.

»Wie kommst du darauf, dass er hier wäre?«, fragte der Ruderer.

»Ich kann ihn riechen«, erklärte ich überlegen.

Die beiden Elfen sahen sich mit gerunzelter Stirn an.

»Hier riecht es nach feuchter Erde, einer verwesenden Maus, Farn, Moos und ganz extrem nach Veilchen«, erklärte mir der andere Elf kopfschüttelnd.

Ich sah ihn an. »Verwesende Maus?«

Er nickte, schnupperte und hob dann in sechs Metern Entfernung ein paar welke Blätter an. Darunter lag in der Tat eine verwesende Maus. Eklig anzusehen, aber für meine Nase nicht zu riechen. Zumindest nicht in dieser Entfernung. Ich roch nur das Blumige.

»Das sind die Veilchen«, sagte der Elf, der mich beobachtet hatte. »Aber ich meine mich zu erinnern, dass Lee ein wenig nach Veilchen roch.«

Der andere Elf kam zurück und wischte die Finger an seiner

Hose ab. Ich bückte mich zu einem kleinen Busch voller dunkelblauer Blüten. Ich musste mich nicht weit vorbeugen. Der Duft war betörend, und ja, es roch nach Lee.

»Komm, lass uns weitergehen«, schlug der Ruderer-Elf vor.

Ich folgte ihm, wenn auch enttäuscht. Hoffentlich fanden wir Lee und dann war es mir egal, wenn er nach Schweiß roch.

Wir waren erst ungefähr zwei Kilometer unterwegs und ich bereits außer Atem. Der Anstieg war wesentlich steiler, als es von weitem ausgesehen hatte. Ich hoffte, der Eingang würde nicht über ebenso steile Treppen wie bei diesen griechischen Klöstern führen. Dann würde ich streiken.

Prompt wurde es noch ein wenig steiler. Die Elfen schwitzten und keuchten natürlich nicht. Im Gegenteil. Sie amüsierten sich königlich über meine menschliche Unzulänglichkeit.

»Ich kann nicht mehr. Ich brauche was zu trinken«, japste ich nach einem Aufstieg von mindestens vierzig Grad Steigung über zwei Kilometer hinweg. Ich stützte eine Hand an einem Baumstamm ab und die andere an meinem Oberschenkel.

»Sobald wir diese Biegung hinter uns haben, findest du eine Quelle.« Die beiden Elfen standen mit höhnischem Grinsen vor mir. Sie wirkten, als hätte eine Touristenbahn sie hier abgesetzt. Nicht einmal ihre Haare sahen zerzaust aus, obwohl wir andauernd durch Äste und Gebüsch gekrochen waren.

»Nur noch diese Biegung?«, hakte ich schwer atmend nach.

»Wenn du nicht mehr keuchst, kannst du das Wasser hören«, sagte der eine. Er hatte am linken Mundwinkel eine kleine, leuchtend rote Narbe. Die fiel mir jetzt erst auf, wo er lächelte.

Ich rappelte mich auf und ging weiter. Hoffentlich waren wir bald da und ich wäre die beiden Idioten los. Es war mir ganz gleich, ob sie meine Gedanken hörten.

Zumindest hatte der Elf Recht behalten: Nur zehn Meter weiter floss Wasser. Der Wald gab eine Mauer aus riesigen Steinquadern frei, uralt, mit Moos und Efeu bewachsen, und mittig war eine keltische Spirale eingraviert, aus der Wasser quoll. Das Wasser wurde von einem Becken aufgefangen. Ich ließ mich davor auf die Knie fallen und musste mich zurückhalten nicht meinen Kopf in das Wasser zu stecken. Trotzdem wurde ich nass. Der Wasserstrahl floss urplötzlich viel stärker und spritzte mir bis in den Nacken. Erschrocken taumelte ich zurück und fiel auf den Po.

Ich erwartete bereits weiteres höhnisches Gelächter, als ich mich aufrappelte. Stattdessen kam nichts. Ich sah zu den beiden Elfen. Deren Augen waren riesig vor lauter Unglauben. Sie starrten mich an, und als sie meinen Blick bemerkten, wandten sie den ihren schnell ab.

Ich war immer noch durstig, richtete mich auf und beugte mich über das Becken mit glasklarem Quellwasser. Sofort wurde der Wasserstrahl stärker. Ich trat einen Schritt zurück. Das Wasser floss normal. Ein Schritt nach vorn. Es wurde stärker. Es musste irgendeine Magie in dieser Quelle wohnen, die auf menschliche Körperwärme oder dergleichen reagierte. Ich stellte mich an die Seite, damit ich nicht nass wurde, und trank.

Nachdem ich mir auch Gesicht und Nacken gekühlt hatte, wandte ich mich zu meinen Begleitern. »Wir können weiter.«

Sie drehten sich nur wortlos um und verschwanden im Dickicht. Ich seufzte und folgte ihnen. Was auch immer sie erschreckt hatte, mir wäre beinahe lieber gewesen, sie hätten über mich gelacht.

Eine gute Stunde wanderten wir schweigend durch den Wald. Hin und wieder konnte ich vom Höhenweg aus einen Blick auf die Insel werfen, auf das Meer, den Nebel in der Ferne und die Wiesen mit angrenzendem Strand. Dann eröffnete sich vor uns ein befestigter Weg, der zu einer Brücke führte. Das Tor war geschlossen, ging allerdings beim ersten Klopfen einen Spalt auf.

Der rasierte Kopf eines jungen Mannes schaute heraus.

»Wir bringen die Prophezeite«, antwortete einer meiner Begleiter.

Die Augen des rasierten Mannes weiteten sich staunend. Sein Blick flog zu mir und ich fühlte mich äußerst unwohl. Das Tor öffnete sich. »Seid ihr etwa durch den Klippenwald hier hochgekommen?«, fragte er.

Ein flüchtiges Grinsen huschte über die Gesichter der Elfen.

»Wieso habt ihr nicht den bequemen Aufgang durch die Apfelhaine genommen?«

Ich drehte mich empört zu den Elfen um, die jetzt ganz offen grinsten.

Der junge Mann seufzte. »Komm rein, Felicity Morgan. Du bist herzlich willkommen und möchtest dich bestimmt ein wenig ausruhen.«

»Wir müssen noch mit dem Merlin reden«, schaltete sich der andere Elf ein. »Sie ist nicht von der Küste Cornwalls hergekommen. Wir bringen sie aus der Anderwelt.«

Dem Pförtner fiel die Kinnlade runter und er starrte abwechselnd von den Elfen zu mir und wieder zurück. »Aber … das ist unmöglich!«

»Sollte man meinen. Dennoch ist es so. Wir haben eine Nachricht von König Oberon an den Merlin.«

»Ja. Ja, natürlich. Kommt rein.« Er trat zurück und ließ uns alle durch das Tor hindurch.

Ich staunte nicht schlecht. Wir standen in einem riesigen Innenhof, der klosterähnlich von Säulengängen umgeben war.

»Der Merlin ist zurzeit in einer Besprechung«, erklärte der Pförtner. »Geht ins Refektorium. Ich werde ihm eine Nachricht zukommen lassen, dass ihr dort wartet.«

Die Elfen nickten ihm und mir noch einmal zu, ehe sie verschwanden.

»Du hast bestimmt Hunger und Durst«, sagte der junge Mann. Er hatte eine sehr angenehme Stimme und wunderschöne aquamarinblaue Augen. Seine Ohren waren nicht spitz. War er kein Elf oder Halbelf? Er lächelte mich sehr freundlich an. »Ich bin Mensch wie du. Mein Name ist Fynn. Mit Ypsilon. Fynn Dott. Ich habe von meinem Vater einen Tropfen Elfenblut vererbt bekommen. Deswegen die blauen Augen und meine Ausbildung auf Avalon. Wusstest du das nicht? Jeder mit Elfenblut in den Adern – und sei es noch so gering – hat blaue, manchmal graublaue Augen. Also musst du auch irgendjemanden in deinem Stammbaum haben, der ein Elf war. Deine sind ja auch blau. Mit ein paar hellen Sprenkeln, wenn ich das richtig sehe.« Er beugte sich näher zu mir, um mir tief in die Augen zu sehen. Aber Fynn wirkte, als interessiere ihn tatsächlich nur die Farbe. Wie ein Schmetterlingsforscher, der die Flügel eines Falters begutachtet.

Ich lächelte zurück. Es tat unglaublich gut, nach all den arroganten Elfen ein freundliches Gesicht zu sehen. »Mir erklärt ja niemand was …«

»Ich denke, du bist endlich da, wo du hingehörst«, sagte Fynn. »Hier auf Avalon wirst du Antworten auf deine Fragen finden.«

Ich folgte ihm in den Säulengang, eine Treppe hinauf, in einen weiteren Wandelgang mit Blick auf das Tal – und endlich sah ich die Apfelbäume. Hier schien es wärmer zu sein als in London, denn sie blühten bereits. Ein Meer aus weiß-rosa Blüten. Ich blieb stehen. Lee hatte Recht gehabt: Avalon war wunderschön.

»Ich dachte, du hättest Fragen, Felicity Morgan.« Fynn blickte über die Schulter zu mir.

»Äh …« Meine dringendste Frage lautete: *Wo war Lee?* Aber darauf konnte mir wahrscheinlich niemand eine Antwort geben. »Im wievielten Schuljahr bist du?«, fragte ich stattdessen.

»Im achten.«

»Und deswegen siehst du aus wie ein buddhistischer Mönch?«

Fynn lachte. »Ehrlich gesagt ist die Rasur eher freiwillig. Wir müssen uns auf so vieles konzentrieren. Eitelkeit ist hier absolut fehl am Platz und die Körperpflege wird so einfach wie möglich gehalten.« Er zwinkerte. »Wir haben kein warmes Wasser. Und mit kaltem Wasser Haare waschen ist ziemlich unangenehm. Du wirst hier einige Schüler mit Glatze finden. Auch Frauen. Zumindest wenn sie keine Elfen oder Halbelfen sind.«

»Und ich dachte immer, magische Zirkel müssen sich tätowieren oder piercen.«

Er lächelte. »Nein, Avalon ist keine Vampirschule. Avalon erweitert deine Sinne, führt dich zurück zu den Ursprüngen und zur Natur, lehrt dich, wie man sie versteht und ihre Phänomene miteinander kombiniert.«

Das hörte sich ganz schwer nach dem esoterischen Schwachsinn an, auf den Ruby abfuhr. Aber das sprach ich nicht aus und senkte schnell den Blick. Fynn mit Ypsilon schien schon gelernt zu haben, wie man die Gedanken seiner Mitmenschen in deren Augen las.

»Du glaubst gar nicht, wie gespannt wir alle auf dich sind.«

»Ihr habt mit mir gerechnet?«, fragte ich erstaunt.

»Aber ja. Wir wussten, dass die Prophezeite eines Tages den Weg hierher findet und dann mit uns unterrichtet wird. Das ist eine große Ehre für uns. Immerhin stehst du schon seit vielen Hundert Jahren im Buch der Prophezeiung.«

»Ich dachte, das Buch hat mich inzwischen gelöscht«, sagte ich überrascht.

»Ja, aber deswegen bist du doch nicht direkt vergessen. Vorerst, zumindest für die, die hier unterrichtet werden, wirst du noch die Prophezeite sein.« Als er meine Grimasse sah, fragte er: »Ist dir das unangenehm?«

»Ja. Sehr sogar.«

»Ich werde nicht wieder davon sprechen. Komm. Du möchtest dich bestimmt nach dem anstrengenden Aufstieg waschen und etwas essen.«

Zwei Minuten später war ich allein in einem Raum, der so groß war wie ein Klassenzimmer am Horton College. Es gab ein Bett, das aussah, als habe Macbeth darin geschlafen, einen Tisch mit Stuhl – auch das Modell schottisches Hochland um 1000 – und eine Truhe. Kein Schrank. Aber das Highlight war der Balkon. Eine große Flügeltür mit schweren Vorhängen an den Seiten führte hinaus. Der Blick war atemberaubend. Ein Blick über die Apfelhaine, das Tal bis hinaus aufs Meer. Ich blieb verzaubert stehen und dachte an Lee. Bei unserem Ausflug nach Westminster hatte er lange von Avalon geschwärmt. Jetzt wusste ich, warum.

Fynn hatte nicht übertrieben. Es gab nur kaltes Wasser. Und das in einem antiken Wasserkrug mit Schüssel. Wir waren doch auf Avalon. Gab es hier keine heißen Quellen? Ich wusch mich, so gut es mit der begrenzten Menge Wasser ging, und durchforstete die Truhe nach ein paar sauberen Klamotten. Sie enthielt insgesamt zwei Kittel. Keine Unterwäsche. Das war ein Albtraum. Ich musste so bald wie möglich versuchen einen Teich zu finden und Mildred um Hilfe bitten. Ob sie mir auch Duschgel, Shampoo und Conditioner besorgen konnte? Ein wenig Mascara wäre auch nicht schlecht.

Es klopfte an der Tür. Ich öffnete und stockte. Vor meiner Tür stand ein Mann – ach was, Mann – ein *Gott.* Er hatte schwarze Haare und sehr markante, rauchblaue Augen. Sein Gesicht war das schönste Gesicht, das ich je gesehen hatte. Einschließlich Lees und Richards.

»Hallo«, sagte er. Seine Stimme war tief und samtweich und verursachte eine Gänsehaut auf meinem Rücken. »Ich bin Liam. Ich wollte dich zum Abendessen abholen. Bist du bereit?«

Ob ich bereit war? Nein, verdammt! Ich sah aus wie ein Überbleibsel von Woodstock – nach einer Woche Regen und in noch schäbigeren Klamotten. Verlegen zog ich den Kittel vor meiner Brust zusammen, als könne ich dadurch kaschieren, dass ich keine Unterwäsche trug. Meine hing gewaschen und zum Trocknen über der Stuhllehne hinter mir. Wortlos zog ich die Tür hinter mir zu.

Liam ging neben mir her. Ich spürte seinen neugierigen Blick. Er war so groß wie Lee, vielleicht auch noch ein wenig größer. An Lees strahlende Erscheinung hatte ich mich ja gewöhnt, aber neben Liam fühlte ich mich wieder linkisch und hässlich. Und nackt.

»Es wird dir hier gefallen«, sagte Liam und erneut lief mir ein Schauer über den Rücken. Ein angenehmer. »Hier ist es wunderbar ruhig und beschaulich. Im Sommer dürfen wir die ganze Insel erkunden und uns eigenständig fortbilden. Die Bahamas sind nichts dagegen.« Er lächelte zu mir herunter. Wieso wirkte dieser hässliche Schulkittel an ihm so sexy wie die Soutane an Pater Ralph? Er sah aus wie ein Racheengel von Michelangelo. Ihm fehlte bloß das flammende Schwert. »Es wird gemunkelt, du wärst von der Anderwelt hierhergekommen.« Ich sah seinen neugierigen Blick und verlor mich einen Moment lang in diesen blauen Augen. »Stimmt das?«, hakte er nach.

»Äh ... ja.« *Gott, Felicity, du Trottel. Reiß dich zusammen. Du gehst mit Richard Cosgrove aus, einem der schönsten Männer der Welt. Du wirst wohl ein Abendessen mit einem weiteren gut aussehenden Typen überstehen.*

»Wow«, sagte Liam ehrfürchtig. »Wie ist es dort?«

»Grün«, antwortete ich. Meine Erfahrung mit der Anderwelt war etwas, das ich gerne vergessen würde.

Liam lachte. »Ciaran hat schon gesagt, du wärst schlagfertig und für Überraschungen gut.«

Ich sah auf. »Ciaran? Ist er hier?«

Liam schüttelte den Kopf. »Das war schon vor ein paar Wochen.«

»Kommt er regelmäßig her?«

»Alle Elfen, Halbelfen und Druiden kommen regelmäßig nach Avalon.«

»Warum?«

Liam blieb stehen und sah mich irritiert an. »Das weißt du nicht?«

Ich schüttelte den Kopf.

»Avalon ist nicht nur eine Schulinsel. Hier werden auch Konferenzen abgehalten, weil viele die Anderwelt nicht betreten können. Avalon ist der sicherste Ort der Welt, wenn man so will. Niemand kann die Insel betreten, der den Weg nicht erlernt hat, und Satelliten-Frequenzen durchdringen diese Nebelwand nicht. Du hast wahrscheinlich schon gemerkt, dass sie ein wenig magisch ist. Hier ist es also sicherer als auf jedem G8-Gipfel der Welt.«

»Kommt Lee auch regelmäßig hierher?«

Einen kleinen Moment lang glaubte ich ein Funkeln in Liams Augen zu sehen. »Ja. Aber er war schon etwas länger nicht mehr hier.« Wir setzten unseren Weg fort. Wie beiläufig fragte er: »Kennst du Lee gut?«

Ich schnaubte. »Ach, komm schon. Soweit ich mitbekommen habe, kennt jeder hier das Buch der Prophezeiung und weiß über unsere Verbindung Bescheid.«

Liam grinste schuldbewusst. »Dass du angeblich mit ihm verlobt bist, heißt noch lange nicht, dass du ihn kennst.« Ehe ich diesen kryptischen Satz hinterfragen konnte, stieß er eine Tür auf. »Wir sind da. Hier ist das Refektorium.«

Wir betraten einen Saal, der gut als Vorbild für Odins Halle gedient haben könnte. Die Decke war mit keltischen Ornamenten verziert, die teilweise gemeißelt, teilweise gemalt waren. Die Wände waren mit großen Wandteppichen verhangen und in der Mitte befand sich eine Tafel in T-Form. Am Längstisch saßen fünfzehn junge Leute und am Quertisch sieben ältere Männer und Frauen.

Fynn hatte nicht gelogen, einige hatten sich eine Glatze rasiert. Ich konnte sofort die Elfen erkennen, deren volle Haarpracht im sanften Kerzenschein golden schimmerte. Ich zählte fünf Elfen unter den Schülern, erkennbar an den extrem spitzen Ohren, die aus den hellblonden Haaren herausstachen, und den blauen Augen in jeder erdenklichen leuchtenden Farbnuance; vier Menschen – alle mit Glatze, auch ein Mädchen mit hübschen großen Kulleraugen; und zwei Halbelfen inklusive Liam. Die Halbelfe (ihr Ohr lag frei und war ebenfalls etwas spitzer) war ein hübsches Mädchen mit hellbraunem Haar und hellgrauen Augen.

Als wir eintraten, verstummten die Gespräche und alle starrten uns an. Ehrlich gesagt, sie starrten mich an. Liam legte mir sanft eine Hand auf den Rücken und schob mich zu einem freien Platz am Ende des Tisches. Doch als ich mich schon setzen wollte, um all den Blicken zu entkommen, hielt er mich am Ellbogen fest und deutete zu dem Quertisch.

»Herzlich willkommen auf Avalon«, sagte der Mann in der Mitte des Lehrertisches. Er hatte eine frappierende Ähnlichkeit mit Hugh Laurie. Ich starrte ihn an. »Ich bin ...«

Dr. House, dachte ich und hatte ganz vergessen, dass man hier Gedanken lesen konnte. Die Schüler am Längstisch begannen alle zu kichern.

Hugh Laurie runzelte missbilligend die Stirn. »... der Merlin dieser Schule. Mein Name ist Lughaidh Ceallach. Du hast einen anstrengenden Weg hinter dir und bist bestimmt hungrig. Wir werden uns in den nächsten Tagen ausführlicher unterhalten.«

Ich nickte dankend und setzte mich schnell hin. Liam ließ sich mir gegenüber nieder. Fynn, der etwas weiter unten am Tisch saß, winkte mir freundlich zu. Ich lächelte zurück und begegnete dabei den neugierigen Blicken der anderen Schüler.

»Hallo, Felicity Morgan. Ich bin Dylan.« Der junge Mann mit den markanten dunkelblauen Augen und glatt rasiertem Kopf neben mir reichte mir die Hand. »Ich freue mich dich kennenzulernen. Das sind Lauriel, Dafydd, Fiannon und Brian. Und dann Gwilynn, Farion, Shannon und Shawnee. Fynn kennst du ja schon.«

Sie nickten mir alle kurz zu. Die Namen würde ich mir nie merken können. Wer hieß schon noch Fiannon? Oder Gwilynn? »Hallo«, sagte ich und lächelte schüchtern.

Vier Plätze weiter am Tisch sagte ein Elf mit spitzem Kinn, Dafydd, wenn ich es richtig in Erinnerung hatte: »Wieso bist du jetzt erst gekommen?«

»Liam kam mich eben erst abholen«, antwortete ich ein wenig verwirrt. Wieder wurde gekichert.

»Das meinen wir nicht«, erklärte er. »Wieso bist du nicht schon seit dem Sommer hier? Du bist die Prophezeite. Du solltest hier ausgebildet werden.«

Das war eine gute Frage. Und ich als Prophezeite hatte absolut keine Antwort darauf. »Ich *war* die Prophezeite. Wahrscheinlich deshalb.«

Ein erstauntes Luftholen war zu vernehmen, doch bevor jemand nachhaken konnte, ertönte laut und vernehmlich die Stimme des Merlin: »Wir werden den Rest der Mahlzeit schweigend einnehmen.« Sofort senkte jeder den Blick auf seinen Teller. Ich kam mir vor wie in einem Kloster. Auch das Essen war entsprechend dürftig. Es gab einen grünen Salat, gedünsteten Fisch, Brot und – zu meiner freudigen Überraschung – Antipasti. Ich merkte jetzt erst, was für einen Riesenhunger ich hatte.

Es dauerte wieder eine Weile, ehe mir aufging, dass die anderen mich beobachteten. Mir fiel auf, dass sie alle nur wenig aßen. Auch Liam musterte mich seltsam. Mit einem Schlag war mir der Hunger vergangen und der Knoten im Magen zurückgekehrt.

Liams Augen blickten mich eindringlich an und ich verstand, dass er versuchte mir über die Gedanken etwas mitzuteilen. *Ich kann keine Gedanken lesen,* dachte ich, als ich zurücksah. Seine Brauen hoben sich überrascht. Sein Nachbar – Marion? Äh nein, Farion – grinste diabolisch und ich überlegte panisch, ob mir das mit *ohne Unterwäsche* rausgerutscht war. Der Brocken Brot, den Liam sich gerade in den Mund geschoben hatte, flutschte wieder heraus, sprang über den Tisch direkt auf die Platte mit den Antipasti. Ein Hüsteln ertönte und jemand verschluckte sich.

Verdammt, verdammt, verdammt. Ich senkte meinen Blick auf den Teller und sah nicht mehr auf, bis sich alle erhoben.

»Komm, ich bringe dich zurück zu deinem Dormitorium.« Liam stand neben meinem Platz.

»Kannst du mich nicht zu einem tiefen See bringen, in dem ich mich ertränken kann?«, fragte ich leise.

»Kann ich auch«, sagte er, aber obwohl ich ihn nicht ansah, hörte ich das breite Grinsen. »Wäre aber schade, wo ich doch weiß, wie man an frische Unterwäsche kommt«, raunte er mir ins Ohr.

Liam hatte nicht zu viel versprochen. Eine halbe Stunde später hatte er mir alles besorgt, was ich brauchte, inklusive moderner Zahnbürste und Zahncreme. Ich hätte ihn küssen können. Ich hätte ihn sowieso gern geküsst. Liam war wahnsinnig attraktiv. Und ob er es wusste und es mit dieser lässigen Art nur unterstrich oder ob seine legere Haltung echt war, vermochte ich nicht zu sagen. Brad Pitt konnte jedenfalls nicht weniger leger durchs Leben gehen. Leider war ich keine Angelina Jolie.

Deswegen wäre mir Fynn auch lieber gewesen. Neben ihm kam ich mir nicht ganz so linkisch vor. Aber Fynn hatte diese Woche Torwache. Wofür, war mir schleierhaft, da Avalon doch angeblich der sicherste Ort der Welt war.

»Die Torwächter bewachen nicht so sehr. Vielmehr übernehmen sie die Aufgaben eines Concierge«, erklärte mir Liam.

Er hatte mir eine Führung durch die Festung angeboten, die ich dankend angenommen hatte. Ich war zu neugierig. Alles in allem wirkte diese Schule wie ein mittelalterliches Kloster, das in einer riesigen, bronzezeitlichen Burganlage untergebracht war. Die Sonne war gerade im Begriff unterzugehen und zauberte ein wunderschönes rotgelbes Licht durch die mit Ranken verzierten Öffnungen in den Gängen. Im Winter war es bestimmt bitterkalt überall.

»Ich komme mir ein bisschen vor wie in einem Herr-der-Ringe-Film«, erklärte ich wahrheitsgemäß.

Liam lachte. »Nur mit dem Unterschied, dass dir hier kein Hobbit begegnen wird.«

Ich lächelte. »Wie läuft der Unterricht ab?«

»Hier ist das Studierzimmer.« Liam öffnete eine schwere Holztür – wie alles auf Avalon mit Ranken verziert. Dahinter befand sich ein typisches Schulzimmer. Große Tische mit jeweils zwei Stühlen dahinter. »Ab sofort wird keiner mehr alleine sitzen, mit dir haben wir eine gerade Zahl«, sagte Liam und schloss die Tür wieder. »Dann haben wir viel Unterricht in der Natur und im Steinkreis. Dort vor allem nachts bei gutem Wetter und natürlich an ganz bestimmten Tagen. Zum Beispiel am zwölften und dreizehnten August, wenn die Perseiden vorbeiziehen. Oder auch am neunten Juni, wenn der Mond am weitesten von der Erde entfernt ist. Es gibt viele solcher Daten und sie nehmen alle Einfluss auf die Erdatmosphäre.«

Ich hörte staunend zu, während er mich weiterführte.

»Hier ist die Bibliothek«, sagte Liam und öffnete ein Stockwerk höher eine sehr große Tür am Ende eines Ganges. Dahinter befand sich ein Raum mit vielen Regalen an den Wänden und Arbeitsplätzen in der Mitte. Kleine Nischen beherbergten weitere Regale und Sitzgelegenheiten. Manche Nischen waren nur ein Durchgang, ein Türbogen führte in einen dunklen Gang. Als wir eintraten, war die Sonne beinahe untergegangen. Liam entzündete eine Karbidlampe.

»Wow«, sagte ich ehrfürchtig. »Wohin führen diese Gänge?«

»Zu anderen Bibliotheksräumen. Es ist ein wenig verworren und man kann sich auch leicht verlaufen. In ihrer ersten Woche hat sich Fiannon hier verirrt. Sie wurde erst nach einem Tag wiedergefunden.« Liam grinste in Erinnerung daran und zeigte damit deutlich, dass ihm so etwas nie passiert wäre.

Mir kam ein Gedanke. »Liegt hier das Buch der Prophezeiung?«

»Eine Kopie davon. Das echte Buch befindet sich im Schloss von König Oberon in der Anderwelt. Nur dort ist es noch sicherer als auf Avalon.«

»Darf man hier lesen, was man will?«

Liam zuckte die Achseln. »Natürlich. Was willst du lesen? Die Bibliothek ist in verschiedene Abteilungen untergliedert.« Er stieg zwei Stufen zu einer Nische empor. »Hier befinden sich Bücher über das Meer. Dort hinten findest du etwas zur Weltgeschichte und weiter da drüben über Pflanzen und Bäume. Wir haben sogar Belletristik.« Er deutete auf ein Regal hinter mir.

Ich drehte mich neugierig um und machte große Augen. »Harry Potter?!«

»Klar. Elfen kommen auch darin vor. Da hinten in der Ecke befindet sich sämtliche menschliche Literatur, die ausschließlich Elfen und Anderwelt behandelt. Wir müssen immer wissen, was die Menschen von uns denken und wie sie uns einschätzen.« Das sagte er mit einem ziemlich abfälligen Ton.

»Du bist auch zur Hälfte Mensch«, konnte ich mir nicht verkneifen.

Sein Gesicht verdüsterte sich ein wenig. »Ich weiß. Aber meine Mutter war eine drogenabhängige Prostituierte in Liverpool und die ersten Jahren meiner Kindheit sind nichts, woran ich mich gerne erinnere.«

Ich schluckte. Elfen gingen zu Prostituierten?

Liam war meinen Gedanken gefolgt. Er wandte sich abrupt um. »Können wir gehen? Morgen um sieben Uhr beginnt der Unterricht bei Siôr. Weltreligionen und Theologie. Dafür muss man ausgeruht sein, um sich richtig konzentrieren zu können.«

»Ich möchte mir die Kopie vom Buch der Prophezeiung ausleihen, wenn ich darf«, erwiderte ich schnell.

Liam schüttelte den Kopf. »Das geht nicht. Das darf die Bibliothek nicht verlassen. Nimm dir Harry Potter mit. Das ist wohl eher deine Art Lektüre.«

Ich fühlte meine Wangen heiß werden und griff nach dem erstbesten Buch, das hinter mir stand.

Liam brachte mich zurück zu meinem Zimmer. Als er sich verabschieden wollte, hielt ich ihn am Ärmel zurück.

»Tut mir leid, Liam. Ich wollte deine Gefühle nicht verletzen. Egal was sie war, sie war deine Mutter und du hast sie bestimmt geliebt.«

Liam schüttelte meine Hand von seinem Arm. »Ich habe sie gehasst und ich hasse sie heute noch. Ich war sehr dankbar, als sie endlich starb und der Merlin mich hierher nach Avalon geholt hat.«

Ich runzelte die Stirn. »Der Merlin kam dich abholen? Wie alt warst du damals?«

»Acht.«

Ich war überrascht. Liam sah aus, als wäre er mindestens zweiundzwanzig.

Er schnaubte abfällig. »Ich bin fünfundzwanzig. Die Ausbildung hier dauert zwanzig Jahre. Du glaubst doch nicht, dass dieses umfangreiche Wissen in sechs oder zehn Jahren vermittelt werden kann!« Er atmete tief durch und sein Blick wurde etwas weicher. »Du bist absolut unwissend, nicht wahr, Felicity Morgan? Aber das wirst du ja jetzt alles lernen.«

»Ich kann nicht hierbleiben!«, sagte ich. »Ich muss zurück.«

»Wieso? Du bist aus einem ganz bestimmten Grund hier. Du wirst erst zurückgebracht werden, wenn du deine Examen gemacht hast.«

»In zwanzig Jahren?«, rief ich entsetzt.

Fynn steckte den Kopf aus einer Tür am Ende des Flurs. »Alles in Ordnung, Felicity?«

»Nein. Nichts ist in Ordnung.«

Er kam näher und stellte sich neben Liam. Die beiden konnten nicht unterschiedlicher sein: Fynn mit seiner Glatze und den freundlichen Augen und der schlaksigen Gestalt neben dem großen Liam mit einer Modelfrisur und der sportlichen Eleganz.

Liam sah mich irritiert an. »Wie solltest du sonst lernen, was du wissen musst als Teil der Anderwelt?«

»Ich kann nicht hierbleiben«, entgegnete ich forsch. »Ich muss zurück. Ich gehöre nicht wirklich hierher. Ich will Lehrerin werden. Ich darf nicht zu viel verpassen und ich war kürzlich erst unfreiwillig in Versailles. Ich bin jetzt noch am Aufholen, was ich dort verpasst habe.«

»Du bist die Prophezeite«, erklärte Fynn verwirrt. »Wenn jemand hierhergehört, dann du.«

»Wieso warst du in Versailles?«, überging Liam Fynns Aussage.

»Ich hatte etwas mit meinen Freunden getrunken, und als ich aufwachte, stand Marie Antoinette vor mir. Wie ich das gemacht habe, weiß ich auch nicht.«

Fynn und Liam sahen mich groß an.

»Du kannst in der Zeit springen?« Fynns Augen waren ehrfürchtig geweitet. »Du bist ein Mensch und kannst in der Zeit springen?«

Liam fasste sich schneller. »Damit wäre das doch geklärt. Kein Mensch konnte je zuvor in der Zeit reisen. Du bist die Erste. Damit gehörst du definitiv nach Avalon, Felicity Morgan.« Er wollte Fynn am Arm zurückziehen und ich sah überrascht, dass beide zusammenzuckten.

»Ich bin morgen um halb sieben hier und hole dich zum Frühstück ab«, sagte Liam ein wenig heiser.

Fynn rieb sich den Arm und wünschte mir gute Nacht.

Ich schloss die Tür und überlegte, was da gerade geschehen war.

AUSSERGEWÖHNLICHER UNTERRICHT

Ich merkte sehr schnell, dass ich ein Exot hier war. Und das schien mir ehrlich gesagt eine Kunst zu sein, denn jeder einzelne Schüler sowie jeder Lehrer hatte seltsame Anwandlungen.

Ruby hätte sich mit Sicherheit sehr wohlgefühlt. Hier wurde anhand des Windes oder der Sterne der Tag bestimmt. Es gab übel riechende Kräutertees zu jeder Tageszeit zu trinken und das Vogelzwitschern wurde regelmäßig von ein paar Trommeln und gregorianischen Gesängen übertönt. Gregorianisch war natürlich Blödsinn, aber es hörte sich so an. Außer dass ich kein Wort verstand.

»Das ist keltisch«, erklärte mir Fynn, als ich ihn danach fragte. Fynn und Liam waren zu meinen ständigen Begleitern geworden. Fynn war so eine Art Jayden mit paulmäßigem Hundeblick. Er strahlte jedes Mal, wenn er mich sah. War hilfsbereit, offen, freundlich, lächelte viel und versuchte mir den Aufenthalt so angenehm wie möglich zu gestalten.

Die Elfenschüler waren Elfen. Ein wenig überheblich und arrogant. Nicht so sehr wie die, die mich hierhergebracht hatten, aber ich bezweifelte nicht, dass sie es sich mit den Jahren noch aneignen würden. Und Elfen waren schön. Überirdisch schön. Halbelfen dagegen … Halbelfen waren extrem attraktiv. Wahnsinnig attraktiv, und Liam war die Krönung. Ich wurde nicht wirklich schlau aus ihm. Das Mädchen Shannon war hoffnungslos in ihn verliebt. Ebenso die Elfe Lauriel.

Sie ließ mich als Einzige spüren, wie wenig ich hierherpasste. Aber als ich am zweiten Tag den Blick erhaschte, den sie Liam am Tisch zuwarf, wusste ich, warum ich wirklich ein Ärgernis in ihren Augen war. Ich war nämlich nicht das einzige Ärgernis in ihren Augen. Jedes Mädchen war eines, denn jedes Mädchen war eine potenzielle Konkurrentin in Bezug auf Liam.

Tja, und dann kannte jeder hier Lee und Ciaran. Die beiden wurden regelrecht verehrt. Ihre Verwandtschaft zum König und ihre Aufträge machten sie in etwa so berühmt wie Prinz William und Harry. Nur dass Lees und Ciarans Aufträge wesentlich aufregender und gefährlicher waren, als Krankenhausflügel einzuweihen und Spenden zu sammeln. Die Augen der Halbelfe Shawnee leuchteten, sobald die Rede auf die beiden kam.

Der Unterricht war … gewöhnungsbedürftig. Einerseits wurden Disziplin und Konzentration verlangt, andererseits waren die Lehrthemen alles andere als das, was man am Horton College für seriös befunden hätte.

Der Kurs Weltreligion und Theologie wäre zwar jederzeit auch in Westminster abgehalten worden, und zwar genauso trocken und kategorisch, aber die anderen Fächer gewiss nicht.

Brigid war eine Druidin, die uns in Heilkräutern, deren Verarbeitung und Anwendung unterrichtete. Als ich den Namen hörte, dachte ich an eine Art Amazone, groß, blond, mit unschuldigem, jugendlichem Gesicht – wie die Darstellungen der Heiligen in vielen Kirchen. Aber *diese* Brigid war Mensch und das Idealbild einer mittelalterlichen Kräuterhexe: krumm, mit wirrem Haar, Warze am Kinn und buschigen Augenbrauen sowie Bartansatz.

Ihre flinken, wasserblauen Augen warfen mir nur einen kurzen Blick zu, dann begann sie mit ihrem Unterricht im Kräutergarten vor den Apfelhainen.

Auch die Lehrerin Rhiannon überging meine Anwesenheit. Sie sah schon eher aus wie eine Amazone, unterrichtete aber Finanzen und Wirtschaftspolitik.

»Wirtschaftspolitik?«, hatte ich Shannon gefragt, die neben mir im Studierzimmer saß.

Sie nickte, aber ehe sie mir antworten konnte, übernahm Rhiannon: »Viele Halbelfen und Druiden sind in den großen Weltkonzernen untergebracht. Sie haben dadurch Einfluss auf Politik und Umwelt, was für uns sehr wichtig ist«, erklärte sie mir sachlich.

»Und dadurch hat König Oberon überall seine Finger im Spiel«, setzte ich hinzu.

»Diese Aussage grenzt an Hochverrat, Felicity Morgan.« Ihr Tonfall war plötzlich eisig und die Luft zum Schneiden.

»Entschuldigung«, murmelte ich verlegen und senkte den Blick.

An diesem Tag erfuhr ich so einiges über die Anderwelt und die Schule. Elf – mit mir jetzt zwölf – Schüler waren eine Menge. Es gab auch Zeiten, wo nur fünf oder sogar nur drei Schüler auf Avalon unterrichtet wurden. Zwei würden dieses Jahr ihre Abschlussprüfung machen, drei nächstes Jahr und so weiter. Nicht jedes Jahr kam ein Schüler hinzu.

Elfen hatten wesentlich mehr Einfluss auf das Leben der Menschen, als ich je vermutet hätte. Es gab Unterricht in der Kunst des Bauens (der schiefe Turm von Pisa sei ausschließlich von

Menschen gebaut worden, ohne den Rat des damaligen Elfenkonstrukteurs; der hätte gewusst, dass das Fundament nicht stabil genug war). Zudem gab es die Fächer Politik und Rhetorik. Mathematik, Englisch, Literatur und dergleichen brachten die Schüler von der Highschool beziehungsweise der Anderwelt mit. Elfen und Halbelfen mit besagtem Können wurden im Fach Zeitsprünge unterrichtet. Der Eintritt in die Schule Avalons war normalerweise erst ab vierzehn möglich. Liam war auf Grund seiner familiären Situation eine Ausnahme gewesen.

Lee hatte mir mal erklärt, Elfenväter kümmerten sich immer um ihre Kinder, deswegen war es seltsam, dass Liam die ersten acht Jahre unter diesen Umständen bei seiner Mutter aufgewachsen war. Aber ich traute mich nicht, ihn danach zu fragen. Nicht auf seine Reaktion hin.

Der Merlin hatte mich noch nicht zu besagtem Gespräch gebeten und ich war auch nicht sicher, ob ich darum bitten durfte oder ihn lieber meiden sollte. Ich sah ihn nur bei den gemeinsamen Mahlzeiten.

Das Essen war tatsächlich eher spartanisch. Der Körper sollte entgiften und entgiftet bleiben, erklärte mir der Elf Brian, als ich den Wunsch nach Marmelade äußerte. Was war an Marmelade falsch? Sie enthielt Früchte, oder? Mit einem Schokoaufstrich brauchte ich dann wohl erst recht nicht zu rechnen.

Am dritten Abend auf Avalon fand ich endlich Zeit, in der Bibliothek das Buch der Prophezeiung zu durchstöbern. Shannon hatte sich einen Agententhriller von John le Carré geliehen und war auf ihr Zimmer gegangen. Dylan und Farion saßen über einem Aufsatz über die Weltwirtschaftskrise von 2008.

Alle anderen hatten sich im Fernsehzimmer versammelt. Ich war sehr überrascht gewesen, als Liam und Fynn mich am gestrigen Abend dorthin mitgenommen hatten. Es gab ein Fernsehzimmer! Offiziell natürlich nur, um sämtliche Nachrichtensender weltweit zu verfolgen, inoffiziell sahen sich die Schüler auf Avalon genauso das Finale von *Top of the Pops* an wie die Studenten am Horton College. Nur gab es hier anstatt Chips Möhren- und Kohlrabisticks sowie Quellwasser aus dem Brunnen, der mich auf dem Hinweg nass gespritzt hatte. Die Stimmung war allerdings die gleiche wie bei Jaydens Karaoke-Party.

Ich lächelte in Gedanken daran, als ich das glorreiche Buch der Prophezeiung aufschlug. Es war gar nicht so einfach zu lesen. Manche Abschnitte waren in Runen verfasst, manche auf Latein. Es gab auch gemalte Bilder und einmal entdeckte ich, dass sich eine Zeile umschrieb. Die alte Tinte verblasste und dann, als wäre ein unsichtbarer Füller am Werk, erschienen die neuen Buchstaben. Erst blass, dann immer schwärzer. Leider konnte ich die Änderung nicht lesen, denn sie bestand aus lauter Strichen, gebündelt und schräg oder gerade. Wo hatte ich so etwas Ähnliches schon einmal gesehen? Diese Striche waren mir irgendwie vertraut.

Etwas huschte an mir vorbei. Ich konnte es aus den Augenwinkeln erkennen. Ich sah auf und stellte fest, dass die Bibliothek leer war. Alle anderen waren gegangen. Ich beugte mich wieder über das Buch. Aus den Augenwinkeln bemerkte ich ein Flackern. Ich tippte gegen die Lampe. Hell, kein Flackern, beständig. Ich widmete mich wieder der Lektüre.

Dann huschte es erneut. Wer sagte, dass es hier nicht spukte? Immerhin war ich auf Avalon, einer Insel, die es angeblich nicht gab und die voller Mythen war. Ich blickte noch einmal zur Wand. Nichts. Nur mein Schatten. Langsam senkte ich den Blick, hielt aber die Augenwinkel noch immer auf die Steine gerichtet.

Da! Dieses Mal war ich mir sicher. Ich war nicht allein. Vorsichtig, ohne den Kopf weiter zu heben, tastete ich nach dem Anspitzmesser vor mir. Da, schon wieder! Ich griff zu, packte etwas Schweres, Rundes – Mist, nicht das Messer – und warf.

Der Briefbeschwerer zerschellte an den grauen Steinquadern und für den Bruchteil einer Sekunde sah ich, wie sich jemand duckte. Doch im nächsten Moment war er verschwunden. Diesmal schaute ich, wonach ich griff, packte das kleine Messer und sprang auf. Mit einem Ruck riss ich den Vorhang zur Seite. Dahinter befand sich nichts. Niemand. Niente.

Langsam ließ ich den Vorhang sinken. Mein Herz raste. Wo konnte der Eindringling hin sein? Oder ging in diesen alten Gemäuern meine Fantasie mit mir durch? Ich setzte mich wieder und versuchte ruhiger zu atmen. Das Messer warf ich auf den Tisch. Als ob ich damit etwas hätte anrichten können. Die Klinge war winzig und nur dazu gedacht, Bleistifte anzuspitzen. Warum benutzte man hier auf Avalon eigentlich keine Spitzer?

Weil ich noch immer schräg zum Tisch saß, konnte ich es dieses Mal richtig erkennen: Der Schatten eines Menschen fiel auf die Wand vor mir.

»Stehen bleiben! Keine Bewegung!« Ich sprang auf, das Messerchen wie eine Pistole vor mir haltend. Ich drehte mich um, aber hinter mir war niemand. Ich war allein. Ich wandte mich erneut zur Mauer. Dort war die Gestalt noch immer im untergehenden Sonnenlicht abgebildet, mit hoch erhobenen Armen. Wieder drehte ich mich ruckartig um. Nichts.

Zurück. Dieses Mal hatte der Schatten die Hände in die Hüften gestützt, als warte er ungeduldig auf etwas. Wahrscheinlich darauf, dass bei mir der Groschen fiel.

Er fiel endlich. Vor mir war ein Schatten. Keine Person, ein *Schatten*.

»Okay, bist du ein Geist?«

Der Kopf bewegte sich von links nach rechts und zurück.

»Aber du kannst mich verstehen?«

Er nickte.

»Aber nicht sprechen?«

Wieder ein Schütteln.

»Wer bist du?«

Er deutete auf seinen Kopf. Dichte Haare, normale Ohren.

Also kein Elf oder Halbelf. »Ein Mensch?«

Er nickte.

»Warst du hier Schüler?«

Er wackelte mit dem Kopf.

»Kein Schüler oder kein richtiger Schüler?«

Er hielt zwei Finger in die Höhe.

»Also Lehrer?«

Wieder das Schütteln.

War das nicht egal, was er war? Die Frage war doch eigentlich, was wollte er von mir. »Was willst du von mir?«

Er drehte sich ins Profil und hielt einen Finger an seinen Mund und tippte sich dann auf die Brust.

»Ich soll den Mund halten. Okay. W…«

Die Tür ging auf und Fynn steckte den Kopf herein. »Hier bist du! Redest du mit dir selber?«

Ich warf einen letzten Blick auf die Wand und sah erneut den

Finger an den Lippen. »Äh … eure Bibliothek ist unglaublich«, stammelte ich. »Die kann man nicht ohne Kommentare lesen. Wer hätte gedacht, dass Heinrich VIII. schwul war und eigentlich nur seinen Schwager Brandon wollte?«

Fynn grinste. »Ich glaube, du hast da was missverstanden.«

Ich blickte schnell auf das Buch und klappte es zu. Niemand musste wissen, was ich tatsächlich gelesen hatte.

»Hör mal.« Auf einmal wirkte Fynn ganz verlegen. »Ich habe heute Geburtstag und ich wollte dich einladen. Wir feiern immer ein wenig. Um zehn Uhr treffen wir uns im Jungen-Dormitorium.«

»Nur Jungs?«, fragte ich alarmiert. Wer weiß, was für Rituale hier abgehalten wurden. Jungfrauenopfer waren bestimmt keine Seltenheit.

Fynn schüttelte den Kopf. »Nein, nein. Die Mädchen sind auch dabei.«

»Klar. Danke für die Einladung. Oh, und herzlichen Glückwunsch. Wie alt wirst du?«

»Achtundzwanzig.«

Ich starrte ihn an. Er sah aus wie neunzehn. Zwanzig höchstens.

Fynn lachte über meinen Gesichtsausdruck. »Du weißt doch, dass auf Avalon die Uhren anders ticken, oder nicht?«

Ich schüttelte den Kopf.

»Oh.« Schlagartig hörte er auf zu lachen. »Also hier ist alles in einer perfekten Einheit. Einhundert Sekunden ergeben eine Minute und einhundert Minuten eine Stunde. Dreißig Stunden einen Tag. Avalon ist nun mal kein Teil der Menschenwelt – nun ja, zumindest nur zu einem Bruchteil –, aber wir feiern unsere

Geburtstage immer noch nach Menschenzeit, obwohl unsere Körper hier langsamer altern. Hier.« Er reichte mir eine altmodische Taschenuhr. »Die ist auf Avalonzeit eingestellt. Damit kannst du dich vielleicht ein wenig besser zurechtfinden.«

Die Uhr hatte fünfzehn Zifferblätter. Alle waren kunstvoll mit Gold und Silber und winzig kleinen Edelsteinen verziert.

»Zehn, okay?«

Er ließ mich allein zurück. Ich setzte mich und versuchte wieder einmal alles zu verdauen, was in den letzten zehn Minuten auf mich eingestürzt war. Der Schatten an der Wand zeigte sich nicht mehr. Spielte mir meine Fantasie an diesem mystischen Ort einen Streich?

»Oh, Göttin, du hast diesen prickelnden französischen Wein besorgt?« Lauriel klatschte aufgeregt in ihre Hände.

»Na ja, ich dachte, meine Volljährigkeit wäre schon ein Anlass für Champagner.« Fynn wurde ganz rot, als er Lauriel jetzt ansah.

»Hier ist man erst mit achtundzwanzig volljährig?«, hakte ich nach.

»Na ja, das ist das Minimum für die Ausbildung. Die meisten brauchen länger, weil sie sich spezialisieren. Mit achtundzwanzig ist man auf alle Fälle reifer und meistens auch aufnahmefähiger als mit achtzehn«, erklärte mir Liam.

»Warum wartet man dann nicht direkt, bis man fünfzig ist? Dann ist man noch reifer.«

Die Elfen grinsten überheblich. »Wir könnten das. Unsere Lebenszeit macht uns da keine Probleme. Aber ein Mensch hat nicht so viel Zeit.«

»Lasst uns anstoßen«, rief Fynn, hob das Glas und beendete damit zum Glück ein, wie ich fand, leidiges Thema. Wir tranken alle.

»Pfff«, machte Brian. »Du hast noch nie Nektar probiert. Danach würdest du dieses Essigwasser nicht mehr anrühren.«

»Sei nicht so herablassend«, sagte Dafydd. »Keiner von uns hat je Nektar zu probieren bekommen. Kann ich noch ein Glas haben.«

Er gierte ja regelrecht nach Alkohol.

Diesen Gedanken hatte Dafydd in meinen Augen gelesen und fühlte sich zu einer Erläuterung veranlasst: »Alkohol kann dich schneller in einen tranceähnlichen Zustand versetzen. Wer weiß, was man dann alles zu sehen bekommt?« Er grinste anzüglich und sah auf meine Brust.

»Oder wen?«, ergänzte Fiannon träumerisch. Sie hatte mich bereits am ersten Tag nach Ciaran ausgequetscht.

»Kommt zurück auf den Boden«, sagte ich und zog demonstrativ mein Schultertuch enger. »Ihr habt wohl noch nie einen Kater gehabt. Alkohol kann ganz schöne Kopfschmerzen verursachen.« Mit Schaudern erinnerte ich mich an mein Erwachen in Versailles.

»Aber nicht bei uns. Wir sind Elfen, schon vergessen? Gwylinn hat bereits gelernt, wie man Schmerzen wegpustet«, erklärte Shawnee.

»Erzähl uns von Versailles. Wie war's bei Hofe?«, wollte Brian wissen.

»Nein, erzähl uns lieber von Lee«, riefen Shannon und Lauriel. Fiannon und Shawnee begannen zu kichern. »Wie ist es, mit ihm zusammen zu sein? Ist er noch immer so aufmerksam?«

»Oh, diese süßen Grübchen um seine Mundwinkel!«, schwärmte Fiannon.

»Und diese Augen«, setzte Shawnee die Liste fort und alle seufzten. »Ach ja, diese Augen …«

Ich sah sie befremdet an. Die Jungs schauten eh schon alle genervt. Liam runzelte die Stirn.

»Lasst uns Fynn ein Ständchen singen«, schlug Dylan vor und stimmte mit einer sehr klaren Stimme ein Geburtstagslied an, das ich nicht kannte. Alle anderen Schüler Avalons stimmten ein.

Dann sang Shannon ein Lied. Bei diesem Lied konnte ich mitsingen. Allerdings gab ich unsere Variante zum Besten. Eine etwas schlüpfrige, die Corey mal gedichtet hatte. Darauf kugelten sich alle vor Lachen.

Ich konnte nachher nicht mehr sagen, wer auf die Idee gekommen war, Flaschendrehen zu spielen. Flaschendrehen mit Wahrheit oder Pflicht. Nur bestand die Pflicht einzig darin, ein Glas Champagner auf ex zu trinken. Keiner musste auf einem Bein durchs Zimmer hüpfen oder versuchen Süßigkeiten in der Küche zu stibitzen.

Demnach waren wir alle innerhalb kurzer Zeit gut beschwipst. So sehr, dass ich mich irgendwann lieber für die Wahrheit entschied, weil ich meinem Magen nicht mehr traute.

»Habt ihr bei Pflicht eigentlich nie jemanden kissen missen? Äh, küssen müssen?«, fragte ich, als ich am Drehen war. Amüsiert stellte ich fest, wie schwer meine Zunge geworden war. Ich kicherte. Die Antwort verstand ich nicht, nur den Blick, den Fynn mir zuwarf.

»Oh, und ich dachte, du wärst schwul«, lallte ich noch. Dann wurde mir schwarz vor Augen.

»Gott sei Dank, sie wacht auf. Ich dachte schon, sie hätte die Fallsucht.«

Das Erste, was ich wahrnahm, war der rot-weiß gekachelte Steinboden. Das Zweite der Geschmack nach faulen Tomaten und ein Pelzbelag auf den Zähnen.

Jemand rüttelte an meiner Schulter. »Komm zu dir. Du musst hier weg, ehe Ihre Majestät kommt.«

»Die hat sich aber ein seltsames Kostüm für den Maskenball ausgesucht«, sagte eine andere Stimme.

Ich hob den Blick und glaubte an ein Déjà-vu. Die zwei sahen aus wie die beiden Lakaien in Versailles. Wenn ich mich recht entsann, der Fußboden ebenfalls. Genau wie die Fenster, der Stuck an der Decke und ebenso die braunen Augen des Wachrüttlers.

Jetzt hörte ich auch das Rascheln.

»Verdammt. Zu spät. Sie kommt.«

Schon rauschten wieder die gleichen schillernd bunten Röcke herbei und Marie Antoinette blieb vor mir stehen. Dieses Mal war ich auf ihren stechenden Blick vorbereitet.

»Was ist das?«

Ich wollte soeben zu einer Antwort ansetzen, als sich jemand durch die Menge drängte.

»Verzeiht, Majestät, sie gehört zu mir.«

Diese Stimme kannte ich nur zu gut.

»Sie ist meine Verlobte und ich bedaure, wenn ihr Aufzug Eure Augen beleidigt haben sollte. Sie ist keinen Alkohol gewohnt.« Ciaran sah nicht ernsthaft zerknirscht aus. Allerdings leuchteten die Augen der Damen.

Auch die der Königin. »Nun, Monsieur Ciaran«, sie betonte

seinen Namen extra weich, »Ihr müsst ein wenig besser auf Eure Verlobte achtgeben. Nicht dass sie Euch eines Tages fortläuft.«

Ein nerviges Gekicher setzte ein. Eine der Damen gackerte regelrecht hinter ihrem Fächer.

Ciaran lächelte entschuldigend. »Ich werde sie künftig an der kurzen Leine halten, Majestät.«

Das Kichern nahm zu.

Auch die Königin grinste. »Ich bin gespannt, was für eine Frau Ihr Euch ausgesucht habt, Monsieur. Kommt heute Abend zum Hocaspiel in den Salon de Mars.«

Hocaspiel? Wenn ich mich nicht täuschte, war das ein Vorläufer des Roulettes. Im achtzehnten Jahrhundert! »Äh …« Ich wollte mich soeben entschuldigen, als Ciarans Finger mein Handgelenk grob umfassten und zudrückten.

»Wir sind geehrt, Majestät.« Ciaran verneigte sich und zog mich mit sich hinunter.

Ich versuchte mich an meinen bei Madame de Tourzel erlernten Knicks zu erinnern. Allerdings hatte ich die Rechnung ohne den Restalkohol gemacht. Ich fiel vornüber, direkt in Ciarans Arme. »Ups.«

Marie Antoinette warf mir einen weiteren strengen Blick zu. »Ich glaube, Ihr werdet einiges an Arbeit mit diesem Mädchen haben, Monsieur Ciaran.« Sie rauschte davon, ihr Gefolge hinter ihr her.

»Wenn sie wüsste, wie viel Arbeit du mir tatsächlich machst, ma chérie.«

»Nenn mich nicht so«, nuschelte ich und nestelte mich aus seiner Umarmung.

»Du bist meine Verlobte. Wie soll ich dich sonst nennen?«

»Ich bin nicht deine Verlobte. Ich bin Lees Verlobte.«

Ciaran ließ mich los und sah mich durchdringend an. »Du weißt es also?«

Ich ignorierte das Offensichtliche. »Was viel wichtiger ist: Wieso bin ich schon wieder hier? Ich war doch vorhin noch auf Avalon!«

Ciaran stellte sich vor mich. Mr Duncan, der Geschichtslehrer, war wieder da. »Ich kann dir ganz genau sagen, warum ich dich hierhergeholt habe. Das hier hat jetzt Vorrang vor dem Unterricht.«

Oh, oh. Mir schwante nichts Gutes. »Äh, du hast mich hierhergeholt? Oder gehört das zu dem Unterricht auf Avalon? Wer hatte doch gleich noch gesagt, Alkohol helfe einem sich in Trance zu versetzen?«

»Das ist kein Unterricht und du bist nicht in Trance. Wir sind in Versailles.«

»Hast du mich beim ersten Mal auch hierherbeordert?«

»Nein. Das hast du ganz allein geschafft. Wie, ist allerdings immer noch ein Rätsel. Eines mehr, das man auf die Liste ›Die Prophezeite‹ setzen kann. Zeitsprünge ohne Elfenhügel.« Er schnalzte und brachte mich ganz aus dem Konzept.

Irgendwas wollte ich fragen. Mein Kopf war so benebelt ... Ach ja! »Und warum bin ich beim ersten Mal ausgerechnet in Versailles gelandet?«

Ciaran sah mich mit einem wölfischen Grinsen an. »Das fragst du ernsthaft? Ich glaube, du vermisst jemanden und weißt, dass er hier war.«

Lee. Natürlich. Ich hatte mich zu Lee gewünscht und war genau da gelandet, wo er hinmusste. »Und weshalb bin ich jetzt schon wieder hier?«, fragte ich und rieb mir meine schmerzende Stirn.

»Weshalb? Du fragst allen Ernstes, weshalb? Kann es sein, dass du bei deinem letzten Besuch hier etwas *getan* hast?«

»Ich habe dem Kindermädchen geholfen die Prinzen und Prinzessinnen zu hüten. Und ich war ein paarmal auf dem Klo. Wenn es das ist, was du meinst.«

Ciaran zog seine Augenbrauen drohend zusammen. »Ich sage nur ein Wort: Halsbandaffäre.«

Ich rieb meine Schläfen. Mein Schädel pochte ziemlich heftig. »Ist das wirklich nur ein Wort? Hals-Band-Affäre. Das sind drei, oder nicht?«

»Felicity, das ist nicht witzig.«

»Nein. Mein Schädel brummt, als wäre eine Walze darübergefahren. Das ist alles andere als witzig. Kannst du was dagegen unternehmen?« Ich hielt ihm erwartungsvoll das Gesicht entgegen.

Ciaran funkelte mich an. Dann drehte er sich um. »Könnte ich schon. Aber ich denke, du sollst deine Lektion lernen.« Er fasste meine Hand und zog mich mit.

Er pustete mich tatsächlich nicht an. Mit dröhnendem Kopf stolperte ich ihm hinterher.

VERSAILLES ZUM ZWEITEN

Ciaran hatte mich in ein hübsches, helles Appartement geführt. Wesentlich komfortabler als das Zimmer in den Kindergemächern. Nur die Stimmung hier war explosiver. Ciaran kochte.

»Du hast diese Jeanne de la Motte verraten. Sie wurde verhaftet, die Juweliere haben das Diamanthalsband zurückbekommen und die Revolution endete ohne die Hinrichtung des Königspaares. Marie Antoinette und Ludwig XVI. wurden des Landes verwiesen und kamen in Österreich unter, bis Robespierre 1791 bei einer Ansprache von einem Königstreuen erschossen wurde. Danach regierten wieder die Bourbonen.«

»Echt?« So interessant es einerseits klang, es interessierte mich nicht die Bohne. In meinem Kopf stemmten mindestens zehn kleine Männer Beton ab. »Ciaran, wir sind nicht am College und du bist im Moment nicht mein Geschichtslehrer. Wenn du mir nicht helfen willst, kannst du mich dann bitte zwei Stunden in Ruhe lassen?«

»Verflixt, Felicity, du kannst nicht einfach die Geschichte ändern. Napoleon hat nie den Hauch einer Chance, an die Macht zu gelangen, der Code Napoleon wird nie geschrieben, Deutschland bleibt ein Vielvölkerstaat und überall gibt es unterschiedliche Gewichte, Maße und Währungen.«

»Soweit ich gehört habe, wünscht sich in Deutschland jeder

die D-Mark zurück. Wir Briten haben ja auch das Pfund behalten. Was ist an unterschiedlichen Währungseinheiten verkehrt?« Ich legte mich flach auf das Bett. Konnte Ciaran mich nicht einfach in Ruhe lassen, wenn er mir schon nicht helfen wollte?

»Sehr viel ist daran verkehrt! Wir Agenten beeinflussen die Geschichte nicht. Wir lassen ihr freien Lauf. Alles dient einem höheren Zweck.« Er sah aus dem Fenster und fügte düster hinzu: »Als wir es einmal ausprobierten, setzte eine Katastrophe von gigantischen Ausmaßen ein. Die Atombombe wurde wesentlich früher erfunden und schon im Ersten Weltkrieg gezündet.«

Die Beton stemmenden Männer legten eine kurze Pause ein. Ich starrte Ciaran groß an. »Im Ernst?«

»Ja.« Er sah mich an und rollte kapitulierend die Augen. »Ach, komm schon her.« Ciaran setzte sich neben mich auf die Bettkante. Er stützte eine Hand auf dem Kissen neben meinem Kopf ab und beugte sich über mich.

Ich schloss die Augen und spürte wenig später seinen Atem über mein Gesicht wehen. Er roch nach Lakritz und frischen, aber herben Kräutern. Einen kleinen Moment lang ließ der Geruch meinen Magen Kapriolen schlagen. Ich schluckte hart. Dann beruhigte sich mein Magen und mein Kopf wurde leicht und kühl. Ich öffnete die Augen und blickte direkt in Ciarans blaugraue. »Danke«, sagte ich erleichtert.

Ciaran antwortete nichts. Er sah mich nur unverwandt an. Seine Augen waren Lees sehr ähnlich. Aber seine Lippen waren voller, vor allem seine Unterlippe.

Wie wohl ein Elf küsste? Elfen rochen zumindest anders als Menschen. Frischer. Natürlich, ohne Parfüm. Ob sie auch anders schmeckten? Ich hatte nicht wirklich viele Vergleiche. Eigentlich nur einen. Richard. (Den von Jack Roberts ignorierte ich, weil der mir aufgezwungen worden war.) Aber Ciarans Lippen sahen aus, als könnten sie gut küssen. Zumal er fast zweitausend Jahre Erfahrung hatte. Er konnte *bestimmt* gut küssen.

Ciarans Augen verdunkelten sich. Auf einmal war er ganz nah.

Wollte ich mich von Ciaran küssen lassen? Was würde Lee davon halten? Ciaran war sein Cousin. Ich war Lees Verlobte. Nun ja, zumindest gemäß dem Buch der Prophezeiung. Außerdem war Ciaran mein Lehrer! Wie sollte ich ihm im Unterricht gegenübertreten, wenn wir geknutscht hatten?

Ciaran blinzelte und richtete sich auf. »Ich knutsche nicht«, knurrte er und erhob sich.

»Entschuldige«, murmelte ich und mir wurde schlagartig am ganzen Körper heiß. »Äh, wofür soll ich mich eigentlich entschuldigen? Ich habe nicht damit angefangen!«

»Ach, hast du nicht?« Ciaran fuhr sich mit beiden Händen durch die blonden Haare, als wüsste er nicht, was er sonst mit ihnen anstellen sollte. Oder als müsse er sie zurückhalten, weil er sonst etwas anderes mit ihnen anstellen würde. »Ich besorge dir was Anständiges zum Anziehen. Da hinten ist eine moderne Zahnbürste und Zahnpasta. Ich weiß ja, wie viel Wert du darauf legst.«

Sein Abgang glich einer Flucht.

»Bist du sicher, dass ich mich bei all diesen Höflingen nicht entsetzlich blamiere?« Ich stand in der Tür zum Großen Gemach, in dem sich wahnsinnig viele Menschen lachend, schwatzend und sehr laut tummelten. Und ich hatte Lampenfieber. Schlimmer als damals in der vierten Klasse, wo ich bei einem Theaterstück fünf Sätze zu sagen hatte.

Bei der Aufführung im vierten Schuljahr hatten wir allerdings oft genug geprobt. Das hier glich dagegen einem Improvisationstheater im Haifischbecken.

»Nein, bin ich mir nicht. Aber es hilft nichts. Also gib dich einfach natürlich, sei höflich und überlass den Rest mir.«

»Gott steh mir bei«, murmelte ich.

Ciaran nahm meine Hand und hakte sie unter seinen Arm. Seine Hand blieb allerdings auf meiner liegen. Die kühlen fünfundzwanzig Grad halfen mein Lampenfieber etwas zu senken. Und sie waren sehr angenehm in diesen überhitzten, miefigen Räumen. Hier konnte man deutlich riechen, dass in diesem Jahrhundert die Körperpflege aus überhöhtem Parfümgebrauch bestand. Ich taumelte einen Schritt zurück.

»Mir wird schlecht«, murmelte ich zu Ciaran.

Er beugte den Kopf zu mir herunter und hauchte mir leicht ins Gesicht. Sofort umhüllte mich eine angenehm kühle Wolke aus Lakritz- und Salbeiduft. »Reiß dich zusammen, Felicity. Wir gehen zur Königin, spielen mit ihr eine Runde Hoca und dann suchen wir diese Jeanne.«

»Und dann?« Ich atmete noch einmal tief durch.

»Dann sehen wir weiter.«

Wir trafen die Königin in einem Salon weiter hinten an. Sie saß an einem runden Tisch und spielte mit ein paar Höflingen Karten. Rundum war alles voll. Jeder wollte ihr zusehen. Trotzdem kamen wir gut durch. Ich überlegte, dass, wenn Madonna einmal in einem Kasino säße, mit Sicherheit ein größerer Auflauf um sie herumstünde. Andererseits machten uns die Leute bestimmt auch Platz, weil Ciaran eine sehr beeindruckende Person war. Die meisten Menschen überragte er um einen Kopf. Nur Lee war größer.

»Monsieur, ihr hattet mir eine Runde Billard versprochen.« Eine Frau mit unerhört tiefem Dekolleté hing sich an Ciarans andere Seite. Sie sah mich nur kurz an und schenkte dann Ciaran ein bezauberndes Lächeln. Ihre Zähne waren makellos weiß und eben. Wie ich bei meinem letzten Besuch hier schon festgestellt hatte, war das eine Seltenheit.

»Später, Madame. Die Königin wollte meine Verlobte kennenlernen.«

Jetzt war ich einen längeren Blick wert. »Eure Verlobte?« Sie musterte mich abschätzig von oben bis unten. »Ich gehe davon aus, Mademoiselle, Ihr wisst, was für ein Glück Ihr habt. Unser Monsieur Ciaran ist der beste Fang bei Hofe. An Eurer Stelle würde ich mich beim Essen hier zurückhalten. Madame de Polignac hat ihre Ansprüche in Bezug auf Euren Verlobten allzu deutlich kundgetan.«

»Madame de Polignac weiß ganz genau, dass ich verlobt bin«, wandte Ciaran ein.

»Habt Ihr ihr davon vor oder nach der leidenschaftlichen Affäre erzählt?« Jetzt warf sie mir ein strahlendes Lächeln zu und verschwand in der Menge.

Ich hob die Augenbrauen. »Ich glaube, die hat versucht mich eifersüchtig zu machen.«

»Ist es ihr gelungen?«

»Sagen wir mal so, wenn du mit der Billard spielen gehst, ist das, als würde man die Geschenke unverpackt unter den Weihnachtsbaum legen.«

Ciaran lachte leise. »Du hast nicht geantwortet. Ich werte das mal als ein Ja.«

Eine Antwort wurde mir erspart, denn die Königin hatte

Ciaran über die Menschen hinweg entdeckt und winkte uns herbei. Vor uns teilte sich die Menge wie das Rote Meer vor Moses.

»Mademoiselle scheint sich erholt zu haben«, stellte Marie Antoinette fest. »Sie strahlt ja regelrecht. Setzt Euch und spielt mit mir eine Partie.«

Zwei Stühle wurden schnell an den Tisch geschoben und wir setzten uns. Die Karten auf der Mitte des Tisches wirkten mit einem Mal regelrecht bedrohlich. Und noch mehr der Geldstapel daneben. Nicht nur, dass ich dieses Spiel nicht beherrschte, ich würde auch meine Spielschulden nicht bezahlen können. Verflixt. Wieso bekam ich das mit dem Gedankenlesen nicht hin? Dann könnte Ciaran mir über Blickkontakt Anweisungen erteilen. Aber zumindest konnte er meinen Gedanken folgen.

Ciaran lächelte der Königin zwinkernd zu. »Majestät, meine Verlobte ist leider nicht in der Verfassung zu spielen. Sie ist ... wie soll ich sagen ... Sie hat Probleme, sich Zahlen und Farben zu merken.«

Ich musste mich arg beherrschen ihn nicht gegen das Schienbein zu treten. Er hatte tatsächlich die Frechheit, mich als zurückgeblieben hinzustellen? Vor der Königin von Frankreich und ihrem Hofstaat!

Marie Antoinette betrachtete mich stirnrunzelnd. »Das würde ihren seltsamen Aufzug von heute Mittag erklären. Und ihren lädierten Blick.«

Lädierter Blick?

»Obwohl sie im Moment recht normal aussieht.«

Ciaran lächelte maliziös. »Das täuscht, Majestät. Ohne Beaufsichtigung würdet Ihr das schnell feststellen.«

»Warum, sagtet Ihr, habt Ihr Euch mit ihr verlobt?«

»Ihre Mitgift. Ihrer Familie gehören ganz Shropshire und Wales.«

Marie Antoinette nickte verständnisvoll und ich sah meine Geschichtskenntnisse bestätigt: Sie war eine hohle Nuss. Jeder andere hätte gewusst, dass Wales seit jeher dem englischen Thronfolger gehört. Die Königin griff nach den Karten und begann zu mischen.

Als jeder der Spieler am Tisch seinen Anteil in der Hand hatte, lächelte mich Ciaran zuckersüß an, nahm meine Hand und küsste meine Fingerspitzen. »Du bist mein Glücksbringer, das weißt du, oder?«

Rundum seufzten ein paar Damen vernehmlich.

Ich lächelte genauso zuckersüß zurück. »Aber klar, Honigbärchen, wenn ich die zwei Asse da sehe, kann ja nichts mehr schiefgehen.«

Dieses Mal wurde gekichert.

Ciarans Augen blitzten verärgert. Meine Hand wurde fallen gelassen wie ein Nadelkissen.

Er verlor die Partie. Nicht zuletzt deshalb, weil ich jedes Mal, wenn er eine hohe Karte erhielt, entzückt in die Hände klatschte.

»Felicity, Liebling, möchtest du nicht in den Spiegelsaal gehen und den Musikern lauschen?«, sagte Ciaran nach der zweiten verlorenen Runde genervt.

»Vielleicht möchte Mademoiselle nach ihren Puppen sehen?«, mutmaßte die Dame, die ich als Madame de Polignac noch in Erinnerung hatte.

»Oder sich spannende Geschichten über Drachen und Ritter anhören?«, sagte eine weitere Frau neben der Polignac.

Ich erhob mich.

»Ich kann Mademoiselle begleiten«, sagte neben mir ein junger Mann. Er war höchstens Anfang zwanzig, obwohl man das schwer einschätzen konnte bei all diesen weiß gepuderten Perücken und den geschminkten Gesichtern. Ich war mir sicher, der schwarze Leberfleck auf seiner Wange war nicht echt. Die korallenroten Lippen waren es auf keinen Fall. »Ich könnte ihr ein paar Fabeln von Monsieur de la Fontaine erzählen.«

Ich schüttelte seine Hand von meinem Arm. »Das ist nett. Aber ich denke, ich werde im Park ein paar Elfen fangen.« Ich schenkte Ciaran ein strahlendes Lächeln und kämpfte mich durch die Menge aus dem stickigen Salon.

Mein Weg führte mich schnurstracks zum Spiegelbecken. Ich musste mit jemandem reden. Ich musste mich abreagieren. Da kein Sandsack zur Verfügung stand, platschte ich mit der flachen Hand auf die Wasseroberfläche und rief Mildreds Namen.

»Was soll ich tun? Er behandelt mich dermaßen von oben herab. Dann ist er wieder so hilfsbereit und bei der nächsten Gelegenheit bringt er einen sexistischen Spruch. *›Sie hat Probleme mit Zahlen und Farben.‹* Pffff.« Frustriert lief ich vor dem Spiegelbecken auf und ab.

Mildred hatte ihren Kopf in die Hand gestützt und rührte mit dem freien Finger im Wasser vor sich, wie mit einem Löffel im Cappuccino.

»*›Ihre Mitgift. Ihrer Familie gehört ganz Shropshire.‹* Wenn ich das schon höre. Und die dämlichen Lackaffen glauben ihm jedes Wort! Dieser aufgeblasene, arrogante …«

»Meine Güte, wann sagst du Lee endlich, er soll damit aufhören! In jedem kitschigen Hollywoodfilm ist deutlich zu erkennen, dass sich ein Mann nur dann so verhält, wenn er die Frau liebt.«

Ich blieb abrupt stehen und starrte sie an. »Lee? Ich spreche von Ciaran!«

Mildreds Finger blieb in der Luft hängen. Sie starrte genauso verblüfft zurück. »Ciaran?«, hakte sie piepsig nach.

»Ja, natürlich. Lee ist nach wie vor verschollen.«

Mildred wurde blass. Noch weißer als das Mondlicht sie sowieso schon scheinen ließ.

»Ich dachte, du wüsstest mittlerweile, wo er ist«, stammelte sie.

Ich schüttelte den Kopf.

»Ciaran weiß es auch nicht? Gute Göttin.«

Ich kniete mich vor das Becken. »Mildred, hast du mit Lee gesprochen, als er hier war?«

Sie schüttelte den Kopf. »Nein. Nur mit dir. Ich habe Lee das letzte Mal in Westminster gesehen, bei eurem Picknick.« Ihre Augen glänzten. Bestimmt dachte sie an Lee im nassen T-Shirt und wie er es auszog.

»Kannst du aus deinen Träumen noch einmal für einen Moment auftauchen?«, fragte ich Mildred. Sie sah mich an. »Hast du mit diesem Connor, dem ermordeten Wachmann, Kontakt gehabt?«

»Verschwinde! Schnell!«

Sie tauchte unter und ich hechtete wieder hinter die Marmorstatue.

Kies knirschte und ich hörte ein Pärchen miteinander wispern und schmatzende Geräusche austauschen.

Wieder einmal war ich dazu verdammt, mich hinter dieser Marmorstatue mit dem Gemächt eines Ochsen zu verstecken.

Dieses Mal ersparte ich mir die »Durchsicht« und lehnte mich entspannt an den Sockel, bis es wieder ruhig wurde.

»Felicity?«

Das war Mildreds Stimme. Mit ihrem Auftauchen dürfte die Gefahr, erwischt zu werden, endgültig gebannt sein. Ich ging zurück zum Spiegelbecken.

»Nur noch kurz: Was Ciaran anbelangt, da kann ich dir nicht helfen. Er ist der Sohn seiner Eltern. Die waren beide starke Persönlichkeiten aus königlichen Häusern. Ciarans Vater Aonghus war ein Sohn Pans, ein Bruder vom jetzigen Oberon, und seine Mutter eine irische Prinzessin. Ciaran ist Widerspruch nicht gewohnt und er duldet ihn nur selten. Finde dich damit ab.«

Ich schluckte und erinnerte mich wieder an meine Frage, ehe Mildred hatte abtauchen müssen. »Hast du mit Connor Kontakt gehabt, ehe er verschwand?«

»Nein. Ich nicht. Und auch keine andere Nymphe. Das wurden wir bereits von Oberon gefragt. Und wenn du dich nicht schon wieder hinter der Statue verstecken willst, solltest du zurück zum Schloss gehen. Gleich kommen noch mehr verliebte Pärchen. Das könnte länger dauern.«

Gott behüte. »Danke. Nein, den Anblick der Statue kann ich nicht länger ertragen.«

»Um ehrlich zu sein, das Gehänge von der Marmorstatue ist nicht so groß wie das von ...« Sie brach ab und grinste schelmisch. »Jemandem, den du sehr gut kennst.«

Wie das von ... *wem*? Ich kniff die Augen fest zusammen und schüttelte mich. »Okay, okay, keine Einzelheiten«, wehrte ich ab. »Sag mir bitte nur noch, was ich tun kann, damit wir schnell verschwinden. Wusstest du, dass es hier völlig normal ist, wenn die

Verlobte bei ihrem Bräutigam wohnt? Und der auch noch mit anderen Frauen öffentlich flirtet?«

»Ehrlich, Felicity, du solltest mir wenigstens erklären, von wem du redest. Von Ciaran oder Lee?«

Ich öffnete den Mund, um das Offensichtliche zu sagen. Aber dann schloss ich ihn wieder. Ich wusste es selber nicht. Zumal ich ja eigentlich mit keinem der beiden wirklich verlobt war. »Weißt du was?«, seufzte ich. »Erklär mir einfach, wie ich diese Halsbandaffäre wieder ins Lot bringe. Damit wäre die Sache abgeschlossen und ich kann in meinen normalen Wahnsinn zurück.«

Mildred lächelte leicht. »Die Halsbandaffäre ... nun ja. Achte darauf, ob die Königin in den nächsten Tagen ein Diamanthalsband angeboten bekommt. Wenn du hörst, dass zwei Juweliere vorsprechen, lass Jeanne de la Motte sie empfangen. Die ist so intrigant, die wird alles Weitere von selber in die Hand nehmen. Et voilà, das Halsband wird nie ein Dekolleté zieren.«

Ich schluckte. Nein, das Halsband würde nie an einem Hals hängen. »Danke dir, Mildred. Lee hat dich wirklich nicht einmal gerufen oder deine Hilfe verlangt?«

Mildred war schon im Begriff unterzutauchen. Sie schaute mich mit ihren großen grünen Augen an.

»Ist ihm was zugestoßen? Lebt er noch?« Ich kniete mich vor das Becken und sah sie eindringlich an.

Mildred wirkte mit einem Mal ganz traurig. »Ups. Ich höre, da ruft jemand. Tut mir leid, Felicity.« Ein leises Platschen ertönte und sie war fort.

Ich starrte auf die immer kleiner werdenden Wellen. Der Mond spiegelte sich wenig später wieder ganz klar und starr auf der Oberfläche. Heute Abend war er sogar so hell, man konnte die faulenden Blätter am Boden des Beckens erkennen. Mit einem Mal verschwanden sie und Felswände waren zu sehen. Und an ihnen war jemand angekettet.

Er war nur halb bekleidet und sein Oberkörper war misshandelt. Aber diese blonde Mähne hätte ich überall wiedererkannt.

Lee!

»Lee!«, rief ich entsetzt. Er hob den Kopf und sah mich an. Er sah *mich* an, durch das Wasser hindurch *blickte er mir in die Augen.*

Hinter mir knirschte der Kies. Das Bild von Lee verschwand und ich versteckte mich. Hinter ... schon wieder da! Diese nackte Marmorstatue würde ich ab sofort meiden. Auch bei Tageslicht! Aber ein wenig neugierig war ich schon, was Mildred mit ihrem Vergleich gemeint hatte. Besser, ich dachte nicht näher darüber nach.

Ein Liebespärchen hatte über eine Stunde geknutscht und sich gegenseitig schmalzige Koseworte zugeraunt. Der Mann hatte sogar ein Gedicht vorgetragen, woraufhin sie wieder mit der Knutscherei angefangen hatte. Ich war hundemüde und mir war bitterkalt, als die beiden endlich verschwanden und ich mich auf den langen Rückweg machen konnte.

Ich hatte das Schloss schon fast erreicht, als unversehens jemand hinter einer Hecke hervortrat.

»Wo zum Henker warst du?«

»Aua!« Ich versuchte mein Handgelenk aus Ciarans festem Griff zu entwinden. Unmöglich.

»Du hast mich wieder einmal lächerlich aussehen lassen.«

Ich funkelte Ciaran an. »Ach ja, und du? *›Sie hat es nicht mit Zahlen oder Farben‹*!«

»Was sollte ich denn deiner Meinung nach sonst tun? Du beherrschst dieses Kartenspiel doch nicht.«

»Nein, aber ich habe improvisiert«, fauchte ich ihn an. »Auf deinen Kommentar hin.«

Ciaran sah mich an. Mein Handgelenk hielt er noch immer fest. Ich zitterte mittlerweile stark. Bestimmt nicht nur vor Kälte.

Plötzlich tat Ciaran etwas Unvorhergesehenes. Er ließ meine Hand los und streichelte stattdessen meine Oberarme. »Entschuldige, Felicity. Du warst wirklich sehr tapfer bis jetzt.«

Mir wurde mulmig.

»Du findest dich überraschend gut zurecht in sämtlichen Jahrhunderten. Als hättest du eine Ausbildung auf Avalon erhalten.«

Schon wieder trug er diesen seltsamen Ausdruck im Gesicht. Als wolle er mich küssen.

»Und? Wäre das so schlimm?«, murmelte er und senkte ein wenig den Kopf.

»Du bist mein Lehrer.« Meine Stimme hörte sich quietschig und heiser an.

»Aber wir sind nicht in London. Niemand von denen, die uns hier kennen, kann uns in London verraten.« Er zog mich zu sich heran.

Er war stämmiger als Lee. Nichtsdestotrotz gehörte er zu den schönsten Männern, die ich je gesehen hatte, einschließlich derer aus der Parfümwerbung. Warum interessierten sich solche Männer plötzlich für mich? Erst Lee, dann Richard und jetzt Ciaran. Zugegeben, ich hatte die Kleidergröße 42 in eine 38 verwandelt, aber ich war noch immer keine Jennifer Lawrence.

Ciaran blinzelte. »Das stimmt.« Er rückte ein wenig von mir ab.

Ich wusste nicht, was ich davon halten sollte. Auch wenn er meinen Gedanken gefolgt war, musste er es nicht so offensichtlich zeigen.

»Nein, nein, du hast Recht. Du bist keine besondere Schönheit.« Ciaran brachte ungefähr fünf Meter Entfernung zwischen uns und musterte mich eingehend von oben bis unten. »Aber in deiner Nähe setzt mein Gehirn aus. Ich wollte dich gar nicht küssen. Ich wollte dir den Hals umdrehen.«

»Na, vielen Dank auch«, antwortete ich trocken.

Er sah mich noch immer an. »Nein, du verstehst nicht! Kaum dass ich dich gerochen habe, waren diese Gedanken hinfällig. Was bist du?« Wieder musterte er mich durch zusammengekniffene Augen.

»Ciaran, ich weiß überhaupt nicht, wovon du sprichst. Ich bin müde, mir ist bitterkalt. Wenn du willst, geh Billard spielen. Das macht mir nichts aus. Wir sind ja nicht wirklich verlobt.«

Zu meiner Erleichterung sagte er nichts mehr. Er begleitete mich zurück zum Appartement, wünschte mir eine gute Nacht und verabschiedete sich wieder. Bestimmt ging er das unverpackte Weihnachtsgeschenk suchen.

SCHATTEN

Zu einer Aussprache kam es nicht mehr. Als ich mich am nächsten Morgen zur Hofgesellschaft begeben wollte, begegneten mir zwei Männer auf der Treppe der Königin. Es stellte sich heraus, dass es sich um die besagten Juweliere handelte. Glücklicherweise kam auch Madame de la Motte gerade des Weges. Ich stellte beide einander vor und sah die drei gemeinsam verschwinden.

Eine Stunde später waren Ciaran und ich in London. Die Geschichte war wieder im Lot und ich saß in einer überfüllten U-Bahn der Circle Line. Überall lagen Zeitungen herum und ich erkannte, dass ich zehn Tage weg gewesen war. Wie sollte ich das am College erklären? Oder Mum? Wobei sie das kleinste Problem war. Mum stellte nie viele Fragen.

Allerdings erinnerte mich das Datum an etwas: Ich musste heute Abend im Museum meinen Dienst antreten. Siedend heiß fiel mir ein, dass ich einen Arbeitstermin verpasst hatte. Hoffentlich wurde ich nicht gefeuert. Jetzt hätte ich mich wirklich gerne in die Badewanne gelegt und versucht sämtlichen Dreck aus verschiedenen Ländern – und Jahrhunderten – abzuwaschen.

Nach einer ausgiebigen heißen Dusche durchsuchte ich meinen Schrank nach der Uniform für die National Gallery. Dabei fiel mir auf, dass meine T-Shirts seltsam zerwühlt in ihrem Fach lagen. Die weiße Bluse sah auch getragen aus. Ich war mir sicher gewesen sie nach meinem letzten Einsatz gewaschen und gebügelt zu haben. Ich hatte auch keine frischen schwarzen Socken mehr.

Socken!

Mein Herz setzte einen Augenblick lang aus. Zwischen meinen Socken war die Fibel gewesen. Die Fibel von Karl dem Großen. Hastig durchsuchte ich meinen ganzen Kleiderschrank. Nichts. Ich warf alle Klamotten auf mein Bett. Und das wunderschöne Kleid von Jon George fehlte ebenfalls. Auch in meiner kleinen Kommode, in der ich die Unterwäsche aufbewahrte: nichts.

Mir wurde schlecht. Jemand hatte die Fibel und das Kleid gestohlen. Leider kam nur ein Verdächtiger in Frage. Mit einem klammen Gefühl im Magen machte ich mich fertig und ging zur Arbeit.

Ein Unglück kommt selten allein. Die Rücklichter meines Linienbusses bogen um die Ecke, als ich die Haltestelle erreichte. Dadurch kam ich zehn Minuten zu spät. Dann wurde ich für die Räume mit der Malerei aus dem sechzehnten und siebzehnten Jahrhundert eingeteilt. Die unheimlichen Hallen, wie ich sie nannte. Immerhin hing dort das Gemälde, auf dem die Ziegen in meiner Gegenwart zu grasen begonnen hatten. Argwöhnisch betrachtete ich das Bild.

Diesmal erkannte ich die Landschaft sofort. Avalon.

Das markante Gebäude mit dem Hügel im Hintergrund war unverkennbar. Wie hatte ich es nur für eine italienische Villa halten können? Von wegen Enchanted Castle.

»Sie sind zu spät.« Ich drehte mich um. Mein Chef Mr Biglow kam auf mich zu. »Aber heute Abend ist es extrem ruhig. Die BAFTAs (erläutern?) finden morgen statt. Heute Abend hofft jeder auf ein Autogramm von einem Filmstar am Covent Garden. Trotzdem, das nächste Mal bitte pünktlich, Miss Morgan.«

Ich nickte ergeben. »Ja, Mr Biglow.«

Er kam noch einen Schritt näher und lächelte. »Geht es Ihnen gut, Miss Morgan?«

Ich zuckte die Schultern. »Alles bestens, Sir.«

»Miss Hilliard hatte Sie letzte Woche entschuldigt.«

Das war sehr nett von Simone. Ich musste mich bei ihr bedanken.

»Sie sehen noch immer müde aus.« Mr Biglow hob seine Hand, als wolle er mir eine Strähne aus dem Gesicht wischen.

Ich erstarrte.

Sofort zuckte er zurück und wandte sich um. »Sie sind nächste Woche auch wieder eingeteilt, wenn es um die Eröffnung der Wanderausstellung geht.« Damit verschwand er.

Ich atmete tief ein. Was war bloß los? Er jetzt auch noch? Der Mann war Anfang fünfzig. Hoffentlich hatte er eine Tochter, an die ich ihn erinnerte. Was anderes wagte ich mir gar nicht auszumalen.

Aber Mr Biglow hatte Recht behalten. Es war wenig Betrieb. Ab halb neun war ich allein in den Räumen. Ich ging zu dem Avalon-Gemälde. Die Ziegen waren alle am Grasen, Wellen schlugen sanft gegen die Felsen und der Wind wehte durch die Bäume. Ein Schatten huschte von Stamm zu Stamm.

Moment mal ... *den Schatten kannte ich*. Er trug einen Umhang und eine Kopfbedeckung. Und jetzt kam er aus dem Gemälde heraus. Damit hatte ich nicht gerechnet. Erschrocken sprang ich zurück und tastete nach meinem Funkgerät. Ich würde Hilfe holen, mich krankmelden. Egal was, Hauptsache raus hier.

Der Schatten hob beide Hände und winkte ab. Dann deutete er mit einer Hand auf sich und anschließend auf mich.

»Du ... du willst mit mir reden?«

Er neigte den Kopf ein wenig ins Profil, damit ich erkennen konnte, dass er nickte.

»Okay«, sagte ich gedehnt. Meine Knie gaben etwas nach und ich setzte mich auf einen Stuhl, weit weg von der Wand, an der er klebte. »Weiß noch jemand, dass du existierst?«

Der Schatten schüttelte den Kopf.

»Wow, jetzt bin ich geehrt«, sagte ich sarkastisch. Er deutete eine ebenso ironische Verbeugung an. Ein Schatten mit Humor. Klasse. »Was willst du?«

Er wies wieder einmal auf mich und faltete die Hände in eine betende oder bittende Pose.

»Ich soll helfen?«

Ein Nicken.

»Wobei?«

Er hob vier Finger.

»Bei vier Dingen?«

Er nickte wieder.

Er hob einen Finger und fasste sich an seinen Umhang. Er nahm den Umhang ab und hielt ihn deutlich sichtbar hin.

»Deinen Umhang? Was soll ich damit? Ich kann ihn nicht einmal anfassen. Er ist für mich nur ein Schatten.«

Er nickte, wedelte wieder mit dem Umhang.

Meine Güte, wo waren wir denn? Bei Tabu oder einem anderen Pantomime-Spiel? »Dein Umhang. Gut. Verstanden. Was ist damit?«

Er knuddelte ihn zusammen und steckte ihn hinter seinen Rücken. Dann hob er die Hände wie ein Zauberer, der ein Kaninchen hatte verschwinden lassen.

»Dein Umhang ist weg. Ich soll ihn finden, ja?«

Er nickte.

»Dreh dich um. Du hast ihn hinten im Gürtel stecken.«

Der Schatten stützte eine Hand in seine Hüfte und tippte ungeduldig mit dem Fuß. Dabei fiel mir ein Schwert an seinem Gürtel auf.

»Bist du ein Ritter?«, fragte ich neugierig.

Er schüttelte vage eine Hand und nahm seine Kopfbedeckung ab. Er hielt sie etwas schräg. Ein Reif mit kleinen Ausbuchtungen.

Ich Depp. Eine Krone! »Du bist ein König?«, hauchte ich und jetzt verging mir mit einem Mal das Verulken.

Der Schatten nickte. Er streckte mir die Krone erneut hin und hielt zwei Finger hoch, dann setzte er die Krone wieder auf sein Haupt.

»Okay, die Krone ist das Ding Nummer zwei. Gut, Majestät, Ihre Krone haben Sie noch. Was also soll ich suchen?«

Er schüttelte wieder den Umhang.

»Einen Umhang.«

Wieder Nicken. Dann tippte er an seine linke Seite.

»Ein Schwert?«

Wieder ein Nicken. Er tippte an seinen Kopf.

»Die Krone.«

Anscheinend war die Antwort nur halbwegs richtig. Jetzt

nahm er die Krone wieder vom Kopf und hielt sie mit einer Hand so, dass man sie im Schatten nur noch als runden Kreis sehen konnte.

»Noch eine Krone.«

Er schüttelte den Kopf.

»Ein Hut?«

Wieder Kopfschütteln.

»Handelt es sich denn überhaupt um eine Kopfbedeckung?«

Kopfschütteln. Er hielt erneut die Krone ins Rund und zeigte auf seinen Ringfinger.

»Ein Ring?«

Jetzt nickte er und hielt sofort einen Zeigefinger hoch.

»Aber keinen gewöhnlichen Ring?«, schloss ich daraus.

Er setzte die Krone wieder auf und beide Hände deuteten auf seinen Hals.

»Ein Halsring?«

Der Schatten nickte. Allerdings nicht so euphorisch wie bei den anderen beiden Malen. Halsring. Was sollte das sein?

»Vielleicht komme ich eher darauf, wenn Sie mir sagen, welcher König Sie sind.«

Der Schatten kratzte sich ratlos am Kopf.

»Ich werde einfach erst mal ein paar Jahrhunderte vorschlagen und Sie heben die Hand, wenn ich richtig liege, okay? Neunzehntes Jahrhundert.«

Kopfschütteln ...

Das Schütteln zog sich bis zum achten Jahrhundert. Hatte es davor eigentlich Könige in Britannien gegeben? Vor Alfred dem Großen?

Der Schatten hielt eine Hand mit abgespreizten Fingern hoch.

»Fünf? Fünftes Jahrhundert? Aber … da waren doch noch die Römer hier? Oder die Sachsen?«

Der Schatten winkte mir, ich solle ihm folgen. Wir huschten beide an meinen plaudernden Kollegen vorbei. Sie nutzten die Ruhe und standen in ein paar Gruppen zusammen. Niemand achtete auf mich. Wir kamen zu den Räumen mit den Gemälden aus dem dreizehnten Jahrhundert. Und da verschwand der Schatten plötzlich.

»Und jetzt?«, fragte ich leise.

»Felicity? Was machst du denn hier?«

Erschrocken drehte ich mich um. Simone stand hinter mir.

»Bist du heute nicht für die Räume 19 bis 24 eingeteilt?«

»Äh, ja, aber es ist so wenig los und alle gehen heute …«

»Das stimmt.« Sie ließ mich gar nicht ausreden. »Ich bin sogar versucht mir in der Cafeteria eine Latte zu besorgen, um die Zeit totzuschlagen. Ist das nicht furchtbar deprimierend, ständig auf Bilder von Leuten zu schauen, die schon lange tot sind? Mit Leuten drauf, die ebenso lange tot sind? Ich schwöre dir, ich hätte besser den Bademeisterposten im Aquatics Centre angenommen. Da gibt es wenigstens Menschen in voller Blüte zu sehen. Vor allem die männlichen Schwimmer mit ihren breiten Oberkörpern.«

Sie grinste. »Was meinst du, sollen wir es wagen und gemeinsam einen Kaffee trinken gehen?« Sie wartete meine Antwort gar nicht erst ab, sondern wandte sich bereits Richtung Treppe ab.

Ich drehte mich noch einmal um und sagte aufs Geratewohl in den Raum hinein: »Wir sind noch nicht fertig und egal wie: Wir müssen miteinander reden.«

Aus den Augenwinkeln sah ich ein kleines Winken.

Umhang. Krone. Schwert. Ring. Wieso sollte ich diese Teile suchen? Ich hatte mir die vier Gegenstände auf einem Zettel notiert und drehte ihn gedankenverloren zwischen den Fingern.

Mum war im Pub. Ich hatte sie noch nicht gesehen, dabei hatten wir Samstagmittag. In aller Frühe hatte eine Nachricht auf dem Küchentisch gelegen, sie müsse die Buchhaltung auf Vordermann bringen. Damit hatte sie mehr oder weniger ihre Schuld eingestanden: Sie ging mir aus dem Weg. Und die wertvolle Fibel von Karl dem Großen war fort.

Mein Blick kehrte zurück auf den Zettel in meiner Hand. Was sollte das? Und wieso wollte der Schatten, dass ich diese Dinge suchte? Was hatte ich damit zu tun?

Es wurde Zeit, dass ich mich weiterbildete. Und damit meinte ich nicht Mathe oder Englisch am College. Aber ich bezweifelte, dass mir auf Avalon das Wissen zuteilwerden würde, das ich wirklich brauchte.

DIE INSIGNIEN PANS

»Du weißt schon, dass es mehr als seltsam ist, wenn ihr, Mr Duncan und du, gleichzeitig verschwindet und wieder auftaucht.« Phyllis hatte mich vor dem Eingang des Colleges erfreut umarmt und über die vergangenen zehn Tage informiert. Auch über die Gerüchteküche, die brodelte.

»Kann ich mir denken«, seufzte ich. »Gibt es Nachrichten von Lee?« Obwohl ich wusste, dass es keine gab, wollte ich vor meinen Freunden den Schein wahren.

»Nein. Ruby bekommt keine Antworten auf ihre SMS. Ich glaube, ihm ist irgendwas passiert.« Phyllis sah bedrückt aus.

Ich fühlte mich auch so. Vor allem, wenn ich an meine Vision im Spiegelbecken von Versailles dachte. So langsam befürchtete ich, dass sie die Gegenwart wiedergab.

»Hey, Feli, altes Haus! Gut, dass du wieder da bist!« Corey umarmte mich und schwenkte mich eine Runde durch den Flur.

»Du scheinst dich ja echt zu freuen«, sagte ich etwas überrascht.

Er schwenkte mich noch eine Runde. »Mann, das ist cool! Vor einem halben Jahr hätte ich dich nicht mal gehoben bekommen. Euer Joggen macht sich wirklich bemerkbar.« Corey setzte mich ab und musterte mich von oben bis unten.

»Vielen Dank. Ich hab euch echt vermisst.« Das meinte ich wirklich so. Zugleich war ich sehr erleichtert, dass Corey mir mein Verhalten seiner Schwester gegenüber nicht nachtrug.

»Wo warst du? Wieso hat uns nicht mal deine Mum sagen können, wo du bist?« Nicole hakte mich unter und ging an meiner Seite zu den Schließfächern.

Meine Freunde umringten mich neugierig. Doch bevor ich meine erdachte Lüge »Großmutter schwer krank« loswerden konnte, trat jemand hinter Jayden und Ruby.

»Felicity, hast du mal einen Moment Zeit?« Ciaran, wieder in seinem Lehrer-Look mit Dreitagebart und dem geschniegelten Aussehen eines Anfang-Dreißigers, nahm meinen Arm und zog mich mit sich. Über die Schulter rief er meinen Freunden zu: »Sagt Mr Sinclair, sie kommt zehn Minuten später. Wir müssen uns über das Referat unterhalten.«

»Verdammt, Ciaran, du machst alles nur noch schlimmer«, stöhnte ich, als er mich in sein Büro gezerrt hatte. »Davon abgesehen hat keiner von ihnen Unterricht bei Mr Sinclair. Das sind nur Lee und ich.«

»Ich komme auch sofort zur Sache und du kannst Mr Sinclair wieder die Geschichte der bemitleidenswerten Pub-Wirtin erzählen. Die kennt er ja zur Genüge.«

Ich funkelte ihn wütend an.

»Wenn sie dich fragen, wo du warst, antwortest du, du hättest mich bei einem Außenprojekt unterstützt. Du wirst ein Referat über Ausgrabungen in Skara Brae anfertigen und vortragen, damit man es glaubt. Ich habe ein paar Unterlagen und Fotografien gefälscht, die du verwenden kannst.« Er umfasste meine Oberarme und sah mir eindringlich in die Augen. »Du darfst nie und unter keinen Umständen jemandem von den Zeitsprüngen erzählen. Hast du verstanden? Niemandem!«

Ich sah ihn verwirrt an. »Wem sollte ich davon erzählen? Lee ist doch gar nicht da.«

»Wenn mir auch nur einmal zu Ohren kommen sollte, dass deine Freundinnen etwas von Versailles erfahren oder Karl dem Großen, dann wirst du die Konsequenzen tragen müssen. Und glaub mir, die sehen nicht gut aus für normale Sterbliche.«

Ich schluckte beklommen. Die Drohung war unmissverständlich. »Keine Sorge. Es würde mir eh niemand glauben.«

Ciaran sah mir noch immer intensiv in die Augen. Urplötzlich ließ er mich los und trat hastig einen Schritt zurück. »Dann geh jetzt in den Unterricht. Solltest du Ärger bekommen, werde ich mit Will reden.«

Ich schulterte meine Tasche und sah ihn irritiert an. »Will? Wer ist Will?«

»Mr Sinclair.«

Schnell flüchtete ich zum Englischraum. Die Tatsache, dass Ciaran meinen Englischlehrer duzte, machte alles noch surrealer, als es schon war.

Mr Sinclair war nicht sauer. Verständnisvoll akzeptierte er meine Entschuldigung und wies mich auf die entsprechende Seite im Buch hin.

Macbeth. Ein Stück mit Königen und Geistern. *Schatten, Geister, Könige? Warum immer ich?*, dachte ich und versuchte mich auf die alte Sprache zu konzentrieren.

Tatsächlich gelang es mir recht gut. Innerhalb von ein paar Minuten war ich von dem Stück gefangen. Die Sprache war einzigartig. Ich wollte, Lee wäre hier. Er hätte mir bestimmt wieder irgendeine lustige Geschichte dazu erzählen können, wie bei unserer gemeinsamen Tower-Besichtigung.

»Geiz war das Schwert, das unsre Könige erschlagen!«, las Jack Roberts lustlos vor.

»Von allen königlichen Trieben, Gerechtigkeit, Wahrheit, Enthaltsamkeit, Geduld und Demut …«, fuhr Justin Haskett fort und bei mir fiel der Groschen.

Königliche Triebe. Schwert. Kämpfe. Schlachten. Königliche Triebe. Königliche Insignien. Erst letzte Woche hatten wir Heinrich V. durchgenommen mit den Königsinsignien. Das Schwert war Teil der Insignien Pans, die verschollen waren! Umhang, Krone, Schwert, Ring. Wer sagte, dass Königsinsignien immer nur Krone, Zepter und Reichsapfel enthalten mussten? Immerhin handelte es sich um die Insignien eines Elfenreichs.

Ich musste unbedingt herausfinden, ob ich Recht hatte. Wen konnte ich fragen? Lee, meine erste Quelle, was das Elfenreich anbelangte, war nicht da. Ciaran war nicht der Vertrauenswürdigste. Zumal er nie direkt antwortete, sondern nur in kryptischen Phrasen. Fynn oder Liam auf Avalon? Zu weit weg. Eamon? Noch unerreichbarer. FedEx, UPS und Hermes würde ich bestimmt nie wieder um etwas bitten.

Warum bot die British Library eigentlich keine Abteilung zur Elfengeschichte? Oder Google? Es gab nur eine Person, die mir Antwort geben konnte. Sofern man sie als Person bezeichnen konnte.

»Oh, Felicity, schon wieder hier?«

Mist. Simone hatte heute Dienst? Ausgerechnet in den Räumen 19 bis 24, genau neben mir. »Äh, ja. Ich dachte, ich hätte mein Federmäppchen hier vergessen«, log ich.

»Ich habe nichts gefunden. Aber vielleicht eine der Putzfrauen. Du musst bei Mr Biglow nachsehen. Der verwahrt alle Fundsachen.«

Das fehlte noch.

»Bitte sag nicht, du bist auch eine von diesen vertrockneten Kunststudenten, die stundenlang vor den Bildern stehen und sich jeden Pinselstrich versuchen zu merken.« Simone lachte und stellte sich neben mich.

Ich lachte unsicher mit und machte schnell einen Schritt zur Seite, vor ein Gemälde neben dem Avalon-Bild.

»Ist das Bild nicht schrecklich düster?«, fuhr sie fort. »Wieso hat der Maler nicht einen freundlichen Himmel eingefangen? Mit viel Sonne? Und diese Schafe ... Auf dem Bild riecht man förmlich, wie sie stinken.« Sie schüttelte lachend den Kopf – da nahm ich aus den Augenwinkeln im Nachbarbild etwas wahr.

Ich zwinkerte ins Bild und zupfte mit hüpfenden Augenbrauen an meinem Ohrläppchen. Ich hatte mal gelesen, dass es sich bei diesem Zeichen um einen Geheimcode handelte. Hoffentlich war der Schatten ebenso belesen.

»Sag mal, hast du was im Auge?« Simone unterbrach ihren Lachanfall.

»Ja. Es juckt furchtbar.« Ich rieb mir das linke Auge. »Ich glaube, ich muss es ausspülen gehen. Bis gleich.«

Ich eilte in den Keller zu den Toiletten und hoffte, dass der Schatten mir folgen würde. Ich wartete fünf Minuten im Klo, dann musste ich einsehen, dass er meine Botschaft nicht verstanden hatte. Ich ging wieder raus. Direkt an der Wand gegenüber trat er aus dem Schatten einer Säule.

»Ich habe da drin auf dich gewartet!«, sagte ich vorwurfsvoll.

Er deutete auf das Schild an der Tür. Ich rollte die Augen.

»Meine Güte. Ein Gentleman. Ist vielleicht besser so. Ich habe eine Frage: Umhang, Helm, Schwert, Ring – ja, ja, schon gut, Halsreif – sind damit Pans Insignien gemeint?«

Der Schatten nickte bedächtig.

»Und wo finde ich die?«

Er hob ahnungslos die Arme.

»Aber … ich dachte, du könntest es mir sagen! Deswegen bist du doch noch hier, oder?«

Er reckte den Kopf vor, als habe er nicht verstanden.

»Du bist doch ein Geist, oder nicht? Die sind doch eigentlich nur dann in der Menschenwelt anzutreffen, wenn sie noch etwas zu erledigen haben.«

Er schüttelte den Kopf.

»Heißt das jetzt, du hast nichts mehr zu erledigen, oder heißt das, du bist kein Geist?«, wollte ich wissen.

Bei der letzten Aussage zeigte er mit dem Zeigefinger auf mich.

»Gut. Damit meinst du bestimmt ›richtig‹. Kannst du vielleicht deinen Daumen heben? Dann bin ich auf der sicheren Seite. Daumen nach unten bedeutet ›falsch‹. Okay?«

Er hob einen Daumen.

»Also, noch mal: Umhang, Helm, Schwert und Halsreif sind die königlichen Insignien.« Daumen hoch. »Ich soll sie finden.« Daumen oben. »Und du weißt, wo sie sind.« Daumen unten. »Du weißt es nicht? Wieso nicht?«

Er stemmte beide Hände in die Hüften. Dann hob er eine Hand und schüttelte sie vage.

»Du weißt in etwa, wo sie sind?«

Wieder das Handschütteln.

»In London?«

Daumen unten.

Na toll. Diese Suche versprach ja heiter zu werden. Mit einem Mal zeigte er auf mich, dann winkelte er die Arme an und wiegte sie, als trage er ein Baby. Wieder auf mich, wieder das wiegende Kind.

»Ich hab kein Kind.«

Der Finger deutete recht energisch auf mich, dann deutete er mit der flachen Hand neben sich eine Größe an.

»Oh. Ich als Kind!«, ging es mir endlich auf.

Er nickte.

»Als Kind war ich nicht in London. Ich bin in Cornwall aufgewachsen.«

Der Schatten hob beide Daumen euphorisch nach oben.

»Geht es ein wenig präziser? In meinem Heimatort?«

Dieses Mal wieder das vage Schütteln.

»Wenn ich dort hinfahre, könntest du mich begleiten?«

Jetzt zeigten wieder beide Daumen enthusiastisch nach oben.

Großartig. Ich sollte schon wieder verreisen. »Ich kann nicht sofort hin, aber ich glaube, ich kann schon mal einen Teil besorgen«, erklärte ich ihm beim Abschied. Er nickte und winkte mir hoheitsvoll hinterher.

IM PUB

Ich durchsuchte mein Zimmer noch einmal gewissenhaft nach der Fibel und anschließend die ganze Wohnung. Nichts. Also machte ich mich auf in den Pub.

Obwohl ich seit einigen Wochen keinen Fuß mehr hier reingesetzt hatte, wirkte es, als sei die Zeit stehengeblieben. Es roch wie immer nach abgestandenem Alkohol, verräuchertem Holz und alles sah etwas schäbig und heruntergekommen aus. Dieser Pub hatte seine besten Zeiten – wenn er je welche gehabt hatte – in den Sechzigern erlebt. Sogar die Gäste passten in diese Ära.

Die drei Stooges saßen an der Theke und ich könnte beinahe schwören, sie trugen die gleichen Klamotten wie immer. Karierte Hemden beziehungsweise Mike einen Rollkragenpulli, Arbeitshosen und -schuhe.

Mum lächelte mich erfreut an. »Hallo, Schatz. Das ist aber nett. Ich bekomme dich ja kaum noch zu sehen.«

Wieder dieser leichte Vorwurf. Obwohl ich ihn ungerechtfertigt fand, verursachte er mir ein bisschen ein schlechtes Gewissen. »Hi, Mum. Hallo, ihr drei.«

Mike, Ed und Stanley prosteten mir begeistert zu. Mike hatte bereits einiges intus, denn er schlabberte beim Anheben seines Glases.

»Hey, Feli, schön dich wiederzusehen. Ich könnte schwören, du bist größer geworden«, rief Stanley.

»Sie ist mindestens fünf Inch gewachsen seit Weihnachten«, bekräftigte Mike lallend. »Auf alle Fälle bist du dünner geworden.«

Jetzt fehlte nur noch, dass sie mir den Kopf tätschelten. Stattdessen …

»Wo ist denn dein Freund? Der nette Schotte«, wollte Mike wissen.

Ed knuffte ihn in die Seite. »Kein Schotte.«

»Ich meine doch den Schauspieler«, verteidigte sich Mike.

»Aber nein, ich meine den Gutaussehenden, den Blonden«, stellte Stanley klar.

Ach, Richard sah nicht so gut aus wie Lee? Wie amüsant. Armer Richard. Er unterlag Lee schon wieder. Und ja, Lee sah besser aus. Apropos Richard. Erschrocken fiel mir ein, dass ich mich nicht mehr bei ihm gemeldet hatte nach jenem katastrophalen Abend. Während meines Aufenthalts auf Avalon und in Versailles hatte er mir zwei SMS gesandt. Dort hatte es natürlich keinen Empfang gegeben und so hatte ich sie erst bei meiner Rückkehr gesehen, aber ganz vergessen darauf zu antworten. Er war bestimmt sauer. Ich verdrängte Richard auf später.

»Ich muss mal kurz mit dir reden, Mum«, überging ich die Fragen der drei Stooges. »Ich vermisse eine Art Brosche. Sie war aus Gold und besaß einen sehr großen gelben Edelstein. Einen Bernstein.«

Meine Mutter begann hektisch das Regal hinter der Theke zu wischen. Ich konnte im Spiegel dahinter genau erkennen, dass sie erschrocken war. Hatte sie etwa gedacht, ich sei hierhergekommen, um ihr zu helfen?

»Was soll das für eine Brosche sein, Felicity?«, fragte sie, aber ihre Hand zitterte ein wenig, als sie das nächste Glas ins Regal stellte. »Ich meine, wenn sie aus Gold ist und mit einem großen Bernstein, woher kommt sie dann?«

Sehr clever. Direkt zum Gegenschlag ausholen. Mum wusste genau, dass ich eine solche Brosche nie geerbt hatte und sie mir noch weniger hätte leisten können. »Sie gehört Lee«, log ich. »Er hat sie mir zur Aufbewahrung gegeben, weil in seiner Gegend so oft eingebrochen wurde.«

Mums Wangen waren jetzt deutlich gerötet. Ihre Lider flatterten nervös.

»Und, Mum, hast du vielleicht ein Kleid gesehen, das in meinem Schrank hing? Es war blau und cremefarben und hatte einen wunderschönen Rock.«

Jetzt drehte sie sich überrascht um. »Das habe ich Anna zurückgegeben. Du hattest es dir doch von ihr für den Ball geliehen.«

Oh, Mist. Darauf wäre ich nie gekommen. »Nein, das war nicht Annas Kleid. Das hatte Lee mir geschenkt«, erklärte ich ihr bedrückt. Ich bezweifelte, dass meine Schwester ein solches Kleid noch einmal rausrücken würde. Vor allem, wenn sie das Etikett sah. Das Kleid, das sie mir geliehen hatte, war vom Ausverkauf bei Marks and Spencer gewesen. Billiger Taft. Jon Georges Kreation allerdings ... Ich durfte nicht daran denken, wie viel Lee für mich an diesem magischen Abend ausgegeben hatte.

»Ho ho«, johlte Stanley vergnügt. »Du hast einen Galan, der dir Klamotten kauft? Du weißt, was das bedeutet, Feli?«

Ich sah ihn irritiert an. »Nein.«

»Wenn Männer anfangen Klamotten für Frauen zu kaufen,

meinen sie es ernst. Das ist fast noch bindender als ein Ring«, erklärte er in schulmeisterlichem Ton.

»Darauf kannste wetten«, nickte Mike düster. »Als ich meiner letzten Freundin die Unterwäsche gekauft habe, die sie sich gewünscht hatte, hat sie mir den Laufpass gegeben. So weit wären wir noch lange nicht. Ich konnte gehen. Die Unterwäsche hat sie behalten.«

»Unterwäsche ist ja wohl nicht dasselbe …«, versuchte ich den Vergleich zu widerlegen.

»Klamotten sind Klamotten. Man trägt sie am Leib, oder?«

Ich dachte nur, sollte Lee es je wagen, mir Unterwäsche zu kaufen … Davon abgesehen *waren* wir verlobt. Er zumindest hatte es gewusst und sich sicher nichts dabei gedacht. Ich räusperte mich und kam zu dem Punkt zurück, weshalb ich eigentlich hier war. »Die Brosche, Mum …«

»Wieso gibt dir dein Lee eine so wertvolle Brosche?«, fragte Stanley. Die drei Stooges hatten unsere Unterhaltung neugierig verfolgt. »Wenn der sich so ’nen Krempel leisten kann, wieso dann keinen Tresor? Oder ein Bankschließfach?«

Wieso musste Stanley ausgerechnet heute seinen Kopf einsetzen? Nahm ihm sonst nicht seine Leber diese Funktion ab? »Ist es nicht völlig gleich, warum er sie mir gegeben hat?«, fauchte ich. »Tatsache ist, er hat sie mir anvertraut und sie ist weg.«

»Oder war sie statt ’nem Ring ein Verlobungsgeschenk?« Jetzt knufften sich alle drei feixend in die Seiten.

»Nein, war sie nicht. Würdet ihr meine Mutter mal bitte zu Wort kommen lassen? Ich weiß immer noch nicht, wo sie ist.«

Jetzt waren alle still und sahen neugierig zu Mum.

»Patty, hast du die Brosche?«, fragte Ed leise.

Mum seufzte vernehmlich. Sie sah aus wie ein Verurteilter, kurz bevor er das Schafott betritt. Ich wusste schon, was sie sagen würde, noch ehe sie es aussprach. »Ich habe sie verkauft. Letzte Woche kam die Stromrechnung. Es war wohl die vierte Mahnung mit dem Hinweis, sie würden den Strom am Montag abstellen. Ich hatte die Brosche gefunden, als ich ein paar saubere Socken gesucht habe. Sie war meine Rettung.«

Wir schwiegen alle. Sogar die drei Stooges schienen betroffen. »Wem hast du sie verkauft?«

»Philip meinte, er würde ...«

»PHILIP?!«, schrie ich fassungslos.

Jetzt begann Mum wieder energisch ein Glas zu polieren. »Nun ja, dein Bruder kennt sich mit so was aus. Er kennt nun mal gewisse Leute und scheut sich nicht, mir zu helfen. Du kennst ja nur noch Schauspieler und Models.« Den letzten Satz warf sie mir mit vorwurfsvollem Blick an den Kopf.

Ich hatte genug gehört. Wenn Philip die Fibel hatte, hatte ich ernsthafte Bedenken, ob ich sie je wiedersehen würde. Er hatte seine Schulden damit beglichen und Mums Stromrechnung.

Ich wandte mich um.

»Feli, findest du es in Ordnung, deine Mutter so zu behandeln?«, rief Stanley mir nach.

Ich warf einen Blick zurück. Die drei Männer in ihren verwaschenen Klamotten mit den blau geäderten Alkoholikergesichtern und davor meine Mum, eine hübsche, zierliche Frau, die mich mit ihren braunen Rehaugen tadelnd ansah.

Ich wandte mich um und ging wortlos davon.

ERKENNTNISSE IM GESCHICHTSUNTERRICHT

»Das russische Zarenreich war das letzte absolutistische Regime Europas.« Ciaran legte seine Schultasche aufs Lehrerpult und klappte das Smartboard auf. »Die Bauern waren noch Leibeigene, die Fürsten mussten keine Steuern zahlen und der Adel lebte in Saus und Braus, während der Rest des Volkes hungerte. Dieser ignoranten Opulenz haben wir ein paar herausragende Kostbarkeiten zu verdanken. Nennt mir ein paar Beispiele. Ja, Ruby?«

»Die Eremitage.«

Ciaran nickte zustimmend.

»Jack?«

»Die Fabergé-Eier.«

»Richtig.«

Jack Roberts drehte sich zu mir um und lächelte.

»Corey?«

»Den Wodka?«

Alle lachten.

Ciaran rollte die Augen. »Wodka war wohl eher das Getränk der Armen. Phyllis, willst du ihm helfen?«

»Das Bernsteinzimmer.«

»Gut. Ich verteile jetzt sieben Fotografien von Kunstgegenständen beziehungsweise Gebäuden und ihr bildet sieben Gruppen, in denen ihr euch mit jeweils einem dieser Gegenstände beschäftigt. Ende der Stunde möchte ich eine ausführliche Zusammenfassung, was das jeweilige Werk so besonders macht.«

Phyllis, Ruby, Corey und ich bekamen ein Bild des Bernsteinzimmers. Nicole und Jayden hatten sich mit drei anderen zusammengetan. Die Stimmung zwischen Nicole und Corey war noch immer etwas angespannt.

»Wann redest du wieder mit ihr?«, fragte Phyllis Corey.

Er zuckte die Schultern. »Was soll ich denn sagen? Zwischen Holly und mir hatte es nun mal gefunkt und dann doch wieder nicht. Was hat Nicole damit zu tun?«

»Sei doch nicht so unsensibel«, zischte Ruby in ungewohnter Schärfe. »Sie ist seit Ewigkeiten in dich verknallt.«

»Ich habe ihr nie irgendwelche Hoffnungen gemacht, oder?«, verteidigte sich Corey.

»Hey, du hast ihr auf Jaydens Karaoke-Party die Zunge bis zum Anschlag in den Rachen geschoben«, verteidigte ich meine Freundin. »Wie sollte sie sich da keine Hoffnungen machen?«

Corey sah mich an, als seien mir Hörner gewachsen. Ruby und Phyllis ebenso.

»Hat das keiner von euch mitbekommen?«, fragte ich unsicher. »Ich meine, ihr wart alle dabei.«

»Mehr oder weniger«, gestand Phyllis unsicher.

Corey lehnte sich erschüttert in seinem Stuhl zurück.

»Ich dachte, du wüsstest das«, sagte ich entschuldigend.

Er schüttelte den Kopf. »Nee. Ich bin morgens mit einem höllischen Kater aufgewacht. Gut, Nicole lag halb auf mir, aber Ruby auch.«

Ruby wurde tiefrot. »Erinnere mich nicht daran! Das war

peinlicher als in der dritten Klasse, wie ich nach dem Sportunterricht in meiner Unterhose aus der Kabine gegangen bin.«

Phyllis und ich bissen uns schnell auf die Lippe, um nicht laut loszulachen.

Corey hatte nur ein müdes Lächeln und das verblasste schnell wieder. Er sah mich an. »Ehrlich? Nicole und ich?«

»Ehrlich.«

Er neigte ein wenig den Kopf. »Ich hatte eigentlich gedacht, ich hätte mit dir ...« Jetzt wurde er rot.

Ich war sprachlos. Mit mir? Corey?

»Komm schon, City. Tu nicht so, als käme das total überraschend. Du weißt genau, wie du dich in den letzten sechs Monaten gewandelt hast. Deine Haare sind anders und du machst dich hübscher zurecht. Das kann dich jetzt nicht so arg überraschen. Sogar Jack Roberts steht auf dich.«

Ich drehte unwillkürlich den Kopf zu Jack. Tatsächlich. Er saß inmitten seiner Gruppe und sah zu mir. Als er meinen Blick bemerkte, lächelte er mir zu. »Hä?«, machte ich und sah wieder Corey an. »Was krieg ich eigentlich nicht mit? Ich meine: Das ist immer noch Jack Roberts. Vom Star Club! Der konnte nie genug auf uns rumhacken.«

»Tja, seit der Party bei Cynthia hat sich da was geändert«, stellte Corey lakonisch fest. »Sogar Mr Duncan steht auf dich.«

»Erinnere mich nicht daran«, brummte ich. »Apropos. Sollten wir uns nicht mal unserer Aufgabe zuwenden? Sonst kann ich wieder nachsitzen.«

»Ist das für dich wirklich so schrecklich?«, fragte Phyllis mit hochgezogenen Brauen.

»Ja«, erklärte ich kategorisch. »Er ist ein Tyrann.« Mir war klar, dass er das letzte Wort vermutlich mit seinen außergewöhnlichen Elfenohren hören konnte, aber das war mir egal.

Wir beugten uns über die Fotografie des Bernsteinzimmers. Ciaran hatte zu jedem Objekt noch weitere Bilder hinzugefügt.

»Ein bisschen viel Gelb und Gold für meinen Geschmack«, meinte Corey.

Ich stimmte ihm zu. Aber bei den Steinen, die um ein Gemälde eingelassen waren, wurde ich wehmütig. So ähnlich war der Stein in meiner Fibel gewesen. Unbezahlbar. Ich bezweifelte, dass Philip auch nur annähernd einen entsprechenden Preis erzielt hatte.

Während wir ihr diktierten, machte Phyllis in ihrer schönsten Sonntagsschrift fleißig Notizen zu besonders aufwendigen Arbeiten. Da fiel mein Auge auf einem der Fotos auf einen Spiegel. Darunter, in einer ganz besonderen Einfassung, befand sich ein Stein, der exakt so aussah wie der in meiner Fibel. Ich sah genauer hin. »Jayden, kannst du mir mal deine Brille leihen?« Ich nahm die geschliffenen Gläser und hielt sie wie eine Lupe vor den Stein. Es *war* der Stein aus meiner Fibel.

Aber wie kam er nur dahin? Wurde das Bernsteinzimmer nicht gebaut, nachdem Karl der Große mir die Fibel geschenkt hatte? Es mussten mehrere Jahrhunderte dazwischenliegen. Was verstand ich hier nicht? War jemand mit dem Stein zurückgesprungen? Vor Karl den Großen? Diese ganzen Zeitsprünge und Zeitverschiebungen verursachten Knoten im Gehirn. Nur eines stand fest: Es gab keinen Zweifel, dass das der gleiche Stein war. Dieses auffällige Muster und die Maserung waren einzigartig. Auch im Bernsteinzimmer.

Ich schluckte und sah auf, direkt in die zufriedenen Augen von Ciaran.

»Was sollte das?«, fragte ich Ciaran, sobald die Tür hinter uns ins Schloss fiel. Ich hatte vor seinem Büro auf ihn gewartet. »Du hast uns extra diese Aufgaben gegeben. Woher wusstest du, dass ich den Stein kenne?«

Ciaran legte seine Tasche auf den Schreibtisch und lehnte sich mit gekreuzten Armen dagegen. »Ich wusste es nicht mit Sicherheit. Ich habe es nur geahnt. Weißt du, um was es sich dabei handelt?«

Ich schüttelte den Kopf.

»Diesen Stein nennt man Fafnirs Auge. Er war Teil des Schwertes Gram. Ein ganz besonderes Schwert in der Elfenwelt.«

»Gehört es zu den Insignien Pans?«, fragte ich.

Ciaran blinzelte. »Was weißt du darüber?«

Ich zuckte die Schultern. Ich wollte den Schatten keinesfalls verraten, also dachte ich an meinen Ausflug mit Lee in Westminster, wo ich zum ersten Mal davon gehört hatte.

Ciaran las in meinen Gedanken und nickte. »Genau. Die Insignien. Es gibt insgesamt drei. Einen Umhang, ein Schwert und einen Ring. Das Schwert ist allerdings nur vollständig mit diesem Stein. Du weißt von der besonderen Verbindung der Elfen mit Edelsteinen?«

Ich stutzte einen Moment, nickte dann aber. Lee hatte mir die Funktion seines Telemediums erklärt.

»Der Bernstein ist etwas ganz Besonderes. In der Regel reagieren die Edelsteine auf die Träger anderer Edelsteine. Fafnirs Auge kann dagegen von ausgebildeten Druiden erspürt werden. Lee war vor einiger Zeit in Rom, weil einer der Boten König Oberons ihn dort gespürt hatte.«

»In Rom?«, hakte ich verblüfft nach. So gut konnte das Gespür des Boten nicht sein, denn zu dem Zeitpunkt war die Fibel in meinem Besitz gewesen.

»Wir vermuten, dass das Bernsteinzimmer in den vatikanischen Katakomben versteckt liegt. Es ist ja nach dem Zweiten Weltkrieg verschollen, aber der Vatikan wusste schon immer, wie man sich seltene Kunstwerke aneignet.«

Ich starrte ihn sprachlos an. »Echt? Das Bernsteinzimmer liegt in Rom?«

Ciaran zuckte die Achseln. »Wer soll es dort finden? Niemand außer den engsten Eingeweihten hat Zugang zu allen Bereichen des Papstpalastes. Und ich bin mir sicher, es gibt höchstens eine Handvoll, die *überall* Zugang haben. Damit bleiben Geheimnisse bewahrt. Nicht einmal der Papst wird in alles eingeweiht. Er steht zu sehr im Blick der Öffentlichkeit.«

Mir stand der Mund offen.

»Aber das ist irrelevant für uns. Tatsache ist, Fafnirs Auge befand sich dort. Jetzt ist es wieder verschwunden. Was weißt du darüber?«

Ich seufzte und dachte schnell an die Picknickdecke in Westminster und rief mir Lees Worte in Erinnerung. »Nichts. Ich wusste nicht einmal, was genau Pans Insignien sind.«

»Felicity«, Ciarans Stimme nahm wieder den drohenden Unterton an. »Spiel nicht mit mir und lüg mich nicht an. Du hast irgendwas damit zu tun.«

»Das habe ich schon mal gehört«, antwortete ich trotzig. »Aber du kannst mich schwerlich dafür verantwortlich machen. Ich war ein Baby, als sie verschwunden sind. Lee hat gesagt, sie verschwanden am Tag meiner Geburt.«

»Und deine Eltern haben dir nie etwas gesagt, hinterlassen oder irgendwelche Andeutungen gemacht?«

»Nein. Mein Dad war seit vier Monaten tot, Mum war immer am Arbeiten und meine Großmutter hat nie mit mir geredet.«

Tatsächlich hatte meine Großmutter mich gehasst. Ich dachte nur ungern an sie und die wenigen Male, wo ich mit ihr allein gewesen war. Einmal hatte sie mich verprügelt und mir ein paar heftige Hämatome zugefügt. Grandpa war dazwischengegangen und hatte mich gerettet. Grandma lebte noch. Sie wohnte in einem Altenheim, erkannte aber niemanden mehr. Die Pfleger hatten ihre liebe Not, denn Grandma war mit fortschreitender Demenz auch sehr aggressiv geworden. Mum hatte in den letzten drei Jahren kein Geld gehabt, um sie zu besuchen. Grandpa dagegen war immer gut zu mir gewesen. Er hatte mir auch oft von den Sagen Cornwalls erzählt. Vor allem von König Artus. Immerhin war ich in der Nähe von Tintagel aufgewachsen. Er hatte mich auf lange Spaziergänge mitgenommen und mir Eis gekauft oder Lutscher. Der Bilderbuch-Großvater schlechthin. Ich vermisste ihn noch immer. Aber hatte er mir etwas hinterlassen?

Das Stilett!

»Wie war das?« Ciaran neigte den Kopf.

Ich durchwühlte meine Tasche. »Mein Grandpa hat mir das hier hinterlassen.« Ich nahm das Stilett aus seinem Beutel und hielt es Ciaran hin.

Er betrachtete es eingehend.

»Äh, Vorsicht«, warnte ich und nahm es ihm ab. »Wenn du nämlich das hier berührst, geschieht das.« Ich drückte die kleine Einkerbung am Griff und ließ die zehn Zentimeter lange Klinge herausschnellen.

Ciaran zuckte zurück. Er starrte auf das Stilett und dann auf mich. »Weißt du, was das ist?«, fragte er leise.

»Ein Stilett«, antwortete ich achselzuckend.

Ciaran streckte noch einmal die Hand danach aus. »Darf ich?«

Ich reichte es ihm mit dem Griff voran.

»Das ist ein Drachenmesser, Felicity. Und du sagst, dein Großvater hat es dir hinterlassen?«

Ich nickte.

»Hat er dir etwas dazu erklärt?«

Ich schüttelte den Kopf. »Er meinte nur, es diene zur Verteidigung.«

Ciaran betrachtete den Griff eingehend. »Hast du diese Rillen gesehen? Das ist eine Schrift. Die Ogam-Schrift. Uralt und nur von ein paar Eingeweihten zu lesen.«

»Meinst du mit Eingeweihten Druiden und Elfen?«

Er nickte und strich über jede einzelne Kerbe und mir fiel wieder auf, wie gepflegt seine Hände waren.

»Kannst du die Schrift lesen?«, fragte ich ihn neugierig.

Er schüttelte langsam den Kopf. »Nein. Dieses Wissen ist ein paar wenigen Druiden vorbehalten.«

Ich erinnerte mich wieder: Diese Schrift kam auch im Buch der Prophezeiung vor.

Er gab mir das Stilett zurück. »Aber so interessant das alles auch ist, es bringt uns nicht weiter.« Er seufzte und sah mich von unten herauf an, als überlege er, was er jetzt mit mir machen sollte.

»Können wir nicht Lee suchen?«, fragte ich leise.

Er lächelte spöttisch. »Vermisst du deinen Verlobten?«

»Ich vermisse meinen Freund«, antwortete ich ehrlich und

fügte düster hinzu: »Und wenn ich ihn zurückhabe, werde ich ihm klarmachen, was ich von dieser Verlobung halte.«

Jetzt grinste Ciaran aufrichtig. »Na, dann werde ich mal ein paar andere Quellen anzapfen, in Ordnung?«

»In Ordnung«, sagte ich mit einem ebenso aufrichtigen Lächeln.

»Gut. Und jetzt zurück in den Unterricht mit dir. Will zieht mich schon ständig mit dir auf.«

Ich rollte die Augen. »Daran bist du selber schuld.«

Sein Blick wurde ein wenig boshaft. »Er ist tatsächlich ein bisschen eifersüchtig.«

Ich stöhnte und ging.

»Darf ich deine Tasche tragen?« Paul stand nach der Physikstunde an meinem Spind.

Ich schloss auf, tauschte die Bücher aus und sah dann erst Paul an. »Nein, Paul. Ich trage meine Tasche selber. Und ich sage dir jetzt, dass wir beide kein Paar werden. Du bist nett, aber ich habe einen Freund.«

Paul sah überrascht aus. »Lee?«

»Nein. Er heißt Richard und ist nicht hier am College. Das muss reichen.« Ob ich Richard tatsächlich als meinen Freund bezeichnen konnte, wusste ich nicht. Trotzdem war es besser, als Paul zu sagen, dass ich absolut nicht auf ihn stand.

»Du warst nicht mit ihm auf dem Ball.«

Ach sieh mal an. Paul war auf dem Ball gewesen? »Nein, ich war mit ihm beim *Sunrise Avenue*-Konzert«, erklärte ich.

Jetzt wirkte Paul betroffen. Wortlos wandte er sich um und ging.

Ich seufzte. »Paul! Warte!«

Er blieb stehen und sah aus wie ein geprügelter Hund.

»Ich würde mich freuen, wenn wir befreundet blieben.«

Paul schaute mich lange an. »So wie mit Jayden und Corey?«

»Genau. Wie mit Jayden und Corey.«

»Jayden ist seit Ewigkeiten in dich verknallt. Ich habe immer geglaubt, ihr kämt irgendwann richtig zusammen.«

Musste er ausgerechnet jetzt in dieser Wunde bohren? »Ich sehe in Jayden eher meinen Lieblingsbruder«, gestand ich.

Paul sah auf seine Fußspitzen.

»Kann ich mit dir nicht genauso befreundet sein? Ich meine, du kannst uns gerne mal beim Joggen begleiten.« Ich sah sein zweifelndes Gesicht. »Oder was anderes.«

Paul nickte ergeben. »Würdest du mit mir mal schwimmen gehen?«

Ich sah ihn verblüfft an. »Schwimmen?«

»Ja. Eis essen oder Kino ist doch überholt.«

Wo er Recht hatte ... Ich lächelte. »Klar.«

»Im Kingfisher Leisure Center?«

»Gern«, sagte ich und war ehrlich erleichtert.

Gemeinsam gingen wir zum Chemieunterricht. Als Miss Black den Raum betrat, dachte ich, dass niemand zuvor Paul so viel hatte sagen hören. Sogar seine Stimme klang nicht mehr ganz so piepsig.

Richard. Das Gespräch mit Paul hatte ihn wieder ganz nach oben auf meiner Prioritätenliste katapultiert. Ich hatte ihn total vergessen und ihm noch immer nicht auf die SMS geantwortet.

Erst einmal holte ich mir mein Jon-George-Kleid von Anna zurück. Sie hatte es nur ungern rausgerückt. Und das auch hauptsächlich deshalb, weil es ihr nicht passte. Zu meiner Überraschung war sie äußerst freundlich gewesen. Sie hatte mich nach meiner Beziehung zu Richard ausgefragt und mir ewig von Klein-Jakob und dem Klatsch und Tratsch ihrer Nachbarschaft erzählt. Zu guter Letzt hatte sie mich mit der Bitte verabschiedet, Richard einmal zum Barbecue mitzubringen.

Ich rief Richard noch auf dem Heimweg an.

»Hey, Felicity.« Seine Stimme klang nicht ganz so enthusiastisch, wie ich es gewohnt war.

»Hallo, Richard. Tut mir leid, dass ich mich erst jetzt melde. Hast du gerade viel zu tun?«

»Ja. Heute lief es nicht gut. Eigentlich läuft es überhaupt nicht gut. Wolltest du was Bestimmtes?«

Ich zögerte. So schroff hatte er noch nie mit mir geredet. »Also, ich wollte mit dir sprechen. Und ich hatte gehofft, wir könnten uns sehen.«

Es blieb einen Moment lang still am anderen Ende der Leitung. »Weißt du, Felicity, ich bin mir nicht sicher, was für ein Spiel du spielst.«

»Ich spiele doch kein Spiel!«, versicherte ich ein kleines bisschen empört.

»Na, da bin ich mir nicht so sicher. Du wohnst bei Lee, dann verschwindest du spurlos mit seinem Cousin. In diesem Pub taucht ein Prolo auf und meldet seine Ansprüche an und du reagierst wochenlang nicht auf meine Nachrichten. Nein, ehrlich gesagt, auf solche Spielchen habe ich keine Lust.«

»Richard ...«, wollte ich zu einer Erklärung ansetzen, stockte aber. Wie sollte ich es ihm erklären? Dass Lee, *sein* Freund Lee, vermisst wurde, Ciaran ein Halbelf war und mit mir eine Zeitreise unternommen hatte? »Das mit Carl tut mir wirklich leid. Ich habe ihm nie irgendwelche Hoffnungen gemacht. Im Gegenteil, ich konnte den Typ noch nie ausstehen. Bitte, Richard, du kannst mich doch nicht für solche Idioten verantwortlich machen. Ich sehe Carl normalerweise genau zweimal im Jahr, wenn es hochkommt dreimal: an Weihnachten und an den Geburtstagen meiner Schwester und meines Schwagers. Und ich schwöre dir, er hat sich sonst immer nur über mich lustig gemacht oder mich als eine Bedienung angesehen.«

Richard schwieg noch immer.

Mir saß ein großer Kloß im Magen. Ich mochte Richard. Sehr sogar.

»Ich könnte mir vielleicht übermorgen zwei Stunden freinehmen«, sagte er endlich. »Übermorgen um fünf. Um sieben muss ich mich für eine Vernissage fertig machen, für die ich gebucht bin.«

»Kein Problem«, sagte ich schnell. »Fünf Uhr passt mir gut.«

»Okay. Bis dann.«

»Richard!«, rief ich, ehe er auflegen konnte.

Ein wenig zögernd kam: »Ja?«

»Es tut mir leid, dass du so von mir denkst. Ich mag dich wirklich gern.«

Ich hörte ein Seufzen. »Bis übermorgen, Felicity.«

Ich hielt den Hörer noch ans Ohr, obwohl er bereits aufgelegt hatte.

FAMILIE UND STREITIGKEITEN

»Philip, ich muss mit dir reden.« Ich stand vor der Tür zu seiner WG, aus der ein scheußlicher Gestank nach Alkohol, stickiger Luft und Zigarettenqualm drang. Sein Mitbewohner Martin hatte die Tür erst einen Spalt und dann ganz geöffnet, als er mich erkannte. Ich drängelte mich an ihm vorbei. Hier sah es genauso aus, wie man sich eine studentische Junggesellenbude vorstellt. Vielleicht ein wenig chaotischer.

»Wo ist er?«, fragte ich Martin.

Der sah noch völlig verschlafen aus und kratzte sich über seine Kinnstoppeln. »Im Schlafzimmer. Du, City, willst du mit mir gehen?«

»Verschwinde, Martin.«

Ich ging zu Philips Zimmer, klopfte einmal an die Tür und machte auf. Ein Mädchen schreckte hoch, die Bettdecke vor ihre Blöße haltend.

»Philip«, kreischte sie und schubste meinen Bruder an.

Der blinzelte und entdeckte mich schließlich. »Hey, City, waswillsnduhier?«

»Mit dir reden. Steh auf. Und zieh dich an.« Ich schloss die Tür wieder und rempelte gegen Martin, der dicht hinter mich geschlichen war. Was war mit dem Typen los? Sonst hatte er mich komplett ignoriert.

»Bist du sicher, City?«, fragte er noch mal und ließ seine Augenbrauen hüpfen.

»Absolut. Gibt es in diesem Loch Kaffee?« Ich schob mich an ihm vorbei zur Küche und riss das Fenster auf. Ein Blick auf die von dreckigem, teilweise verschimmeltem Geschirr überfüllte Spüle ließ mich vom Kaffeekochen Abstand nehmen.

»Du bist echt heiß, wenn du wütend bist«, sagte Martin und lehnte sich an den Türrahmen.

»Verschwinde, Martin. Das ist meine Schwester«, sagte Philip hinter ihm. Ich hob erstaunt die Augenbrauen. Es war das erste Mal, dass er mich verteidigte. Zu früh gefreut, dachte ich eine Sekunde später. »Du weißt schon, die langweilige, pummelige Stadt. Also verpiss dich. Geh zu der kleinen ... wie heißt du noch mal?«

Das Mädchen hinter ihm (inzwischen angezogen) antwortete: »Suzie.«

»Spiel mit Suzie.« Philip öffnete den Kühlschrank, nahm die Milchpackung und trank aus der Tüte.

»Na, vielen Dank auch, *Bruderherz*«, sagte ich sarkastisch. »Schön zu wissen, was du von mir hältst.«

»Was erwartest du?« Philip zuckte ungerührt die Schultern. »Du hast mich ganz schön hängenlassen.«

»*Ich* habe *dich* hängenlassen? Du denkst allen Ernstes, dass ich deine Glücksspiele unterstützen würde? Mit meinem sauer verdienten Geld?«

»Hey, soweit ich gesehen habe, bist du mit Richard Cosgrove zusammen. Der hat doch Geld wie Heu. Zweitausend Mücken sind da ja wohl ein Klacks. Von zweihundert ganz zu schweigen.«

Ich biss die Zähne zusammen. »Für Richard vielleicht. Für

mich nicht. Und dank Jeremy und Carl weiß ich nicht, ob wir noch zusammen sind. Das haben die beiden im Pub fein hinbekommen.«

Philips Bestürzung dauerte genau zwei Sekunden. Dann zuckte er die Achseln. »Na und? Dann ist doch da noch der andere reiche Typ. Der, von dem Mum erzählt hat. Dein Collegefreund.«

»Gut, dass du ihn erwähnst«, sagte ich spitz. »Er hat mir was zur Aufbewahrung gegeben. Eine Art Brosche. Ich muss sie zurückhaben.«

»Geht nicht. Hab sie verscherbelt.«

»An wen?«

Philip sah eine Spur interessierter aus. »Wieso? Kannst du es dir etwa leisten, sie zurückzukaufen?«

Ich musste meine Hände zu Fäusten ballen, ansonsten hätte ich ihm eine saftige Ohrfeige verabreicht. »An wen hast du sie verkauft?«

»An so 'nen Typ mit 'nem Laden auf der Portobello Road.«

Mist. Mist. Mist. Neben den Läden waren da jeden Samstag zusätzlich unzählige Stände und Tausende von Menschen. Es war nicht ausgeschlossen, dass die Brosche noch am selben Tag verkauft worden war. »Okay, du schreibst mir jetzt genau auf, wo das Geschäft ist, und ich will wissen, wie viel er dir gegeben hat.«

»Woah, mach mal halblang. Bist du morgens immer so energisch?« Philip lehnte sich an den überfüllten Küchentisch und griff sich einen trockenen Toast.

»Vor allem sauer, wenn man mich beklaut«, fauchte ich. War Philip eigentlich schon immer so ein Idiot gewesen?

Er seufzte ergeben. »Hast du was zum Schreiben?«

Ich riss ein Blatt Küchenrolle ab und reichte ihm einen Kugelschreiber aus meiner Tasche. Dann nahm ich den Zettel entgegen und hätte ihn beinahe wieder fallen lassen. »Fünfhundert Pfund?«, schrie ich entsetzt.

»Super, was?« Philip verschränkte selbstzufrieden die Arme. »Ich kann gut handeln.«

»Du *Depp!*«, rief ich und stieß ihn dieses Mal mit der Faust vor die Brust. »Du hast nur fünfhundert Pfund dafür bekommen? Mum hat mich für läppische fünfhundert Pfund beklaut?«

»Ehrlich gesagt hat Mum nur zweihundert bekommen. Den Rest hab ich behalten. Damit habe ich den Kredithai erst mal beruhigen können. Aber sag's ihr nicht. Mann, du hast einen ganz schön harten Schlag.« Er rieb sich die Stelle, wo ich ihn hingeboxt hatte.

Ich schloss für einen Moment die Augen. »Diese Brosche gehörte Karl dem Großen«, sagte ich schließlich.

»Der, der geköpft wurde?«, fragte Philip mit großen Augen.

»Nein, du Idiot. Dem Frankenkönig aus dem neunten Jahrhundert. Die Brosche ist über tausend Jahre alt. *Und du hast sie für fünfhundert Pfund verscherbelt!*« Den letzten Satz schrie ich.

Jetzt sah Philip endlich richtig entsetzt aus und wich vor mir zurück.

Wir starrten uns lange in die Augen.

»Aus dem achten Jahrhundert?«, fragte er schließlich. Er flüsterte.

Ich nickte.

Ganz unerwartet drehte er sich um und ließ mit seiner Faust den Kühlschrank erzittern. »Jetzt wird mir klar, warum der Typ so dämlich gegrinst hat und direkt mit dem Preis einverstanden war.«

Martin tauchte in der Tür auf. »Was ist passiert? Hat City dir erklärt, dass sie keine Jungfrau mehr ist? Das musste irgendwann kommen. Bei der Ausstrahlung …«

»Verschwinde, Martin!«, riefen Philip und ich unisono.

Ich musste hier raus und in Ruhe nachdenken. Ich musste mir was überlegen. »Was tun wir jetzt?«

Überrascht blickte ich auf. Philip sah mich bang an. »*Du* hast genug getan. Vielen Dank noch mal. Ich werde jetzt diesen Händler aufsuchen und beten, dass die Fibel noch in seinem Besitz ist.« Ich stopfte den Zettel in meine Hosentasche.

»City, warte, ich komme mit.« Philip hielt mich am Oberarm fest.

Ich blieb stehen und starrte auf seine Hand. Zögernd ließ er los.

»Kannst du einen Moment warten? Ich ziehe mir was Anständiges an.«

»Ich warte unten. Hier in diesem Saustall halt ich es keine Sekunde länger aus.«

Philip hechtete aus der Tür. »Oh. Okay. Du hast was gut bei mir.«

»Das nehm ich direkt in Anspruch: Nenn mich nie wieder City«, erklärte ich hochnäsig und wollte endlich die Wohnung verlassen. Doch als ich an Suzie vorbeikam, sah sie mich finster an.

»Bist du etwa Philips Freundin?«, fragte ausgerechnet das Mädchen, das ich nackt in seinem Bett erwischt hatte.

»Ich bin seine Schwester.«

Sie riss überrascht ihre Augen auf. »Aber er hat mir erzählt, die … nicht so wichtig. Kennst du seine Freundin?«

»Nein. Ich wusste nicht mal, dass er eine hat.«

»Oh.« Sie wirkte enttäuscht. »Wenn du's rausfindest, kannst du mir dann Bescheid geben?«

»Willst du mir jetzt deine Handynummer geben, oder was?«, fragte ich irritiert.

»Nein«, antwortete sie in einem Tonfall, der besagte, dass sie mich für total plemplem hielt. »Ich geb dir die von Martin.«

»Lass mal. Die hab ich«, wehrte ich ab und verließ kopfschüttelnd die miefige Bude. Ich verstand nicht, wie mein Bruder unter diesen Umständen leben konnte.

Philip brauchte zum Glück nur zehn Minuten. In einem muffelnden Shirt, zerrissenen Jeans und den kaputtesten Chucks, die ich je gesehen hatte, tauchte er breit grinsend auf. »Hier. Die soll ich dir geben.« Er hielt mir einen weiteren Abschnitt Küchenrolle hin. Darauf war eine Nummer gekritzelt.

»Was soll ich damit?«

»Martin hat gesagt, du wolltest sie.«

Ich warf den Abschnitt in den nächsten Mülleimer.

»Mensch, City, was ist mit dir los? Du bist so ... streng. Das gefällt mir.«

»Weißt du, ich wäre froh, du würdest nicht mit mir reden, bis wir in Notting Hill sind.«

Als ob er sich daran halten würde. Auf der Fahrt mit der Tube musste ich mir ständig anhören, wie enttäuscht Carl von mir war, wie sehr er getrauert habe, dass Carl noch nie einem Mädchen nachgelaufen sei. Carl, Carl, Carl.

»Machst du eigentlich immer alles, was Carl sagt? Ich wusste gar nicht, dass du ihm so hörig bist.«

»Ich bin ihm nicht hörig. Er ist mein bester Kumpel. Ist doch verständlich, wenn ich versuche ihm unter die Arme zu greifen.« Philip war regelrecht entrüstet.

»Indem du deine pummelige, langweilige Schwester an ihn verkuppelst?«

Er grinste, keineswegs beschämt. »Ehrlich gesagt, du bist gar nicht mehr pummelig. Und nach der Show heute Morgen auch nicht mehr langweilig. Wann hast du dich zu einer so scharfen Braut entwickelt? Du stichst sogar Anna aus.«

»Sag ihr das bloß nicht«, murmelte ich.

»Hier sind wir.«

Philip führte mich in einen der zahlreichen kleinen Läden. An jedem normalen Wochentag war Notting Hill ein ruhiges Fleckchen, nur samstags befand man sich hier in einem Menschenauflauf. Der Laden hatte Silberwaren, Antikschmuck, Puppen und sonstigen Schnickschnack im Angebot, den Touristen bequem im Reisegepäck verstauen konnten. Ein kleines Glöckchen bimmelte, als wir die Tür öffneten, und beinahe sofort trat ein älterer, beleibter Herr hinter einer Theke hervor. Er hatte so kleine, runde Augen, man konnte keine Farbe der Iris erkennen. In diesem Schummerlicht wirkten sie nur schwarz.

Sein beflissenes Lächeln wurde für eine Sekunde verunsichert, als er Philip erkannte. »Guten Morgen, der Herr, die Dame. Wie kann ich Ihnen weiterhelfen?«

»Hast du gehört, City? Er hat mich als Herrn bezeichnet.« Philip gluckste vergnügt.

Ich versuchte meine beste Geschäftsmiene aufzusetzen. »Mein Bruder hat Ihnen vor kurzem eine Fibel verkauft. Besitzen Sie die noch?«

Die Äuglein des Händlers verengten sich zu Schlitzen. »Möchten Sie sie etwa zurückkaufen? Ich muss Ihnen leider mitteilen, dass ich für diese Fibel bereits einige Interessenten habe.«

»Aber sie ist noch in Ihrem Besitz?«, hakte ich nach.

»Ich denke, Lord Cavendish wird sie erwerben. Er ist nur noch am Schwanken zwischen dieser Fibel und der Krone eines Sachsenkönigs.« Arrogant setzte er hinzu: »Der Preis ist dadurch auf zehntausend Pfund gestiegen.«

Ich versuchte keinen Muskel zu bewegen.

Philip dagegen stieß einen Schrei aus. »Ich habe nur fünfhundert Pfund bekommen!«

»Sie haben nicht mehr verlangt, junger Mann. Ich möchte auch nicht wissen, woher Sie die besagte Fibel hatten, ansonsten könnte ich sie auch zur Polizei bringen und sagen, sie wurde mir zum Verkauf angeboten.« Seine kleinen, runden Äuglein blitzten bösartig.

Dieses Spiel konnte ich auch spielen. »Gut, dass Sie es erwähnen. Besagte Fibel gehörte nämlich mir. Mein Bruder hat sie mir entwendet. Und sie ist tatsächlich mehr wert. Sie enthält einen Bernstein aus dem Bernsteinzimmer. Also besitzen Sie sie noch?«

Die kleinen Schweinsäuglein wurden groß wie Mokkatassen. »Aus ... aus dem Bernsteinzimmer? Sind Sie sicher? Aber die Fibel ist fränkischen Ursprungs. Sie ist jedenfalls sicher verwahrt.«

»Der Bernstein wurde ihr entnommen und nach dem Verschwinden des Bernsteinzimmers wieder in die Fibel eingefügt«, sagte ich schnell. »Vielen Dank für Ihre Auskunft.« Ich verließ den Laden.

Philip folgte mir eine Sekunde später. »Du bist so doof, City, ehrlich. Jetzt hast du den Preis noch höher getrieben«, fauchte er.

»Hättest du etwa die zehntausend Pfund für den ursprünglichen Preis gehabt?«

Er schwieg und wir gingen geradewegs zurück zur Tube.

»Was hast du jetzt vor?«, fragte Philip, als wir auf dem Bahnsteig warteten.

Ich schnaubte. »Das werde ich dir sicher nicht erzählen. Du und Mum, ihr fallt mir ständig in den Rücken. Und ich kann dir jetzt schon versprechen, die Fibel wird künftig nicht mehr bei uns zu Hause aufbewahrt werden. Und wenn du mich noch einmal City nennst, raste ich richtig aus.«

Philip hob abwehrend die Hände. »Okay, okay. Immer mit der Ruhe. Also kann ich Martin sagen, es wird nichts mit euch beiden?«

Hatte er mir eigentlich je zugehört? Ich drehte mich um und ging wieder zum Ausgang.

»Hey, wo willst du hin?«, rief Philip mir nach.

»Ich nehme den Bus!«

Ich hatte mir schon im Vorfeld etwas überlegt und im Bus war ich zu der Ansicht gekommen, es war meine einzige Chance, ohne etwas Illegales zu tun – oder Ciaran einzuschalten, was ich tunlichst vermeiden wollte.

»Felicity! Was für eine Überraschung!« Phyllis sah wirklich überrascht aus.

»Ist das so ungewöhnlich, wenn ich meine Freundin besuche?«, fragte ich unsicher.

»Absolut«, sagte sie, ließ mich aber eintreten. »Normalerweise kündigst du dich vorher an. Aber im letzten halben Jahr warst du anderweitig eingespannt.«

Ich runzelte die Stirn. »Denkst du an das Nachsitzen bei Ciaran?«

»Und deine Nachmittage mit Lee«, sagte Phyllis, lächelte aber.

»Oh, hallo Felicity«, rief Phyllis' Mutter aus dem Salon.

»Hallo, Miss Garraway«, antwortete ich. Phyllis' Mutter hatte mich schon immer eingeschüchtert. Ich kannte keine elegantere Frau als sie. Wenn sie nicht zwei uneheliche Kinder von dem Parlamentarier und stellvertretenden Lordkanzler Bates bekommen hätte, hätte sie bestimmt in Adelskreisen einen Mann gefunden. Leider war Mr Bates schon verheiratet und hatte zwei andere Kinder. Und für seine Karriere war er auch nicht bereit seine Ehe mit der einflussreichen Mrs Bates, einer entfernten Cousine von Königin Elizabeth, aufs Spiel zu setzen. Trotzdem hatte er immer gut für Phyllis, ihre Schwester Vera und Miss Garraway gesorgt. Zumindest finanziell.

»Du siehst gut aus, Felicity«, sagte Miss Garraway und schaute mich – zum ersten Mal, kam mir vor – richtig freundlich an. »Deine neue Frisur gefällt mir.«

Ich war geschmeichelt. »Danke, Miss Garraway.«

»Phyllis hat schon erzählt, dass dieser neue Mitschüler Lee dich verändert hätte. Jetzt weiß ich, was sie meinte.«

Jetzt wurde ich rot.

Phyllis zum Glück auch. »Mum, wir ...«

»Schon gut.« Miss Garraway lächelte und Phyllis zog mich in ihr Zimmer.

»Was ist los?«, fragte sie, als die Tür geschlossen war.

»Tut mir leid«, sagte ich ehrlich betreten.

Sie sah mich verwirrt an. »Was?«

»Alles. Ich habe mich ziemlich idiotisch benommen. Du hattest ganz Recht. Und jetzt komme ich hierher, weil ich deine Hilfe brauche.«

Phyllis setzte sich aufs Bett und winkte ab. »Vergiss es. Du hast das schon mehr als wiedergutgemacht. Wobei kann ich dir helfen?«

Ich nahm einen Stift von ihrem Schreibtisch und begann ihn zwischen den Fingern zu drehen.

»Also, eigentlich ...«

»Feli! Rück schon raus damit. Du tust ja so, als sollte ich dir helfen die Noten zu manipulieren.«

Ich grinste. »Du musst deinen Vater bitten einen Laden in der Portobello Road zu filzen.«

Sie starrte mich an. »Was?«

Ich warf den Stift hin, sprang auf und erklärte ihr kurz, was geschehen war und wie sie mir helfen konnte.

Phyllis hörte staunend zu. Als ich geendet hatte, kniff sie ein wenig die Augen zusammen und fragte skeptisch: »Meinst du nicht, das ist eine Nummer zu groß für dich?«

»Doch. Auf alle Fälle. Aber ich muss diese Brosche wiederbekommen. Und glaub mir, ich werde sie keinesfalls mehr bei mir zu Hause verstecken.«

Phyllis stützte das Kinn in die Hand und ihr Blick wanderte ins Leere. »Ich kann Dad fragen ...«, sagte sie lahm. »Was soll ich ihm sagen?«

»Genau das, was ich dir gerade erzählt habe. Ich glaube wirklich, dieser Typ ist dick im Geschäft auf dem Schwarzmarkt. Glaubst du nicht, dein Dad möchte gegen solche Leute vorgehen?«

»In der Regel befasst er sich eher mit den Drahtziehern, nicht mit den Handlangern.« Phyllis starrte noch immer ins Leere. Endlich sah sie mich an. »Ich versuch's.«

Erleichtert atmete ich auf und fiel ihr um den Hals. »Danke. Du bist die beste Freundin der Welt.«

Ihr Lächeln daraufhin war etwas schmerzlich.

Mein Herz klopfte unkontrolliert und viel zu schnell, als ich vor dem Ritz wartete. Richard hatte schon zehn Minuten Verspätung. Was, wenn er so verärgert war, dass er überhaupt nicht erschien? Da blitzte es neben mir. Ein Mann mit Kamera fotografierte die Eingangstür des Ritz. Es war Richard. Meine Erleichterung wich jedoch schlagartig, als neben dem Mann mit Kamera noch zwei weitere auftauchten.

Richard blieb abrupt stehen. Ich starrte ihn hilflos an. Was jetzt? Und wieso ausgerechnet jetzt? Verdammt! Ich stellte mich halbwegs hinter eine Säule und deutete zum Seiteneingang. Er neigte leicht den Kopf und begann ein Gespräch mit den Paparazzi.

Ich schlich um die Ecke. Weiter kam ich nicht. Ein Türwärter in nobler Uniform versperrte mir den Weg.

»Richard Cosgrove erwartet mich«, versuchte ich ihm zu erklären.

»Das behaupten alle jungen Damen«, antwortete er hochnäsig.

Ich seufzte und zückte mein Handy. Fünf Minuten später wurde ich von Richard persönlich abgeholt. Leider behielt der Wärter seine Contenance.

»Werden die auf diese blasierte Miene gedrillt?«, fragte ich Richard, als ich ihm ins Treppenhaus folgte.

Richard schmunzelte. »Bei meinem ersten Aufenthalt hier

war ich siebzehn und ich habe einiges versucht, um sie aus der Fassung zu bringen.«

»Ehrlich?«, fragte ich fasziniert. Allein in seiner Gegenwart zu sein war Adrenalin pur. »Was hast du gemacht?«

»Leere Chipstüten hinter ihnen platzen lassen oder im Kostüm vom Filmset an ihnen vorbeitänzeln. So was in der Art.«

»Und? Hat es was genutzt?«

Richard lachte leise. »Nein, nichts. Bei der geplatzten Tüte ist er nur zusammengezuckt und hat dann gefragt, ob er die für mich entsorgen kann.«

Er führte mich ins zweite Stockwerk zu einem luxuriös ausgestatteten Zimmer. Allerdings war es keine Suite, sondern wirklich nur ein Zimmer. Mit riesigem Bett. Überall verstreut lagen Papiere, Bücher und die leere Packung eines Fast-Food-Restaurants. Er setzte sich aufs Bett und zog mir den Stuhl heran, der an dem kleinen Sekretär ihm gegenüber stand.

»Richard, Carl ist der Schwager meiner Schwester und er hat sich mir gegenüber immer nur überheblich verhalten«, begann ich und erzählte vom letzten Weihnachtsfest.

»Und wieso verschwindest du mit deinem Geschichtslehrer für mehrere Wochen?« Richard war noch nicht versöhnt.

Ich grinste leicht. »Ciaran ist nicht nur mein Geschichtslehrer. Er ist Lees Cousin. Wir haben versucht Lee zu finden.«

Richard horchte auf. »Lee ist verschwunden?«

»Äh, ja. Ich dachte, das wüsstest du.«

»Habt ihr die Polizei informiert?«

Ich schluckte. Auf die Idee wäre ich nie gekommen. Sie war ja auch absurd.

»Soll ich einen der Bodyguards vom Film mal drauf ansetzen?

Die haben sehr gute Kontakte zur Londoner Polizei«, bot er eifrig an und wollte schon sein Handy zücken.

Ich hielt seine Hand fest. »Nein, nein. Lass mal. Ciaran hat alles unter Kontrolle. Glaub mir, er hat hervorragende Kontakte.«

Richard ließ die Hand sinken und schlang seine Finger um meine. Langsam zog er mich vom Stuhl auf das Bett neben sich. »Du ahnst nicht, was du mir angetan hast in den letzten Wochen«, murmelte er.

Ich hörte seinen beschleunigten Atem, roch sein wunderbares Rasierwasser und konnte die hübschen kleinen Sommersprossen auf seiner Nase erkennen. Nicht sichtbar für die Kamera, nur für die, die ihm so nahe kamen wie ich gerade. Und dann legten sich seine Lippen auf meine und ich schloss die Augen. Ich fühlte eine Hand in meinem Nacken, während er mich mit der anderen an der Taille näher zu sich heranzog. Ich legte meine Arme um ihn. Das fasste er als Aufforderung auf. Er intensivierte seinen Kuss und beugte sich über mich, so dass ich rückwärts aufs Bett fiel. Die Hand an meiner Taille wanderte unter mein Shirt und sein Atem ging auf einmal heftig.

Das war zu viel.

Ich versuchte ihn von mir zu schieben und wandte mein Gesicht ab. »Richard, hör auf.«

Doch er hörte nicht auf. Er küsste meinen Hals hinunter zum Ansatz meines Shirts.

Ich drückte, so fest ich konnte, gegen seine Brust. »Hör auf! Sofort!«, rief ich verzweifelt.

Dieses Mal hörte er mich. Er stützte sich links und rechts von mir ab, immer noch keuchend. »Verdammt, Felicity, was willst du?«

»Geh runter von mir. Das hier war nicht so geplant.«

Er stand auf und ging auf Abstand zu mir. »Was hattest du denn geplant? Ich dachte, du wolltest dich entschuldigen.«

»Aber doch nicht so!«, rief ich verzweifelt.

»Wie dann?«, fragte er eisig.

Gute Frage. Was hatte ich erwartet? Richard war vierundzwanzig, erfolgreich, überaus attraktiv. Wie hatte ich annehmen können, er gäbe sich mit einem Eis oder einem Kaffee zufrieden? Ich rappelte mich auf und brachte mein Shirt zurecht. »Entschuldige«, sagte ich leise. »Ich bin noch nicht so weit. Ich habe gedacht wie ein kleines Mädchen.«

»Das scheint mir auch so«, fauchte Richard frostig. »Ich glaube, das mit uns hat keinen Zweck, Felicity. Da sind mir einerseits zu viele Männer im Spiel und andererseits denke ich auch, du bist tatsächlich noch ein kleines Mädchen.«

Wortlos nahm ich meine Jacke und ging zur Tür. Was er sagte, tat weh. Sehr weh. Aber ich wollte keinesfalls vor ihm weinen. Nicht noch mehr das kleine Mädchen raushängen lassen. »Mach's gut«, murmelte ich zum Abschied.

Richard antwortete nichts. Er sah mit angespannter Haltung aus dem Fenster.

Ich schloss die Tür und schlich mich aus dem Hotel. Erst auf der Straße entdeckte ich die SMS auf meinem lautlos gestellten Handy. Sie war von Phyllis. *Hab deine Brosche* stand da.

Wenigstens etwas.

Phyllis hatte mein Gesicht gesehen und sofort gewusst, was geschehen war. Na ja, beinahe. Sie hatte vermutet, ein Junge sei daran schuld. Als ich ihr beichtete, Richard habe einen Schlussstrich gezogen, nahm sie mich in die Arme und ließ mich erst einmal kräftig heulen. Danach ging es mir – wenn auch nur unwesentlich – besser.

»Weißt du, Feli, das hätte sowieso nicht funktioniert«, versuchte Phyllis mich zu trösten.

»Ich weiß. Wie konnte ich mir nur einbilden, Richard Cosgrove wäre an der City interessiert. Der Stadt mit dem miesesten Pub in ganz London.«

Phyllis kicherte. »Wenn dich einer reden hört ... Stadt und Pub. Aber das meinte ich nicht. Er geht in wenigen Tagen schon zurück nach Amerika und dann? Mit etwas Glück hättet ihr euch höchstens noch bei den Premieren von seinen Filmen hier sehen können. Glaub mir, Fernbeziehungen gehen nie gut.«

Ich verkniff mir zu sagen, dass sie das schwerlich beurteilen konnte. Phyllis war nur ein halbes Jahr älter als ich.

»Hier. Das muntert dich bestimmt auf.«

Sie reichte mir die Brosche. Sobald ich den funkelnden Bernstein in der Hand hielt, fühlte ich mich ein gutes Stück besser. Beruhigter. Eine Sorge weniger lastete auf mir. Die Fibel war warm auf der Haut, eine seltsame Eigenschaft von Bernstein. Oder vielleicht auch nur dieses Bernsteins.

»Die ist sehr wertvoll, hat Dad gemeint, als er sie vorbeibrachte.«

Phyllis und ich sahen beide die Fibel an, die Karl der Große mir geschenkt hatte. Ja, sie war wertvoll. Wesentlich wertvoller, als Phyllis auch nur ahnen konnte. Oder Karl der Große selber.

»Woher hat Lee das Stück?«

Ich zuckte die Achseln. »Ich weiß nicht«, log ich, so gut ich konnte. »Aber danke. Was hat dein Dad gesagt?«

Phyllis grinste. »Es waren noch ein paar andere illegale Stücke dabei. Der Ladenbesitzer sei bleich geworden wie eine Leiche und habe was von Bernsteinzimmer gestammelt und Kronjuwelen.«

»Werden Kronjuwelen vermisst?«, fragte ich überrascht.

»Keine englischen. Aber die französischen sind nach wie vor unvollständig. Hast du mal was von der Halsbandaffäre gehört.«

Ich spürte, wie mir die Hitze in die Wangen stieg, und nickte schnell.

»Es wurden ein paar Diamanten gefunden, die zu besagtem Halsband gehören. Sie waren ziemlich dilettantisch rausgebrochen worden.«

Dieses Halsband verfolgte mich, wie es schien.

»Wirst du Jayden jetzt eine Chance geben?«

Ich schluckte und sah Phyllis an. »Glaubst du ehrlich, ich könnte Richard einfach so hinter mir lassen?«

Sie sah mich an. »Nein. Aber ich hoffe es.«

Ich schniefte wieder.

Phyllis seufzte. »Ich hoffe, er hat nicht sämtliche Maßstäbe für die Zukunft gesetzt. Ein Richard Cosgrove ist äußerst selten.«

Ich begann wieder zu weinen.

Ein ganz anderes Problem erwartete mich, als ich zu Hause war. Wo sollte ich die Fibel verstecken, damit sie nicht wieder gefunden wurde? Schon auf dem Weg hierher hatte ich ständig zwei Raben gesehen.

Eigentlich hatte ich meine Französischstunde schwänzen wollen, um vorm Fernseher eine Packung Eiscreme mit einer gehörigen Portion Selbstmitleid zu konsumieren. Aber dann dachte ich, dass die Fibel in meinem Schulspind doch sicherer war. Auf alle Fälle, wenn ich sie in mein ungewaschenes Sportshirt wickelte und hinter das Musikbuch knüllte. Das brauchten wir so gut wie nie und es lag immer zuunterst.

Ich verstaute die gekaufte Eiscreme (Stracciatella) im Gefrierfach und machte mich wieder auf den Weg zum College. Verfluchte Elfen. Nicht einmal Liebeskummer konnte man pflegen.

HINWEISE

»Hey, Felicity, ich hab gehört, du bist wieder solo?« Jack Roberts lehnte an dem Spind neben meinem.

»Hau ab, Jack. Das geht dich nichts an«, sagte ich mürrisch. Meine rot verquollenen Augen beim gestrigen Französischunterricht hatten mächtig Anlass zu Spekulationen gegeben. Leider war die beliebteste Theorie auch die richtige: Mein Freund hatte mich abserviert. Ich begegnete schon den ganzen Vormittag mitleidigen oder frohlockenden Gesichtern.

Zum Glück hatte sich nicht herumgesprochen, mit wem ich die letzten Male ausgegangen war. Wehmütig dachte ich an das schöne Konzert von *Sunrise Avenue*. Oder die Dreharbeiten. Oder seine Anrufe und seine fröhliche Stimme am Telefon. Sofort fühlte ich wieder das Wasser hochsteigen.

»Also kommt Lee jetzt nicht mehr ans Horton College?«

Ich blinzelte. »Lee? Wieso sollte er nicht?«

»Vielleicht mag er nicht in deiner Nähe sein?«

»Quatsch. Er hilft seinem Vater«, wiederholte ich die altbekannte Lüge. »Sobald er fertig ist, kommt er wieder.« Hoffentlich. Ich könnte ihn jetzt gut gebrauchen. Ob Elfenmagie auch Liebeskummer wegpusten konnte?

»Oh. Aber zumindest glaube ich auch nicht, dass er mit dir Schluss gemacht hat. Das warst eher du, richtig?«

»Hör mal, Jack«, ich schloss meinen Spind ab und sah ihn direkt an. »Erstens war ich nie mit Lee zusammen, zweitens geht dich mein Liebesleben nichts an und drittens – was willst du? Du hast sonst auch nie mit mir geredet.«

Mit einem Mal wirkte Jack ein wenig verlegen. Er pulte mit der Fußspitze nach einem Schnipsel am Boden. »Ehrlich gesagt, ich wollte fragen, ob du mit mir ins Kino gehst.«

Ich erstarrte.

»Felicity, ich kann nicht mehr aufhören an dich zu denken. Seit Cynthias Anti-Halloween-Fete gehst du mir nicht mehr aus dem Kopf. Bitte sag Ja.«

Jack Roberts sah mich flehend an. Mich! Noch vor einem halben Jahr hatte er nicht genug über mich herziehen können und jetzt wollte er mit mir ausgehen?

»Du weißt schon, dass ich Felicity Morgan bin?«, hakte ich misstrauisch nach.

Jack lächelte und zog dabei einen Mundwinkel hoch. Dieses Lächeln kannte ich. Das setzte er nur ein, wenn er etwas erreichen wollte, weil er genau wusste, wie sexy es wirkte. »Ich weiß ganz genau, wer du bist«, sagte er mit kehliger Stimme und strich mir eine Strähne von der Schulter. »Deine Mum hat einen Pub, in dem du immer viel ausgeholfen hast. Du kommst ursprünglich aus Cornwall. Du möchtest Lehrerin werden und arbeitest hart dafür. Du bist mittlerweile eins der heißesten Mädchen, die ich kenne.«

Ich überging den letzten Part. Etwas anderes machte mich nämlich stutzig. »Woher weißt du das? Ich meine, dass ich Lehrerin werden möchte.«

Er zuckte die Schultern. »Ich habe mich erkundigt.« Seltsamerweise hielt er noch immer meine Strähne und zwirbelte sie zwischen den Fingern. »Was ist jetzt? Kino? Morgen Abend? Soll ich dich abholen?«

»Felicity, wir müssen uns unbedingt über dein letztes Referat unterhalten. Mit dieser Einstellung wirst du nie deine angestrebte Note bei den A-Levels erreichen.«

Ciaran tauchte aus dem Nichts neben mir auf. Ich war ihm noch nie so dankbar dafür gewesen. Jack nahm sofort eine soldatische Habachtstellung ein. Ciaran mit seinem autoritären Lehrergehabe hatte eine einschüchternde Wirkung auf alle Schüler am College.

»Soll ich sofort mitkommen, Mr Duncan?«, fragte ich vielleicht eine Spur zu eifrig.

Er nickte, sah dabei aber Jack Roberts an.

Kaum dass wir uns entfernt hatten, sah ich Ciaran in die Augen und dachte: *Danke! Tausend Dank!*

Er zwinkerte. »Du bist wieder im Spiel«, murmelte er, als wir einen weniger frequentierten Korridor betraten.

»Was? Hat Richard angerufen? Will er mich sehen?« Am liebsten wäre ich Ciaran um den Hals gefallen.

Aber der wirkte ein wenig genervt. »Nein. Ich rede nicht von *Richard*.« Er sah mich genauer an. »Hast du etwa geweint?« Und dann schien ihm ein Licht aufzugehen. »Oh, du hast tatsächlich geheult. Richard Cosgrove hat dich abserviert.«

Meine Euphorie legte sich schlagartig. Ich setzte meinen Weg stur fort.

Ciaran holte mich mit einem Schritt ein und kam zurück zu *seinem* Thema.

»Nein, meine Informationen haben nichts mit deinen Verflossenen zu tun. Ich bin Agent des Elfenreichs, schon vergessen?«

»Wie könnte ich«, murmelte ich finster. »Ihr gebt mir leider keine Gelegenheit dazu.«

»Du stehst wieder im Buch der Prophezeiung.«

Jetzt blieb ich überrascht stehen.

»Freu dich nicht zu früh«, fügte er ernst hinzu. »Es bringt dich mit zwei von den drei Morden in Verbindung.«

Mir blieb die Luft weg, als hätte mir jemand in den Magen geboxt.

Ciaran nahm schnell meinen Arm und bugsierte mich durch die nächstbeste Tür. Ins Jungsklo. Er horchte einen Moment, ob wir auch allein waren, dann fasste er mich bei den Oberarmen. »Du weißt, dass das Buch ein wenig seltsam geschrieben ist.«

Das war gar kein Ausdruck bei all den verschiedenen Schriften, die darin verwendet wurden.

Ciaran nickte, meinen Gedanken verfolgend. »Es nennt dich nicht als Mörder. Es bringt dich nur mit den Ermordeten in Verbindung. Was weißt du über Connor?«

»Wen?«

»Connor Fearghal.«

Ich schüttelte den Kopf. »Kenne ich nicht.«

»Bist du sicher? Hat Lee dir gegenüber nie diesen Namen erwähnt? In irgendeinem Zusammenhang?«

Moment. Da war was. Connor war der ermordete Wachmann, dessen Leiche man im Bodmin Moor gefunden hatte. »Er war am Hof von Versailles, weswegen Lee dahin wollte.«

Ciaran horchte auf. »Am Hof von Versailles?«

Ich nickte. Da war ich mir sicher. Noch etwas fiel mir ein: »Und er war Wachmann bei Stonehenge. Mehr weiß ich wirklich nicht.«

»Aber du weißt, dass Stonehenge ein direkter Zugang zum Königspalast ist.«

Ich nickte.

»Und der andere Tote, Monahan Brádach?«

Ich hob die Schultern. »Nichts. Eamon hat mir von dem zweiten Mord erzählt. Und du, nachdem du den Hinweisen nachgegangen warst. Ich kenne noch nicht mal den Namen und ich weiß nicht, ob es ein Wachmann oder ein Agent war. Ich weiß nicht einmal, ob Elf oder Halbelf. Ich habe das alles verdrängt, so gut es ging.« Das war auch gelungen. Dank Richard.

Ciaran hielt mich noch immer fest und sah mich beschwörend an. »Nun gut. Jetzt bekommst du die Einzelheiten.«

»Will ich die wissen?«

»Du musst. Es waren Elfen. Wachmänner der Palastwache. Um genau zu sein, es waren die Hauptmänner. Connor war jahrelang Hauptmann. Monahan trat die Nachfolge nach dessen Tod an. Dass jetzt beide tot sind, ist nicht wenig beunruhigend. Dass beide aber auf die gleiche bestialische Weise starben und an sehr unterschiedlichen Orten, ist noch viel beunruhigender. Die erste Frage bei einem Mord lautet immer: Wer hatte ein Motiv?«

Ich schob Richard endgültig in den hintersten Winkel meines Gehirns und konzentrierte mich voll auf Ciaran. »Nach dem, was du mir bis jetzt berichtet hast, lautet die Frage wohl eher: Was hat sie umgebracht?«

Ciaran sah mich aus halb geschlossenen Augen an. »Was meinst du mit *Was*?«

»Eine Art Kralle, die bestialischen Wunden, die Entfernungen. Vielleicht existiert das Monster von Loch Ness ja doch. Ich würde auch auf den Hund von Baskerville tippen, aber dessen Jagdrevier ist wohl zu weit weg.«

»Red keinen Blödsinn. Es gibt kein Monster im Loch Ness.«

Ich zuckte die Schultern. »Es gibt Elfen und es gab mal Drachen.« Ciaran zuckte zusammen. Ob er noch welche gekannt hatte? Er war immerhin fast zweitausend Jahre alt. Anscheinend war ihm die bloße Erwähnung zuwider. Ich ließ das Drachenthema fallen. »Lass uns zu unserer Liste ungeklärter Fragen noch hinzufügen, was die beiden Wachen so weit entfernt vom königlichen Palast zu suchen hatten?«

Ciaran nickte langsam. »Ganz genau. Du hast gesagt, Lee sei Hinweisen in Versailles nachgegangen?«

»Ja. Ich war allerdings da, erinnerst du dich? Zwei Mal, und ich habe nirgends etwas finden können. Lee war bereits wieder abgereist und sein Informant ebenfalls.«

»Wer war sein Informant?«

»Das weiß ich nicht. Ihr alten Geheimniskrämer weiht mich ja nie in etwas ein.«

»Das wird sich ab sofort ändern. Der Merlin hat verfügt, dass du auf Avalon unterrichtet werden sollst.«

Mir blieb die Luft weg. Ich spürte, dass mein Mund offen stand, und langsam tanzten Punkte vor meinen Augen. Erschrocken holte ich tief Atem. »Nein. Niemals.«

»Felicity, sei doch vernünftig …«

Ich riss mich los und funkelte ihn an. »Nein. Ich werde meine A-Levels machen und ich werde studieren gehen, wie ich es mir vorgenommen habe. Ich pfeife auf den Merlin und seine Anordnung. In meiner Zeit auf Avalon hat er mich immer angesehen wie ein widerliches Insekt. Der kann mich mal.«

»Felicity Morgan«, donnerte Ciaran jetzt und einen kurzen Moment lang glaubte ich seine Augen glühen zu sehen. Wir standen uns wutschnaubend gegenüber.

Nach ein paar Sekunden atmete ich tief durch. »Wieso bekommen wir beide uns in die Wolle, wenn ich mich dem Merlin widersetze?«, traute ich mich in die anhaltende Stille zu fragen.

»Man widersetzt sich dem Merlin nicht«, erklärte er kategorisch.

»Dann bin ich eben die Erste.« Ein wenig flehend legte ich eine Hand auf seinen Arm. »Ich will mich nicht mit dir streiten, Ciaran. Lass mich das mit dem Merlin selber ausmachen – sofern er mit mir redet«, fügte ich leise hinzu. Ich sah seine Augen weich werden. »Bitte, Ciaran. Ich will in London bleiben. Avalon ist schön, aber ich gehöre nicht dorthin. Bitte, lass das nicht zu.« Der Gedanke ließ mich schlucken.

Ciaran zögerte nur einen Moment, dann schlang er seine Arme um mich und drückte mich fest an sich. »Ich werde tun, was ich kann.«

Hinter uns öffnete sich die Tür. Erschrocken fuhren wir beide auseinander.

Jack Roberts starrte uns aus großen Augen an. Aus großen, funkelnden Augen. Sehr boshaften. Und ein maliziöses Lächeln umspielte seine Mundwinkel. »Jetzt wird mir einiges klar«, sagte er mit einem hämischen Grinsen. »So sieht euer Nachsitzen also aus.«

Ehe Ciaran reagieren konnte, hatte Jack die Tür geschlossen und war im Gang zwischen den Schülern verschwunden.

»Geh!«, sagte ich und schob Ciaran hinterher. »Ich warte, bis es klingelt, und dann gehe ich heim.«

Ciaran starrte gedankenverloren auf die geschlossene Tür. Er fuhr sich mit beiden Händen durch die Haare und offenbarte seine spitzen Ohren. Das zeigte, wie nervös er war. »Du weißt, was das bedeutet?«

Ich nickte. Er würde seine Stelle verlieren. Es sei denn, er konnte verhindern, dass Jack plauderte. »Kannst du nicht irgendeine Magie bei ihm anwenden?«

Ciaran sah mich an, als würde er mich jetzt erst richtig wahrnehmen, dann verschwand er.

Anscheinend besaß Ciaran noch weitere magische Fähigkeiten, denn als ich das Klassenzimmer betrat, war Jack Roberts nicht an seinem Platz. Er tauchte auch weder in der zweiten noch in der dritten Stunde auf. Ich bangte den ganzen Vormittag, Mrs Haley-Wood würde hereingeschneit kommen und mich vor versammelter Klasse zur Rede stellen. Nichts dergleichen geschah.

Der Star Club, eigentlich nur Cynthia und Ava, wisperten und warfen ständig Blicke zu Jacks leerem Platz. Felicity war ruhiger. Sie spielte gelangweilt mit einer Haarsträhne.

In der Pause vibrierte mein Handy in der Hosentasche. Ich zog es hervor und sah überrascht auf das Display.

»Cheryl?«, Nicole, die mir über die Schulter sah, war ebenso überrascht.

Ich zuckte die Schultern und stellte den Lautsprecher an. »Hey, ich bin's. Also wenn du heute Nachmittag nicht kommst, brauchst du überhaupt nicht mehr zu kommen. Du bist ja so was von unzuverlässig.«

»Cheryl, du verwöhntes, kleines Luder, hast du einen Joint geraucht?«, fragte Jayden, der soeben dazugekommen war.

Die empörte Stimme im Handy brach ab.

»City, du Miststück, hast du etwa den Lautsprecher an?«

»Ich wusste ja nicht, dass dich niemand hören darf«, entgegnete ich so zuckersüß, man bekam schon vom Zuhören Karies. »Du kennst uns doch alle.«

»Das war's dann wohl«, fauchte Cheryl. »Ich werde Mary sagen, dass du nicht länger geeignet bist.« Sie legte auf. Mary war Coreys Mutter und Cheryls Stiefmutter. Sie war noch nie gegen die aufmüpfige Tochter ihres zweiten Mannes angekommen.

Jayden sah Corey an. Der schwankte zwischen bleich und knallrot. »Ich sag dir was, Kumpel, deine Schwester hat mal eine richtige Abreibung verdient.«

»Pfff«, machte Nicole abfällig. »Da steht die doch höchstens drauf.«

»Ich habe eine bessere Idee«, sagte ich und grinste. Sofort sahen mich alle neugierig an. Auch Phyllis und Ruby, die zwischenzeitlich dazugestoßen waren. »Schimpf nicht mit Cheryl, Corey. Sag ihr einfach, ich könnte sowieso nicht die nächste Zeit. Ich müsste Lee helfen.«

Ich sah, wie die Neugierde verschwand und Zweifel sich breitmachte.

»Weshalb sollte ich das sagen, Feli?«, meinte Corey mutlos. »Ich fürchte, Jayden hat Recht. So darf sie mit niemandem umspringen. Ich werde Mum sagen, wie sie sich benimmt.«

»Nein, lass mal.« Ich legte begütigend eine Hand auf seinen Arm. »Du brauchst nicht unnötig Staub aufzuwirbeln. Ich werde ihr die nächste Zeit nicht mehr helfen können.«

»Wieso?«, wollte Nicole wissen.

»Ich werde Lee suchen«, erklärte ich entschlossen.

»Und die Schule?«, fragte Phyllis mit großen Augen.

»Du schreibst für mich mit. Für Englisch muss ich mir was überlegen.« Wenn alle Stricke rissen, würde ich mich überwinden und doch mal mit Jack ins Kino gehen. Damit er a) den Mund hielt und b) mir seine Hefte lieh.

»Gehen wir jetzt doch zu diesem Medium?« Rubys Augen leuchteten. »Ich habe euch doch von ihr erzählt. In der Scrutton Street. Sie soll sehr gut sein. Sie kann dir Tipps für deine Zukunft geben und vielleicht findet sie auch Lee für uns.«

Jayden und Phyllis unterdrückten ein Grinsen. Nicole und Corey nicht.

»Äh, Ruby, weißt du …«, versuchte ich es diplomatisch.

»Ach komm schon. Wie viele Alternativen gibt es sonst noch? Und was haben wir zu verlieren?«

»Ein paar Hundert Pfund«, sagte Phyllis trocken.

»Nein. Nur hundert. Wir legen alle zusammen.«

Ich atmete tief durch. »Okay, warum nicht. Ob wir ins Kino gehen oder uns mal anders amüsieren – was meint ihr?«

»Zwanzig Pfund pro Nase?«, murmelte Corey mürrisch. »Kino ist billiger. Hoffentlich bringt's was.«

Die Pausenglocke schellte.

»Keine Sorge«, raunte ich ihm zu, als wir ins Gebäude gingen. »Die kann uns Lee zurückzahlen, wenn wir ihn finden. Und ansonsten überredest du deine Mum, dass ich Cheryl doch weiter Nachhilfe gebe. Dann wird es davon abbezahlt.«

Coreys Grinsen kehrte zurück.

DAS MEDIUM

»Ruby, wenn du uns jetzt in so eine Kifferhöhle schleppst, wirst du das bitter bereuen«, zischte Nicole. Ihre Bedenken kamen nicht von ungefähr. Wir standen in einem Hausflur, der Mums und meiner Sozialbauwohnung sehr ähnlich sah. Allerdings roch es hier nach süßlichem Zigarettenqualm und Knoblauch.

»Sollen wir wetten? Wenn an der Tür ein Totenkopf hängt, bekomme ich zehn Mäuse«, gluckste Corey.

»Ich tippe auf eine Voodoo-Puppe«, setzte Jayden dagegen. Die beiden klatschen sich ab.

Aber nichts dergleichen hing an der Tür, als wir den vierten Stock erreichten. Es sah ganz normal aus, mal abgesehen davon, dass sich zu dem Knobi-Hasch-Duft noch etwas Frisches wie ein WC-Spray gesellt hatte.

Ruby drückte auf die Klingel. *Osbert* stand darunter. Zu unserer Überraschung öffnete eine ältere Dame. Sie trug einen braunen Rock mit einer geblümten Bluse und einen hübschen Krinkelschal um den Hals. Sie sah aus wie die Empfangsdame einer Arztpraxis oder die Sekretärin eines Steuerberaters. Keinesfalls wie jemand, der Okkultismus betrieb.

Sie schaute uns freundlich an. »Wie schön. Kommt doch herein, meine Lieben. Bitte, kommt herein und geht dort, die zweite Tür links, in meinen Medienraum.« Sie schloss die Tür hinter uns und lachte glockenhell. »Ich nenne es Medienraum und dabei klingt das heute so technisch, nicht wahr? Bitte, nehmt alle Platz. Möchtet ihr etwas trinken?«

»Cola?«, meldete sich Corey wie in der Schule.

»Ach, Schätzchen, so was kann ich dir nicht anbieten. Ich habe nur Quellwasser. Darf ich jedem von euch was davon einschenken?«

Wir nickten und setzten uns auf die gepolsterten Stühle. Der sogenannte Medienraum wirkte genau wie Lees Musiksalon. Nur nicht ganz so antiquiert.

Mrs Osbert stellte jedem von uns ein Glas hin und schenkte aus einem Krug klares Wasser ein. Dann füllte sie die Schüssel in der Mitte des Tisches. Erst als der Krug wieder auf dem kleinen Servierwagen stand, nahm sie selber Platz und lächelte uns alle strahlend an.

»Was kann ich für euch tun, meine Lieben?«

Ich sah Phyllis mir gegenüber in die Augen. Sie zwinkerte mir zu. Augenscheinlich dachten wir beide das Gleiche: eine sehr unglückliche Frage für jemanden, der in die Zukunft sehen kann.

»Wir vermissen unseren Freund Lee. Wir können ihn nirgends erreichen. Er ist wohl mit seinem Vater unterwegs, aber wir machen uns Sorgen«, übernahm Ruby für uns alle.

»Hm«, machte Mrs Osbert und trank einen Schluck aus ihrem Glas. »Ist dieser Lee mit einem von euch besonders verbunden?« Dabei sah sie Nicole an, die prompt errötete.

»Ja. Felicity ist seine beste Freundin«, kam Jayden ihr zuvor.

»Und wer von euch ist Felicity?« Mrs Osbert strahlte in die Runde und blieb bei mir hängen, als ich meine Hand hob. »Gut, Liebes, sehr gut. Hast du etwas von Lee bei dir?«

Ich schüttelte den Kopf. »Wir sind nicht liiert. Ich besitze keinen Ring oder so was.«

Mrs Osbert zwinkerte vergnügt. »Ich dachte auch eher an einen Kugelschreiber oder ein Taschentuch.«

»Ich besitze tatsächlich ein Taschentuch«, fiel mir zu meiner eigenen Überraschung ein. Ich zog eines von Lees Stofftaschentüchern mit Monogramm aus der Hosentasche; er hatte es mir damals auf unserem Ausflug ins achte Jahrhundert gegeben.

»Oh, das ist ja perfekt, meine Liebe.« Es fehlte nur noch, dass sie in die Hände klatschte vor lauter Freude.

Ich legte das Taschentuch auf den Tisch.

»Sehr schön. Sehr schön.«

Siedend heiß fiel mir ein, dass ich nicht wusste, woher das Taschentuch stammte. Was, wenn sie wirklich etwas sehen konnte? Was, wenn dieses Taschentuch von Elfenhand gestickt worden war und sie das erkannte?

»Eine hübsche Arbeit. Da hat aber jemand deinen jungen Mann sehr, sehr gern.« Mrs Osbert besah sich das gestickte Monogramm. »So. Wer von euch möchte anfangen?« Erwartungsvoll sah sie jedem von uns ins Gesicht.

»Eigentlich hatten wir gedacht, Sie würden uns etwas sagen können.« Nicole hatte keine Bedenken, die Wahrheit auszusprechen.

»Aber meine Liebe, ich kenne euren Lee doch gar nicht. Wir müssen erst einmal Kontakt zu seinem Geist herstellen.«

Jaydens Augen verengten sich skeptisch. »Wir gehen davon aus, dass er noch lebt.«

»Natürlich, Lieber. Aber deswegen besitzt er trotzdem einen Geist. Nur die wenigsten Toten haben Angst vor dem endgültigen Schritt ins Licht. Sie sind die toten Geister. Keine Bange. Euer Lee wird uns hören. Schließt die Augen und dann möchte ich, dass jeder von euch einmal seinen Namen sagt. Laut und deutlich.«

Phyllis und ich sahen uns wieder kurz an. Sie kam sich offensichtlich genauso bescheuert vor wie ich. Doch als wir beide Mrs Osberts erwartungsvollen Blick auffingen, schlossen wir folgsam die Augen. Nacheinander nannte jeder Lees Namen.

»Sehr schön. Ihr dürft die Augen wieder öffnen. Er wird uns so langsam gehört haben.« Sie stand auf, schenkte ein weiteres Glas mit Wasser ein und legte darauf einen passenden gläsernen Deckel. »Jetzt legt bitte ein jeder seinen linken Zeigefinger auf dieses Glas. Vorsicht, damit es nicht umkippt. Das ist Avalonwasser.«

Ja. Ist klar. Was sonst. Ich verkniff mir ein Lächeln und rollte kurz in Phyllis' Richtung mit den Augen, als Mrs Osbert Coreys Finger korrekt auf dem Glas platzierte. Phyllis und Jayden bissen sich auf die Lippen. Ruby warf mir einen warnenden Blick zu. Auch mein Finger wurde zurechtgerückt, und als Mrs Osbert zufrieden war, dimmte sie das Licht.

»Wir rufen nun Lee. Lee, kannst du uns hören?«, sagte Mrs Osbert salbungsvoll.

Das Glas bewegte sich leicht. Erst jetzt fielen mir die stark verblassten Buchstaben und Zahlen auf dem Tisch auf. Das Glas fuhr nun wirr zu verschiedenen Buchstaben und wir mussten uns manchmal ganz schön recken, um den Kontakt nicht zu verlieren. Das war etwas umständlich, denn in der Mitte stand noch immer die Schüssel mit Wasser.

»Frgtsukyppycc? Was soll das heißen?«, wandte sich Nicole an Mrs Osbert.

»Vielleicht spricht er walisisch«, murmelte Corey neben mir ganz leise.

»Da musst du Lee fragen«, antwortete Mrs Osbert mit ihrer Singsang-Stimme. »Hat er für gewöhnlich eine Sauklaue, wenn er schreibt?«

»Nein«, antwortete ich bestimmt. »Lee hat eine sehr saubere Handschrift.«

Mrs Osbert nickte. »Vielleicht ist noch jemand bei ihm und der versucht uns in die Irre zu führen. Lee, bitte setz dich durch und sage uns, wo du bist. Deine Freunde machen sich Sorgen.«

Das Glas setzte sich wieder in Bewegung. Aber was mich mehr stutzig machte, war das Wasser in der Schüssel. Auch darin bewegte sich etwas. Ich sah genauer hin. Ein Bild entstand. Ich konnte wieder die Höhle erkennen, genau wie im Spiegelbecken von Versailles. Ich blinzelte ein paarmal, um mich zu überzeugen. Nein. Das Bild verschwand nicht. Im Gegenteil. Es wurde klarer. So deutlich wie ein HD-Foto. Nur bewegte sich diesmal etwas. Das Meer schlug gegen die Wände einer Höhle. Nein, es lief sogar hinein. Eine seltsame Höhle. Sie sah aus wie von grauen Legoklötzen erbaut. So geschachtelt. Als wäre eine Kamera herangezoomt, konnte ich auf einmal das Innere der Höhle erblicken. Auch hier war überall Wasser am Boden – doch halt, in ein paar Metern gab es eine Abzweigung nach links. Kaum sichtbar. Zumindest nicht, wenn man auf dem Wasser blieb. Es war ein gut verborgener Gang und gleichzeitig überlief mich eine Gänsehaut. Der Boden war voller weißer Steine. Übersät mit weißen Steinen in seltsam länglichen und halbrunden Formen. Es war eindeutig die Höhle aus den Visionen in Versailles.

»Staffa?« Phyllis' Stimme brachte mich zurück in die Realität.

»Was soll das sein? Staffa? Das klingt italienisch, und soviel wir wissen, hat Lee nur Kontakte nach Kalifornien. Es tut mir leid, Mrs Osbert. Aber ehrlich gesagt glaube ich nicht, dass das hier etwas bringt.« Phyllis stand auf und Jayden folgte ihrem Beispiel ebenso wie Corey.

Ich war beinahe versucht sie wieder zum Sitzen aufzufordern, aber was sollte ich sagen? Also erhoben wir uns alle. Ich trank schnell noch einen Schluck Wasser, um meine Verlegenheit zu verbergen. Beinahe hätte ich es wieder ausgespuckt. Es war eindeutig Avalon-Quellwasser. Der exakt gleiche Geschmack. Mrs Osberts wissender Blick hielt mich fest, als sie die hundert Pfund entgegennahm.

Wie ich befürchtet hatte, wollten meine Freunde den angebrochenen Nachmittag nicht ungenutzt verstreichen lassen und noch gemeinsam zu einem Schnellimbiss gehen. Beim Essen ließen sie kein gutes Haar an der Frau. Nur Phyllis blieb Ruby zuliebe ruhig und auch ich sagte kein Wort. Ich wusste ja, dass Mrs Osbert kein Scharlatan war. Zumindest das Wasser war echt gewesen.

Ruby hüllte sich, seit wir die Wahrsagerin verlassen hatten, in auffälliges Schweigen. Im Imbiss saß sie mir gegenüber und schien mich zu beobachten. Als ich ihr irgendwann in die Augen sah, hörte ich auf einmal ihre Stimme in meinem Kopf. *»Feli weiß, wo Lee ist. Sie hat die Höhle gesehen.«* Sofort senkte ich den Blick. In meinem Magen bildete sich ein fester Knoten. Ich konnte nicht einmal mehr meine Cola austrinken, weil ich so schockiert war. Ich sprang auf und erklärte den anderen, das Avalonwasser sei mir nicht bekommen, und verließ fluchtartig den Imbiss.

Was war mit Ruby? Sie hatte mich jetzt zum zweiten Mal überrascht. Wieso konnte meine langjährige Freundin diese Dinge sehen? Wieso konnte ich ihre Gedanken hören? Und was hatte es mit diesem Gläserrücken auf sich? Staffa? Moment mal. Das sagte mir etwas. Miss Ehle hatte den Ort einmal erwähnt. Wahrscheinlich wussten das die anderen nicht mehr, es hörte kaum jemand zu, wenn Miss Ehle ausholte. Staffa lag nicht in Italien. Es lag in Schottland.

Aber was glaubte Lee dort zu finden? Und wenn er noch dort war, wieso kam er nicht nach Hause? Schottland hatte Handyempfang. Die Vision eines gefolterten und angeketteten Lee rückte mit einem Mal erschreckend nah an den Bereich des Möglichen.

Wie sollte ich jetzt vorgehen? Ich traute mich nicht, Ciaran zu benachrichtigen. Egal wie nahe wir uns auf diesem Klo gekommen waren, er würde mich für verrückt erklären, wenn ich ihm von einem »Medium« erzählte. Eamon schied auch aus. Er war unerreichbar und Mildred war nur ein Bote. Was, wenn sie Ciaran was sagte? Oder noch schlimmer: Oberon und dem Kronrat. Immerhin war sie denen zuerst verpflichtet.

Aber davon abgesehen, warum sollte ich es nicht allein versuchen? Was konnte mir schon Großartiges zustoßen? Ich war doch wieder die Verheißene.

Damit ich nicht als spurlos verschwunden galt und man meinen Aufenthaltsort im Notfall ausfindig machen konnte, legte ich einen Zettel auf meine Schulsachen mit der Angabe Staffa und Schottland. Ob das was nützen würde? Nicht darüber nachdenken, Felicity, sagte ich mir selber. Jetzt galt es, Lee zu retten.

Ich nahm mir vor, es von der Westminster Abbey aus zu versuchen. Von dort war ich bereits einmal kontrolliert in der Zeit gesprungen.

Ich zog mich um, packte ein paar Gummistiefel in eine Tasche, eine Taschenlampe und das Stilett meines Großvaters. Die einzig brauchbare Waffe, die ich besaß.

In dem Moment, als ich loswollte, tat sich ein anderes Problem auf. Eines, mit dem ich überhaupt nicht gerechnet hatte. Und wenn, ich war so aufgeregt endlich Lees Aufenthaltsort herausgefunden zu haben und Lee selber zu finden, ich hätte diese Anzeichen alle ignoriert. Ich riss unsere Wohnungstür auf und blieb wie erstarrt stehen.

Jemand hatte gerade versucht hereinzukommen.

ÜBERFALL

Es war ein Mann Anfang dreißig. In seiner Hand hielt er einen schraubenzieherähnlichen Gegenstand. Er hatte eine rasierte Glatze und eine Tätowierung an der linken Halsseite. Und er sah aus, als würde er regelmäßig ein Fitnessstudio besuchen. Diese breiten Schultern kamen nicht allein vom Bierkistenstämmen. Als er mich sah, richtete er sich zu seiner vollen Größe auf.

»Kennen wir uns?«, fragte ich perplex.

»Ich kenne Philip«, sagte er mit einem fiesen Grinsen. Ich hatte gegen diesen Riesen nur eine Chance. Und nutzte sie.

Ich schrie. So laut und kreischend es meine Stimmbänder erlaubten. Ich hoffte, Mrs Collins hatte ihre Talkshow nicht an und konnte mich hören, um die Polizei zu alarmieren. Zufrieden sah ich den Typen erschrocken zusammenzucken.

Leider nur kurz, denn schon hatte er mich zurück in die Wohnung geschoben und hielt mir den Mund zu. Mein einziger Gedanke war: aus die Maus.

»Ich habe schon gehört, dass du nicht ganz einfach bist«, keuchte der Typ in mein Ohr. Zu meiner Genugtuung musste er sich anstrengen, denn ich wehrte mich, so gut es ging. Ja, mein Sporttraining hatte durchaus etwas genutzt. Ich war kein hilfloser Pudding mehr. »Egal wie sehr du dich wehrst. Ich bekomme, was ich will. Du richtest Philip aus, er soll gefälligst das restliche

Geld herbeischaffen. Wir warten schon viel zu lange darauf. Aber du warst ja ständig unterwegs. Ich brauche nur einen Finger.«

Da er mir mit einer Hand den Mund zuzuhalten versuchte, hatte er nur eine frei, um mich festzuhalten. Ich versuchte ihn von mir wegzuschieben und schlug, so gut ich konnte, auf ihn ein. Dann merkte ich, dass je mehr ich mich wand und bewegte, desto weniger konnte er mich festhalten. Wohl wollte er mich in eine Position bringen, in der ich ihm völlig ausgeliefert war, aber noch schaffte er es nicht. Ich tastete nach dem Stilett in meiner Tasche und gleichzeitig bekam ich meinen Mund ein wenig frei. Ich biss fest zu, obwohl er versuchte seine Hand wegzuziehen. Ich biss, bis ich Blut schmeckte. Er jaulte auf, dann ließ er mich einen Moment lang los, aber nur, um mir im nächsten eine Ohrfeige zu verpassen, die mich durch den Flur bis in die Küche schleuderte.

Das reichte mir. Ich hatte das Stilett zu fassen bekommen. Gerade als er sich wutentbrannt auf mich stürzen wollte, ließ ich die Klinge herausfahren. Genau in seinen Unterarm. Er schrie wieder auf und wich zurück. Und dann flog er zurück.

Jemand hatte ihn von hinten gepackt und zurückgerissen. Jetzt versetzte er ihm einen Tritt gegen den Oberschenkel. Tom. Der Sohn von Mrs Collins, die unter uns wohnte. Tom trat noch einmal zu. Der Fremde wich zurück ins Treppenhaus und fiel ein paar Stufen hinunter. Tom rannte hinter ihm her. Ich rappelte mich auf, um besser sehen zu können.

Unten begann Mrs Collins zu kreischen. Sie stand in ihrer üblichen Schürze in der offenen Wohnungstür und schrie Zeter und Mordio und den Straßennamen in ihr Telefon. Der Angreifer rappelte sich auf, schubste Mrs Collins vor die Brust und rannte mehrere Stufen auf einmal nehmend die Treppe weiter hinunter.

Und unglaublicherweise – wirklich filmreif – hörten wir nur wenige Sekunden später eine Polizeisirene und das Schlagen von Autotüren. Als Tom und ich auf die Straße stürzten, hatte die Polizei den Angreifer bereits mit auf dem Rücken verschränkten Armen ans Auto gestellt.

Ich sackte auf der Stufe zu unserem Hauseingang zusammen.

Mrs Collins hatte mich zu sich in die Wohnung gebeten und für uns alle, einschließlich eines Polizisten, Tee gekocht – ihr Allheilmittel in sämtlichen Lebenslagen. Außerdem wahrscheinlich das einzige, was sie im Schockzustand zu Stande brachte. Ich zitterte nicht wenig und war zum ersten Mal froh über ihre Quasselei. Die hielt mich vom Denken ab.

»Wir haben den Schrei gehört. Wir wussten sofort, dass da was nicht stimmt. Tommi ist direkt zu Hilfe geeilt. So schreit niemand, nur weil er eine Ratte sieht«, wiederholte sie zum mindestens fünften Mal.

Der Polizist stellte allerdings auch zum fünften Mal die gleichen Fragen: »Und Sie wissen wirklich nicht, wer der Mann war?«

»Nein«, antwortete ich müde. »Mein Bruder Philip hat Schulden in Höhe von zweitausend Pfund bei einem Buchmacher. Sie hatten eine Anzahlung von zehn Prozent verlangt und gedroht seiner Familie Schaden zuzufügen. Mir als Erste. Vor einigen Wochen habe ich Drohmails bekommen. Die SMS habe ich Ihnen ja schon gezeigt.«

Tom saß neben mir und schwieg. Er war überraschend fürsorglich gewesen, sobald wir den Angreifer in sicherer Verwahrung wussten. Er hatte erklärt, er habe meinen Schrei gehört, als er die Haustür aufschloss. Was mich noch mehr verwunderte, war die Tatsache, dass Philip diesem Buchmacher doch angeblich die geforderte Anzahlung geleistet hatte. Von dem Geld, das er für die Fibel bekommen hatte. Doch davon sagte ich dem Polizisten lieber nichts.

Er wiederholte alle Fragen noch dreimal, ehe er sich zufriedengab und ging. Ich erhob mich ebenfalls. Ich hatte schließlich etwas zu erledigen. Als Tom mich nach oben begleiten wollte, lächelte ich ihn aufrichtig an. »Danke, Tom. Ich darf gar nicht daran denken, was passiert wäre, wenn du nicht aufgetaucht wärst.«

»Schon gut, City. Dafür sind wir doch Nachbarn. Magst du nicht doch heute Abend mit ins Irishs kommen? Die machen auch gute Cocktails.«

Ich schüttelte den Kopf. »Ich denke, heute nicht. Ein anderes Mal.«

Tom nickte verständnisvoll. Wann hatte er sich so verwandelt? »Okay. Ruh dich aus. Aber hey, viel musste ich wirklich nicht machen. Du hast es dem Blödmann ganz schön gegeben.« Er grinste und ging zurück zu seiner Mutter.

Ich brauchte noch eine halbe Stunde, bis ich mich einigermaßen im Griff hatte. Und dann hieß es, sich beeilen. Westminster Abbey wäre sonst geschlossen.

Ich war eine der Letzten an diesem Tag. Ein Wärter wies mich darauf hin, dass die Besucherzeit in einer Stunde vorbei wäre. Kaum in der Kirche, hörte ich, wie sie hinter mir die Eingangstür verriegelten, um niemanden mehr einzulassen. Bei meiner Rückkehr würde ich mir etwas einfallen lassen müssen – oder über den Tower Hill springen.

Der Zeitpunkt war perfekt. Es waren kaum noch Menschen im Kreuzgang unterwegs und überhaupt keine in dem kleinen Garten. Ich war also ungestört. Jetzt musste ich mich nur konzentrieren. Wie hatten Lee und Ciaran es ausgedrückt? Auf ein bestimmtes Merkmal, etwas Markantes, einen Duft.

Die Sonne blendete. Ich schloss die Augen und versinnbildlichte mir das Meer und diese blockartigen Felsen. Einen Moment lang verdüsterte sich meine Umgebung und ich öffnete die Augen wieder. Nein, kein Vogel war in Sicht. Auch kein Tourist. Aber neben mir an der Wand lehnte jemand. Der Schatten. Sein Umhang wehte im Wind und dieses Mal konnte man deutlich die Krone auf seinen Haaren erkennen. Er sah aus, als hätte er die Arme überkreuzt und wartete.

»Hallo«, sagte ich zur Begrüßung.

Er winkte.

Meine Konzentration war nun völlig hinüber. Nicht nur, weil sich vor das Meer ständig der Angreifer aus meiner Wohnung geschoben hatte, sondern auch weil das Rauschen des Meeres eher zu dem Keuchen übergegangen war, als wir miteinander gerungen hatten.

Der Schatten machte eine Geste, ich solle mich nicht stören lassen und fortfahren.

Ich sank ins Gras. »Ich kann nicht«, stöhnte ich.

Der Schatten nickte aufmunternd.

»Du verstehst nicht. Vorhin ist was geschehen und mir zittern noch immer die Knie. Endlich weiß ich, wo ich Lee finden kann, und dann kann ich mich nicht konzentrieren, um dahinzukommen.« Ich war kurz vorm Heulen. Gepaart mit dem Schock vorhin war das alles zu viel.

Ich sah, wie sich der Schatten auf meiner Höhe hinhockte. Ich war mir sicher, wenn er ein Mensch gewesen wäre, hätte er mir jetzt über den Kopf gestreichelt. Zumindest machte seine Hand eine Bewegung in diese Richtung. Dann fasste er sich unter das Kinn und schob es hoch.

»Ja. Ich sollte mich zusammenreißen«, murmelte ich, fühlte mich aber noch immer völlig erschöpft.

Der Schatten stand auf und streckte mir eine Hand hin, als wolle er mich hochziehen.

Ich rappelte mich auf. »Okay. Ich versuch's noch einmal.«

Er nickte zufrieden.

Ich schloss die Augen, versuchte mich auf das Rauschen des Meeres zu konzentrieren und die Felsblöcke heraufzubeschwören. Es klappte nicht. Meine Gedanken schweiften ab. Was, wenn Tom nicht aufgetaucht wäre? Was, wenn ich das Stilett nicht griffbereit gehabt hätte? Was, wenn ... Ich öffnete die Augen. »Ich fürchte, wir müssen es auf morgen verschieben. Bist du dann auch wieder hier?«

Der Schatten hob den Zeigefinger: noch einen Versuch. Dann hielt er mir beide Hände hin, als wolle er mich führen.

»Gut. Noch einen Versuch. Ich hoffe ehrlich, es klappt. Ich mag morgen nicht schon wieder achtzehn Pfund Eintritt bezahlen.« Ich schloss die Augen und streckte die Hände aus, als könne ich wirklich die Hände des Schattens ergreifen.

Meeresrauschen. Basaltblöcke. Fels. Höhle. Meine Fingerspitzen umfassten warme, mir angenehme Finger. Sie drückten meine Hände und zogen mich sanft vorwärts. Ich zwang mich meine Augen geschlossen zu halten und ließ mich führen. Einen Schritt. Noch einen. Die Hände hoben meine an und ich verstand die Geste. Ich hob die Füße und stolperte dennoch ein wenig über eine hohe Stufe. Trotzdem hielt ich meine Augen geschlossen. Die Hände zogen mich vorwärts. Immer weiter. Dann streichelten die Finger ganz sanft und zärtlich über meinen Handrücken. Das war sehr schön und verursachte ein leichtes Kribbeln.

Eiskaltes Wasser durchnässte meine Hose. Erschrocken öffnete ich die Augen.

Ich stand in der Höhle aus meinen Visionen.

DIE DRACHENHÖHLE

Es roch widerlich. Nach abgestandener Luft, Verwesung und Exkrementen. Schnell hatte ich meine Schuhe gegen Gummistiefel getauscht. Ich schlitterte ein paar Meter weiter über die feuchten, rutschigen Steine, die immer wieder vom Meerwasser überspült wurden, dann erreichte ich den verborgenen Eingang, der noch tiefer in den Fels führte.

Hier war es stockdunkel. Trotzdem konnte ich sehen. Nicht wirklich sehen. Es war eher ein Wahrnehmen, wie durch ein Nachtsichtgerät: Nicht ein einzelner Lichtkegel erhellte mir die Sicht, sondern alles wirkte wie bei einer unscharfen Pixelauflösung, ehe sie ins Grobe überging.

Die Höhle war aus massivem Fels und auf dem Boden lagen Unmengen von Steinen. Genau wie in meiner Vision. Bei den helleren sah ich besser nicht genau hin. Ich war mir keineswegs sicher, ob ich richtiglag, aber was, wenn Lee nicht mehr hier wäre? Was, wenn hier … etwas anderes wäre? Wenn dieser längliche Stein kein Stein … o Gott! Es war ein Beckenknochen! Ein menschlicher!

»LEE!«

Ich warf alle Vorsicht über Bord. Sollte es sich hierbei um ein Labyrinth handeln, würde ich ihn nie auf eigene Faust finden. »Lee! *Lee!* Verdammt, wo bist du?« Meine Stimme hallte wie ein

Echo nach. Ich stolperte hastig vorwärts, versuchte meinen Atem auszublenden und zu lauschen.

»Ich bin hier!« Die Stimme war rau, aber nicht weit entfernt.

Ich stieß mit meinem Kopf gegen einen Felsvorsprung. Einen Augenblick lang dachte ich, ich hätte mir die Stimme nur eingebildet, weil es in meinen Ohren so rauschte.

»Hier! Ich bin hier!«

Ich blinzelte und rannte jetzt vorwärts in die Richtung, aus der die Stimme kam. Lees Stimme! Als ich um eine Ecke bog, sah ich ihn. Er saß angekettet an der Felswand. Sein Gesicht, als er mich entdeckte, war noch verblüffter als damals, wo er mit mir im achten Jahrhundert in Germanien gestrandet war.

»Gute Göttin. Fay!«

Ich stürzte auf ihn zu und stolperte über etwas. Es war so groß wie ein Ball und kullerte ihm vor die Füße. Entsetzt starrten wir beide auf den Schädel. Meine Umarmung fiel dadurch etwas umständlich und zittrig aus. Zumal Lee sie durch die Ketten nicht erwidern konnte.

»Fay! Meine Güte, Fay. Wie hast du mich gefunden?« Er sah mich noch immer fassungslos an. »Fay.«

»Wie bekomme ich diese Fesseln los?«, fragte ich ihn und wandte meine Aufmerksamkeit den Ketten zu, die sehr stabil aussahen.

»Kannst du einfach einen Knochen zwischen meine Handgelenke schieben?«

»Was soll das helfen?«, fragte ich angewidert. Knochen lagen hier überall verstreut. Tatsächlich bestand der ganze Fußbodenbelag aus Knochen. Alle menschlich, wie es schien.

»Elfenmagie«, antwortete er schlicht.

Mit spitzen Fingern nahm ich eine Rippe und steckte sie – nicht ohne Schwierigkeiten – zwischen die metallene Handfessel und Lees wund gescheuerte Haut. Er stöhnte schmerzhaft, schloss die Augen und seine Stirn runzelte sich konzentriert. Die Schelle sprang auf. Sofort hob ich die Rippe wieder auf und steckte sie unter die andere Manschette. Diesmal war es noch leichter. Aber Lee war sehr schwach. Er fiel mir in die Arme.

Ich hielt ihn an mich gedrückt, so fest ich konnte. Endlich hatte ich ihn wieder. Ich hatte ihn gefunden. Jetzt musste ich uns nur noch hier herausbringen. Er roch zum ersten Mal nicht nach Moos, Heu und Veilchen. Er roch beinahe menschlich. Ein wenig säuerlich, verschwitzt und ranzig. Fast wie mein Großvater, nachdem er bettlägerig geworden war.

»Wie hast du mich gefunden?«, fragte Lee und stöhnte, als ich ihn fester um die Mitte packte.

»Erzähl ich dir später. Lass uns erst einmal verschwinden. Ich weiß nicht, was für ein Ungeheuer hier lebt, aber ich will ihm nicht begegnen.«

»Ein hebridischer Lindwurm. Wäre auch besser, wenn du ihm nicht begegnest. Sein Atem ist giftig.«

Ein Lindwurm? Ich missachtete Lees Stöhnen und schleifte ihn energisch vorwärts. »Kannst du nicht ein wenig mehr von deiner Elfenmagie anwenden?«, keuchte ich nach ein paar Metern. Wir kamen kaum vorwärts. Lee war mehr bewusstlos als lebendig.

»Ich habe meine letzten Kräfte beim Öffnen der Ketten verbraucht.« Seine Stimme war nicht mehr als ein Flüstern.

Ich bekam wirklich Angst. »Lee, halte durch. Ich bin jetzt bei dir«, versuchte ich ihn zu ermutigen. »Komm schon. Gleich sind wir draußen. Du kannst mich so kurz vor dem Ziel nicht im Stich lassen.« Ich versuchte mich wieder an den Rückweg zu erinnern. War ich auf dem Hinweg an diesem komischen Loch vorbeigekommen? Und diese Gabelung? Links oder rechts?

»Rechts«, murmelte Lee.

»Hey. Kannst du meine Gedanken lesen, ohne mir in die Augen zu sehen?«, fragte ich, aber mehr, um uns abzulenken, als wirklich überrascht zu sein. Er war so schwer. Wer hätte gedacht, dass so ein drahtiger Kerl – auch wenn er ein Meter neunzig maß – so viel wog wie ein Ochse?

Plötzlich kam Leben in Lee. Er hob den Kopf. Seine Augen wurden riesig und sein Mund öffnete sich. »Er kommt.«

Ich erstarrte. Jetzt hörte ich es auch. Oder nein – ich spürte es mehr. Die Luft um uns wurde noch stickiger und roch noch unangenehmer. Wie faule Eier. Schwefel! »Was sollen wir tun?«, fragte ich entsetzt. Ein Lindwurm. Wenn er auch nur annähernd so bedrohlich war wie ein T-Rex, wollte ich mit ihm nicht mal auf einem Kontinent sein. Geschweige denn in einer engen Höhle, die momentan nur aus einem Fluchttunnel bestand. »Verdammt, Lee, reiß dich zusammen. Wir müssen rennen.«

»Lauf, Fay. Rette dich.«

»Vergiss es. Ich lasse dich nicht zurück.« Ich hörte jetzt deutlich die schlurfenden Tatzen. Entschlossen griff ich Lees Arm und zog ihn in die entgegengesetzte Richtung.

Lee stolperte hinter mir her. Ich mobilisierte sämtliche Kräfte, die ich besaß, und rannte blindlings los. Wir kamen an Lees Gefangenenplatz vorbei. Ich zog ihn weiter. Zum ersten Mal war ich schneller als er. Ich hörte über unseren keuchenden Atem hinweg die Schritte der Echse schneller werden. Ein röhrender Schrei ertönte und verlieh uns weiteren Antrieb. Ich lief einfach, achtete nicht auf rechts oder links und betete, der Ausgang möge uns finden. Meine Brust schmerzte, ich hatte Seitenstechen. Trotzdem rannte ich. Doch natürlich geschah das, was in jedem schlechten Krimi und Thriller geschieht: Lee stolperte und riss uns beide zu Boden. Sofort sprang ich wieder auf die Füße, meine pfeifende Lunge ignorierend. Aber Lee bewegte sich nicht mehr.

»Lee! Steh auf!« Er schüttelte den Kopf. Verdammt! Warum konnte ich die Zeitsprünge noch nicht kontrollieren? Sollten wir das hier überleben, würde ich Ciaran anflehen mit mir weiter zu üben.

»Ich kann nicht mehr, Fay. Rette dich. Die Anderwelt braucht dich.«

Lee konnte nicht mehr sprechen. Seine Worte hatte ich in Gedanken gehört. Ich funkelte ihn an. »Niemals! Ich lasse dich nicht im Stich.«

Seine Mundwinkel zuckten. »Sei nicht so stur.«

»Dann komm mit!«

Er murmelte etwas Unverständliches und schloss die Augen. Panisch schüttelte ich ihn, doch er wachte nicht mehr auf.

In diesem Moment sah ich dichten Rauch um die Ecke wehen. Der Lindwurm hatte uns eingeholt.

Dem Rauch folgte etwas Rotes. Blitzschnell, so dass ich es kaum sehen konnte, verschwand es wieder. Dann kam die Schnauze. Spitze, unregelmäßige Zähne und Krallen in der Größe einer Sichel. Das Rote schnellte wieder vor und ich erkannte eine gespaltene Zunge wie die einer Schlange. Das Vieh war riesig. So groß wie der Blauwal im Natural History Museum. Seine Zunge tastete sich erneut vor. Jetzt hatte er uns entdeckt.

Ich warf mich vor Lee. »Bitte«, stammelte ich. Ich sah das Untier mit seinen echsenhaften Schlitzaugen und fühlte meine Blase erbärmlich Druck ausüben. Jetzt wusste ich, wie sich die Jurassic-Parc-Kinder im Auto gefühlt haben müssen, als der Tyrannosaurus Rex angriff. Nur hatte ich keinen Sam Neill in der Nähe. »Bitte nicht.«

Die Schlitzaugen blitzten. Ich umklammerte Lee und hielt mich an ihm fest. Ich wusste nicht, ob ich ihn beschützte oder er mich, allein durch seine Anwesenheit. Ich kniff meine Augen fest zu. Dann spürte ich die Zunge an meinem Gesicht, roch den stinkenden Atem. Eine Rauchwolke umwehte uns. Mein Magen bockte und ich schluckte hart.

»Sieh da. Felicity Morgan«, sagte eine tiefe, kehlige Stimme.

Mich schauderte. Woher kam diese Stimme? Ich blinzelte. Die Echsenaugen sahen mich erwartungsvoll an.

»Die Prophezeite. Und ich habe die Ehre, sie als Erste zu treffen.«

Ich starrte entgeistert auf das Ungeheuer vor mir. Der Lindwurm *sprach*. Zu mir.

REGGIE

»Wieso kann ich dich verstehen?«, fragte ich zitternd.

Er züngelte erneut. »Weil du eine von uns bist.«

»Eine von euch? Wie meinst du das?«

»Du bist ein Drachenkind. Du bist sogar noch mehr. Du bist DAS Drachenkind.«

»Drachenkind? Was ist ein Drachenkind?«

»Kennst du die Geschichte vom Drachen Fafnir? Der Sohn des Riesen Hreidmar, der von Siegfried von Xanten getötet worden war? Siegfried hatte in seinem Blut gebadet und war dadurch unbesiegbar geworden.«

Die Nibelungensage. Ich nickte.

»Fafnir hatte Kinder. Seine Nachkommen haben sein Blut in den Adern.«

Mir war schlecht bis zum Erbrechen, trotzdem funktionierten noch ein paar Teile meines Gehirns. »Also bist du ein Nachkomme Fafnirs?«

»Ebenso wie du, Felicity Morgan.«

»Aber ich bin ein Mensch!«

Der Drache schnaubte und stieß dabei ein paar Funken aus. »Ich bin auch ein Mensch. Zumindest meistens. Doch ab und an ruft meine andere Natur und ich verwandle mich.«

»Wie?«

»Die Temperatur um dich herum muss mindestens vierzig Grad Celsius betragen. Und manche können sich auch nur dann verwandeln, wenn sie rotes Licht vor Augen haben. Andere bevorzugen völlige Dunkelheit.«

»Könntest du dich jetzt in einen Menschen zurückverwandeln?«

»Das werde ich in Gegenwart eines Elfen niemals tun.«

»Aber dann hast du einen Namen?«

»Ich heiße Reginald Raik. Kurz Reggie.«

Uh. Unter Reginald stellte ich mir einen dickbäuchigen Mann mit Halbglatze vor. Keinesfalls eine Riesenechse. Reggie saß vor mir auf den Hinterbeinen, wie ein Hund, der erwartungsvoll zu seinem Herrchen aufsieht. In diesem Fall herabsah.

»Hattest du noch nie in der Sommerhitze das Gefühl, die Haut würde bersten?«, fragte er.

Ich schüttelte den Kopf.

»In der Sauna? Saunen haben in der Regel die perfekte Temperatur und Beleuchtung für unsere Verwandlung.«

Ich schüttelte wieder den Kopf.

»Hast du keine Narben auf den Schulterblättern? Warzenähnliche Wucherungen?«

Nein. Auch das nicht.

Seine Augen verengten sich noch mehr, die Zunge fuhr erneut über mein Gesicht. Als würde er mich abtasten. Ich schloss die Augen in der Erwartung, gleich seine Zähne in mir zu spüren.

Aber nichts geschah. Nur der Schwefelgestank umwehte mich, als hätte das Ungeheuer Luft ausgestoßen.

»Doch. Du bist es. Du bist den Drachenkindern prophezeit

worden als die Erlöserin. Du wirst den Fluch brechen und die Elfen verdrängen, damit wir wieder hinauskönnen. Ans Tageslicht. Raus aus dem Verborgenen.«

Ich hörte, verstand aber kaum ein Wort. Ich war die Prophezeite der Drachen? »Aber die Elfen behaupten dasselbe von mir.«

Die wimpernlosen Lider schlossen sich halb. Als der Lindwurm diesmal sprach, kamen Funken aus seinem Rachen. »Die Elfen lügen. Sie sind hinterhältig und gierig. Sie sagen dir das, um dir zu schmeicheln. Damit du uns nicht helfen kannst und die Prophezeiung nicht eintritt. Wir warten seit über zweitausend Jahren auf dich.«

Er sah auf den bewusstlosen Lee. »Er ist einer von ihnen. Ich kenne ihn. Einer der listigen und falschen Elfenkinder. Er sammelt seit Jahren Hinweise für seinen Onkel, um uns endgültig zu vernichten.«

»Er wusste nicht einmal, dass ihr existiert«, verteidigte ich Lee.

»Bist du dir da sicher, Felicity Morgan?«

Konnte ich mir sicher sein? Lee lebte seit über dreihundert Jahren auf dieser Welt und arbeitete seither als Kommissar für das Elfenreich. Was hatte er in den zweihundertachtzig Jahren gemacht, ehe ich geboren wurde?

»Er muss es nicht bewusst getan haben«, sagte der Drache. »Aber Oberon hat ihn und zwei andere auf uns angesetzt. Wieso verteidigst du ihn? Du müsstest ihn hassen, ihm misstrauen.«

»Er hat mir das Leben gerettet«, erklärte ich zittrig. »Als wir im achten Jahrhundert gelandet sind. Er hat mich vor unseren Verfolgern in Sicherheit gebracht.«

»Wer sagt, dass er nicht die Verfolger bezahlt hat, um es so aussehen zu lassen.«

Nicht Lee hatte in dieser Richtung mein Misstrauen geweckt. Aber ein anderer. Ich schluckte und unwillkürlich hatte ich wieder Karls Worte im Ohr. *Ciaran hatte mit den Entführern gesprochen, ehe er sie überwältigte.*

»Geh zur Seite. Ich nehme mich seiner an. Er wird Oberon nie wieder Informationen übermitteln.«

Ich schob mich noch weiter vor Lee. »Nein. Ich werde nicht zulassen, dass jemand in meiner Gegenwart umgebracht wird.«

»Warum deckst du ihn? Liebst du ihn?«

»Ich will niemanden sterben sehen. Ist das so schwer zu begreifen?«

Reggie neigte den Kopf. »Ja. Er wird deinen Untergang bedeuten.«

Ich schüttelte den Kopf. »Er ist gemäß dem Buch der Prophezeiung mit mir verlobt.«

Der Lindwurm stieß einen Schrei aus, der all meine Knochen zum Vibrieren brachte. Funken stoben durch die Luft und es wurde stickig heiß. Die Härchen von meinem Pony kräuselten sich verbrannt. »Das ist ebenfalls eine Lüge!«, rief Reggie aufgebracht. »Du bist niemandem bestimmt. Unsere Prophezeiung sagt, du wählst einen Partner entweder bei den Elfen oder den Drachen. Je nachdem, wen du wählst, dessen Volk wird die besten Voraussetzungen für einen Sieg haben. Die Elfen kennen diese Prophezeiung. Deswegen haben sie den Schönsten ihrer Rasse auserwählt, um sicherzugehen.«

Ich starrte ihn ungläubig an. Und der Groschen fiel. Es war so *logisch*. Warum sonst sollte jemand wie Lee sich mit jemandem wie mir abgeben? Ich hatte es die ganze Zeit über geahnt.

»Geh zur Seite. Ich erledige das für dich.«

»Was? Nein!« Empört umfasste ich Lees Schultern.

»Solange er lebt, ist er eine Gefahr für uns. Und auch für dich.«

»Nein. Egal was du sagst, er wird nicht sterben.«

Der Lindwurm schloss wieder halb seine Lider und sah mich abschätzend an. »Schade. Ausgerechnet jetzt ist er bar jeder Magie. Auf diesen Moment warte ich seit acht Wochen. Er ist zäh. Er hat sich lange widersetzt. Erst in deiner Gegenwart hat er seinen Widerstand aufgegeben.« Seine Zunge tastete an mir vorbei zu Lee. Ich schlug sie weg. »Lass das«, fauchte ich.

»Er scheint tatsächlich etwas für dich zu empfinden.« Er sah meinen fragenden Blick. »Elfen geben ihre Magie nur dann auf, wenn sie sich geborgen fühlen. Zum Beispiel in Gegenwart einer Person, der sie voll und ganz vertrauen.«

»Dann wäre das ja wohl kaum in einer Drachenhöhle der Fall«, zischte ich.

»Es ist nicht der Ort. Du bist es, die ihn so fühlen lässt.« Der Lindwurm sah mich wieder an. »Was mache ich jetzt mit dir, Felicity Morgan?«

Ich schluckte. »Du zeigst mir den Weg nach draußen und ich bringe Lee nach Hause?«

»Was wirst du unternehmen, Felicity Morgan?«

»Was soll ich deiner Meinung nach unternehmen, Reggie Raik?«, pampte ich zurück.

Der Lindwurm richtete sich zu voller Größe auf. »Ich werde dir eine Nachricht zukommen lassen, wann wir uns wieder treffen. Ich werde dich den anderen Drachenkindern vorstellen. Und dann wirst du angelernt werden.«

Ich stand ebenfalls auf. Zwar waren meine Knie noch immer

gummiweich, aber wenn er mich töten wollte, sollte er es tun. Und zwar bitte schnell und schmerzlos. Aber ich würde mich nicht herumschubsen lassen. Wieso glaubten eigentlich alle, mir Vorschriften machen zu können? »Ich sage dir, was ich tun werde«, erklärte ich, so würdevoll ich konnte. »Ich werde mich über sämtliche Prophezeiungen informieren und dann entscheiden, was zu tun ist. Und jetzt wäre ich dir dankbar, wenn du mir mit Lee helfen könntest. Ich besitze im Gegensatz zu euch beiden überhaupt keine magischen Kräfte.«

Ein Grollen entwich seiner Kehle und ein paar Ascheflöckchen kamen heraus. War das ein Lachen?

»Kein Problem. Ich kann ihn tragen.« Er beugte sich mit seinem riesigen Maul und den spitzen Zähnen über Lees reglosen Körper.

»Wehe, du verpasst ihm auch nur eine Schramme!«, warnte ich den Drachen.

»Schade. Das wäre jetzt auch zu einfach gewesen.« Vorsichtig packte er Lees Hosenbund mit den Zähnen und hob ihn an.

Der Ausgang war wesentlich näher, als ich gedacht hatte.

Vor dem Höhleneingang ließ Reggie Lee erbarmungslos fallen. »Von hier aus kannst du dich wieder zurück nach London beamen.«

»Beamen?« Ich starrte ihn erstaunt an.

Sämtliche Zähne tauchten zwischen den Lefzen auf. Ein grauenvolles Grinsen. »Ich bin ein Trekkie.«

»Bin ich dir schon mal begegnet, wenn du Mensch bist?«, fragte ich neugierig.

Aber ehe er antworten konnte, waren Lee und ich auf dem Tower Hill.

Es hatte lange gedauert, bis endlich ein Taxifahrer bereit war mir zu helfen, Lee in sein Auto zu bringen und an den Berkeley Square zu fahren statt ins Krankenhaus. Ich gab dem Mann ein großzügiges Trinkgeld und er verschwand.

Nun blieb es an mir hängen, Lee aus seinen stinkenden Lumpen zu schälen und zu waschen. Sein makelloser Oberkörper hatte viele Schrammen und Blessuren. An den Stellen, wo er angekettet gewesen war, war die Haut abgerieben und das Fleisch darunter war roh und stank faulig.

Er hätte in ein Krankenhaus *gemusst*. Aber was würden die Ärzte sagen, wenn sie ihn sähen? Sie würden bei der Polizei eine Anzeige erstatten. Die Polizei würde Fragen stellen. Fragen, auf die ich weder antworten durfte noch konnte. Fragen, denen ich von vorneherein lieber auswich.

Ich durchkämmte das Internet nach Hilfeseiten für Verletzungen und suchte in der Küche sämtliche Hausmittel zusammen, die aufzutreiben waren. Von einer Apotheke hatte ich Wundsalben und frische Verbände liefern lassen. Nach der Erstversorgung begann das Warten.

Lee war zwölf Stunden ohne Bewusstsein. Zwölf Stunden, in denen ich bangte, ob er überlebte, und wenn ja, wie. Zwölf Stunden, in denen ich überlegte, wie es nun weitergehen sollte.

Nach diesen besagten zwölf Stunden atmete er endlich ruhiger, nicht mehr so flach, sondern normal und regelmäßig. Sein Herzschlag hatte sich ebenfalls stabilisiert. Der Pulsschlag von Elfen ähnelte dem von Menschen. Etwas langsamer, aber genauso kräftig.

Ich saß an Lees Bett, sprach leise mit ihm, wechselte ständig die Verbände. Als ich müde wurde und mir die Augen zufielen, legte ich mich zu ihm in sein breites Bett und kuschelte mich gerade so eng an ihn, wie ich glaubte ihm keine Schmerzen zu bereiten.

Ich war so froh ihn wieder bei mir zu wissen. Ich durfte ihn jetzt nicht mehr verlieren.

ZURÜCK

Ich drehte mich noch einmal um und hoffte, der Wecker würde noch nicht klingeln.

»Na, Dornröschen, endlich wach?«

Ich schlug die Augen auf. Kein Wecker. Stattdessen sah ich Lee ins Gesicht. Schlagartig war ich wach. »Geht es dir gut?«

Auf seiner Nase bildeten sich die niedlichen Lachfältchen. Ach, wie hatte ich sie vermisst.

»Mal abgesehen von dem Brennen an meinen Handgelenken und schrecklichem Durst und Hunger, ja. Fesselspiele hatte ich mir immer anders vorgestellt.«

Ich schlug die Decke zurück und hüpfte aus dem Bett. Lee konnte wieder Witze reißen. Wenn das kein gutes Zeichen war! »Du bekommst ein Königsfrühstück, in zwanzig Minuten.« Ich eilte ins Bad, putzte mir die Zähne und rannte dann in die Küche.

Eine halbe Stunde später sah es dort aus wie auf einem Schlachtfeld, aber ich hatte ein voll beladenes Tablett in diesen praktischen Speisenaufzug gestellt. Als ich damit an Lees Bett trat, sah er schon ein wenig frischer aus. Ich stellte das Tablett auf der leeren Bettseite ab.

»Wahnsinn. Ein echtes Königsfrühstück.«

»Vielleicht sollten wir besser Prinzenfrühstück sagen«, schlug ich vor, bestrich einen Toast mit Marmelade und reichte ihn ihm.

Ich sah sein Lächeln vorsichtig werden. »Du weißt es?«

»Ich glaube, ich weiß mittlerweile mehr, als mir lieb ist«, antwortete ich ernst.

»Du kommst wieder einmal direkt zur Sache, was?« Lee hievte sich hoch und lehnte sich an das Kopfteil seines Bettes. Er fuhr sich mit einer Hand durch die Haare und verzog das Gesicht, als er darin hängenblieb. »Ich wollte dich nicht bedrängen. Zumindest hatte ich es mir anders ausgemalt.«

Ich starrte ihn ratlos an. »Wovon zum Teufel sprichst du?«

»Woran denkst du denn?«, fragte er pikiert zurück.

»Das erzähl ich dir erst nach dem Frühstück. Hier, iss weiter. Ich springe schnell unter die Dusche. Möchtest du auch duschen? Kannst du das schon alleine oder brauchst du Hilfe?«

Er stutzte und grinste dann maliziös. »Was, wenn ich sage Ja?«

Ich zuckte die Achseln. »Dann helfe ich dir.«

Sein Grinsen erlosch. »Ehrlich? Einfach so?«

»Was glaubst du, wer dich bis jetzt gewaschen hat? Hermes, FedEx und UPS kannst du in der Pfeife rauchen. Mit denen habe ich eh noch ein Hühnchen zu rupfen.« Die drei Arroganzen hätten sich ja mal melden können. Immerhin hatten sie gesehen, wie der Taxifahrer und ich Lee vorbeischleppten.

Aber Lee wirkte auf einmal verlegen. »Du hast mich ausgezogen und gewaschen?«

Ich verbiss mir ein Grinsen. »Sagen wir mal so, ich könnte mir hässlichere Körper vorstellen.«

Seine Mundwinkel zuckten wieder und auf der Nase bildeten sich die kleinen Fältchen. »Ich denke, ich komme alleine klar.«

Ich musterte ihn wie ein Arzt einen Patienten auf der Intensivstation. »Du hast dich überraschend schnell erholt, dafür dass du vorgestern noch näher am Elfenhimmel warst als auf der Erde.«

Er lächelte entschuldigend.

Ich schaltete. »Oh. Klar. Elfending.«

Die Fältchen vertieften sich und er nickte. »Elfending.«

Eine halbe Stunde später saßen wir beide gekämmt und gewaschen vor der zweiten Runde Rührei mit gebratenem Schinken in der Küche. Lee konnte gar nicht genug essen. Das Tablett war leer gewesen, als ich aus der Dusche gekommen war.

Ich hatte ihm eine Kurzversion von den Eröffnungen des Lindwurms erzählt. Er wollte auch alles über die letzten Wochen hören und war mehr als erstaunt darüber, dass Ciaran sich als Lehrer an unserer Schule betätigte.

»Wie konnte Reggie dich gefangen nehmen?«, fragte ich neugierig.

»Drachen haben ihre eigene Magie. Man kann einen Elfen zwar nicht töten, solange wir unsere Elfenmagie in uns haben, aber sie können uns schwächen. Ich bin in eine seiner Fallen getappt. Der Wachmann, Connor, wurde überrumpelt. Er hatte keine Gelegenheit mehr, seine Magie richtig einzusetzen.«

Mir kam ein Gedanke, als ich seine zerschundenen Handgelenke sah. »Hat Reggie diesen Connor umgebracht? In der Zwischenzeit ist ein weiterer Wachmann, Morag oder so ähnlich, auf die gleiche Weise getötet worden.«

Lees Blick verdüsterte sich. »Monahan? Er war der stellvertretende Hauptmann. Er ist auch tot?«

»Am Loch Ness wurde seine Leiche gefunden. Ciaran musste

ein paar Tage dorthin und Hinweise sammeln. Viel hat er nicht gefunden. Aber jetzt ergibt das Stück Hornhaut am Tatort, das aussah wie eine Kralle, einen Sinn. Und der menschliche Fußabdruck«, klärte ich ihn auf. »Glaubst du, Reggie hat die beiden getötet?«

»Ich kann nicht genau sagen, wer, aber es war definitiv ein Drache. Wir müssen davon ausgehen, dass es mehrere gibt. Dabei haben wir geglaubt, dass sie seit zweitausend Jahren ausgestorben sind. Oberon wird nicht erfreut von diesen Entwicklungen sein.«

Sollte ich ihm von Reggies Eröffnung erzählen? Wie würde er reagieren? Was, wenn er mich den Elfen auslieferte? Würden sie mich töten?

»Was ist los? Was hat dir der Drache noch erzählt?«

Erschrocken rutschte meine Gabel ab und ein Teil Rührei landete auf Lees Schoß. Er wischte es auf.

»Woher ...?«, sagte ich und sah ihn an.

Ein Fehler.

»Glaubst du das wirklich? Dass du ein Drachenkind bist?«

Anscheinend hatte ich das Gedankenverbergen doch nicht drauf. »Reggie war sich sicher«, sagte ich leise.

Lee ergriff meine Hand. Ein leichter Stromschlag durchzuckte uns und sofort ließ er sie los. »Mist. Das hatte ich ganz vergessen.« Er sah aus, als wäre er zutiefst frustriert.

»Das habe ich nicht gefühlt, als ich dich gewaschen habe«, erinnerte ich mich. »Hat das was mit deiner Magie zu tun?«

Lee aß seine Eier und nickte nur stumm.

Das erinnerte mich an etwas anderes. »Eamon hat mir da was erzählt ...«

Jetzt hatte ich wieder Lees volle Aufmerksamkeit.

»Steht tatsächlich in dem Buch der Weissagung, dass wir beide heiraten werden?« Ich sah seinen Adamsapfel hüpfen. *Er hatte es gewusst.*

»Fay, ich wollte nicht ... ich meine ... das ist so ... so ...«

»Absurd?«, half ich ihm.

»Nein«, rief er. »Bedrängend. Zumindest für dich. Ich hatte über dreihundert Jahre, um mich an den Gedanken zu gewöhnen. Ich fand es auch nicht schlimm. Es war nun mal Fakt.«

»So wie die Ehen in feudalen Zeiten, als man wegen Mitgift und Ländereien heiratete?«, sagte ich trocken. Ich hatte das Essen aufgegeben. Es schmeckte nicht mehr.

»Für mich war es so. Ja.«

O Gott. Das wurde ja immer schlimmer. Ich wusste aus den Geschichtsbüchern, dass diese Ehen immer mit parallelen Geliebten einhergegangen waren. Und manchmal hatten sich die Ehepartner bis aufs Blut bekämpft.

»Nein, Fay, das würde ich nie zulassen.« Lee hob wieder seine Hand, als wolle er meine ergreifen, hielt sich aber im letzten Moment zurück. »Ich kenne diesen Teil der Prophezeiung, aber er muss sich nicht bewahrheiten. Ich meine, die Zukunft ist schließlich nicht in Stein gemeißelt.«

»Nein, aber in ein magisches Buch geschrieben.«

Er lächelte leicht. »Vielleicht. Trotzdem würde ich dich nie drängen. Es ist nur ein Buch. Es muss nicht die Wahrheit sagen. Es hat uns auch nichts von den Drachen erzählt.«

»Hat es nicht?«

»Nein. Ich war vollkommen überrascht. Ich bezweifle mittlerweile, dass das Buch der Prophezeiung wirklich die Zukunft weist. Es erscheint mir eher wie eine Art Ratgeber. Es fände es vielleicht gut, wenn wir beide heiraten, weil sich damit ein entscheidender Schritt für die Elfen ergäbe. Aber es ist keine Verpflichtung.«

Ich atmete im Stillen auf. Es gab bestimmt schlimmere Ehemänner als Lee. Aber wenn ich an Mildred, Felicity Stratton, Madame de Polignac und all die anderen Frauen dachte, die ihm verfallen waren, war ich froh nicht ständig in der Angst leben zu müssen, eine Nymphe würde meinen Mann betören. Und dann dachte ich an Richard und all die Mädchen, die Poster von ihm in ihrem Spind in der Schule hängen hatten. Eigentlich auch nicht viel besser. Der Gedanke an Richard hatte auch noch einen bitteren Beigeschmack. Nein, ich wollte nicht teilen. Ich sollte endlich Nägel mit Köpfen machen und mit Jayden ausgehen.

»Nein!«

Lee hieb mit der Faust auf den Tisch, dass alles Geschirr klapperte. »Lass es uns wenigstens versuchen, Fay. Bitte. Was ich in der Höhle gesagt habe, stimmt.«

Ich runzelte die Stirn. »Aber der Atem des Lindwurms war gar nicht giftig.«

Lee rollte die Augen. »Verdammt, Fay, das meine ich nicht. Das weißt du genau. Andere Mädchen würden mich als Glückstreffer sehen. Du könntest mir wenigstens eine Chance geben.«

»Du bist ganz schön eingebildet, FitzMor«, sagte ich fassungslos. Der alte Lee war wieder zurück. Arrogant, überheblich und selbstverliebt.

»Und du bist schon wieder eine harte Nuss, Morgan.« Lee fuhr sich mit beiden Händen durch die Haare. Seine spitzen Ohren waren überdeutlich zu sehen.

Wir beide starrten uns wütend an.

Dann atmete ich tief durch. »Ich glaube, es geht dir wirklich besser. Können Elfen auch Feuer spucken, wenn sie wütend sind?«

Lee lehnte sich zurück und zwei Sekunden später grinste er. »Nein. Aber davon abgesehen bringst du meine Magie total durcheinander.«

»Stimmt nicht. Es zuckt immer noch, wenn du mich berührst. Also ist langsam alles wieder beim Alten.«

Lee seufzte und stützte seinen Kopf in die Hand. »Scheint so«, sagte er. Aber es klang traurig.

»Komm schon, FitzMor, Montag gehen wir wieder in die Schule und du kannst dich von allen Mädchen anhimmeln lassen. Ist das nicht ein kleiner Lichtblick?«, sagte ich jovial.

Er kniff die Augen zusammen. »Weißt du, Morgan, dein Humor hat mir echt gefehlt. Sogar in dieser Höhle.«

»Na so was«, meinte ich leichthin. »Ich fand Reggie recht witzig. Dafür waren deine Verwandten ziemlich frech.« Ich erzählte ihm von meinem kleinen Ausflug ins Elfenreich.

Wie erwartet machte Lee große Augen. Als ich von Avalon berichtete, verdüsterte sich sein Blick. »Oh, Fay, jetzt hast du alles zerstört«, rief er entrüstet. »Ich hatte mich so darauf gefreut, dich dort rumzuführen. Wer hat dir alles gezeigt?«

»Was heißt gezeigt. Zwei Wachmänner haben mich hingebracht und dann durfte ich die Schule besuchen«, versuchte ich ihn schnell zu beruhigen. »Liam und Fynn haben mich ein wenig rumgeführt, aber nur durchs Schulgebäude. Ich war genau drei Tage da und dann war ich wieder in Versailles.«

»Trotzdem«, murmelte er enttäuscht.

»Bald sind Osterferien. Dann bringst du mich nach Avalon und wir erkunden die Insel gemeinsam«, schlug ich vor, um ihn aufzuheitern. Es wirkte.

»Ja. Das können wir machen. Liam, hm?«

Ich wurde ein wenig verlegen bei seinem durchdringenden Blick. »Du stehst auf Dunkelhaarige, wie es scheint. Richard. Liam ...«

Ich rollte die Augen. »Dafür warten die Elfinnen und Halbelfinnen sehnsüchtig auf deine Rückkehr. Deine und Ciarans wohlgemerkt. Ich wurde ganz schön nach euch ausgequetscht. Du hast ein paar hartnäckige Verehrerinnen an dieser Schule.«

»Nur da?«

Ich hob eine Augenbraue. »Und so willst du mich erobern? Ein bisschen mehr Feingefühl, FitzMor.«

Jetzt grinste Lee breit. Allerdings sah er auch wieder müde aus.

»Komm, ich bring dich ins Bett. Wenn du weiterhin so schnell genest, kannst du Montag wieder in die Schule. Die Blicke von Felicity Stratton, Nicole und Co. werden ihr Übriges tun, damit du gesund wirst.«

Ich ging zu ihm und stützte ihn bis ans Bett. Der Stromschlag, der uns durchzuckte, war nur ganz schwach, ein Zeichen, dass er tatsächlich erschöpft war. Allein der Gang, die zwei Treppen hoch zu seinem Zimmer, strengte ihn enorm an. Lee war regelrecht kurzatmig, als er sich hinlegte. Aber als ich mich zurückziehen wollte, hielt er meinen Arm fest.

»Danke, Fay«, sagte er leise. Er roch wieder nach dem typischen Lee-Duft: Moos, Heu und Veilchen.

Ehe ich »gern geschehen« erwidern konnte, schlief er schon.

Wie abzusehen ging es Lee beinahe stündlich besser. Ich fuhr Sonntagmorgen einmal schnell nach Hause, zog mich um, erzählte Mum, Lee sei krank und brauche meine Hilfe, und eilte dann zurück an den Berkeley Square. Als ich an dem Elfengemälde vorbeilief, streckte ich Hermes, FedEx und UPS die Zunge raus. »Ich habe ihn gefunden, ihr Nichtskönner«, murmelte ich.

Lee lag auf seiner Couch in seinem modernen, hellen Zimmer und besah sich seine Blessuren mit einem Handspiegel. Als er mich bemerkte, lächelte er so erfreut, als sei ich drei Wochen unterwegs gewesen. Allein in den zwei Stunden meiner Abwesenheit hatte er sich wieder deutlich erholt. Er wollte erst alles über mich und die Schule wissen, löcherte mich nach Ciaran und amüsierte sich über das Nachsitzen.

Ich erzählte ihm von Felicitys Trauer, die sogar so weit ging, dass sie mich ansprach. Ich erzählte ihm von meinem Abenteuer in Versailles, wobei ich den Teil übersprang, in dem ich versucht hatte die Königin zu retten. »Apropos Versailles«, fiel mir ein. »Ich sage nur ein Wort: Madame de Polignac.«

»Das sind drei Wörter.«

»Und eine weitere Anbeterin. Das Erste, was sie mir unter die Nase rieb, war, dass du gut küssen könntest.«

»Da kannst du wohl schlecht mitreden, oder, Mignonne?« Lee grinste frech.

»Zumindest hast du ihr von unserer Verlobung erzählt. Wenn Eamon mich nicht schon vorgewarnt hätte, wäre ich umgekippt.«

»Du kippst nicht so leicht um, Fay«, sagte er nur und zupfte an einer Strähne meines Haares. »Wenn Richard dich nicht hat umkippen lassen, schafft es eine Yolande bestimmt nicht. Was ist zwischen Richard und dir eigentlich vorgefallen? Ich hatte wirklich das Gefühl, er hätte dich gern.«

Ich seufzte und kuschelte mich ein wenig tiefer in die Kissen seines Sofas. »Ja, das glaube ich auch. Er war auf dich eifersüchtig. Und auf Ciaran. Blöderweise ist auch noch Carl aufgetaucht und hat eine Szene gemacht. Das hat ihm den Rest gegeben.«

Lee machte große Augen. »Karl? Wie kommt der in dieses Jahrtausend?«

»Oh, nicht Karl der Große. Carl, der Schwager meiner Schwester. Dieser Idiot – nein, wie hat Richard ihn noch genannt? Prolo! –, der uns Weihnachten versaut hat. Nachdem du verschwunden warst, glaubte er, ich müsse mit ihm zum Ball gehen.«

Lee sah zerknirscht aus. »Entschuldige, Fay. Den Schneeflockenball hab ich komplett vergessen. Zu der Zeit war ich in Cornwall unterwegs.«

»Cornwall? Wieso Cornwall?« Ich wurde hellhörig.

»Mein Informant in Versailles sagte, es gebe in Cornwall Hinweise auf die Insignien Pans. Ich folgte der Spur. Allerdings führten mich weitere Hinweise nach Schottland. Dorthin, wo du mich gefunden hast.«

»Was für Hinweise?«, hakte ich nach.

»Colin Caibre, ein Agent, der sonst in Versailles stationiert war, war ein Cousin von dem toten Wachmann Connor. Connor hat ihn kurz vor seinem Tod aufgesucht. Er hatte erfahren, dass ein Teil der Insignien angeblich in Cornwall liegt. Aber es liegt nichts in Cornwall.«

Ich dachte an den Schatten und seine Botschaft. »Wie kannst du da so sicher sein?«

»Die Insignien strahlen Schwingungen aus. Wir können sie spüren.«

»So ähnlich, wie dein Karfunkel auf andere Edelsteine reagiert?«

»Ja, oder Halbedelsteine. Wie du weißt, reagieren auch manche Menschen sehr feinfühlig darauf. Diese Salzleuchten waren doch vor ein paar Jahren extrem beliebt wegen ihrer Strahlungen ... Die Schwingungen der Insignien Pans sollen für uns Elfen noch deutlicher spürbar sein.«

Ich hätte das ja alles als esoterischen Quatsch abgetan, aber Ruby und sogar Mrs Haley-Wood schworen auf die Kraft der Steine. Und unsere Schulleiterin war immerhin jemand, der mit beiden Beinen fest auf dem Boden stand. »Und wie kamst du von Cornwall nach Schottland?«, wollte ich wissen.

»Zwischendurch war ich noch in Somerset. Aber alles der Reihe nach. Im Bodmin Moor, knappe zwei Meter von der Stelle entfernt, wo Colin gefunden worden war, fand ich eine Eintrittskarte für Ynis Witrin. Also machte ich mich auf den Weg nach Somerset. Tatsächlich fand ich am Glastonbury-Tor einen Stein mit Runen. Der Stein hatte spürbare Schwingungen und die Runen sprachen ganz klar für Fingal's Cave, wie Staffa auch genannt wird.«

Ich malte mir einen behauenen Stein aus, der zwischen all den anderen Steinen am Boden lag und wie ein Handy vibrierte.

Lee sah mein skeptisches Gesicht.

Ich sagte: »Ich weiß, dass Ynis Witrin der alte Name für das legendäre Glastonbury-Tor ist, und ich weiß, dass dort jeden Tag viele Touristen hinpilgern. Ich kann mir aber nicht vorstellen, dass der Stein einfach so dort herumlag.«

»Natürlich nicht. In dieser Ausgrabungsstätte gibt es einen Fogou, der ist noch nicht ausgegraben, aber vor kurzem ist man ihm ziemlich nahe gekommen. Wir wussten nicht, dass es einen weiteren Stollen in Somerset gibt. Der Runenstein lag in diesem Fogou, diesem Stollen, eingemauert hinter einem großen Fels, der ebenfalls mit Zeichen behauen war.«

Meine Gedanken überschlugen sich. Ich richtete meinen Blick auf die Dächer Londons hinter dem bodentiefen Fenster. Weshalb hatte der Schatten auf Cornwall gedeutet, wenn es Hinweise auf die Hebriden gab? Die Insignien hatten Schwingungen? Weshalb hatten die Elfen Fafnirs Auge dann noch nicht gefunden?

»Fay, es tut mir sehr leid, dass ich den Ball verpasst habe. Aber es war so aufregend, eventuell eine der Insignien zu finden. Ich hätte ansonsten wenigstens zwischen Cornwall und Somerset kurz vorbeikommen können.«

»Nicht schlimm«, winkte ich ab. »Ehrlich. Der Ball muss eine Katastrophe gewesen sein.«

»Ich mach es wieder gut. Wir gehen zum Jahresabschlussball.«

»Du brauchst nichts wiedergutzumachen, Lee«, sagte ich ernsthaft. Und dann ließ ich die Bombe platzen: »Ich habe Fafnirs Auge.« Ich sah Lee in die Augen und dachte an die Fibel Karls des Großen mit dem extravaganten Bernstein.

Lee starrte mich an. Sein Mund klappte auf und er setzte sich aufrecht hin.

Ich dachte an den eingewickelten Stein in meinem Schulspind.

»Fay.« Seine Stimme war so heiser, er flüsterte beinahe. »Fay, bist du dir sicher?«

Ich nickte. »Ziemlich. Ciaran hat mir davon erzählt. Er hat im

Geschichtsunterricht das Bernsteinzimmer angeschnitten und ich habe den Stein aus der Fibel erkannt.«

»Fay, wir suchen Fafnirs Auge, seitdem die Nazis das Bernsteinzimmer verschleppt haben. Wir vermuten es in Rom. Die Katakomben des Vatikans sind riesig und nicht vollends erforscht. Cowan, ein Agent in Italien, glaubte dort entsprechende Schwingungen zu spüren. Fafnirs Auge ist die mächtigste Insignie überhaupt. Wie kommt es dann, dass du sie verstecken kannst, ohne dass sie erspürt wird?«

Ich zuckte die Schultern. »Keine Ahnung. Mir erklärt ja keiner was außer dir. Jetzt wurde verfügt, dass ich auf Avalon unterrichtet werden soll. Ich sage dir, darauf habe ich überhaupt keinen Bock. Bis jetzt wollte mich niemand einweihen und jetzt will ich nicht mehr. Ich bin an einem Punkt angelangt, wo ich denke, weniger zu wissen ist gesünder.«

Lee lächelte. »Mag sein, Fay. Aber du bist die Verheißene. Ich bezweifle, dass man dich unwissend lassen sollte.«

»Fang du nicht auch noch an«, stöhnte ich. »Ich bleibe dabei: Ich möchte Lehrerin werden. Das andere ist euer Kram.«

»Ich glaube, du würdest eine prima Agentin für den FISS abgeben.«

Ich rollte die Augen und wir schwiegen eine Weile. Dann fragte ich: »Wirst du es ihnen sagen?«

Lee sah mich an. Ich wusste, er war sich unsicher. Sein Leben lang hatte er von den Insignien gehört, seit Jahren wurden sie gesucht. Jetzt waren wir im Besitz eines Teilstücks und alles stand kopf. Morde wurden deswegen in jüngster Zeit verübt. Und uns beiden war klar, dass es im nächsten Umfeld des Königs jemanden gab, der mehr wusste und ehrgeiziger war als in den Jahrhunderten zuvor. Mich beschäftigte dabei weniger die Frage, wer der Täter sein könnte, als vielmehr, weshalb er so lange gewartet hatte.

»Genau das frage ich mich auch«, sagte Lee leise, der meinen Gedanken gefolgt war. »Nein. Wir werden nichts sagen. Anscheinend ist Fafnirs Auge gut versteckt. Seine Schwingungen können nicht nach draußen. Lassen wir es einstweilen dabei.«

Ich atmete erleichtert aus. »Was ist mit Hermes, FedEx und UPS?«

»Wem?« Lee sah mich irritiert an.

»Die drei Elfen auf dem Gemälde in deinem Flur. Ich habe sie nach Lieferfirmen benannt.«

Lee lachte laut und zog mich zu sich – ohne meine Haut zu berühren. Ich kuschelte mich vorsichtig an ihn. Seine Wunden, wenn auch gut verheilt, waren immer noch da. Aber ich fand es so schön, seinen Duft wieder um mich zu haben.

»Die können uns hier oben nicht hören vor drei Uhr nachts.« Abrupt wechselte er das Thema. »Ich habe dich einmal gesehen«, sagte er leise. »Kurz nachdem er mich geschnappt hatte. Ich wusste nicht, wie lange ich durchhalten würde, und ich dachte ernsthaft daran, direkt aufzugeben. Dann sah ich dich. Du hast ganz entsetzt ausgesehen. Als wüsstest du, was mir zugestoßen war.«

Ich setzte mich auf und sah ihn an. »Ich wusste es.«

Verdutzt hob er die Brauen. »Aber wie ...«

Ich dachte an das Spiegelbecken in Versailles und meine Vision im Wasser.

»Du kannst im Wasser sehen?« Lee war baff. Ich nickte. »Ich hatte auch einmal das Gefühl, du könntest mich sehen.«

»Aber das ist … *nicht möglich.*« Er sah mich fassungslos an. »Bist du sicher?«

»Ob du es warst oder ein Mii-Männchen? Natürlich bin ich mir sicher.«

»Fay, das ist hohe Magie. Nicht im Wasser Visionen zu haben, sondern auf diese Weise mit jemandem in Verbindung zu treten. Und du bist dir ganz sicher, dass es nicht vielleicht unter Alkoholeinfluss …« Er brach ab, als er mein beleidigtes Gesicht sah. »Schon gut. Aber dir ist klar, dass das alte Fragen neu aufwirft.«

»Welche?«

»Wer du tatsächlich bist. Und vor allem, was.«

Als *Was* bezeichnet zu werden gefiel mir überhaupt nicht. Ich fühlte mich nicht anders als sonst auch. Das Was ließ an wachsende Hörner und wandelnde Fischschwänze denken.

Lee lächelte. »Keine Bange. Du bist trotzdem Fay. Egal was für ein Organismus dahintersteckt.« Er zog mich wieder an sich und ich legte meinen Kopf an seine Brust.

»Vielleicht bin ich ein Alien und lerne demnächst zu fliegen und mit den Augen Feuer zu schießen.«

Lee gluckste. »Ach, Fay, du glaubst gar nicht, wie sehr ich dich vermisst habe.«

»Ich dich auch. Ciaran hat sich geweigert meinen Kater wegzupusten«, murmelte ich an ihn geschmiegt. Meine Augen fielen mir zu und ich fühlte unter meiner Wange seine Brust vor Gelächter beben. Eine Wolke Veilchenduft umfing mich. Mit der Vorstellung einer Blumenwiese schlief ich ein.

Wir hatten den ganzen Sonntag draußen verbracht. Der Frühling begann endlich in London Einzug zu halten und Lee wollte raus an die frische Luft und in die Sonne, die die ersten Knospen im Hyde Park sprießen ließ. Wir saßen eine Stunde auf einer Bank am Serpentine Lake. Anschließend bestand Lee darauf, mich zum Tee bei Harrod's einzuladen, aber dieses Mal auf der überdachten, sonnendurchfluteten Terrasse und nicht im dämmrigen VIP-Bereich. Am Abend wollte er auch nicht ins Kino, sondern kaufte uns Tickets für das London Eye. Mit einem Spaziergang entlang des Victoria Embankment machten wir einen Umweg zurück nach Mayfair an den Berkeley Square. Er tankte Licht und Luft nach seiner Gefangenschaft und den Wochen in der Höhle.

Am liebsten wäre ich heute Nacht bei ihm geblieben. Ich hatte Angst, er könnte wieder verschwinden und dieses Mal für immer. Aber Lee versprach mir hoch und heilig, er wäre morgen früh am Horton College. Für heute Abend habe sein Vater sich via Karfunkel angekündigt.

Nach meiner Begegnung mit Meilyr Mor war ich nicht scharf darauf, ihn wiederzusehen. Deshalb ging ich nach Hause.

Wie versprochen war Lee pünktlich im College und wurde freudig begrüßt. Nicole, Ruby und Phyllis umarmten ihn nacheinander und küssten ihn auf die Wangen. Jayden und Corey umarmten ihn auch. Felicity Stratton küsste ihn leidenschaftlich auf den Mund. Sie verschlang ihn beinahe. Ich lehnte mich an die Schließfächer und konnte direkt in Lees verlegene Augen sehen. Ich dachte nur: *Na, wenn das nicht hilft gesund zu werden.* Er schob Felicity entschieden von sich weg.

Auf die Frage nach seinem Verbleib hatte er überall die gleiche Lüge erzählt: Er hatte einen Motorradunfall gehabt und mehrere Wochen auf der Intensivstation gelegen. Sofort wurde er – zumindest von den Mädchen – mitleidig betätschelt und entsprechend bedauert; in aller Augen war er mächtig im Ansehen gestiegen – Motorrad war ein weiteres Codewort für Coolness. Sein siegessicheres Grinsen auf dem Weg zum Englischunterricht bekam allerdings nur ich zu sehen.

Lee war wieder da.

Er saß an unserem Tisch in der Cafeteria, er saß neben mir in sämtlichen Unterrichtsstunden und er war beim DVD-Abend bei Phyllis mit von der Partie. Es war beinahe alles wie vor seinem Verschwinden.

Nein, eigentlich war *alles* wie vor seinem Verschwinden. Ciaran hatte seine Stelle gekündigt. Wir hatten einen neuen Lehrer. Wieder einen jungen Mann, aber lange nicht so attraktiv. Er hieß Mr Foley und hatte das Aussehen von Martin Lawrence – als Big Mama. Leider hatte er das Temperament von Valium. Sein Geschichtsunterricht war wie zu Zeiten von Mrs Crobb – sterbenslangweilig. Lee veranschlagte bereits für die zweite Unterrichtsstunde eine neue Runde Bingo.

Zumindest eine Neuerung gab es aber: So unglaublich es klang, der Star Club setzte sich in den folgenden Tagen mittags an unseren Tisch. Zumindest Ava, Cynthia und Felicity. Felicity war höchst nervig. Sie wich fast nicht von Lees Seite.

»Du auch nicht«, raunte mir Phyllis zu, als ich es ihr gegenüber bemerkte.

»Ist das ein Wunder?«, fragte ich zurück. Lee war auch nach einer Woche noch etwas blass und mager.

»Vielleicht nicht«, stimmte sie zu.

Mich beunruhigte, dass er noch nicht seine ganze Kraft

und Magie zurückgewonnen hatte. Aber davon konnten meine Freunde ja nichts wissen. Ciaran war verschwunden. Genau wie Jack, seit er uns in dieser ungünstigen Situation auf dem Klo erwischt hatte. Das bereitete mir nicht Bauchschmerzen. Wie weit würde Ciaran gehen, um jemanden zum Schweigen zu bringen? Von unserer Umarmung auf dem Jungenklo war zumindest nichts öffentlich geworden. Aber ich machte mir Sorgen.

Lee zuckte nur die Schultern. »Er wird einen plötzlichen Auftrag bekommen haben. Ansonsten wäre er hier.«

»Und Jack? Gehört der etwa auch zum FISS?«, fragte ich, als wir auf dem Weg zu Englisch waren. Nur dann gab es die Gelegenheit, solche Themen zu besprechen, denn da waren wir allein.

Lee lächelte geheimnisvoll. »Ich denke eher, Ciaran hat Jack etwas verabreicht, das ihn mit ein paar Bauchkrämpfen ans Bett fesselt und später vergessen lässt, was er gesehen hat.«

Ich erstarrte. »Du meinst, er hat ihn vergiftet?«

»Nur so viel, dass er ein paar Tage außer Gefecht gesetzt ist. Mach dir keine Gedanken, Fay, Ciaran würde einem Unschuldigen kein Haar krümmen.«

Aber ab wann würde Ciaran jemanden als schuldig ansehen? Und würde er demjenigen dann mehr als ein Haar krümmen? »Kennst du Ciaran wirklich so gut? Ich frage mich schon die ganze Zeit, wie du, er und Eamon als Kinder zusammen spielen konntet, wenn die beiden so viel älter sind als du.«

Lee lächelte gedankenversunken. »Klingt seltsam, nicht wahr? Du weißt, dass wir Elfen uns älter und jünger machen können? Eamon und Ciaran haben sich mir zuliebe jünger gemacht. Ciaran bestand immer darauf, dass die Cousins zusammenhalten müssten. Familienbande und so. Das fiel uns leichter, wenn wir unser Alter vereinheitlichten. Eigentlich passten nur Ciaran und Eamon es dem meinen an, weil ich ja der Jüngste bin. Man lernt erst auf Avalon sein Alter zu ändern.«

Wie praktisch. Ich wollte, ich könnte mich auch älter machen. Dann würde ich Philip so richtig in den Hintern treten. Mich wunderte allerdings, dass Ciaran so viel Wert auf Familienbande legte.

»Ciaran hat seine Mutter nie kennengelernt und seinen Vater früh verloren. Er hatte nur uns«, erklärte Lee, der meinen Gedanken gefolgt war. »Du kannst dir denken, dass weder Eamons noch mein Vater die Zeit hatten, auch noch einen Neffen zu betreuen.« Als Mr Sinclair den Klassenraum betrat, neigte Lee sich zu mir. »Wollen wir später einen Ausflug machen? Ich möchte dir was zeigen und wir können uns ausführlicher unterhalten.«

»Ich habe heute Dienst im Museum«, murmelte ich und schlug mein Englischbuch auf.

»Ich hol dich dort ab.«

Den Rest des Vormittags war Lee ständig umlagert. Und er genoss es in vollen Zügen. Er flirtete mit allen Mädchen, allen voran mit Matilda aus der Kantine, von der er ein Fünf-Sterne-Gourmet-Essen serviert bekam. Sogar die Lehrer waren besser gelaunt und der Unterricht war lockerer als in all den Wochen zuvor, in denen Lee fort gewesen war. Von seinem körperlichen Zustand einmal abgesehen war Lee wieder ganz der Alte.

»Weißt du, ich hatte damit gerechnet, dass du ein wenig Demut gelernt hättest«, sagte ich zu ihm, als die Schulglocke den Unterrichtsschluss verkündete. Miss Black hatte ihn schamlos bevorzugt und Lee hatte die Situation ausgenutzt und einen hausaufgabenfreien Tag für uns rausgehauen. So allmählich stieß mir seine Beliebtheit beim weiblichen Volk auf.

»Ich *bin* demütig«, sagte er und schlug seine Hand aufs Herz. »Ich bin dir absolut ergeben.«

»Ja, klar.«

»Ach, Fay, ich werde dir auf ewig dankbar sein, dass du mich aus der Höhle eines Ungeheuers gerettet hast. Lass mich dir dafür ein paar Hausaufgaben ersparen.«

»Immer doch. Musst du dafür so schamlos mit jedem Rock flirten, der dir begegnet?«

Lee zwinkerte schelmisch. »Du brauchst nicht eifersüchtig zu sein. Ich liebe nur dich.«

»Ja, klar«, wiederholte ich augenrollend. »Wir sehen uns heute Abend um halb sieben an der National Gallery. Dann kannst du mir weiter Honig um den Mund schmieren.«

Seltsamerweise fiel sein Lächeln auf diese Aussage hin sehr mager aus.

FAYS GROTTE

Lee wartete vor dem Personalausgang. Meine Kollegin Simone röchelte, als sie ihn und sein Auto sah. Lee lächelte ihr freundlich zu. Ich seufzte. Musste er immer solche Auftritte inszenieren?

»Fertig?«

»Kommt drauf an, wofür«, sagte ich. »Wenn du mich wieder zu einer Premierenfeier mitnimmst, nicht. Wenn wir einen Ausflug wie damals nach Westminster unternehmen, schon.«

»Eher Letzteres. Nur geht es diesmal nicht nach Westminster. Dieses Mal bestimme ich, wohin es geht.«

»Tust du das nicht immer?« Ich quetschte mich an ihm vorbei auf den Beifahrersitz.

»Nicht doch, liebste Fay. Du solltest ein bisschen netter zu mir sein. Noch sind wir nicht da. Vielleicht überlege ich es mir und nehme dich mit zur Geburtstagsfete von Prinzessin Eugenie. Die feiert gern.«

Ich schmunzelte. »Sag nur, dass du auch zum britischen Königshaus Kontakt hast. Obwohl, es sollte mich nicht überraschen.«

Lee setzte sich hinters Steuer und fädelte den Benz geübt in den Stadtverkehr. »Wir sind verwandt, schon vergessen?«

Ich starrte ihn an. »Verwandt? Wie?«

Er warf mir einen kurzen Blick zu. »Hatte ich das noch nicht erwähnt? Meine Mutter war die uneheliche Tochter von König James II.«

»Aber du bist der Neffe des Elfenkönigs.«

»Väterlicherseits«, bestätigte er.

Wir schwiegen eine Weile und ich versuchte mich zu ordnen. Tausend Gedanken schwirrten durch meinen Kopf und ich bemühte mich, sie zu Fragen zu formulieren. Aber es funktionierte nicht.

»Wir sind da.«

Lee hatte wieder in der Nähe des Towers geparkt. Wie erwartet brachte er mich auf den Tower Hill. Mit einem Mal war er ganz ruhig, ein wenig in sich gekehrt und etwas … nervös? Sein Adamsapfel hüpfte, als würde er ständig schlucken.

»Bist du sicher, dass ich richtig angezogen bin?« Ich deutete auf meine Jeans und die Sweatjacke. »Du bringst mich nicht wirklich zu irgendeiner royalen Tea-Party oder einem Polo-Spiel?«

Er lächelte. »Keine Sorge, Fay. Du bist richtig angezogen. Ich möchte dir nur etwas zeigen. Schließ die Augen.« Ich gehorchte und Lee schlang seine Arme um meine Mitte. Er vermied Hautkontakt.

Ich atmete tief ein und schon verschwand der Stadtlärm.

Es war kühl und feucht. Ich roch die Nässe und die Frische, die sich zu Lees Duft gesellten.

»Mach die Augen auf«, sagte Lee leise.

Ich zuckte zusammen. Wir standen in einer Höhle. Schon wieder! Aber dann erkannte ich, dass es eine andere Höhle war als die des Drachen. Über uns reckten sich riesige, weiße Stalaktiten wie Orgelpfeifen zu uns herunter. An den Wänden rankten weitere Tropfsteine ähnlich den Armen eines Oktopus und unter uns spiegelte sich alles in einem großen See mit glasklarem Wasser. Ich hatte noch nie zuvor etwas Vergleichbares gesehen. Das war wunderschön. Wenn jetzt vierzig Räuber mit Schatztruhen voller Gold und Juwelen um die Ecke gekommen wären, hätte es mich nicht überrascht.

»Wo sind wir hier?«, fragte ich ganz leise. Ich getraute mich nicht, laut zu sprechen, aus Angst, der Zauber dieses Ortes würde sich dann auflösen.

»Ich nenne sie ›Fays Grotte‹«, sagte Lee genauso leise in mein Ohr.

»›Fays Grotte‹?«

»Nun ja, sie ist unentdeckt und hat keinen Namen. Sie liegt zu tief im Berg. Aber sie ist die schönste Grotte, die ich je gesehen habe. Ich habe mir damals, als ich sie gefunden habe, vorgenommen sie nur einem ganz besonderen Menschen zu zeigen.« Hinter einem kleinen Felsenvorsprung holte er eine Decke hervor und breitete sie auf dem Boden aus.

Ich sah ihm zu, ohne wirklich zu begreifen. »Und ich soll dieser besondere Mensch sein?«

»Du machst es einem wirklich nicht leicht, Fay. Ich hätte dir ja schon früher etwas gesagt, aber da warst du viel zu sehr damit beschäftigt, Richard schöne Augen zu machen.«

Ich wartete darauf, dass Richards Name die übliche Wehmut auslöste. Nichts, zumindest nicht viel. »Ich denke, das Thema Richard ist endgültig abgehakt«, murmelte ich überrascht und setzte mich.

Lee zog hinter dem besagten Felsen einen Korb hervor. »Tut

mir leid, Fay. Aber nur zum Teil.« Lee ließ sich neben mir nieder, streckte seine langen Beine aus und stützte den Kopf auf seiner Hand ab.

Ich ahnte so langsam, warum mir die Erwähnung von Richard nichts mehr ausmachte.

»Kannst du deinen Liebeskummer ein wenig in den Hintergrund schieben?« Er sah mich lächelnd an.

Das würde mir in dieser Umgebung nicht schwerfallen. Ich schlang meine Arme um die Beine und betrachtete die wunderschönen Kalkgebilde um uns herum.

»Ich habe mir so oft ausgemalt mit dir hier zu sein. Dir diesen Platz zu zeigen. Ich finde, wir sollten das feiern.«

»Wann hast du das alles vorbereitet?«, fragte ich erstaunt.

Er grinste schief und deutete zum See.

»Oh. Verstehe. Du hast Mildred beauftragt.«

Er entnahm dem Korb eine Flasche, Gläser und Weintrauben.

Er reichte mir ein Sektglas mit einer perlenden grünen Flüssigkeit. »Mildred ist unschlagbar, was Picknickkörbe anbelangt.«

Oha. Wie viele Körbe hatte sie wohl schon für ihn packen müssen?

»Nicht so viele, wie du jetzt denkst«, antwortete Lee auf meine Gedanken. »Auf dich. Darauf, dass du mich gerettet hast. Darauf, dass ich dir endlich diesen Ort zeigen kann.«

Wir ließen unsere Gläser leicht klirren und Lee sah mir dabei in die Augen. Ich nippte an meinem Glas. Sofort wurde ich von seinen Augen abgelenkt. Es prickelte wie feinster Champagner und ein wenig Brause auf meiner Zunge und verschiedene Geschmäcker explodierten in meinem Mund. War es Pfirsich? Mango? Maracuja? Litschi? Einen Hauch Apfel glaubte ich zu schmecken, aber auch Zitrone, Erdbeere und Trauben, und alles zugleich würziger, nicht zu süß. Außerdem etwas anderes, Unbekanntes, das alles überwog. Es fühlte sich an wie sämtliche Lieblingsgeschmäcker auf einmal und doch differenziert.

Verblüfft sah ich in Lees Gesicht und entdeckte, dass er mich erwartungsvoll beobachtete. »Was ist das?«, fragte ich.

»Gefällt es dir?«, wollte er wissen.

Ich nickte. »Es ist unglaublich. Ich habe noch nie zuvor so etwas Köstliches getrunken. Herrlich.«

»Das ist Nektar.«

»Nektar?«, wiederholte ich perplex. Und dann erinnerte ich mich an den Abend auf Avalon. Champagner sei nichts dagegen, hatte einer der Schüler gesagt. Jetzt verstand ich, was er meinte.

»Ja, Nektar. Du kennst bestimmt das Märchen vom Tau sammelnden Elfen. Es ist nur bedingt ein Märchen, nun ja ... So schmeckt er tatsächlich.«

Ich nippte noch einmal und erlebte wieder diesen überwältigenden Geschmack. »Champagner ist absolut nichts dagegen«, wiederholte ich Brians Worte.

Lee lachte leise.

»Das stimmt. Nektar ist auch wesentlich schwieriger zu beschaffen. Aber ich dachte, dass er für diesen Moment genau das Richtige wäre.« Er sah mir wieder tief in die Augen.

Verlegen wandte ich den Blick ab und wechselte das Thema. »Wie groß ist diese Höhle?«

»Riesig. Eine der größten, die ich gefunden habe. Und mit Abstand die schönste. Weiter westwärts gibt es auch Zeichnungen aus der Steinzeit.«

Ehrfürchtig sah ich ihn an. »Die würde ich gerne sehen.«

»Klar, wenn du ausgetrunken hast.«

Doch ich schüttelte den Kopf. »Nein, lieber, wenn wir das nächste Mal hierherkommen.«

Er lächelte darüber so erfreut wie ein Mädchen, das das lang ersehnte Pony vor sich stehen sieht.

Mein Herz schlug plötzlich schneller. »Wo liegt ›Fays Grotte‹?«

»In Südfrankreich.«

»Wie hast du diese Höhle entdeckt?«, fragte ich neugierig.

Er lehnte sich zurück, stützte sich auf einem Ellbogen ab und blickte zu den gewaltigen Kalksteingebilden über uns. Er bot ein Bild der Lässigkeit und sah verdammt sexy dabei aus. Lee wirkte in diesem Moment so entspannt, wie ich ihn seit Monaten nicht mehr gesehen hatte. Genau genommen seit ich bei ihm gewohnt hatte.

»Hm. Das war vor einigen Jahren, als ich ein paar Revolutionäre verfolgte«, sagte er schließlich.

»Und wenn du sagst, du hast Revolutionäre gejagt, dann waren das wahrscheinlich keine Untergrundterroristen der ETA, die ins Nachbarland geflüchtet sind.«

Er lachte leise. »Nein. Es waren Männer aus der Französischen Revolution, die in diesen Bergen einen Anschlag vorbereiteten. Sie wollten Napoleon auf der Guillotine hinrichten, ehe er Konsul wurde. Sie waren Soldaten in seiner Armee im Italienfeldzug gewesen; sie wollten seinen Aufstieg verhindern und gleichzeitig auch alle Angehörigen der europäischen Königshäuser hinrichten.«

»Aber eine Handvoll Revolutionäre käme doch nie gegen ganz Europa und die Armeen der anderen Königreiche an«, wandte ich ein.

»Das nicht, aber unter ihnen war ein Ingenieur. Er hatte tatsächlich eine Bombe konstruiert, die einer Atombombe … nun ja, nicht gerade das Wasser reichen, aber allemal viel Verheerung hätte anrichten können. Ein anderer dieser Gruppe war ein so genialer Stratege wie Napoleon selber. Im Nachhinein war Napoleon Bonaparte das kleinere Übel für Europa. Ich verfolgte sie bis hierher und verursachte einen Steinschlag. Das warf sie in ihrem Zeitplan zurück, zerstörte den bereits gebauten Teil der Bombe und die Geschichte ging ihren Weg. Bei dem Steinschlag entdeckte ich diese Höhle. Damals beschloss ich sie dir zu zeigen, wenn du endlich auf der Welt bist.«

Ungläubig kniff ich die Augen zusammen. »Du wusstest doch noch gar nicht, wer ich war.«

Lee lächelte. »Ich wusste immerhin von der Prophezeiung und ich habe mir von Anfang an vorgenommen meine zukünftige Frau zu umwerben.«

»Damals hattest du dir bestimmt noch eher eine Art Felicity Stratton vorgestellt«, erklärte ich trocken.

Er streckte seine Hand aus und nahm eine Strähne meines Haars. Er zwirbelte sie sanft. »Mag sein. Mittlerweile bin ich froh, dass du nicht Felicity Stratton bist.«

Ich schloss die Augen und genoss seine Liebkosung. Als ich die Augen öffnete, war sein Gesicht ganz dicht vor meinem.

»Warum, Fay?«, murmelte er leise. »Warum bist du in eine Drachenhöhle gegangen?«

»Weil ich dich vermisst habe«, antwortete ich ehrlich. »Ich weiß nicht, was ich für dich empfinde. Ich weiß nur, dass du mir sehr wichtig geworden bist.«

Seine Augen leuchteten blau und zärtlich, sein Mund war nur

wenige Zentimeter von meinem entfernt. Ich roch seinen süßen Atem und seinen Duft, diesen Duft nach Veilchen und frischem Heu und Moos. Niemand roch besser als Lee. Ich neigte mich näher zu ihm, näher zu seinen Lippen. Ich wollte ihn küssen. Wollte wissen, wie seine Lippen sich auf meinen anfühlten. Das hier war der richtige Moment. Es musste auch nicht mehr als ein Kuss daraus werden, aber im Augenblick fühlte es sich richtig an. Prophezeiung hin oder her. Nur ein Kuss, sagte ich mir und schloss die Augen. Ich hörte, wie sich sein Atem beschleunigte. Ich fühlte die Wärme, die er urplötzlich ausstrahlte.

»Fay«, murmelte er. Seine Stimme klang heiser. »Nicht.«

Ich sah in seine Augen. Sie sahen gequält aus und sehnsüchtig. »Warum nicht?«, flüsterte ich verwirrt.

Seine Hand zog sich zurück. Er hielt mich nicht direkt auf Abstand, aber er bremste mein Vorhaben. »Wenn du mich küsst, bindest du dich für immer.«

Ich kniff ein wenig irritiert die Augen zusammen.

»Wenn ein Mensch einen Elf küsst, gehen sie einen Pakt ein, der ewig währt. Du würdest nie wieder jemand anderen wollen. Du würdest dich auf mich festlegen. Für immer und ewig.«

Einen Augenblick lang sah ich ihn verwirrt an. Als mein Gehirn wieder denken konnte, wich ich zurück. Tausend Alarmglocken schrillten in meinem Kopf. Die Sirenen des Zweiten Weltkriegs waren wahrscheinlich nichts dagegen. »Und in Westminster? Wieso wolltest du mich da küssen? Wäre das nicht einfacher für dich gewesen? Mich mit einem Kuss an die Elfenwelt zu binden?« Jetzt war es komplett zu mir durchgedrungen. »Du willst mich mit Magie und Hinterlist binden? Also setzt du alle Verführungskünste ein, derer du mächtig bist, um mich zu überzeugen, dass du der einzig richtige Mann bist? Bereitest dem Ganzen einen schönen Rahmen, damit ich auch noch gebührend beeindruckt bin?« Ich deutete auf den Picknickkorb und die Höhle und setzte atemlos hinzu: »Ist es das, was du willst?«

Auch er wich zurück. Jetzt war wieder jeder auf seiner Seite der Decke.

»Was ich will, ist nicht unbedingt von Bedeutung. Meine Einstellung hat sich grundlegend geändert. Wenn ich das so wollte, hätte ich dich jetzt geküsst, ohne dir etwas zu verraten. Ich will, dass du dir sicher bist, wenn du das tust. Wenn du dich auf mich festlegst, will ich, dass du mich genauso liebst wie ich dich. Ich möchte mich nicht ewig fragen, ob es nur durch diesen Kuss dazu gekommen ist oder ob du wirklich etwas für mich empfindest.«

Ich starrte Lee an. *Dass du mich genauso liebst wie ich dich,* hatte er gesagt. Ausnahmsweise waren seine Augen dieses Mal von jeglichem Schalk befreit. Er machte keine Witze. ES WAR SEIN ERNST!

»Das habe ich dir schon in der Drachenhöhle gesagt«, meinte er etwas frustriert.

»Hast du nicht!«, widersprach ich, vielleicht eine Spur zu heftig, weil ich plötzlich nervös war. »Du hast mir nur gesagt, der Atem des Lindwurms sei giftig.«

»Kurz bevor der Drache uns erreichte, habe ich dir gesagt, dass ich dich liebe.«

»Glaub mir. Das wüsste ich. Du hast was gemurmelt und gingst k. o. Kein Wort von Liebe.« Ich schluckte.

Lee sah mich durchdringend an und schwieg.

»Deswegen ist Felicity so«, murmelte ich, als ich das Schweigen nicht mehr aushielt. »Du hast sie damals mit dem Kuss unter der Treppe an dich gebunden. Du hast sie mit mir verwechselt.« Verdammt. Wieso war mir das nicht früher klar geworden? »Können wir bitte gehen? Ich möchte nach Hause.« Mir saß ein dicker, fetter Kloß im Hals, der mich kaum noch atmen ließ. Nein, ich würde nicht heulen. Ich würde mich zusammenreißen und keine Schwäche zeigen. Ich hatte vor Richard keine gezeigt und ich würde auch keine vor Lee zeigen.

Lee seufzte. »Genau das habe ich befürchtet. Nein, wir können jetzt nicht nach Hause. Erst klären wir das. Ich werde nicht vor einer Auseinandersetzung weglaufen. Und auch du hast mehr Mut als das.«

»Den habe ich«, sagte ich trotzig und starrte geradeaus auf den See.

»Schön. Dann hör mir jetzt zu. *Sie* hat mich geküsst. Und ja, ich gebe zu, dass ich Felicity Stratton damals zurückgeküsst habe, weil ich dachte, sie sei du. Ich dachte, das passt alles.«

Ich warf ihm einen bitterbösen Blick zu. »Natürlich passte es. Sie war perfekt. Der Traum aller Jungs am College.«

Lee stützte seine Arme auf die angewinkelten Knie und sah mich an. »Was willst du jetzt von mir hören? Meine Versicherung, du hättest mir von Anfang an besser gefallen als sie?«

Er hatte Recht. Das wäre haushoch gelogen. Trotzdem tat es weh.

Lee seufzte. »Fay, darf ich weiterreden?«

Ich kaute auf meiner Unterlippe und starrte stur auf den See. Er würde mich kaum nach Hause lassen, bis er alles gesagt hatte. Und es war wahr: Ich war keine Memme. Auch ich wollte das ausdiskutieren. Danach konnte ich immer noch entscheiden, wie wir zueinanderstanden. Aber ich würde ihm auch nicht direkt vergeben. Also nickte ich.

Leise sprach Lee weiter: »Fay, du musst nicht den Schönheitsidealen der Modewelt entsprechen, um für deine Freunde schön zu sein. Du bist etwas ganz Besonderes.«

»Du brauchst mir jetzt nicht zu schmeicheln, FitzMor«, sagte ich scharf.

»Das habe ich auch nicht vor«, entgegnete er brüsk. »Ich habe mich in dich verliebt. Und wenn das nicht der Fall wäre, hätte ich mir die ganze Diskussion hier sparen können, indem ich dich vorhin einfach geküsst hätte. Aber das ist mir nicht genug. Nicht mehr. Nicht, seitdem ich dich richtig kenne.«

Ich warf ihm einen Blick zu.

»Jetzt wird mir auch klar, warum du an dem Morgen, nachdem du mich gerettet hast, so seltsam reagiert hast«, sagte Lee nach einer Weile. »Ich dachte, du wärst dir vielleicht noch unsicher. Ich hatte nicht damit gerechnet, dass du mich nicht verstanden haben könntest.« Er schaute mich offen an. »Weißt du eigentlich, dass ich dich schon einmal gesehen habe?«

Mein Blick wurde wachsam.

»Das war in Cornwall. Du warst acht. Du bist auf den Felsen von Tintagel herumgeklettert. Dein Großvater saß auf einer Bank und hat dir zugesehen.«

Jetzt wusste ich es wieder.

Ich sah Lee groß an. »Du hast auf einer Mauer gesessen. Ich weiß noch, dass zwei Raben sehr zutraulich neben dir hockten. Das hat mich damals so gewundert.« DAS war es, warum ich Lee zu kennen geglaubt hatte. Wir waren uns tatsächlich schon einmal begegnet.

»Ich wollte wissen, wer meine zukünftige Frau ist«, sagte er mit einem schiefen und zugleich verlegenen Lächeln. »Und soll ich dir was sagen? Sie war unglaublich süß mit ihren langen, blonden Zöpfen und dem lutscherverklebten Mund.«

Ach ja. Grandpa hatte immer einen Lolli in der Tasche gehabt, den ich auf unseren Spaziergängen lutschen durfte. Das hatte ich beinahe vergessen. Ich lächelte in Erinnerung daran.

»Ach, Fay. Du weißt gar nicht, wie schwer es mir im Augenblick fällt, dich nicht zu küssen oder zu berühren.«

»Bei der Spannung, die momentan zwischen uns herrscht, sehe ich mich durch den Elektroimpuls im See landen«, stimmte ich bitter zu.

Er lachte leise. »Könnte sein.« Er begann die Trauben auf seinem Teller auseinanderzupflücken.

Die Stille um uns herum war greifbar. Ich hörte Wasser tropfen und Lees und meinen Atem. Sonst nichts.

»Könntest du mir eine Chance geben?«, fragte er nach einer Ewigkeit.

Tja, konnte ich? Ich war gekränkt. Einerseits. Er hatte mich belogen und hatte versucht mich zu hintergehen. Ich musste an Felicity Stratton und Lee unter der Treppe denken. *Speedknutscher,* fiel mir wieder ein. Das war meine erste Bezeichnung für ihn gewesen.

Lee las meine Gedanken und zog eine Grimasse. »Stimmt. Da war ich etwas voreilig. Ich schwöre dir, das wird nie mehr passieren.«

Ich wandte den Blick ab. Die Worte des Drachen schossen mir durch den Kopf: *Sie haben den Schönsten ihrer Rasse ausgewählt, um dich zu umgarnen.* Andererseits ... Lee hatte den Kuss zwischen uns nicht zugelassen. Er hatte diesen Vorteil für sein Volk verschenkt, obwohl er ihn mit einem einzigen Kuss hätte erreichen können.

»Bitte, Fay, gib mir eine Chance. Mag sein, dass ich ausgewählt wurde, weil ich gut aussehe ...«

»... und so bescheiden bist«, fügte ich hinzu.

»Auch das.« Er grinste ein wenig. Dieses schelmische Grinsen, das man einfach erwidern musste. »Aber ich bin genauso loyal und du musst mir glauben, dass ich noch nie von Liebe zu einem Mädchen gesprochen habe.«

Ich stützte meine Stirn auf eine Hand. »Ach, Lee ... du hast mich vom ersten Tag an hintergangen. Wieso sollte ich dir das glauben?«

»Ich habe dir nicht alle Fakten genannt«, korrigierte er mich. »Aber ich habe dich nicht hintergangen.« Er sah meinen ungläubigen Blick. »Okay, ich hatte es vor, aber Felicity Stratton hat mir einen Strich durch die Rechnung gemacht.«

»Ich sollte ihr Blumen schicken«, meinte ich sarkastisch.

Lee grinste wieder. »Nein. Das sollte ich tun. Die Arme. Durch mein voreiliges Handeln wird sie nie mit einem anderen Mann glücklich werden.«

Ich atmete laut aus und verbarg mein Gesicht in den Händen. Ich brauchte einen Moment, um nachzudenken. Arme Felicity Stratton? Pfeif drauf. Ich hatte zu lange unter ihrer arroganten Art leiden müssen, als dass sie mir jetzt leidtäte. »Deine Hilfe«, sagte ich nach einer Weile, »bei Jon George und mit Florence, war die auch dazu gedacht, mich zu umgarnen?«

»Nein«, sagte Lee fest. »Als ich in der Schule mitbekommen habe, wie viel du dir abverlangst, um deine Mutter zu unterstützen, wollte ich wirklich nur helfen, dir ein wenig unter die Arme greifen. Es hat mir Spaß gemacht, an der Filmpremiere die gute Fee für dich zu spielen. Du hast umwerfend in dem Kleid ausgesehen. Aber richtig auf dich aufmerksam wurde ich bei der Anti-Halloween-Party von Cynthia. Wow, das Outfit, das Phyllis dir verpasst hatte, war großartig.«

»Nicht schmeicheln, FitzMor. Dadurch verlierst du an Glaubwürdigkeit«, sagte ich, aber in keinem allzu strengen Ton.

»Glaub, was du willst, Morgan.« Lee lehnte sich wieder zurück und trank von seinem Glas. »Ich weiß, was ich gesehen habe.«

Wieder verging eine Zeit, während der mir durch den Kopf ging, wie viel ich Lee zu verdanken hatte. Allein die neue Arbeit im Museum, die mir ausnehmend gut gefiel.

»Dieses Küssen und Binden auf ewig«, begann ich wieder, »wie oft hast du das schon gemacht?«

Lee sah mich an. »Stell lieber keine Fragen, auf die du keine Antwort haben willst.« Er seufzte. »Was kann ich dafür, wenn diese dämliche Bindung da mit dranhängt? Ich bin dreihundertzwanzig Jahre alt, du kannst nicht von mir erwarten ...«

Ich betrachtete ihn, wie er dalag. Nein, das konnte ich wirklich nicht erwarten. So naiv war ich nicht. Was hatte ich erwartet? Ich wusste doch, wie gut er bei Frauen ankam. Ich sah, dass er gern flirtete. Es hatte mich vorhin nicht davon abgehalten, ihn ebenfalls küssen zu wollen. Er selber hatte mir daraufhin alles gestanden und mir eine Liebeserklärung gemacht. Ich holte ein paarmal tief Luft. »In Ordnung, FitzMor, ich werde dich nicht verdammen und ich nehme dein Angebot an.«

Lee stützte sich auf den Ellbogen, mir zugewandt. »Welches Angebot, Morgan?«

»Dein Werben. Aber ich sage dir gleich, dass mir die Nummer mit dem *Auf immer und ewig* nicht besonders gefällt.«

Lee grinste. »Na so was. Und ich dachte, da stehen alle Mädchen drauf.«

»Nur wenn es sich dabei um den Prinzen handelt, der der Prinzessin dermaßen verfallen ist.«

»Verfallen, he? Du hast wirklich eine romantische Ader, Fay. Darf ich dich auf die Wange küssen?«

Ich sah ihn wachsam an. »Ist das bindend?«

Er verzog ein wenig das Gesicht. »Nein. Das ist nicht bindend. Immerhin küsst man so auch seinen Bruder.«

»Und das versetzt mir auch keinen Stromschlag, der hier die Funken fliegen lässt?«

Lee rollte die Augen. »Wenn Funken fliegen, dann andere. Nein. Die Lippen sind seltsamerweise von diesem Effekt ausgenommen.«

»Oh. Okay, dann ...«

Er beugte sich zu mir, ich atmete wieder diesen süßen Geruch von Frühlingsblumen, Heu und Moos ein. Lee rutschte näher. Ich fühlte wieder die aufsteigende Wärme, die er ausstrahlte, und dann gab er mir einen sanften Kuss auf die Wange. Ich verharrte reglos. Dort, wo seine Lippen meine Haut berührten, kribbelte es leicht. Ein Kribbeln, das sich über die ganze Wange ausbreitete. Dann spürte ich, wie er meine Nasenspitze küsste, anschließend die andere Wange und auch noch die Stirn. Erst danach wich er ein kleines Stück zurück.

»Unser erster Kuss, Morgan«, sagte er mit einem leisen Lächeln. »War's für dich genauso schön wie für mich?«

Eigentlich sollte ich mit ihm böse sein. Ich konnte nicht. Er brachte mich zum Lachen. Ich boxte leicht gegen seinen Oberarm. »Verdirb nicht die Stimmung. So bekommst du mich nie rum.«

»Gut, bin schon still. Lass uns einfach noch ein wenig hier sitzen und den Anblick der Höhle genießen.«

Wir saßen noch eine Stunde in der Grotte, betrachteten die wunderschönen Formen der Stalaktiten und ersannen Namen für einzelne Gebilde. Keiner von uns beiden erwähnte mehr das Elfenreich, die Prophezeiung oder die Insignien Pans. Ich verdrängte alles und genoss den Moment.

Es war so zauberhaft, ich wäre am liebsten die ganze Nacht hiergeblieben. Aber meine menschliche Natur holte mich ein: Es wurde zu kalt. Wir packten den Korb, falteten die Decke, dann legte Lee seine Arme um mich. Ich schloss die Augen, fühlte den seltsamen Windhauch, roch die kühle, frische Luft und dann wechselte der Geruch abrupt zu Autoabgasen, dünner Luft und einem Hauch Urin. Als ich die Augen wieder aufschlug, waren wir in London auf dem Tower Hill.

Lee brachte mich nach Hause. Vor der Haustür griff er in seine Jackentasche. »Hier. In Erinnerung an deinen ersten Besuch in ›Fays Grotte‹.« Er zog einen winzigen Kalkstein heraus, der aussah wie ein Eiskristall und leicht rosa gefärbt war. Es war ein ganz besonderer kleiner Stalagmit.

Ich betrachtete ihn staunend.

»Darf ich dich noch einmal auf die Wange küssen?«, fragte Lee leise.

Ich schüttelte den Kopf und sah sein enttäuschtes Gesicht. Allerdings wandelte es sich, als er sah, wie ich mich auf die Zehenspitzen stellte, um ihn auf die Wange zu küssen.

Als ich ins Bett ging, stellte ich den Stalagmit auf meinen Nachttisch. Ich bildete mir ein, er roch ein wenig nach Lee und leuchtete im Dunkeln.

Zwei Wochen vergingen und Lee erholte sich zusehends. Er sah gesund und kräftig aus. Das Leben wurde allmählich wieder normal. Sofern man es so nennen konnte, denn jetzt wich er mir überhaupt nicht mehr von der Seite. Er flirtete zwar nach wie vor mit anderen Mädchen und dem weiblichen Lehrpersonal, aber mir fiel auf, dass er dabei immer Abstand hielt. Sogar zu Phyllis, Ruby und Nicole. Nur nicht bei mir. Selbst Felicity Stratton wurde in ihre Schranken verwiesen und traute sich nicht mehr, sich auf seinen Schoß zu setzen.

Nach der Schule kam er meistens erst mit zu mir und dann fuhren wir zu ihm. Sein Fernseher war einfach besser und sein Zimmer unterm Dach gemütlicher.

Ich hatte ihm Fafnirs Auge gezeigt. Dafür hatten wir beide die Mittagspause geschwänzt, was sich als schlechte Wahl herausgestellt hatte – eine Schulstunde zu schwänzen wäre weniger kompliziert gewesen. Paul klebte nach wie vor an mir. Ihm war es vollkommen egal, ob Lee da war oder nicht, Paul wollte weiterhin meine Tasche tragen und als mein Schatten fungieren. Wir hatten unsere Mühe gehabt, ihn loszuwerden, bis Lee Paul etwas zu trinken angeboten hatte, in dem eine Wassertablette aufgelöst war. Dadurch musste Paul ständig auf die Toilette und wir hatten endlich Gelegenheit, uns unbemerkt ins Lager der Theatergruppe zu schleichen.

Ehrfürchtig faltete Lee mein T-Shirt auseinander, in das der Stein eingewickelt war. »Unglaublich«, raunte er.

»Sind seine Schwingungen so stark?«, fragte ich leise.

Er schüttelte den Kopf. »Im Gegenteil. Er hat keine.«

Ich runzelte die Stirn und betrachtete das klare Goldgelb in der verzierten Fibel. »Ist das dann doch nicht Fafnirs Auge?«

»Doch. Sieh nur.« Er legte einen Finger an den Stein und er begann zu leuchten, als würde eine Taschenlampe von unten durchstrahlen.

»Sei vorsichtig!«, warnte ich erschrocken. »Was, wenn dein Onkel das spürt.«

Lee wickelte die Fibel wieder sorgfältig ein. In diesem Moment schellte mein Handy. Wir sahen uns erschrocken an. Ich nahm es aus meiner Tasche, sah aufs Display und atmete erleichtert aus.

Es war Ciaran.

CIARAN

»Felicity, ich muss dringend mit dir sprechen.« Ciaran klang aufgeregt.

Ich wunderte mich. Er hatte mich noch nie auf dem Handy angerufen. In der Regel suchte er nach mir persönlich, wenn er mit mir sprechen wollte. War er von Oberon beauftragt worden? »Ich habe in einer Stunde Schulschluss. Dann können wir uns treffen. Äh, du weißt, dass man nicht auf dem Schulgelände telefonieren darf, oder?« Diesen Satz konnte ich mir nicht verkneifen.

»Eine Stunde ist zu spät. Ich muss dich jetzt sehen. Ich werde Will anrufen, damit er dich gehenlässt. Ich brauche dringend deine Hilfe.«

Ich war erstaunt. Ciaran klang tatsächlich nervös. Überhaupt nicht, als müsse er mich verhaften. Eher, als wäre er auf der Flucht. Trotzdem spürte ich ein wenig Erleichterung. Er wusste nichts von Fafnirs Auge.

»Komm nach Whitechapel. Und komm allein. Ohne Lee.« Er nannte noch die genaue Adresse und legte auf.

»Was ist los?«, fragte Lee wachsam.

»Ciaran bittet mich um Hilfe«, antwortete ich langsam und verstaute das Handy in der Tasche.

»Ich glaube, mein Cousin ist in dich verliebt«, meinte Lee, ohne dass es ihn zu stören schien.

»Ich hoffe nicht. Er ist so viel älter als ich«, antwortete ich und händigte Lee die Fibel im T-Shirt und meinen Spindschlüssel aus. Dann schulterte ich meine Tasche. »Hast du keine Angst, er könnte mich küssen und an sich binden?«, neckte ich ihn.

Lee lächelte wissend. »Nein. Ciaran kennt die Prophezeiung und er ist Agent. Bei ihm mache ich mir überhaupt keine Sorgen. Ein Kuss käme für ihn einem Hochverrat gleich.«

Ich zuckte mit den Schultern. Na, hoffentlich hatte er Recht.

»Meldest du dich, wenn ihr fertig seid?«, fragte Lee noch. Ich versprach es und ging.

Ciaran wohnte direkt neben der U-Bahn. Ziemlich laut und ungemütlich für jemanden, dem sämtliche Bodenschätze der Welt zur Verfügung standen. Ich hatte eine Villa erwartet oder wenigstens ein schmuckes Appartement, aber tatsächlich wohnte er in einem viktorianischen Dockarbeiterhaus.

Allerdings wohnte er dort allein.

Ein Türsummer öffnete, noch ehe ich die Schelle gedrückt hatte. Ich schloss die Tür hinter mir, aber niemand war zu sehen. »Ciaran?«, rief ich. Das Treppenhaus war schmal und düster.

»Hier.«

Erschrocken zuckte ich zusammen. Er war unvermittelt unter der Treppe aus einer Tür getreten. Ich musterte ihn verblüfft. Seine Haare waren verstrubbelt und ich erkannte, dass seine sonst so makellose Erscheinung mitgenommen aussah. Sein Hemd hing aus der Hose, die Jeans waren fleckig und sein normalerweise so gepflegter Dreitagebart wirkte heute, als habe er ihn tatsächlich wachsen lassen, ohne zu stutzen.

»Komm mit. Ich muss dir was zeigen.«

Er packte mein Handgelenk und zog mich zu der Tür unter der Treppe. Ich konnte eine Steintreppe sehen, aber kein Ende. Nur eine kleine Funzel beleuchtete die ersten zehn Stufen. Er zog mich weiter hinab ins Dunkel.

Mir wurde mulmig. Mein Misstrauen wuchs. »Lee weiß, wo ich bin«, erklärte ich. Ich hörte eine U-Bahn vorbeirattern. Laut und unheimlich, die Wände bebten ein wenig.

»Das ist schon in Ordnung«, sagte Ciaran und warf mir einen spöttischen Blick zu.

Jetzt wurde ich noch unruhiger. Sollte ich mich in Lee getäuscht haben? Das Licht wurde immer schwächer, je tiefer wir stiegen. Die Treppe schien endlos. Irgendwann waren die Stufen nicht mehr zu erkennen und meine Schritte wurden vorsichtiger. Trotzdem rutschte ich ab und prallte gegen Ciaran.

»Oh. Warte.« Er griff in seine Tasche.

Was jetzt? Ein weiterer Edelstein, der leuchtete? Ein Feuerzeug beziehungsweise Streichholz?

Er knipste sein Handy an und im schummrigen Licht des Displays konnte ich wenigstens etwas erkennen. Wieder bebten die Wände, die inzwischen nur noch aus nacktem Fels bestanden. Ein Ende der Treppe war noch immer nicht in Sicht. Ab und an kamen wir an kleinen Öffnungen vorbei, dunklen Schächten, die abzweigten. Eine weitere U-Bahn krachte vorbei. Das Geräusch war markerschütternd. Schlimmer als auf den Bahnsteigen. Man konnte fast glauben, der Zug käme jeden Moment durch die Wand geschossen. Ciaran bog in einen Seitenschacht. Sein Display zeigte einen behauenen Weg.

Mir wurde immer heißer. Nicht weil die Fantasie mit mir durchging, sondern es wurde tatsächlich wärmer. Ich streifte mit meinen Fingerspitzen über die Felswand. Sie war richtig heiß. »Wo sind wir hier?«, fragte ich.

»Du brauchst keine Angst zu haben«, murmelte Ciaran. »Ich bringe dich nachher wieder hoch und du kannst zu deinem Lee zurück.«

Das beruhigte mich nur wenig. »Und was willst du mir zeigen?«

»Warte. Das kommt gleich.«

Der Gang endete vor einer eisernen Tür. Ciaran öffnete sie. Dahinter befand sich eine Höhle. Hier war es noch heißer, noch stickiger, aber es gab Licht. Kleine Fackeln waren rundum in die Wände eingelassen. Die Höhle selber war riesig. Die Fackeln erzitterten in ihren Wandhalterungen, als die nächste Tube vorbeidonnerte.

»Die Wand zur Tube ist dicker, als du denkst. Aber das macht es einfacher.«

Macht was einfacher? Ciaran stieß die Tür auf und mir wurde richtig mulmig. Die Hitze, die Tür, die aussah, als könne ich sie nicht wieder öffnen, die Höhle. Praktizierte er Jungfrauenopfer oder dergleichen?

Ciarans Mundwinkel zuckten, als er meine Gedanken las. »Keine Angst, kleine Fay. Ich möchte dir nur etwas zeigen. Bitte versprich mir, mir bis zum Ende zuzuhören und nicht wegzulaufen.«

»Klar. Versprochen.«

Ciaran schüttelte den Kopf. »Nein, Felicity. Du musst es versprechen und dein Versprechen halten. Ich schwöre dir, es wird dir nichts geschehen.«

Jetzt machte er mir wirklich Angst. Aber ich nickte. Wir hatten schon so viel zusammen durchgestanden, was sollte jetzt noch geschehen? »Gut, ich verspreche es.«

Ciaran blickte mir noch einmal kurz in die Augen und nickte. Dann trat er rückwärts in die Mitte der Höhle.

Und begann sich auszuziehen! Erst die Schuhe, dann Socken, Hemd, Shirt. Als er die Hose aufknöpfte, drehte ich mich um und wollte rausrennen.

»Du hast es versprochen!« Er hielt mich am Handgelenk fest.

»Was wird das hier?«, fauchte ich ihn an. »Es war nie die Rede von ... uns und dem hier.«

»Warte das ›dem hier‹ doch einfach mal ab«, fauchte Ciaran im gleichen Tonfall zurück. »Ich werde dich nicht küssen. Ich werde dich nicht mal anfassen. Aber du musst das sehen.«

»Wenn ich nackte Männer sehen will, kaufe ich mir einen Playgirl-Kalender.«

Ciaran schloss einen Moment genervt die Augen. »Felicity. Bitte. Diskutiere. Dieses. Mal. Nicht.« Er ließ mich los, trat wieder in die Mitte der Höhle, drehte sich allerdings mit dem Rücken zu mir, als er seine Hose und die Shorts fallen ließ.

Ich hatte einen kurzen Blick auf seinen nackten Körper geworfen und mir waren nur diese seltsamen Narben (oder waren es Warzen?) auf seinen Schulterblättern aufgefallen, dann senkte ich beschämt den Blick. Obwohl ... jetzt wäre eigentlich der perfekte Zeitpunkt, um festzustellen, was Mildred bei dem Vergleich mit der Marmorstatue in Versailles gemeint hatte. Ich sah auf. Tatsache war, Ciaran hatte einen unglaublichen Körperbau. Er war etwas kleiner als Lee und etwas kräftiger. Aber seine Muskeln waren ausgeprägter.

Jetzt ging er in die Hocke.

Schade. So bekam ich keinen Vergleich. Auf alle Fälle wurde mir noch wärmer. War es auf einmal auch heller? Ich legte meine Tasche ab und zog die Jacke aus. Am liebsten hätte ich auch mein Shirt ausgezogen. Warum eigentlich nicht? Ich trug ja noch ein Top darunter. Eine weitere U-Bahn schmetterte vorbei. »Wie hältst du das nur aus?«, fragte ich und wandte mich wieder zu Ciaran um. Im gleichen Moment begann ich zu schreien.

Aus den Warzen an seinen Schulterblättern traten Fühler heraus. Zumindest sahen sie aus wie Fühler. Lang und knorpelig. Andererseits wirkten sie ein wenig schuppig.

Ciarans Füße hatten sich auch verändert. Die Zehen waren schuppig und länger geworden, die Nägel hatten sich zu Krallen geformt.

Jetzt begann dort, wo der Rücken endete, am Steiß, ein Schwanz durchzubrechen. Genau wie die Füße waren auch diese Schuppen rotbraun, beige und schwarz, in einem hübschen Muster angeordnet. Ich konnte zusehen, wie sich die Schuppen vermehrten, die Beine entlangwuchsen. Die Hände, die sich zwischenzeitlich auf dem Boden abgestützt hatten, verwandelten sich ähnlich. Auch an den Armen bildeten sich Schuppen. Endlich bedeckten sie den gesamten Oberkörper bis zum Hals. Die blonden Haare, mittlerweile nass geschwitzt, klebten am Kopf, die spitzen Ohren spalteten sich mehrfach, verformten sich und bildeten gemeinsam mit den Haaren einen Kranz. Dieser Kranz begann sich zu blähen, als leide er unter Atemnot.

Und dann tönte das nächste Grollen markerschütternd durch die Höhle. Nur war mir dieses Mal klar, dass es von keiner vorbeirasenden U-Bahn kam. Das Untier vor mir hatte den Kopf gehoben und gebrüllt. Ich war wie gelähmt. Jeder Muskel ließ mich im

Stich. Es stapfte mit den Füßen auf – allen vieren – und ließ erneut sein durchdringendes Gebrüll erschallen.

Meine Reaktion kam verspätet, aber zum Glück setzte sie wieder ein. Ich stolperte rückwärts zur Tür. Die war zu klein, als dass das Vieh mir folgen konnte. Ich fühlte schon den Griff in der Hand und drehte ihn.

In diesem Moment drehte das Untier seinen Kopf und sah mich an. »Du hast es versprochen!«, röhrte es.

Ich wusste nicht, was unwirklicher war. Dass sich vor mir jemand in einen Drachen verwandelt hatte oder dass dieser Drache mit Ciarans Stimme sprach. Ich zögerte.

Das riesige Tier drehte sich ganz zu mir um. Sein Kopf kam näher und ich erkannte blaue Augen, allerdings mit den geschlitzten Reptilienpupillen. Trotzdem waren es Ciarans Augen – unmissverständlich.

Jetzt klang seine Stimme wehmütig und ein wenig beschämt. »Ganz recht, Felicity Morgan. Ich bin ein Drachenkind.«

DANKSAGUNG

Ein Roman ist nur so gut wie die Menschen, die daran arbeiten. Mag sein, dass ich die Ideen liefere, aber das könnte ich nie ohne die Hilfe von ein paar anderen, mir sehr wichtigen Menschen.

Allen voran Andreas. Du hast mein Schreiben seit jeher akzeptiert und mir immer den nötigen Freiraum dafür gegeben. Ohne dich wäre ich nie so weit gekommen.

Meine Mit-Eulen Martina und Katharina. Ihr seid meine Ermutigung und liefert mir manch wertvolle Tipps. Ebenso Nicole, die immer wieder gern ihren Rotstift zückt, wenn ich ihr etwas anbiete.

An Pia, meine Lektorin. Deine Euphorie ermuntert mich jedes Mal, wenn wir miteinander kommunizieren. Das baut ungemein auf.

Evi Draxl, die dem Text den wunderschönen Brillantschliff verpasst hat.

Merci an Petra Schier, Martina André und Kerstin Gier:

Petra – für den Hinweis, mich bei Carlsen zu bewerben, und für sämtliche Marketingstrategien. Du bist unglaublich und ich bewundere immer wieder deine Disziplin (die ich wohl nie erreichen werde, trotz meines Sternzeichens Jungfrau). Ich mach es mit dem nächsten *Castle*-Abend wieder gut!

Martina – für alle Tipps, die du mir als gestandene Autorin schon gegeben hast. Und siehe: Ich habe deinen Rat, ein Fantasy-Jugendbuch zu schreiben, beherzigt. (Ich habe sogar drei daraus gemacht! Es soll niemand sagen, ich würde nicht gehorchen.)

Kerstin – für all die kleinen Hilfen, was das Schreibhandwerk und die Buchbranche angeht. Ich freue mich immer, wenn dein Name im Postfach (oder im Briefkasten) auftaucht.

Unseren Müttern Rita und Luise: Ich genieße unsere wöchentlichen gemeinsamen Mittagessen (vor allem, wenn ich nicht kochen muss und mich einfach an den gedeckten Tisch setzen kann). Das hält mir immer den Kopf frei und hilft mir, wieder in meine Geschichten einzutauchen.

Aber ganz besonders möchte ich meinen Kindern danken.

Raoul und Valentin: dafür, dass sie das Schild an der Tür achten, wenn es in die Endphase geht.

Allen voran Marie-Jeanne, die mir als meine erste Leserin offen und ehrlich sagt, wenn ich Mist verzapfe oder welche Stellen ihr besonders gut gefallen, und die mir hilft in meiner Geschichte den richtigen Weg zu finden.

Deine Hinweise sind für mich äußerst wertvoll (und das liegt nicht nur daran, dass du im entsprechenden Zielalter bist).

Danke. Euch allen!

Sandra

PS: Ich revanchiere mich mit einem weiteren *Castle*-Abend. Einladung folgt. Für meine Familie gibt's stattdessen Reisbrei mit Grumperekooche.

Leseprobe:

Die Pan-Triologie
Band 3

DIE VERBORGENEN INSIGNIEN DES PAN

Mein Leben lief eindeutig nicht mehr in den wie bisher geordneten Bahnen. Ich war verlobt mit einem Halbelf. Zwangsläufig verlobt, weil in einem Buch geschrieben stand, es wäre eine gute Verbindung. Ein Buch, das besagte, ich, Felicity Morgan, wohnhaft in London, mit Schuhgröße 40, sei die Retterin des Elfenreiches.

Das erste Buch, das ich gern ins Feuer werfen würde.

Achtzehn Jahre lang hatte ich gelebt, ohne von diesem Buch je gehört zu haben. Seit Lee, der besagte verlobte Halbelf, vor einem Dreivierteljahr in mein Leben getreten war, war nichts mehr wie vorher.

Ich sprang willkürlich in der Zeit, wurde gemeinsam mit Karl dem Großen entführt, erwachte am Vorabend der Revolution in Versailles und dann gab es noch diese mysteriösen Todesfälle, die irgendwie mit mir zusammenhingen. Und um dem Ganzen die Krönung zu verpassen, hatte sich mein ehemaliger Geschichtslehrer, ein Halbelf namens Ciaran, vor meinen Augen in einen Drachen verwandelt. Damit meine ich nicht in einen kleinen Waran – sofern man diese Echsen mit ihren zwei Metern als klein bezeichnen konnte –, nein, in ein Ungetüm von der Größe eines Blauwals, das Feuer spucken konnte und einen schwefeligen Atem verströmte.

Ich war geflohen und hatte ihn seither nicht mehr gesehen. Auch die Anrufe auf meinem Handy hatte ich ignoriert. Ich verdrängte alles aus meinen Gedanken, so gut ich konnte, auch wenn es mir nicht mehr wirklich gelang.

Nur die Schule bot mir eine Art Flucht vor all den Geschehnissen. Am College herrschte zumindest eine gewisse Normalität, wenn man von den üblichen Freaks absah. Paul war definitiv einer. Vor ein paar Wochen hatte er angefangen als mein Schatten zu fungieren. Er folgte mir überall hin, sprach kein einziges Wort, sah mich mit einem Blick an, den kein Beagle besser hinbekäme, und wollte mir ständig meine Tasche tragen. Obwohl ich ihn nie ermuntert oder ihm ein Zeichen meiner Zuneigung gegeben hatte. Es war zum Davonrennen. Und genau das hatte ich auch gerade getan. Ich war vor ihm ins Mädchenklo geflüchtet, mit meiner Freundin Nicole im Schlepptau.

»Schaff dir so ein rosa Hello-Kitty-Teil an, wie die abgedrehte Chinesin vom Kunstkurs«, schlug mir Nicole vor, als ich meine Hände wusch. »Oder lass dir die Fingernägel kunterbunt machen. Mit dem Gesicht von Graham Norton drauf. Dann bist du ihn für immer los.«

»Ich habe das dumpfe Gefühl, sogar das Gesicht von Miss Ehle auf meinen Fingernägeln würde ihn nicht zurückhalten«, murmelte ich. Unsere Geografielehrerin war der Inbegriff eines modernen Blaustrumpfs. Garantiert war Margret Rutherford aus den alten Miss-Marple-Filmen ihr Vorbild. Zumindest kleidete sich Miss Ehle genauso – mit Faltenrock, unter dem die Stützstrümpfe rausstachen, Strickweste und weißer Bluse. An ihren gutgelaunten Tagen hatte die Bluse ein Paisley-Muster.

»Ich sollte mir lieber wieder ein paar Pfund zulegen und bei Mum im Pub arbeiten. Dann käme ich jeden Morgen zu spät und Paul hätte keine Chance, mir bei meinem Spind aufzulauern.«

Nicole stützte sich an die Wand und wartete, bis ich meine Hände fertig gewaschen hatte. »Ich weiß nicht, Feli, seit Lee an unserer Schule ist, hast du dich sehr verändert. Es ist nicht nur dein Aussehen, sondern auch dein Verhalten. Du bist ... energischer.«

Das war nichts Neues. Ich war sportlicher als vorher, hatte einen unproduktiven Job gegen einen lukrativen eingetauscht und mir vom ersten Gehalt etwas Make-up zugelegt. Das war definitiv eine gute Wendung. Die schlechte war, die Elfenwelt, die angeblich auf mich angewiesen war, war sich plötzlich nicht mehr sicher, ob ich nicht vielleicht eine Gefahr darstellte. Mein Leben war voller Überraschungen, seit Lee aufgetaucht war.

»Ich bin immer noch unschlüssig, ob es eine gute Veränderung ist oder ob ich nicht lieber wieder die alte Felicity sein möchte. Das war auf alle Fälle unkomplizierter.«

Keine Elfen, keine Prophezeiungen, keine Zeitsprünge. Vielleicht war es auch wesentlich langweiliger gewesen. Zumindest die Zeitsprünge machten Spaß. Sofern mir niemand einen überbriet und mich entführte.

Nicole überkreuzte die Arme vor der Brust. »Nein. Andernfalls wärst du tatsächlich im Pub deiner Mum gelandet. Wir hatten uns schon überlegt, was wir tun könnten.«

»Ehrlich?«, fragte ich amüsiert. »Wolltet ihr den Pub stürmen oder was?«

»So was in der Art. Jayden wollte eine Werbung im Internet

schalten und Plakate entwerfen, damit mehr los ist, Phyllis wollte ihre Mutter einspannen, um die Innenausstattung ein wenig aufzumotzen, und dann deren High-Society-Kolleginnen dorthin locken. Was Corey und Ruby vorgeschlagen haben, vergessen wir lieber.«

Ich war gerührt. Wenn ich schon im Pub geendet wäre, wollten meine Freunde wenigstens dafür sorgen, dass er lief und Geld einbrachte. Hatte ich nicht die besten Freunde der Welt?

»Na, komm. Sonst nimmt Paul dir noch den letzten Zufluchtsort, den du hast.«

Er wartete, wie schon vermutet, an meinem Schließfach.

Allerdings machte er zur Abwechslung mal den Mund auf. »Samstag?«, fragte er in seiner seltsam heiseren, piepsigen Stimme.

»Samstag?« Ich sah ihn überrascht an. Er sprach so selten.

»Schwimmen. Im Kingfisher Leisure Center. Du hast gesagt, du würdest mitgehen.«

Oje. Stimmt. Das hatte ich ihm tatsächlich irgendwann versprochen, als er mir ganz besonders leidgetan hatte. Ich überlegte, ob ich eine Ausrede finden oder ihm endgültig sagen sollte, er solle sich verkrümeln. Aber dann dachte ich, dass ich keinesfalls das Recht hatte so mit Paul zu reden. V.L., also vor Lees Ankunft am College, hätte ich mich vielleicht gefreut über Pauls Aufmerksamkeit. (Nicole teilte die Zeit mittlerweile in ein v.L. = vor Lee und ein n.L. = nach Lee ein.) Na ja, wahrscheinlich nicht wirklich. Ich wusste nur wie es ist, ausgegrenzt zu sein. Ich hatte nie zu den beliebtesten Schülern gehört, aber ich hatte immerhin Phyllis, Corey, Nicole, Jayden und Ruby. Wir waren seit Beginn der Middleschool fest miteinander befreundet.

Pauls Dackelblick wurde noch flehender.

Er tat mir leid. »Okay. Übermorgen, zwei Uhr. Wir treffen uns dort.«

Paul zeigte keine wirkliche Reaktion. Nur seine Augen wurden ganz weit.

Ich schnappte Nicoles Arm und zerrte sie hinter mir zum Biosaal. »Lasst mich bloß nicht mit ihm allein!«, zischte ich.

Nicole grinste breit.

Der Vormittag verstrich im Nu. Die Mittagspause verbrachten wir alle gemeinsam in der Schulcafeteria. Nicole hatte die anderen schon wegen Samstag informiert. Meine Freunde waren begeistert.

»Kingsfisher Leisure Center? Cool!«, rief Corey am Mittagstisch, als ich mich setzte. Paul stand noch an der Essensausgabe. »Schwimmen ist super. Da waren wir nicht mehr seit Phyllis' dreizehntem Geburtstag.«

»Erinnere mich nicht daran«, murmelte Phyllis verlegen.

»Wieso? Ich kann mir nicht vorstellen, dass du je irgendwo eine schlechte Figur gemacht hast.« Lee stellte sein Tablett neben dem von Corey ab und setzte sich.

»Das nicht. Aber ich habe nach den Geburtstagsmuffins einen Bauchplatscher vom Dreimeterbrett gewagt«, erklärte sie und errötete.

»Und dann ins Becken gekotzt«, vollendete Corey fröhlich.

Wir erinnerten uns gut. Das breite Grinsen auf allen Gesichtern zeigte es deutlich.

»Und deswegen wart ihr nicht mehr schwimmen? Das ist ja schon eine Weile her«, meinte Lee tröstend.

Jetzt wurde ich rot. »Nein. Das lag eher an mir.« Mehr musste ich nicht sagen. Das Geld war bei uns zu Hause schon immer knapp gewesen und meine Freunde hatten mir zuliebe auf Schwimmbadbesuche in teuren Vergnügungsbädern als Gemeinschaftsveranstaltung verzichtet.

Lee verstand auch sofort. »Und jetzt wollt ihr mal wieder hin?«

»Kommst du etwa nicht mit?«, fragte Nicole überrascht.

Lee zog eine Grimasse. »Schwimmen ist nicht ganz meine Wellenlänge.«

»Schönes Wortspiel. Jetzt komm schon. Dann gönn uns die Chance, dich einmal zu schlagen.« Corey boxte ihn jovial auf den Oberarm.

Lee verzog das Gesicht. »Ich überlege es mir.«

Das machte mich neugierig. Sonst war er immer darauf erpicht, in meiner Nähe zu sein. Ich nahm mir gerade vor ihn später danach zu fragen, als Phyllis mich anschubste.

»Ist dir auch was an Ruby aufgefallen?« Sie deutete auf den abwesenden Blick unserer Freundin.

Ruby hatte sich nicht an unserem Gespräch beteiligt. Was nichts Neues war. Wir würden sie sicherlich noch mindestens zwei Mal an Samstag erinnern müssen. Ich sah zu ihr rüber und fand, dass sie wie immer wirkte: in einer anderen Welt, den Geräuschpegel und Schulalltag um sich herum ausblendend. Rubyisch eben.

»Nö. Wirkt wie immer«, sagte ich und trank an meinem Wasser.

Phyllis blickte mich genervt an. »Siehst du eigentlich noch jemand anderen als dein persönliches Unterwäsche-Model?«

Ich grinste. »Fällt schwer, findest du nicht?«

Wir sahen beide zu Lee am anderen Tischende, der sich gerade wohlig reckte und mit Corey das Fußballspiel vom letzten Sonntag durchging. Das T-Shirt spannte über seiner Brust und zeigte die Andeutung seines perfekten Sixpacks. Halbelfen waren extrem attraktive Gestalten. Und auch wenn niemand wusste, dass Lee gemäß einer alten Prophezeiung mit mir verlobt war, wusste doch jeder von seinem Werben um mich. Daraus machte er auch keinen Hehl. Was wiederum nicht wenig schmeichelhaft für mich war.

Phyllis rollte die Augen. »Komm wieder runter, Feli. Als er vor einem Dreivierteljahr hier angefangen hat, konntest du nicht genug Abstand zu ihm halten. Und jetzt führst du dich langsam auf wie Felicity.« Sie sah mein grinsendes Gesicht und fügte hinzu: »Stratton. Ich meine Felicity Stratton.«

»Okay, vielleicht bin ich gerade etwas betriebsblind. Könntest du mir nicht wenigstens einen Tipp in Bezug auf Ruby geben?«

Ich sah wieder in Rubys Richtung, die gerade gedankenverloren versuchte mit ihrem Kugelschreiber den Kartoffelbrei zu essen. Das war nicht das erste Mal. Jayden gab ihr einen leichten Stups, doch Ruby stocherte mit ihrem Kuli ungerührt weiter. Das war schon ungewöhnlich. Normalerweise hätte sie auf Jaydens Schubs reagiert. So weit entfernten sich ihre Gedanken eigentlich nicht.

»Okay. Ich sehe, was du meinst«, sagte ich nachdenklich.

»Seit letzter Woche Donnerstag ist sie so«, klärte mich Phyllis auf. »Sie wollte sich in Englisch ausziehen, weil sie dachte, wir hätten Sport. Und in Kunst fing sie an zu zeichnen.«

Ich hob unbeeindruckt eine Augenbraue.

Phyllis stöhnte. »Wir arbeiten gerade mit Ton. Menno, der Typ nimmt dich ja völlig ein!«

»Ruby, hör auf damit«, sagte Nicole jetzt energisch und entwand Ruby den beschmierten Kugelschreiber. Um Rubys Mund herum waren blaue Striche zu erkennen.

Jetzt sah sie aus, als wäre sie aufgewacht. »Was ist denn?«

»Das müssten wir dich fragen«, entgegnete Phyllis. »Was ist los mit dir? Du schwebst zwar seit jeher schon mal woanders, aber so schlimm war es noch nie.«

Ruby sah den Stift neben ihrem Teller an. Ihre Augen wurden groß. Urplötzlich brach sie in Tränen aus und rannte aus der Cafeteria.

Wir starrten ihr betroffen nach.

»So schlimm war das jetzt auch nicht«, meinte Corey verlegen.

Ich sah zu Lee. Der schien völlig unbeeindruckt. Ein wenig mitleidig, aber keineswegs so ratlos wie wir anderen.

»Ich geh ihr mal hinterher«, murmelte Phyllis und erhob sich. »Nein, bleibt ihr hier«, sagte sie, als Nicole und ich Anstalten machten sie zu begleiten. »Ich glaube, damit würden wir sie überfordern.«

Wir sanken wieder auf unsere Plätze zurück. Die weiteren Gespräche waren sehr hölzern. Ruby war zwar schon immer ein wenig kopflos, aber wir hatten sie in den acht Jahren unserer Freundschaft nie die Fassung verlieren sehen. Das erschreckte uns nicht wenig.

Als es in diesem Moment zum Pausenende schellte, atmeten wir kollektiv auf.